赵园，1945年生，河南尉氏人。1969年北京大学中文系本科毕业，1981年北京大学中文系研究生毕业，师从王瑶先生。中国社会科学院文学研究所研究员。由现当代文学转治明清思想史，著有《艰难的选择》《论小说十家》《北京：城与人》《地之子》《明清之际士大夫研究》《易堂寻踪——关于明清之际一个士人群体的叙述》《制度·言论·心态——〈明清之际士大夫研究〉续编》《想象与叙述》《家人父子——由人伦探访明清之际士大夫的生活世界》以及散文集《独语》《红之羽》等。

赵园

赵园文集

艰难的选择

图书在版编目(CIP)数据

艰难的选择/赵园著. --北京：北京大学出版社，2025.6. --ISBN 978-7-301-36167-2

Ⅰ.I207.42

中国国家版本馆 CIP 数据核字第 2025NH2258 号

书　　　名	艰难的选择
	JIANNAN DE XUANZE
著作责任者	赵　园　著
责 任 编 辑	艾　英
标 准 书 号	ISBN 978-7-301-36167-2
出 版 发 行	北京大学出版社
地　　　址	北京市海淀区成府路 205 号　100871
网　　　址	http://www.pup.cn　　新浪微博:@北京大学出版社
电 子 邮 箱	编辑部 wsz@pup.cn　总编室 zpup@pup.cn
电　　　话	邮购部 010-62752015　发行部 010-62750672
	编辑部 010-62756467
印 刷 者	北京中科印刷有限公司
经 销 者	新华书店
	965 毫米×1300 毫米　16 开本　24.25 印张　345 千字
	2025 年 6 月第 1 版　2025 年 6 月第 1 次印刷
定　　　价	109.00 元

未经许可，不得以任何方式复制或抄袭本书之部分或全部内容。
版权所有，侵权必究
举报电话: 010-62752024　电子邮箱: fd@pup.cn
图书如有印装质量问题，请与出版部联系，电话: 010-62756370

目 录

小引　　　　　　　　　　　　　　　　　　　　　黄子平/1

上篇　形象与形象创造的历史

一　"五四"时期小说中知识分子的心理现实　　　　　　3
　　苦闷感与冲决苦闷的努力　　　　　　　　　　　　7
　　人生思考和对于思想困境的突破　　　　　　　　　16
　　孤独感与打破障壁的愿望　　　　　　　　　　　　23
　　小说家·抒情主人公·抒情时期　　　　　　　　　33
二　大革命前后小说对于知识分子的形象创造与性格发现　38
　　发现生活矛盾与发现性格　　　　　　　　　　　　39
　　迷惘者·动摇者·复仇者　　　　　　　　　　　　43
　　"五四"新青年形象的重新发现　　　　　　　　　63
　　理想人性的追求与革命者形象的降生　　　　　　　72
三　综论：对三四十年代小说知识分子形象创造的某些考察　93
　　政治意识与知识分子形象创造　　　　　　　　　　94
　　"与人民的关系"在形象世界和形象创造中　　　　116
　　总体形象世界中的小说家个性世界　　　　　　　137
四　知识分子在抗日战争及其后的小说中（续前）　　151
　　题材、风格等等　　　　　　　　　　　　　　　152
　　道德意识与审美意识的交错　　　　　　　　　　163
　　未来中国与属于未来的人们　　　　　　　　　　181

下篇　人物论

一　倪焕之论　　　　　　　　　　　　　　　　　　　197
　　平凡知识者中的最平凡者　　　　　　　　　　　　197
　　倪焕之——理想主义者的悲剧形象　　　　　　　　199
　　距离感：在作者与他的对象之间　　　　　　　　　204
　　由教育改革家到社会活动家　　　　　　　　　　　206

二　大革命后小说中的"新女性"形象群　　　　　　　　209
　　性道德方面的反传统的彻底性与道德的虚无主义　　212
　　理想主义与"现在主义"　　　　　　　　　　　　　216
　　对于时代义务、社会责任的自觉与利己主义、
　　　　个人本位主义　　　　　　　　　　　　　　　217
　　雄强与脆弱的统一　　　　　　　　　　　　　　　219

三　中国现代小说中的"高觉新型"　　　　　　　　　　227
　　现代作家的愤怒与悲哀　　　　　　　　　　　　　227
　　时代矛盾与矛盾的人　　　　　　　　　　　　　　234
　　中间色，对比的"参差性"　　　　　　　　　　　　238

四　老舍笔下一组市民知识分子形象　　　　　　　　　240
　　从《离婚》中的老李说起　　　　　　　　　　　　241
　　这一组知识者性格　　　　　　　　　　　　　　　245
　　老李、祁瑞宣们的精神对立物　　　　　　　　　　252

五　蒋纯祖论　　　　　　　　　　　　　　　　　　　255

余论　关于中国知识分子的随想　　　　　　　　　　　272

附录一　"五四"时期小说中的婚姻爱情问题　　　　　　294
附录二　现代小说中宗法封建性家庭的形象与
　　　　知识分子的几个精神侧面　　　　　　　　　　322

| 附录三 中国现代小说中的留学生形象 | 350 |
| 附录四 有关《艰难的选择》的再思考 | 366 |

| 初版跋语 | 374 |
| 二版后记 | 376 |

小　引

黄子平

　　回顾一下我们走过的道路,常常会有这样一种感觉:仿佛不是我们选择了题目,而是题目选择了我们。我们被纠缠上了,命中注定地,要与它撕掳不开。这感觉既令人兴奋又令人惶惑,说不清哪样更多一些。

　　喧嚣尘世,苍茫人海,我们会和什么样的题目邂逅相遇呢?几乎有无数的可能性和偶然性。我总在想,也许,被这样的题目选中,是幸运的——如果它显示了一种可观的研究前景,在地平线的后面你直觉到了某种不单可以"描述"而且可以"论证"的东西,即通常被称为"发现"的东西;如果它正好出现在现有研究成果的"空档",有如目标出现在由"缺口"和"准星"连成的直线上那样;如果它为我们现有的知识结构和科研能力所胜任,不以过分令人昏眩的高度使我们望而却步;如果它与我们所生活的现时代紧密联系,因而经由对它的"献身",我们能够参与到同时代人的事业之中;如果它与我们的个性、经历以及对人生对世界的体验有着奇妙的契合点,因而它能激发我们持久不断的(不怕失败也不甘失败的)热情和注意力,并使我们在与它的相互作用当中一天天"成长"起来;如果……如果是这样,我们无疑就是幸运的。

　　从某种意义上说,文学作品就是知识分子的精神产品(在印刷术发明了一千二百年的今天,更是如此)。一时代的文学风貌,与一时代知识分子身内身外的具体处境,至关密切。鲁迅先生准备写的中国文学史,把六朝文学这一章拟为"酒·药·女·佛",把唐代文学的一章拟为"廊庙与山林",都是着眼于当时文人的社会地位、生活方式、道德面貌、心理状态来立论的。因而,一时代文学中出现的知识分子形象,在一定程度上就是一时代知识分子的自我反省和自我塑造。把这说成一种机械的平面的"镜像"当然是危险的。总是有所歪曲、变形,有所放大、缩小,有所隐瞒、装饰。而这些歪曲、变形、放大、缩小、隐瞒、装饰,恰恰又正是知识者身内身外的具体处境使之然。研究者对文学中的知识分子形象加以探讨,便不单要窥见那"镜像",而且须同时考察那"镜子"——凸透镜、凹透镜或者哈哈镜,将那镜子的折射率、焦距、制作时产生的气泡,以及映射时的角度、光线等等,一一指给我们看。不单解释了镜像和镜外之物,也解释了镜子本身。

然而研究者自身也是知识分子。检查"镜子"者亦照入镜中,我们看到了双重的映像。以后又会有人来考察这一考察,多半又会映入其中。于是我们获得一种叠印的丰富性。这是一代代的知识分子执着而又真挚的自我反省积累起来的丰富性。反省的又不仅仅是"自我",其中蕴含的,却是由时代、世界、民族、个人诸因素交织起来产生的逼人质问所引发的思索:关于命运与道路、责任与自由、理想与代价、生与死、爱与憎……

是的,文学毕竟不单是一种"自我反省"。"在语言中,我根据他人的视界给自己以形象。"(巴赫金)我是在一个语言共同体之中写作,我是在一个文化共同体之中创造着形象。对形象和"形象史"的分析最终不能不归结为对文化和文化史的分析。知识分子是文化的自觉创造者和敏感承受者。文化内部的破裂、崩溃,外部的撞击、交融,所有这些冲突最集中不过地在知识分子形象及其"形象史"中烙下印痕。我们经由一个似乎是很小的口子切入,突然间线索像树根一样在深层伸展开来,纠缠着蔓延着,我们却并不迷失在这些线索之中。所有这些线索,文化的、心理的、社会学的、民俗学的等等,最终汇集在我们的目的地同时也是出发点,即它们怎样左右了、制约了、化入了文学形象的创造。于是文学的研究超越自身是为了返回自身。超越,使它"活起来",去获得丰富和充实。返回,使它有所收敛,从而获得完整,获得结构。

鲁迅曾想写一部关于四代知识分子的长篇小说,包括章太炎的一代、鲁迅自己的一代、瞿秋白的一代和更年轻的一代,可惜未能写出。实际上,这一宏愿是由整个"中国现代文学"中的知识分子形象画廊来完成的。在接续而至的"中国当代文学"中,又有好几代的知识分子形象得到了描绘。几乎每一代人都面临着艰苦卓绝的选择,选择道路、方向、目标、意义和归属,从而,也就选择了自己的形象。按照英国历史学家汤因比的说法,当两种文明发生碰撞交融之时,知识分子便作为一种"变压器"而出现了。他们承担着双重任务:一方面,是学习先进的文明并把其精华传播到全社会中去;另一方面,是慎重地用全新的眼光"重构"固有的文明,使之获得新生而延续下去。不单要"盗火",而且要"理水",二十世纪的中国知识分子,便是在这双重的重负之下挣扎、辗转,留下了他们零乱的脚印和不屈的身影。文学,自觉或不自觉地,部分地然而生动地,表现了折射了这一艰辛漫长的历程。即使仅仅是经由文学来探视这个历程,也能意识到,这是一个至今仍在继续的历史进程。我们自己,也正身处在这一进程之中。因而,所谓"史"的研究,也就在这一点上获得了某种当代性和实践性。

题目选择了我们,却原来我们自己就在题目之中。正所谓"我中有你,你中有我"。于是我们无法"客观"。然而,在人文科学的研究当中,真的有可能"客观"吗?倘若题目不能与我们的生命"长在一起",我们与它的结合就会充满了痛苦。与其用一种无个性的主观去冒充所谓"客观",不如毫不迟疑地拧紧我们的钢笔套。

朱自清先生讲到闻一多先生治中国文学史时曾说,他"是在历史里吟味诗",更是"要从历史里创造'诗的史'或'史的诗'"。我想,文学史的研究者,最难得的,莫过于这一颗热烈跳动的"诗心"了……

赵园嘱我"海阔天空"地写一点作为她这本书的小引,于是,我涂了一点类似札记的东西在这里。

1985年7月22日于勺园

上 篇
形象与形象创造的历史

一 "五四"时期小说中知识分子的心理现实

> 据说雅典德尔菲阿波罗神庙门廊的一块石板上有如下铭文:
> 认识你自己……

这是一个史诗时期的开端,开端本身就是一首辉煌的诗。这是中国现代知识者觉醒史、奋斗史的伟大序曲,序曲本身就是伟大的。但"伟大"与"辉煌"绝不可能包容这个时期现实的一切方面,正如战士的日常生活"并不全部可歌可泣"[①]。"五四"时期也像其他时期一样,既有"生活的诗"又有"生活的散文",有激情迸发的瞬间,也有平凡的日常进程。"五四"时期也像其他时期,各不相同的人们从他们各不相同的生存方式出发感受时代,以其"按不同方向活动的愿望及其对外部世界的各种各样影响所产生的结果"构造"历史"[②]。因而,这一时期的文学也像其他任何时期一样,愈丰富,内容愈广泛,愈是多方面地把握人的各种意志、精神趋向、心理现实、情绪状态,描画出命运、境遇、个性、气质等等互不相同的人,就愈能映照那个时期,这一时期的文学也愈足以称为自己时期的"形象历史"。情况即使在文学表现知识分子这一极其具体有限的范围,也是如此。

但"五四"时期知识分子题材的小说作品及有关描写,特点虽也在"丰富",却更在"集中"。较之以后的文学时期,"五四"小说的主

---

① 鲁迅:《"这也是生活"……》,《鲁迅全集》第6卷,第603页,人民文学出版社1981年版。
② 恩格斯:《路德维希·费尔巴哈与德国古典哲学的终结》,《马克思恩格斯选集》第4卷,第244页,人民出版社1972年版。

题、情节、形象,也许是更便于"综合"的。你能较为轻易地从看似多样的有关文学主题中,抽出几个母题;由看似多样的有关人物形象间,找到几个重要的精神类型;你容易发现一时文学兴趣的归趋,从中理出脉络线索——而到了30年代,人们观察、思考生活的角度、方式,都更少相似、重复,更为纷繁、歧异。

正是上述情况,使你可以不必太费气力,概括出"五四"时期小说知识分子形象创造的如下几个特点,尽管"概括"不免会带有通常难免的武断性与粗略性,但它终究有可能抓住文学史的某些基本事实:

(一)作为"五四"小说家的对象的,基本上不是在"五四运动"中叱咤风云,以自己的历史主动性和英勇行为揭开新时期序幕的急进的知识者,不是那些活跃于思想文化界,以自己的雷鸣电闪般的言论鼓动新潮、动摇旧世界关于自己的信念的启蒙思想者,不是那些在"五四"前后接触马克思主义的科学理论并开始了改造中国的伟大实践的早期共产主义者[①],甚至绝少如高觉慧、梅行素那样的构成"五四"运动积极的群众基础,处在觉醒过程中,但生气勃勃、富于进取精神的"新青年"。"五四"小说与"五四"新诗之间,在反映同一段历史生活时,俨然有着无形的分工。"五四"新诗的题材固然庞杂,丰富多样,但如郭沫若的《立在地球边上放号》的抒情主人公那种新世纪的呼唤者、时代精神的礼赞者的形象,那种典型的"五四"式的激情,对于历史变动的诗意感受,如刘大白的《红色的新年》、郑振铎的《我是少年》等诗作中的昂扬意气、激越情怀,那种新世纪黎明期特有的乐观主义,毕竟难得见于同时期的小说。较之"五四"新诗中的上述作品,"五四"小说在表现——当然是不同于诗的另一形

[①] 也许有人会据张闻天的小说《旅途》(1925年初版)提出异议。这篇小说虽然也写到主人公王钧凯的某些政治意识,而人物对社会政治问题的思考,由于出诸一个初步接受了马克思主义世界观的知识者笔下,与同时期的小说作品相比不能不显得独特,但是人物的那些思想,还显得是外在于人物性格的。当时青年中的"流行病",在这个人物身上几乎无一不备。

态的表现——知识分子时,似乎色彩是较为灰黯的,调子是较为低抑的,内容是较为琐碎的。其中容纳着更多痛苦——知识者痛苦的人生经验与社会生活感受,以及更多悲剧性:知识者对现实的悲剧感受,他们精神生活、感情生活的悲剧方面——"转折时期"社会生活中、知识者性格和命运中的暗影。本来,小说较之诗,其对象就通常是更为世俗、平凡、形而下的。

(二)就多数作品而言,"五四"小说在这一题材领域所提供的,与其说是"形象",不如说是"感受""精神现象"。除少数被公认的优秀之作外,大量小说中的知识分子人物,不具备较为严格的形象意义。它们不是作为"性格",而是作为某种精神现象、人生感受的寄存者、体现者、表达者而存在。写"性格",在相当一些"五四"小说家那里,并没有被作为自觉的艺术目的。

不消说,我们只能由文学史的上述事实出发,开始我们的研究。我在下文中之所以把有关的形象内容归纳为苦闷感、孤独感这样一些方面①(而不是"苦闷者""孤独者"等等),正是考虑到了"五四"小说的实际。

然而以上特点仍然是较为外在的、一般性的、易于发现的。难以把握的,是包含在这一时期这一部分作品、这些形象中的内在的特征与演进的趋向,以及这种特征与趋向在多大程度上并以何种方式与实际历史运动、与知识者在这一时期的实际活动联系着。

如前所说,"五四"小说当以知识分子为描写对象的时候,调子是较为低抑的,传达的生活感受(人物的,或作者的;更多的情况下二者浑不可分)是偏于悲剧性的。你在这一时期的有关作品中,随时会遇到处在各种不幸境遇中,被种种个人不幸困扰甚至压倒的"个人",遇到看似"纯粹个人"的欲望,遇到带有某种消极性质的个人情绪的宣泄,而这些"个人""个人欲望"与"个人情绪",又往往联

---

① 这种概括显然只是为了论述的方便。精神现象间的疆域,哪里是可以如此明确界定的?

系于作者的自我。

你感到狭小、压抑。即使现代文学史上最伟大的作家写知识分子的作品,也被公认为给人以重压感。但这不是有关的文学史事实的全部。更应当看到的是,在看似消极的精神现象中,包含着积极的历史内容、知识者的历史进步、知识者与新时期历史的联系,他们的自我批判与社会批判。

"五四"小说中的知识分子形象,其心理内涵方面,"向个人"与"向社会",是一对最具普遍意义的矛盾。二者在具体作家的作品和创作发展中,尤其在"五四"小说的总体及其内容演进中,冲突而又同一,基本趋向则是:由"向个人"而"向社会"——正与现代知识者在"五四"时期以至整个新民主主义革命时期的精神历程相应。① 个人苦闷感与对这苦闷氛围的冲决,个人寂寞感与摆脱寂寞的努力,个人人生问题的思考与思考的突破——有痛苦,也有追求、奋斗,才较近于"五四"时期知识者的精神现实;一面"苦闷""寂寞""思考",一面战胜自我,冲出自我,才更合于中国现代知识者的心理过程与情绪体验。而所有这些精神矛盾都不仅仅属于"五四"时期。它们有更深刻的现实原因与历史根据。它们在"五四"时期之后,不但仍然在知识分子的精神生活中存在,而且仍然被作为文学的对象。直到三四十年代,文学还在接续"五四"时期,在同一方向上记录着知识者在反抗社会、批判自身弱点的过程中艰难行进的历史。

就文学对于生活的关系而言,"五四"小说的内容是片面的。但这种也许是难以避免的片面性,在这一时期文学整体中,并不显得仅仅是一种缺陷。"五四"小说与新诗、散文以至话剧在对同一对象领域的发掘上各有侧重又互为补充,创造者的个人缺欠在"文学家家族"成就的整体性中得到了某种补救。因而应当公正地说,"五四"小说在局限中尽了自己对于时代、对于现代文学发展的任务。正是

---

① 这一对矛盾及其演化,在一定程度上,甚至影响到一时期文学的表现形式、艺术风格的发展演变。

"五四"小说、新诗散文、戏剧依各自的功能以多种角度、形式对知识分子问题的思考和对知识分子形象的表现,给我们留下了可供认识、推想那一时期知识界面貌、知识阶层的生活状态、他们的心灵历史的丰富的感性材料。

应当承认,我们所面对的作品,在思想与艺术两方面都极不平衡。"五四"小说即使在这一点上,也反映着"五四"文学的一般特点:产生了远远超出时代平均数的思想家与文学家,但平均数却不大配得上那个时代;产生了足称典范的文学作品,却也造出了那样多的平庸之作。我不打算忽略这些平庸之作。忽略这"多数"与"大量",就无从如实画出"五四"时期的文学面貌、"五四"小说在知识分子形象创造方面的基本特点。文学史毕竟不是几个天才人物文学活动的历史。文学史在尊重那些杰出人物、典型形象的同时,也应当关心"基本内容""基本心理""基本趋向""总体面貌与成就"。天才只有在具有整体感的叙述中,才有可能被安置在与他们的实际成就相应的位置上;典型形象也只有联系一时期文学广泛的形象内容,才有可能得到更充分的解释与说明。

还应当提到,文学形象是社会历史的、文学史的、作家心理、气质、审美意识等等等等的综合创造物,而由形象的各种构成因素、形象创造的各个环节来把握对象,却是我无法胜任的。因此,本书落笔之先就注定了片面与肤浅。但文学研究之于确有价值的对象,也像创作之于生活,倘若你不徒劳地企图穷尽它,就大可不必因"片面"而气短。一切缺陷和失误(只要不属于"原则性""根本性"的),都会在共同的研究、发掘中,在时间的推移与研究界的进步过程中,得到校正与弥补——这还有什么可怀疑的?

苦闷感与冲决苦闷的努力

这里弥漫着苦闷的空气。沈雁冰为《小说月报》撰文,说"现在青年的烦闷,已到了极点"①。时当1921年,刚刚进入"五四"退潮时期。但我在这里还来不及谈写在"五四"小说中的知识者人生思考中的苦闷、独战社会时的苦闷,而只能涉及郁达夫所谓的"性的苦闷"与"生的苦闷"②。

表现青年知识者的婚姻痛苦和生存压力的作品,一时比比皆是。前一类作品以《沉沦》最为风行,引出淦女士(冯沅君)的《卷葹》《隔绝》、杨振声的《玉君》等大批作品;后一类如叶绍钧的《饭》、郭沫若的《行路难》《漂流三部曲》、郁达夫的《茑萝行》等等。写"性的苦闷"与"生的苦闷",还往往为同一作者所兼擅。有人概括郁达夫小说的题材特点,以为他多写"穷"与"色"③。郁达夫的情况是有相当代表性的。

这似乎还不能算作"五四"时期知识者的特殊不幸。写"色"写"穷"(而且是知识者的"色"与"穷"),中国文学史上代不乏人。使"五四"小说与传统题材见出明显区别的,是"五四"小说家观察生活、思考知识分子命运的自己的出发点,体现在形象中的他们作为"五四"知识者的思维方式与表现方式。那是一个思考的时代。最初抓住的思想往往潜在地影响着作家对于生活的把握。当"五四"小说家开始借助于流行思想观察和思考生活时,他们的确使传统题材在自己的手中变了样子。他们发现了事物之间的新的联系——那是他们的前辈作家无论如何也不能想见的,比如:婚姻爱情与个性解放。

人类认识自我与认识客观世界的历史,是在漫长的过程中积累与递进的。每当一个名副其实的历史新时期到来之时,都必然有认识内容的刷新。反映在"五四"时期小说中的知识者的自我认识与对客观世界的认识,烙印着鲜明的时代标记。应当如实地认为,个性

---

① 沈雁冰:《创作的前途》,《小说月报》1921年7月第12卷第7期。
② 参看郁达夫:《关于小说的话》,收入《断残集》,北新书局1933年版。
③ 比如陈子展的《最近三十年中国文学史》(太平洋书店1930年版)中就写到过:"郁达夫是个潦倒文人,小说多写'穷'和'偷'和'色'……"

解放的思想,对于封建主义长期禁锢中的中国知识者,产生过重大的解放作用。只是当人的自觉、人的尊严感苏醒之后,只是当知识者开始思索自己作为人的生存价值之后,中国知识者才第一次摆脱了传统的思维方式,作为现代知识者,开始了具有现代意义的自我认识。这只是问题的一个方面。问题的另一个方面是,发生在中国知识者中的觉醒,不能不是中国式的。欧洲资产阶级启蒙时期的"个性解放""人的觉醒"等思想,在中国从来没有被赋予过纯粹思辨的色彩。中国传统哲学重伦理,重"人伦日用",即使在思想最称开放的"五四"时期,也由文学这一角反映出来。费尔巴哈的那个"不是从娘胎里生出来的",而是"从一神教的神羽化而来的"抽象的"人"①,是中国现代知识者所陌生的。因此,虽然"五四"当时就有人以为那一时期的流行思想"多撷拾18世纪(按,指欧洲18世纪)以前之学说"②,实则即使同一用语,一入中土,内涵也就与在其发源地有所不同③。问题的更其重要的方面,还在于中国知识者所处的客观历史环境。"五四运动"作为一次社会改革运动,作为一个社会革命过程的先导,它的本质和趋向规定了知识者的思考,不但要向内探索自我,更要向外,探寻自我与时代的联系,探寻个人、知识者在历史生活、社会整体结构中所处的位置④。而在上述客观情势下,纵然生活视界的狭小和新思潮的片面性怎样限制和缩小了"五四"小说家的生活印

---

① 恩格斯:《路德维希·费尔巴哈和德国古典哲学的终结》,《马克思恩格斯选集》第4卷,第232页。
② 高一涵:《近世三大政治思想之变迁》,《新青年》1918年1月15日第4卷第1号。
③ 瞿秋白在《新俄国游记》(后更名为《饿乡纪程》)中,谈到"德谟克拉西"和"社会主义",在"五四"当时的学术界,"自有他们特别的解释,并没有与现代术语——欧美思想界之所谓德谟克拉西所谓社会主义——相同之点"。"由科学的术语上看来,中国社会思想虽确有进步,还没有免掉模糊影响的弊病。"还说,"其时一般的社会思想大半都是如此"。第33、30页,商务印书馆1922年版。
④ 知识者的认识自我与认识世界,作为两个相互关联、有其内在统一性的认识课题,在现代史的不同阶段,既相互渗透又因历史和知识者的自身现实而有所侧重,以至影响到不同阶段有关的现代小说的题材和表现方法。

象、时代感受,他们在小说中提出的许多"个人"的要求,仍然包含着社会要求,通向社会要求。相对狭小的文学主题中已经蕴含了对于自身狭小性的否定。在当时那个半封建半殖民地的中国,一切争取人的民主权利的斗争,都具有历史的进步性质;即使最肤浅的"解放"愿望,也属于 1925—1927 年革命的精神准备:或近或远,或直接或间接,意义或重大或微小,如此而已。

对于我们将要研究的这一部分作品,正宜作如是观。

"五四"小说家当最初喊出知识者的"性的苦闷"的时候,他们的激情正在于,他们要求对于自己作为一个人的正当权利的肯定和尊重,要求"幸福的度日,合理的做人"①。风行一时的《沉沦》,并没有出现一个具体的压迫者、专制主义的化身。小说的抒情主人公呼喊着的是:

> 知识我也不要,名誉我也不要,我只要一个能安慰我体谅我的"心"。一副白热的心肠!从这一副心肠里生出来的同情!从同情而来的爱情!
> 我所要求的就是爱情!

在"五四"小说中,这不是个别的例子。当然,"五四"小说中也有揭露家庭专制的如《黄昏》(王统照)、《玉君》(杨振声),但是在更为大量的作品里,压迫之来并不具体。主人公们似乎陷在"无物之阵"里,与四面是墙而又不见墙的环境苦斗。即使作为人的对立物的"社会"的形象一时还不清晰,而"要求"的民主性质却是明明白白的。因此不止我刚刚提到的那些作品,整个"五四"文学都使人感到一种压迫与挣扎之间的紧张。一方面,是觉醒了的人要求冲出现实生活加之于他们的限制(包括精神上的);另一方面,还未曾经受实际政治变革的社会处处为思想竖起高墙。普遍的苦闷感,正是觉醒

---

① 鲁迅:《我们现在怎样做父亲》,《鲁迅全集》第 1 卷,第 140 页。

了的灵魂在挣扎之中发生的。"五四"小说家(尤其在他们的初期创作中),即使在形成对于当时中国社会关系的完整把握,认清自己在社会结构中的位置之前,已经因新思潮而弄敏了感觉,较之前辈更尖锐地体验到了专制制度下人的痛苦。当然,这种新思潮同时又妨碍了他们对于造成痛苦的社会历史原因的进一步探究。"个性""人的正当要求"与"人的社会性""社会责任",在粗糙的认识形式中被多多少少地割裂了。这种认识特点在一定程度上限制了"五四"文学的成就。

"新思潮"——这里仍然具体指关于"个性解放""人的尊严"的那些思想——对文学的影响,甚至在"五四"小说家关于"生的苦闷"的感受与表现中,也同样显示出来。与"五四"小说描写"性的苦闷"情况不免相似,"五四"小说关于知识者的穷,强调的也不是经济压迫的社会性质,而是知识者的主观精神感受、他们作为人的羞辱感。对于那一代知识者,最可怕的,也许还不是物质上的,而是精神上的剥夺。最为"五四"小说家所关注的,与其说是人物的穷状,不如说是经济压迫在人物那里激起的心理反应。

郁达夫的《茑萝行》《春风沉醉的晚上》《落日》《离散之前》等大批小说作品、郭沫若的《漂流三部曲》《行路难》,以及颇具郁达夫、郭沫若风的王以仁的《流浪》、许杰的《醉人的湖风》等等,写人物穷愁潦倒而又时时顾及体面的种种微妙的典型知识者的心理,真可谓极尽曲折。正是这种典型的"五四"知识分子的心理特征,使这类人物与同一时期小说提供的没落的封建知识者孔乙己的精神特征区别开来。孔乙己记住了自己作为"长衫客"与"短衣帮"的界限,却并无"人"的自觉。而"五四"小说家笔下的当代知识者,常常强烈地意识着自己是"人"。"啊啊!同是血肉造成的我,我原是有虚荣心,有自尊心的呀!请你不要骂我作燔间乞食的齐人吧!"(《茑萝行》)许杰的《醉人的湖风》,把现代读书人在一个"穷"字的威压下的种种辛酸,抒发得淋漓尽致。

——没有钱的人,简直是不该吃饭哟!没有钱的人,简直是不该走路哟!啊!没有钱的人,简直是不该做人,简直是不是人[①]!

正是由这种"人"的自我意识出发,才有对于侮辱人的经济势力的病态的敏感,经济压迫下知识者"自我"的丧失(如王以仁小说《流浪》中"我"在万般无奈之下对旅馆赖账,再如《醉人的湖风》的主人公为了"乞食"而辗转尘埃),在小说家的笔下才具有了一定的悲剧力量。

"啊!算了!这金钱的魔鬼!我是不甘受你的蹂躏,你且看我来蹂躏你罢!"

爱牟突然把那一千两的汇票,和着信封把来投在地板上,狠狠地走去踏了几回……

(郭沫若:《漂流三部曲》)

……他受金钱的蹂躏是太受够了,他如今有了几百块钱了,他要报金钱的仇,他要把金钱来蹂躏了。

(郭沫若:《行路难》)

这是觉醒中的知识者对于自己所处的卑屈地位的抗议。尽管这种抗议带有郭沫若、郁达夫式的夸张与放诞,但知识者对于生活的这一种特殊的敏感,的确是时代给予的。较之人物行为,更真实的,毋宁说是这种心理内容。"人的觉醒"使得对于人的尊严的恶毒戏弄,较之肉体的饥寒,成为更加不堪忍受的东西。虽然在这一时期之后,现代小说中仍然有对于类似的心理现象的描写,但体现在一个时期作品中的观察角度的集中性,却是为"五四"文学所特有的。

"五四"小说家既然不满足于提出一些较低层次上的民主要

[①] 原作如此。据上海商务印书馆1947年版《许杰短篇小说集》(上册)。

求,紧跟着"个性解放"而来的,势必是"解放"到哪里去,"解放"之后怎样。"个性解放"必须也只能在社会解放中、经由社会解放而实现——生活实践、创作实践都推动着"五四"小说家、知识者达到这一认识。在这一方面,最足以代表"五四"文学所达到的认识高度的,是鲁迅的《伤逝》。《伤逝》回答了知识者密切关注的问题,实现了久在酝酿中的创作的重大突破,记录了、反映了已经成为普遍事实的生活及心理过程。反映在《伤逝》中的,是提高了、放大了的民主要求,深刻化了的苦闷。苦闷仍然是苦闷,这里没有丝毫虚假的乐观。但是没有比这种性质的苦闷更能直接导向社会革命的要求的了。

正是知识者对于狭小"个人"的突破,他们对于个人不幸的社会原因的思考,使郁达夫的小说人物在《茑萝行》中愤激地喊出了——

> 唉唉,这悲剧的出生,不知究竟是结婚的罪恶呢?还是社会的罪恶?若是为结婚错了的原因而起的,那这问题倒还容易解决;若因社会的组织不良,致使我不能得适当的职业,你不能过安乐的日子,因而生出这种家庭的悲剧的,那我们的社会就不得不根本的改革了。

上述认识的进步,对于此后的小说创作,发生过重大影响,从一个方面实现了两个文学阶段间的衔接。然而进步在新时期之初毕竟格外艰难,也因此过程在文学中显得特别漫长。视野的狭小和视角的单一,与其他诸多原因结合在一起,限制了"五四"小说的实际成就;但也因"单一"和"狭小",更容易产生共同性,形成较为统一的创作风格。

你可以看到,"五四"文学的上述内容特点和形式特点之间,有着明显的对应关系。无论"性的苦闷"还是"生的苦闷",在相当数量的小说作品中,是人物喊出来的。占据画面中心的,往往不是具体的生活场景,而是那个大声嗟叹、呼喊以至痛哭流涕的"我"①。

关于自己的爱情小说,倪贻德索性声明道:"我这里面所描写的,与其说它是写实,倒不如说它是由我神经过敏而空想出来的好;与其说它是作者自身的经验,倒还不如说它是为着作者不能达到幸福的希望因而想像出来以安慰自己的好。"②

不关心具体的生活过程,不关心环绕人物的客观环境,而过分热衷于传达"我"的主观感受、内心体验——这种特点在"五四"小说关于知识分子"生的苦闷"的描写中,也造成了风格、表现方式的相似性与单一性,使这一批作品与以后类似题材的作品见出了显然的区别。你永远可以凭那种调子,在同类题材的作品中把"五四"小说辨识出来。那是"五四"小说家为自己的意图找到的调子——往往在诉说痛苦时也不失夸张、浪漫,惨伤中夹着自嘲。他们(尤其郭沫若)似乎总有余裕鉴赏自己的贫窭。这种耐人寻味的心理现象的后面,有着中国知识者特殊的思想文化背景③。

---

① "五四"小说家在这一部分作品中,往往夸大了自己的痛苦。这种夸大也部分地是把"自由""独立"绝对化的结果。因而他们的痛苦既是现实的,又是不充分现实的。其现实性,反映了中国知识者的实际境遇、封建势力与封建意识对于人的民主要求的压迫;其不尽现实,则因了超越客观历史条件的绝对"自由""独立"的要求。这在一部分作品中造成了道德意识与审美标准的混乱,使合理性与不合理性、现实性与非现实性、真正的悲剧性与夸大了的痛苦掺混在一起。要求"完全"——如"完全的自由"和"完全的人格独立",符合"思想解放时代"的一般认识特点。由要求"完全"而达到的彻底性,使那一代知识者的优秀代表,得以突破生活对于意识活动的限制,而在某些认识领域、某些方面,走到即使今天的一般认识水平也尚未达到的地方;但思想方法的绝对和片面,也必然引起认识的驳杂混乱,并在实践(包括创作实践)中带来有害的后果。我在《"五四"时期小说中的婚姻爱情问题》一文中,对上述现象试作过分析,见本书"附录"。

② 倪贻德:《致读者诸君》(1924年3月27日),《玄武湖之秋》,第2页,泰东图书局1924年版。

③ 由中国传统哲学、伦理学的"君子固穷""君子喻于义,小人喻于利"等思想熏染,造成中国知识分子特有的物质观、金钱观。这种观念发展到极端,则有"以穷骄人"的奇特的心理现象。中国式的士大夫常常不但不讳言"穷",而且不惜无中生有或随意夸大,如古典诗文中成为滥调的"敝衣缊袍""鹑衣百结"之类,以至把"穷"作成一(转下页)

"五四"时期以后的读者,也许不再习惯于这种调子。但正是这种调子,激动了郁达夫、郭沫若的无数同时代人。这里不但有"五四"知识者特有的生活感受,也有那一时期人们特殊的审美要求。你说是士大夫精神上的奢侈也罢,说是乐天、达观的个人气质也罢,能嘲笑自己的"穷",究竟是一种较为健爽的情绪。但也应当承认,真穷到了绝境的人,是笑不出来的。如果笑,也只能是惨笑——最可怕的一种,不表示自嘲,而表现愤懑或绝望。为郁达夫、郭沫若所用的这一种调子,正与他们夸张、浪漫的个人风格一致。这种调子,到抗战后期,就难得再见于当时的小说——那才是穷到了极度的时候,对于穷的叙写,不但沉重,而且惨厉,令人感到无可逃避的压抑。郭沫若、郁达夫的小说,也给人以压迫感,但那种压力往往由于作者呼天抢地的宣泄而得以减轻。而在抗战后期类似题材的小说中,悲剧感往往凝成阴湿沉重的愁云惨雾,使人感到压在人物肩头的生活的可怕的重量。

(接上页)种士大夫的奢华,在展览、夸炫中感到特殊的满足。"炫穷",多半出于"寒士""布衣"的骄傲(知识者的精神优越感),士人的清高(以言"钱"、言"利"为庸俗)。《世说新语·规箴》篇记王夷甫"口未尝言钱字",可为极端的例子。这一方面是由于中国士大夫传统的价值观念造成的,另一方面也是知识者的实际经济地位与生活方式——"不治生业",不从事物质生产活动和其他经济活动决定的。鲁迅在1935年8月24日致萧军的信中说:"我看用我去比外国的谁,是很难的,因为彼此的环境先不相同。契诃夫的想发财,是那时俄国的资本主义已发展了,而这时候,我正在封建社会里做少爷。看不起钱,也是那时的所谓'读书人家子弟'的通性。"(《鲁迅全集》第13卷,第196页,着重号为笔者所加)据冯雪峰回忆,鲁迅还有写关于"穷"的文章的计划。鲁迅以为"穷并不是好,要改变一向以为穷是好的观念,因为穷就是弱。又如原始社会的共产主义,是因为穷,那样的共产主义,我们不要"。冯"还仿佛记得他说过这样的话:'个人的富固然不好;但个人穷也没有什么好。归根蒂蒂,以社会为前提,社会就穷不得。'"(冯雪峰:《回忆鲁迅·鲁迅先生计划而未完成的著作》,《过来的时代:鲁迅论及其他》,第20、21页,新知书店1948年版)"五四"文学由于处在过渡时期,观念形态方面往往显示出过渡的痕迹。郁达夫等的作品,经常流露出士大夫趣味,表现出与旧文化的较多的精神联系(郁达夫诗文时有表现的在两性关系方面的风流自赏的轻薄态度,即属此类),这里也不妨视为一例。

人生思考和对于思想困境的突破

"五四"知识分子即使在这一方面,也显得那样矛盾。他们由两个极端的方面思考人生:极端现世、实际的,与极端抽象、玄远的。一方面是"食""色"一类最世俗的人生问题,一方面是穷究"人生根本"的哲学热情;一方面是夸大了的"自我""个性",一方面是其大无外也因而茫无边际的"宇宙";等等。

"人生问题"本身,就带有强烈的现代色彩。而追究根本的倾向,通常又总是在历史转折的关口发生的。

> 心呵!
> 什么时候值得烦乱呢?
> 为着宇宙,
> 为着众生。
>
> (冰心:《春水·十六》)

每当"宇宙""人生"一类大题目被众口议论的时候,几乎可以准确无误地判断:生活的深层发生了变动,因而到了一个"重新估定一切价值"的时代。创作于1928年的《倪焕之》,关于"五四"时期,作过如下生动的回顾:

> 一切价值的重新估定,渐渐成为流行的观念。……
> 从刊物上,从谈论间,从书铺的流水簿里,都可以观察出来哲学尤其风行。跟着"人"的发见,这实在是当然的现象。一切根本的根本若不究诘一下,重新估定的评价能保没有虚妄的么?万一有了虚妄,立足点就此消失;这样的人生岂是觉悟的青年所能堪的?哲学,哲学,他们要你作照彻玄秘,永远

启示的明灯①!
・・・・・・

整整一个时期的文学——新诗、小说、散文,都感染着这种哲学热情。这是冰心的哲理小诗产生的时期。在这段时间里,刘半农写出了他的《敲冰》,朱自清写出了他的《毁灭》。②。

此外,还有沈尹默的稍觉朦胧的《月夜》《三弦》、周作人的《小河》《过去的生命》以及《歧路》,更不必说郭沫若"以哲理做骨子"③的《凤凰涅槃》。这是用诗行进行的人生探索。小说家和他们的小说人物也常常沉醉在哲学沉思中,以至"思想者"成为一部分知识分子形象的统一的精神标记。当《海滨故人》(庐隐)开篇时,一群少女中那个最为作者怜惜的露沙(作者的自我形象),正犯着由"人生到底作什么"引起的"哲学病";张闻天的长篇小说《旅途》的主人公,同样耽于哲学思考,不免要像当时一般青年知识者那样,"到坟墓中去徘徊,想到些人类生生死死的根本问题";冰心小说中的青年知识者,也"很喜欢哲学",正在为"到底是吃饭为活着,还是活着为吃饭"这样玄妙的问题而"烦闷"(《烦闷》);至于王统照,一个时期他笔下的小说人物,几乎不约而同地染上了已经成为时尚的哲学癖。

类似情况早在19世纪40年代的俄国知识者那里就已经发生过。屠格涅夫在他的《回忆录》里,追述了那些使人心神不宁的问题"烦扰"着他和别林斯基的情景。这些问题包括"人生的意义、人们相互间的关系和对上帝的关系、世界的起源、灵魂的永生之类"。屠格涅夫接下来说,尽管他本人和别林斯基"都完全不是哲学家,也没

---

① 着重号为笔者所加。
② 《敲冰》以象征形象,概括一种坚韧奋进、积极进取的人生态度。这种形象在同时期的小说中是较为少见的。《毁灭》则写人对于使人丧失"自我"的外界压力的胜利。"我"一度迷失在"浓浓的香""腻腻的味"中。"我"的本性在异己的力量的捉弄下,渐趋暗昧,以至"靡靡然"、昏昏然。但"我"终于振拔,"我"的心灵喊着"回去!回去!"回到"我的故乡"去,"摆脱掉纠缠,还原了一个平平常常的我",走一条坚实的人生道路。以长诗的形式记录一个完整的人生探索的过程如《毁灭》者,亦属难得。
③ 宗白华致郭沫若(1920年1月7日),《三叶集》,第25页,亚东图书馆1927年版。

有抽象地、纯粹地、德国人式地思索的才能……而我们当时却要在哲学中探索宇宙间的一切,只有纯粹的思维除外"。①

第一次世界大战后的欧洲青年,也经受过看起来相似的问题的煎熬:"人生究竟是为了什么,人生究竟有没有意义,还仅仅是盲目命运造成的一出胡里胡涂的悲剧。"②——问题和问题的提法就已经显得悲观;那部分地由于欧战和战后经济崩溃的刺激。

反映在小说中的"五四"青年知识者的哲学兴趣,远没有当年俄国知识者那样广泛。他们的思考固然没有德国哲学的纯粹思辨的色彩,也没有达到别林斯基时代俄国知识界所达到的深刻性。甚至对于许多思考着的个人而言,他们的思考始终没有真正进入过哲学思维的境界。他们关心的,与其说是抽象的"道",毋宁说是具体的实实在在的一个"怎么办"。他们几乎是自然而然地使哲学人生化、实际化——或多或少也正是中国化了。

未及消化的外来的哲学思想,既然不能在作品中造成真正的理性色彩(更不消说产生"哲理小说"),而"哲学"又那样空泛,无从捉摸,因而较为具体的,通常只是被哲学困扰着的知识者的情绪和心理状态而已。

王统照的小说主人公,就总是沉溺在零乱而飘忽的冥想中。思致并不活泼,仿佛幽咽在乱石间的一泓水,流得有些艰涩。在王统照的人物那里,这经常是一种没有结论的思考,令人感到作者与他的人物一起,在繁重的思绪中沉下去,沉下去。

> 但雨点落在地上,滴答滴答,拍蹋拍蹋地响,在他一时的幻境中,他又似已经领悟到其中的意义,但他却始终没有寻个端绪来。
>
> (王统照:《雨夕》)

---

① 屠格涅夫:《回忆别林斯基》,《回忆录》,蒋路译,第25、27页,人民文学出版社1962年版。

② 语见周煦良译毛姆《刀锋》,这是小说主人公拉里对未婚妻说的话。

似乎无所不思,又似乎一无所思。一切都费人猜测、揣想,却总也寻不出"端绪"来。"也像俄国新思想运动中的烦闷时代似的,'烦闷究竟是什么? 不知道。'"①

上述情况决定了"五四"时期这类小说的一般特点:就表面看,某些"五四"小说家(比如冰心、许地山)表现出对人生进行哲学概括,以小说传达某种哲学世界观的意向。但所谓"世界观"不是作为对整个生活完备系统的哲学认识,包藏在作品的总体构思中,包藏在小说家构筑的整个艺术世界里,而多半是借助简单的情节,由人物直接表述出来,因而与西方现代派作品看不出什么明显的相似之处。更值得注意的是,即使感伤,即使时作愤激语,这些小说中的哲学,仍然显示出一种尽管不免幼稚的乐观主义。一时间的确有人描写知识者失望之余的疲倦以至恨世,但更多的作者却在不约而同地颂扬着"人间爱"。

我在上文谈到"五四"小说家不长于抽象思维,但我在这里还得说,他们在这一时期特殊的艺术追求,偏偏造成一部分作品内容的抽象性。比如王统照、冰心、许地山的演绎"爱的哲学"的那些作品。"真理要探讨,梦境也要追寻"②,而后者永远比前者更便捷,也更合于知识者的习惯。因此哲学与梦常常搅在一起。或以探讨哲学始,而渐入于梦境——比如,用"爱"编织的梦。

使看似具体的描写显得抽象的,往往是作者们加给这具体的"人间爱"的非其所能承担的抽象意义。把具体的人与人的关系抽象化了的,是被《一叶》(王统照)的主人公天根确信"为人间的最大的补剂"的那个"爱",是《旅途》(张闻天)中那一对相爱的青年男女发愿使之"变作伟大的太阳挂在太空中,光照着一切陷在迷途中的青年"的那个"爱"。"爱"在这里不仅具有人生哲学的意义,而且被夸张为调整整个社会关系的杠杆。即使具体描写如何真切到入微,

---

① 瞿秋白:《新俄国游记》,第31页。
② 郭沫若致宗白华(1920年2月16日),《三叶集》,第44页。

这种对于生活的哲学认识也不能不造成一些作品艺术构思的虚假性。

问题主要还不在于一种哲学能否成为文学作品创作构思的出发点,而在于这种哲学本身,是否是由对于现实关系、社会人生的正确把握中引出的。"爱的哲学"本身的虚伪性质,使小说家们难以处理"哲学—情节"的关系。在不少情况下,他们为了"哲学",不得不把生活净化、单纯化了。现实性消融在了观念里。冰心的作品不厌重复地使用着相似的艺术构思,让孩子充当带"爱"的福音给人间的天使。而在这些时候,作为目的的,从来是"问题"或"哲学",而不是"性格"。人物仅仅为了表达思想、容纳"哲学",才被造出来。人物、故事的后面,最真实的,毋宁说是作者、知识者的善良愿望,对于理想社会、合理人生、健全的人与人关系的愿望。这是中国现代知识者初次在文学作品中表达出的生活理想。新世纪的"初民"还不可能形成有如20世纪欧美文学中那种深刻的悲观厌世的人生哲学。虽然有一种广大浮泛无所不及的悲剧感,难以明言、难以诉诸理性分析的"烦闷",虽然有巨大的人生之谜,但观其总体倾向,却并没有强烈的个人渺小感。未曾参透奥秘的人们也还没有丧失自信。[①] 他们可能幼稚,可能肤浅,却不可能否定生活,否定人类。普遍于、深藏在他们那些感伤的作品中的,倒是一种"理想主义"。这些小说的认识价值

---

① "五四"时期确有一部分作品,使人感到,在作者肤浅的人生感受与幼稚的哲学思考的面前,有一个绝大的"人生之谜",俨然冥冥中有更大的主宰,宇宙、人生存在着非人类所能够参悟的奥秘。"人生问题"的困惑达于极点,也有过厌世、恨世的倾向出现。你可以想到庐隐的《丽石的日记》《海滨故人》、王统照的《霜痕》《冲突》。正是针对青年中的上述倾向,鲁迅写了他的"随感录"六十二《恨恨而死》。但阿尔志跋绥夫的绥惠略夫(《工人绥惠略夫》)那样彻底的恨世者,究竟难得见于中国社会。"憎恨人类"的思想,在中国是缺乏根柢的。因而虽然王统照的小说人物以为"世人可憎,触处皆是","所遇之人,皆面冷心险;所历之社会,皆沉沉有死气"(《霜痕》),似乎真的要以一把愤火,不问玉石,一直烧过去,其实不过是欲改造中国而不得其道途时的愤言而已。过分的夸张使人物的思想、姿态显得僵硬,似乎一味矫情;描写间也常常见出模仿的痕迹。

也许首先就在这里。

　　由1917年到1925年间的匆匆八九度春秋,即使真正的哲学思考也来不及达到结论,何况中国知识者没有经受过抽象思维的充分训练,历史也没有提供必要的余裕。充满苦难的中国社会,难以找出一间浮士德式的书斋,供知识者作哲学沉思。迅速临近的社会革命,势必把知识者的思维,有力地吸引到远为重大急迫的问题上来。事实上,"人生问题"上的哲学热情在那一代知识者中只持续了短短的一段时间(你还一定注意到了,这种哲学兴趣在诸如鲁迅、叶绍钧等有较大影响的作家的小说作品中,几乎没有留下痕迹)。瞿秋白是一个例子。在一度的"人生迷惘"之后,青年瞿秋白毅然首途,"到饿乡去了"。——那本是一个巨大行动前的思考时期,思考必然地代之以行动。

　　"五四"小说包含了这一内在逻辑。历史运动的推动,使"五四"小说家逐渐从各自思考的局限中摆脱出来,一度迷失在思想的旷野中的人们,脚下都多少触到了坚硬的路面,或先或后地走向明朗、坚实的一路去。反映在王统照小说中的这一过程,仍然具有一定的代表性。王统照1923年的小说《技艺》,写一个懒散、浪漫的青年,自从看了几个艺人晨间刻苦习艺的一幕,听了他们那些切实的人生感喟之后,思路不觉转了方向:"照例研究的"哲学名著《人生之意义与其价值》,使他怀疑起来。"他向来不知由人生中得来的意义与价值,是个甚么本体?有甚么作用与效果?不过他因为要研究现代哲学家的学说,不能不看过罢了。他这时更觉得那些精神生活,及灵肉调和的抽象的名词,总不过只是抽象的名词罢了。"他恍然触摸到了"人生"的某些结实的方面,从纯粹知识分子式的玄想中拔出腿来,感到在那些辛苦辗转挣扎求生的人们面前,他自己的"人生问题"不免太狭小,分量太轻了。这不是否定"人生问题"本身,而只是否定当时所谓"人生问题"的纯粹知识分子色彩。这种否定自然使得"人生问题"由知识分子的哲学冥想,下降到现实的地面;将知识者的人生,联系于广大的人生;把"人的存在及其价值"一类问题,归结为对于人的生存条件的社会改造。经由这种否定，才令人较为亲切地触到了"众里寻他千百度"的那个"人生的究竟"。

事实上，即使在哲学的迷误中，也就已经包含着知识者改革社会的朦胧愿望。"爱的哲学"反映出的，不正是知识者对于社会不平等这种普遍的生活缺陷的发现？因而，几乎势所必至地，一味礼赞"光"和"爱"的冰心，写出了她的《分》。庐隐也慨想到，"为了怜悯一个贫病的小孩子而流泪，要比因自己的不幸而流泪，要有意味得多呢"(《曼丽·寄燕北故人》)。许地山三四十年代写《春桃》《铁鱼的鳃》——以另一种眼光观察到的"人生问题"。但这不是"人生问题"的取消，而只是"人生问题"的扩大："人生问题"回到了广阔的生活中。知识者的人生观问题不但依然存在，而且依然被此后的文学所关注，只不过思考方式与表现方式都必然地变更了。

最后还应当说明的是，即使上述发展，也不足以抹去我们上文所谈到的那些作品的意义。朱自清写《中国新文学大系诗集·编选感想》，以为"五四"新诗偏于"说理"，"人生哲学、社会哲学都在诗里表现着"，尽管这些诗"理胜于情的多"，"但是到底只有从这类作品里，还能够看出些那时代的颜色，那时代的悲和喜，幻灭和希望"。看"五四"小说也应当用这样一种眼光：那种不成熟的思考和不完善的表现形式，令人真切地感觉到的，正是"五四"青年的呼吸。

无论怎样迂曲，"人生问题"的思考毕竟走出了自己的狭隘性，小说家与那一代知识者，在生活的坚冰间，艰难而缓慢地向前了。

　　　　敲冰！敲冰！
　　　　敲一尺，进一尺！
　　　　敲一程，进一程！
　　　　……[1]

---

[1] 刘半农:《敲冰》,《新青年》1920年4月第7卷第5号。

孤独感与打破障壁的愿望

你以为奇特吗？"五四"小说中知识者个人与社会的新的联系建立的最初信息，却是由看似相反的方向发出的：知识者的孤独。

这才是一种知识者更为普遍的精神标记：孤独感，寂寞感，隔膜感。鲁迅的著名短篇小说《孤独者》，也许是"五四"时期唯一的一篇题作"孤独者"的小说，但在同时期的小说作品中，你却可以随时遇到各种类型难以数计的"孤独者"。如果说"生的苦闷""性的苦闷""人生问题的迷惘"，还都属于特定的作品系列、特定的人物群，那么唯有上述精神标记，普遍于不同境遇的知识分子人物全体。那些苦闷着、思考着的知识者，往往同时又是程度不同、表现方式不同的孤独者。他们孤独地苦闷、孤独地思考，同时意识到自己处境、心境的孤独，在诉说、表现孤独中，显示出摆脱孤独的意向或努力。这里汇集着一个更大的共同性：形象的心理特征的共同性、小说家们对于一时期知识分子精神特征的把握角度的共同性。

鲁迅小说中写于《孤独者》前后的几个知识分子人物，如在世人的麻木中麻木了自己的吕纬甫，孤立无援地奋斗并失败的涓生、子君，都应当列入"孤独者"一类。那个自觉到"生则于世无补，死亦于人无损"的"零余者"，是为郁达夫发现的"孤独者"类型。这是那一时期青年熟识的"忧郁病患者"，即使"坐在全班学生的中间"，即使"在稠人广众之中"，他也"总觉得孤独得很"，甚而至于"比一个人在冷清的地方，感得的那种孤独，还更难受"（《沉沦》）。在陈炜谟的"Proem"（收入《炉边》）中充当主角的，仿佛就是"寂寞"本身；他又在另一篇《寻梦的人》（无聊而至于"寻梦"，足见"寂寞感"之深）中发问道："在寞寞中生下来的人，在寞寞中养大，也要在寞寞中埋葬么？"庐隐《一个著作家》里的那位著作家（收入《海滨故人》），据说是"世界上一个顶孤凄落寞的人"。王统照的《霜痕》一篇可谓善写

"寂寞"了,主人公茹素不意撞倒了一辆溺桶车,却在车夫的恐怖战栗中狂笑道:"不寂寞!……只是不寂寞呵!……任何事都有趣味……呵呵!车夫,你的工作就完成了,省却你再走多去的路,我寂寞的过活中,有这一来,多少总有点臭味了……"而且"兴奋地举起左臂来向鼻间嗅了几次",其狂态可见。

知识者的孤独感,几乎可以称为世界性的文学主题,而孤独,则是不分地域、不分时期的知识者共同的家族纹章,在某种尺度下,还被作为耻辱的标记、无药可医的痼疾。郁达夫(或者说他的主人公)曾经不无困惑地说:"我想这胸中的苦闷,和日夜纠缠着我的无聊,大约定是一种遗传的疾病。但这一种遗传,不晓得是始于何时,也不知将伊于何底,更不知它是否限于我们中国的民族的?"(《过去集·一封信》)"五四"小说对人物孤独感的着意渲染,其中也不无把体味孤独作为精致的精神享受的知识者的奢华。他们中的有些人,半是自怜,半是骄矜,不唯宣泄、展览这孤独,而且不惜放在舌尖上,细细地品味咀嚼,顾恋再三,低回不已。郁达夫即使在这类场合,也显示着他一贯的坦白。他孤独,他玩味这孤独,从中尝到微甘;他感伤,狂呼,在狂叫中体验着快意,并欣赏自己这狂态。他曾表示过"人生一切都是虚幻",只有"凄切的孤单",是"我们人类从生到死味觉得到的唯一的一道实味";而"牢牢捉住了这'孤单'的感觉,细细地玩味",然后把它表现于艺术,"便是绝好的'创造'"。他甚至不无天真地对友人说:"沫若!我说你那一篇《歧路》写得很可惜,你若不写出来,你至少可以在那一种浓厚的孤独感里浸润好几天。现在写出了之后,我怕你的那一种'凄切的孤单'之感,要减少了吧?"(《过去集·北国的微音》)

但是"五四"小说家在同时代的知识分子(同时也在自己)那里,绝不仅仅发现了所谓的"精神遗传"。他们既然是"时代儿",被他们所描写的孤独感,必然从各自不同的方面联系着、映照着时代生活的变动,曲折地包含着知识者的心灵世界与外部世界的特殊联系;而对于孤独感的种种不同角度的描写和解释,也必然印现着小说家各自不同的现实处境、思想特点、个性与气质。这些不同一旦汇流在一起,难道不也令人看出那一时期知识者精神现实的丰富性与复杂性?

这里的确有不同质、不同思想根柢的孤独——历史的积淀物使人与人不能相通的孤独,历史运动改铸了社会关系造成的新的孤独,思想前进了的知识者处在变动缓慢的生活方式中感到的孤独,先觉者为麻木、蒙昧所包围而经验着的孤独,知识者当尚未找到走向人民之路,尚未找到与工农劳动者之间的精神桥梁时不能不体味到的孤独……

孤独感作为"五四"小说中知识分子人物普遍的心理现实,恰恰像一方双面镜,一面映照出历史转折期社会关系的某些特点,一面映照着知识者自身的实际(包括他们的精神弱点);既令人看到社会变动在知识者这里的独特的心灵映象,这种心灵映象中又有着知识者自身的某种本质。

叶绍钧的第一部小说集题作"隔膜"。收入集中的小说《隔膜》的内容,今天看来,应当说是很平凡的——小说的主人公"我"(也不妨部分地看作叶绍钧的自我形象),在阔别之后重返故地。在亲朋故旧之中,"我"期待着亲情和友谊,期待着人与人精神上的感应、共鸣,心与心的相接。但是"我"在每一处看到的,都是并非出于必要的敷衍,心口不应的酬对,冷漠,麻木,虚伪……"我如漂流在无人的孤岛,我如坠入于寂寞的永劫……"这种感喟,像是同一位作者写在前一年的《旅路的伴侣》中类似慨叹的回声:"我是怎样的孤寂呵!统计全船的人,大约在十五以上,可是我觉得一个也没有,止有孤单的一个我。……心和心之间筑起了无形的坚壁,厚实而致密,决不容摇撼或窥探,那就令在千人万众之中,又怎能不引起孤寂之感呢?"这似乎可以看作叶绍钧创作中"'隔膜'的发现"时期,因而他的小说里才让人们看到那样普遍地竖起在人与人之间的"无形的坚壁"。①《云翳》令人看到了爱人之间的隔膜,《义儿》则让人看到至亲骨肉——父母与幼子之间的隔膜。即使在《饭》中,受着饥饿的威胁、感染着父母的忧惧的乡村学校中的儿童,和同样生活在穷愁中、为生计而忙迫的他们的教员,感情也并不相通,后者反为前者所讪笑。那篇《小铜匠》,当谈到作为教员的"我们",和曾一度就学而后当了小铜匠的学生时,你所熟悉的叹息声又响起了:"我们与他们,差不多站在两个国度里,中间阻隔着一座高且厚的墙。彼此绝不相通……"

这绝不是一种自私的纯粹个人的悲哀,而且也不是仅仅由叶绍钧一个人感受到的。王统照小说中一对朋友在月下倾谈的时候就说过,"人间原是张了隔膜的密网,要将人们全个笼在里面的"(《钟声》)。直到写作《灵海潮汐》②诸篇时,庐隐的人物还在诉说着:"隔膜仿佛铁壁铜墙般矗立在人与人的中间。"(《何处是归程》)这里不免掺混着"众醉独醒"的知识阶级的自我优越感,但其主要方面,是经由知识分子的心理现象对于社会历史和现实关系的映照。

普遍存在于社会生活中的人与人的隔膜,是长期封建专制的弊害之一。序俄译本《阿Q正传》时,鲁迅痛切地说过:"别人我不得而知,在我自己,总仿佛觉得我们人人之间各有一道高墙,将各个分离,使大家的心无从相印。这就是我们古代的聪明人,即所谓圣贤,将人们分为十等,说是高下各不相同。其名目现在虽然不用了,但那鬼魂却依然存在,并且,变本加厉,连一个人的身体也有了等差,使手对于足也不免视为下等的异类。造化生人,已经非常巧妙,使一个人不会感到别人的肉体上的痛苦了,我们的圣人和圣人之徒却又补了造化

---

① 顾颉刚在《隔膜·序》(1921年7月10日)中引录叶绍钧的如下一段话:"我有一种空想,人与人的隔膜不是自然的,不可破的。我没有什么理由,只是一种信念罢了。这一层膜,是有所为而遮盖着的;待到不必需的时候,大家自然会赤裸裸地相见。到时,各人相见以心不是相貌以貌。我没有别的能力,单想从小说里略微将此义与人以暗示。……"他认为,这是叶绍钧"近来做小说的宗旨"。

② 《灵海潮汐》,上海开明书店1931年1月初版。

之缺,并且使人们不再会感到别人的精神上的痛苦。"①这种"因为古代传来而至今还在的许多差别,使人们各各分离"的意思,鲁迅在其他文章中也谈到过。②

这里有着重重叠叠的历史的投影。

李大钊在他的政论中,也解剖了同一种社会病象,虽然对病源的分析未免失之简单、片面,而所开的药方也未必恰对症候:"我们觉得人间一切生活上的不安、不快,都是因为用了许多制度、习惯,把人间相互的好意隔绝,使社会成了一个精神孤立的社会。在这个社会里,个人的生活,无一处不感孤独的悲哀、苦痛;什么国,什么家,什么礼防,什么制度,都是束缚各个人精神上自由活动的东西,都是隔绝各个人间相互表示好意、同情、爱慕的东西。人类活泼泼的生活,受惯了这些积久的束缚、隔绝,自然渐成一种猜忌、嫉妒、仇视、怨恨的心理。这种病的心理,更反映到社会制度上,越颇加一层黑暗、障蔽……"而解除这种"束缚""隔绝""障蔽",则首在"精神解放"。③——当然,问题的解决途径绝不会有如此的直截痛快,而如果病象的主要病源——专制制度及其残余还存在,普遍的隔膜是不会最终被击破的。

隔膜作为一种社会病象,尽管不是到了"五四"时期才存在,却是在这一时期才被普遍地发现、感受,而且感受得如此尖锐的。这是因为先觉者第一次发现了现存社会,发现了现实关系的不合理性,至少朦胧地感到了这一点。正是这样的发现,使得被忽略、容忍了几千年的东西,突然间变得令人无法忍受。因而隔膜虽然未必都是"时代的",上述那一种"隔膜感",却毫无疑问地是时代的。

既往的历史,不过是造成隔膜的一个原因,而且在当时,还不是最为主要的原因。隔膜在"五四"时期,首先是从社会关系的新变动

---

① 鲁迅:《俄文译本〈阿Q正传〉序及著者自叙传略》,《鲁迅全集》第7卷,第81页。
② 参看鲁迅:《灯下漫笔》,《鲁迅全集》第1卷。
③ 李大钊:《精神解放》,《新生活》1920年2月8日第25期,署名孤松。

中发生的。

历史的每一次非常态的突进,都势必在社会的人与人之间造成新的隔膜,使陌生的变得熟悉,让熟悉的见出疏隔;令曾经亲近过的人们疏远,而又让素无缘分的陌生人走到一起来。仅仅思想界在短短数十年间的三次"伟大的分裂",就在知识者群中实现了多么复杂繁复的分化、组合。上文所谈到的叶绍钧的《隔膜》,就透露出了此中消息。把亲朋故旧与"我"隔开的,固然是"他们"对时代变动的冷漠,也未始不同时是"我"自身的思想变迁。虽然在小说中这两面都不免朦胧。作者记录下了这种心理感应,却未必能够诉诸理性的判断。这些作品并不能给人以时代的尖锐感。而当作品产生的那一短暂时期过去之后,这类小说也就无从再次激起人们的感应与共鸣。

更深刻也涂染着更强烈的时代色彩的,是反映在"五四"小说中的真正先觉者的孤独。只有这种孤独感,才重浊地震响着历史冲突在个人精神世界中撞出的回声,才更能称之为"时代矛盾在具体人物那里的心灵映象"。

"五四"小说中刻画最有力的孤独者的形象,是鲁迅的魏连殳。

曾经"出外游学",受过现代教育的魏连殳,常常发些异端气味的议论,因而被人们视为异类的魏连殳,不见容于社会、流俗,自己也轻蔑社会、世俗眼光对他的轻蔑。他的武器是沉默。这是一个岩石一样沉默着的孤独者,绝对不像当时浪漫主义小说流行的主人公们那样神经脆弱而工愁善感。然而最可悲哀的,也许就是"叫喊于生人中,而生人并无反应,既非赞同,也无反对"①吧。鲁迅比之为"沙漠"——"沉重的沙……"②魏连殳是否叫喊过,小说没有明显的提示。也许在开口之先,就已被"沙"窒死了。包围着魏连殳、吕纬甫,陷他们于可怕的孤独的,是蒙昧的"多数",历史的"无主名无意识的杀人团",生活的消磨人的停滞性、落后性。这不是"一个人的受

---

① 鲁迅:《呐喊·自序》,《鲁迅全集》第1卷,第417页。
② 鲁迅:《为"俄国歌剧团"》,《鲁迅全集》第1卷,第382页。

难",因为站在这儿的,是背负着历史与民族苦难的"一个人"。

较之同时代人,鲁迅有敏锐深刻到无可比拟的悲剧意识,他的痛苦也因而深切得无可比拟。正是这样的鲁迅,才习惯于以对整个中国历史的批判眼光看人物的个人悲剧,把历史的悲剧集中在"个人"身上。也只有这样的"个人"及其命运,才足以寄托他的忧愤,才足以负载他对于历史的沉思。如此饱满的性格在"五四"小说知识分子形象群中是极为罕见的。因有鲁迅,"五四"文学才有了这一个"孤独者"和他的"孤独"。

正如已经有人指出过的,魏连殳形象的深刻性首先在于,鲁迅是由先觉的知识者与人民群众的关系这一角度观察人物、提出问题的。问题本身就尖锐、深刻。

"五四"小说所反映出的知识者和劳动者的关系,在整个现代文学史上都是一种独特的现象。"关系"的独特性在于:以后时期的作品从来没有像这一时期那样,深刻的悲悯与明确的批判倾向结合在一起。我在这里不只指那些直接表现知识者与劳动者间的接触(即二者出现在同一画面上、至少同一情节发展中)的作品。"五四"小说作为知识者的创造物,其中关于劳动者的描写,都或多或少地渗透着一时期知识者的心理倾向。具体而言,即"五四"文学即使在处理知识者与人民群众的关系时,也同样显示出知识者在历史新时期的强大自信。

基于这样一种带有普遍性的自我意识,李大钊在1920年说:"五四以后,智识阶级的运动层出不已。到了现在,智识阶级的胜利,已经渐渐证实了。我们很盼望智识阶级作民众的先驱,民众作智识阶级的后盾。智识阶级的意义,就是一部分忠于民众作民众运动的先驱者。"[①]

"五四"新文化运动和学生爱国运动,肯定了现代知识者在社会生活中的地位,提高了知识者的自信与历史主动性。他们自然地只

---

① 李大钊:《智识阶级的胜利》,《新生活》1920年1月25日第23期,署名孤松。

能由他们所处的生活现实、他们的社会观察和自我感觉出发,理解知识者与民众的关系,因而有鲁迅的"哀其不幸,怒其不争"——不只在《阿Q正传》里,也在《祝福》里,甚至也在《孤独者》里。虽然《孤独者》中包围着魏连殳的寒石山人,大良、二良的祖母,更蒙昧到可怕,使人感到不堪承受的重压。

鲁迅沉痛于魏连殳的沉沦,也(或者说"更")沉痛于沙漠一样的普遍的蒙昧、麻木。因此闰土的穷蹙固然让他悲哀,但那恭敬地叫出的一声"老爷",才真正使他闻之心惊。大悲哀在这里。这是鲁迅发现的隔膜——"一层可悲的厚障壁"。鲁迅的思考既与同时代其他作家相通,又达到了别人所未能达到的深刻性与尖锐性。

正因为"五四"小说家是"知识者",在那一时期,他们才有可能获得观察中国问题的如此深刻的眼光,他们才能批判地看待劳动者精神上的历史沉积物。作为那一时期具有自觉意识的人们,"五四"知识者在这种思考中,显然超越了知识者层的局限性。由先觉的知识者出发的批判,在当时,真正代表了历史的要求与生活智慧。就这一点也同样可以说,"五四"作家构筑的艺术世界有其狭小性,但是作者们在某些具体方面表现出的独特的历史感、思想深度,却是此后的创作难以超越的。

鲁迅作为"五四"文学的巨擘,他的作品在这一方面对于自己时代文学的典范意义,固然在于他对知识者孤独感的独特发掘,同时也在于当他使知识者与劳动者处于同一画面时,他不止于悲悯与批判,而且致力于发现——发现一个联结点,发现知识者在历史新时期的新的社会联系,发现使知识者摆脱个人孤独感的新的可能与推动力。在这一方面,鲁迅代表了而并非遮没了同时代人。

这一代作家由劳动者那里首先发现的,是对方的道德美——是道德美,还不是"革命本能"或"革命潜力"。待到叶绍钧让他的倪焕之向一个工人赞叹:"露胸的朋友……你伟大!你刚强!你是具有解放的优先权者!"(《倪焕之》)那已经是大革命之后。"五四"作家的发现,毋宁说跟他们笔下的人物故事一样平凡——虽平凡而并不浅薄。

出现在他们笔下的最动人的情景,几乎都包含着对照的性质。比如在鲁迅的《一件小事》中,在郁达夫的《春风沉醉的晚上》《薄奠》里。因为用意固然在写劳动者,却更在"自我认识"。

> ……而且他对于我,渐渐的又几乎变成一种威压,甚而至于要榨出皮袍下面藏着的"小"来。
> （《一件小事》）
> ……我觉得我的周围,忽而比前几秒钟更光明了。……
> （《春风沉醉的晚上》）

《一件小事》给予人的震撼是如此持久,以至30年代塞先艾写《赶驮马的老人》时,不自禁地采用了相似的收束:

> 我没有回答一句话。痴呆地立在田塍上,看着那个赶驮马的老人的影子在树林里消失之后,才怏怏登上往炒米铺的山坡,耳边还听得见那远袅的轻灵的马蹄声。但是我的人格渐渐被扩大了起来。

令人想起俄国著名诗人的诗句,

> 未曾被奴役损坏的
> 那颗自由的心——
> 人民的那颗心呵,
> 是黄金,是黄金!
> （涅克拉索夫:《在俄罗斯谁能快乐而自由》）

正是对劳动者"道德美"的发现,使有关的"五四"小说,在精神上更接近于19世纪俄国文学,而且也像那一时期俄国的革命民主主义者,即使赞叹,也仍然不失自信。这种平等自然的态度,正合于"五四"知识者普遍的民主意识。你感到他们笔下一切朴素,朴素得像生活的原色,没有造作,没有装腔,没有对于"他们"的言不由衷的谀词,也没有对于"我"的超出实际的贬责,甚至没有过甚的形容——所有的,仍然是"五四"小说家的质直与坦白。但是,知识者的人格,却因此而扩大了。正是上述"道德发现",有力地推动着一代知识者逐渐走出孤独。也许有关作品压根儿没有提到或暗示这一点。但当他们写到人物上述新鲜的生活感受、内心体验时,本身已经意味着对于"众醉独醒"式的知识分子自我意识的某种否定,对于狭小的个人世界、个人精神世界的某种否定。

我们还仅仅提到了鲁迅与郁达夫。上述文学现象绝不只是在个别作家那里偶然地出现的。叶绍钧的《苦菜》,明白地表露出一种希望了解劳动者内面生活的意向。庐隐在小说《灵魂可以卖吗》中,让一个女工提出"灵魂可以卖吗"这种知识者式的问题,足以见出作者与对象之间的隔膜。但除了隔膜,你还看出了别的什么——或者也可以概括为渴望精神上的沟通,和打破"障壁"的要求吧。更不必说同一时期文学中写劳动者命运的一批优秀之作。

单纯的"道德发现"作为一层认识阶梯,也被迅速跨越了。20世纪的中国究竟不同于19世纪的俄国。对于中国现代作家,大变革来得快得多,也猛烈得多。社会革命使一切都变动了——包括文学,包括文学对劳动者的认识,当然,也包括文学中的知识者与劳动者的关系:直接表现出的,与融化在创作心理中的。

在整个现代史上,知识者不懈地探寻着走向人民之路。正是经由这一特殊方式,他们达到了与历史新时期——新民主主义革命时期的密切联系;由他们的实际生活经历、由他们与下层劳动者的实际联系中,更深刻地理解了民主革命的历史任务。现代小说记录了这一过程。而在这一方面,"五四"文学不失为意义重大的开端。尽管反映在"五四"小说中,最初的联系不免是脆弱的,而且掺混着所谓"浅薄的人道主义",但却不能简单地归之于"站在统治阶级剥削阶级的地位来可怜洋车夫老妈子"的"洋车夫文学"和"老妈子文学"①。"五四"小说家以自己特殊的方式,表达了他们日益加深的时代感、历史感:不只时代在呼唤知识者,知识者也在呼唤时代。

小说家·抒情主人公·抒情时期

这是中国现代文学史上的抒情时期。人一旦被部分地解除了束缚,当他张开口来的那一瞬间,所能发出的,必定是一串长长的呼喊或者嗟叹。他的第一个冲动是抒发,让压抑了按捺了几千年的内在激情,江河般地奔涌出来。

抒情氛围笼盖了"五四"小说界,以至使得当时最冷静最持重的小说家,也不能自禁地设法为他们的激情寻找出口。不必去说郁达夫、郭沫若和他们的追随者,也不必说冰心、庐隐、王统照、淦女士,即使叶绍钧,你也看不出他的《隔膜》《旅路的伴侣》等篇,与同时期的另一些作者的小说,有怎样显著的风格差异;即使鲁迅,由他的《故乡》《一件小事》《孤独者》《伤逝》,你难道不曾感觉到作者个人激情在客观性的外壳中,以至以主观抒发的方式,在字行间跃动?你难道不以为那些个第一人称的叙述者"我",有时正是代表作者直接对生活发言?

当然,这些歌者各有自己的歌喉,从唇间流泻出的情绪是各自不同的。郭沫若的感情,即使在叙事体裁的小说中,也总是突发性的。他把他的新诗的旋律、节奏,带进了小说世界。如果以他所喜爱的形象"火"作比,他的情绪是燃烧着的。不同于郁达夫——像一缕幽幽地俯仰着的余焰,而是灼灼地烧着,明亮地,火舌吞吐,似乎储有无量的薪炭。如果以他所喜爱的另一形象"江流"作比,他的热情则是直泻的,缺乏一种掩映、迂曲、蒙眬的美,却饱孕着气势,令人感到作者

---

① 瞿秋白:《普洛大众文艺的现实问题》(1931年),《瞿秋白文集》第2卷,第33页,人民文学出版社1954年版。

元气充溢,血脉偾张。美学风格的共同性下,不同小说家作品的抒情形式和抒情风格,不妨千差万别:庐隐激切直露;王统照宛曲纡徐;叶绍钧沉着平实;而最深沉、最富于内涵的,当然是鲁迅。我曾在一篇文章中这样写到过他:"正是由于爱憎过于热烈,所以才有他的'冷静'。这种'冷静',不是一种止水般的均衡、和谐,而是一种巨大激情的凝聚,平静下有着一个深邃的动荡的感情的海。他的感情运动,在小说中,是永远不能表面地把握到的。"①

造成"五四"小说抒情倾向的原因,固然是多方面的,但由本章的论题出发,我却愿意强调其中的一个原因:"五四"小说家处理主体与客体关系的特殊方式,以及他们何以这样而不是那样处理的来自时代、小说家创作心理方面的依据。

你一定和我一样注意到了,对于这一时期大批作家的作品,很难把其中的某些知识者的形象,与作家的个人形象区分开来。这些人物不但表达着作者的思考,而且往往秉赋了作者的个性、气质、心理特征。而小说家本人,常常直接在他们的作品中现形,面对面地与读者交流。"作者—人物"距离你那样近,近到使你听得出他们的鼻息,感觉得到他们肉身的存在。

上述现象还不仅仅是有关的"五四"小说的特殊性格。在同一时期的其他文学样式——新诗、散文中,也有那样强烈的作者的个性表现;甚而至于在远离文学的政论文字中,也往往跃动着作者生动的个人形象,以至于构成一种"精神典型"。这种现象,的确是时代的。

那是一个富于个性,而且鼓励个性表现的文学时代;是一个发现了"自我",因而渴望显现"自我"的文学时代;是一个产生了强烈鲜明的个性,生气勃勃的"人",而这种个性的力量必然透过文学勃然而出的时代。而且绝非偶然地,这个时代恰恰处在新文化运动造成的思想解放,与一个专制王朝空前严酷的政治统治建立之前的这段

---

① 赵园:《鲁迅与俄国现实主义文学》,《中国现代文学研究丛刊》1981年第2期。

历史的间隙里。敢于无所忌惮地狂歌或者痛哭,毕竟是心灵较为自由的人们。因而似乎不大谐调的是,"表现自我"一时成为时髦的文学主张,很有些作者孜孜于向内,"挖掘自己的魂灵",而整个时期的文学性格又是"外向"的。无论痛苦还是欢悦,作者们都那样乐于和盘托出,质直得近于天真,坦白到过分单纯。

这也是整个知识界的精神空前开放的时期,那一派少年意气、进取精神、青春气象,勾起过后人多少幻想。无论小说家们怎样在他们的小说中悲叹,知识者作为先觉者的自我意识,仍然使他们有一种充实感。你在"五四"小说关于"孤独"的题材处理中,正可以感觉到这一点。在更大的压迫袭来之前,那种普遍的不无夸张的使命感,也许是"五四"知识者的自信的最有力的证明。30年代初巴金写他的《激流三部曲》,让青年高觉慧"夸大地把改革社会、解放人群的责任放在自己的肩头"。只有"五四"时代的"浮躁凌厉之气",才鼓励这种激情与狂想;也只有"五四"青年、"五四"知识者,才如此雄心勃勃,"幼稚""大胆"而且"狂妄"。改造中国,拯救人类——他们的目标总是那样气魄宏大;追究"根本",探寻"终极"——他们的思路往往超越了生活的平凡性,极力驰向更广漠(当然有时也更空洞)的思想空际。

造成一个抒情时代的,正是这种时代空气和知识者的猛烈而单纯的热情。"表现自我"与"直接交流"的冲动,归根到底,是由历史生活和小说家对于历史的特殊感受中产生的。

由主客观在小说创作中的独特结合,产生了这一时期小说的引人注目的普遍优点和同样引人注目的一般缺陷。这些作品如此地富于情绪的感染力,如此地富于内在热情,而这种感染力又往往直接地来自作者的个人魅力,他们的性格、气质。你随处感到小说家灵府洞开,较之"五四"以后的时期,这一代小说家更能在读者那里唤起犹如对于熟人、朋友那样的亲切感。同时,你在这些作品中,也更为经常地发现内容的狭窄、想象力的贫弱、手法的单调、形象的单薄与重复——其中正有"纯粹的个人经验"对于文学创作的限制①。

也许正因为这一时期的知识界太活跃太生动了,也许正因为仅仅见之于文学材料的知识者的心理现象、精神过程就已经太复杂太丰富了,也许更因为这一时期知识者的精神历程对于整个现代知识分子奋斗史太重要太有价值了,人们估价"五四"文学的眼光,常常显得过于苛刻。

这是一个产生了精神上和行动上的巨人的时代。类似的巨人和足以造成巨人的时代,在人类历史上,并不是可以轻易遇到的。"五四"时期思想界每个代表人物的思想演变史中,都有中国社会历史、思想文化的富藏。所有在这一时期的思想界、文化界活跃过的人物,就其个性的鲜明性而言,就其社会本质、心理特质的深刻性而言,都具有构成文学典型的足够的客观可能性。拥有这种丰富性的文学,将是真正伟大的文学。哪怕只是部分地占有上述生活的富藏,也足以造成一个更伟大的文学时代。尽管在这一时期过去之后,茅盾的《虹》、叶绍钧的《倪焕之》、巴金的《激流三部曲》等,以对"五四"时期知识分子道路的反顾,作了一些弥补,新文学仍然使人感到,它没有充分地反映出"五四"时期知识者显示在新、旧交战中的性格力量,由历史冲突中产生的巨大的心理深度,撼动了一代知识者的强大的激情,那种折磨人的情欲。似乎历史遗落了一些值得珍视的东西,以至难以再次拣回了。这就更令人惋惜鲁迅写"四代知识分子"的

---

① 必须说明,"五四"小说家不止提供了他们的知识分子当代人的形象;即使在"当代人"中,也绝不只是提供了与作者自身的处境、气质相距最近的各类"寻路者"的形象。孔乙己(《孔乙己》)、陈士诚(《白光》),固然是"五四"小说提供的,四铭(《肥皂》)、高老夫子(《高老夫子》)、潘先生(《潘先生在难中》)等,和涓生、子君们同样属于"五四"时期。而且倘若抽去这些形象,就不足以构成五光十色的"五四"知识界的较为完整的图景。"五四"小说甚至不只创造了中国知识者的形象。你可以想到郭沫若的《万引》、台静农的《我的邻居》,以至郭沫若那篇构思用笔均称别致的《Löbenicht 的塔》。

计划未及实行①。描绘近现代中国知识界"形象历史"的任务,也许只有凭借这双巨人的手才能完成。

还是不要去苛责前人吧,作为文学史的一个阶段,"五四"文学的确在不少方面很快地被后一个时期跨越了。但是那些跨越前人的后来者,他们在从事创造时,绝不是无所凭依的。他们以"五四"小说家开辟的题材领域为基地而继续开拓,他们在"五四"文学积累的表现手段上翻新,他们在"五四"精神启导下追求。前代人的血,流在他们的血管中。无论后来者们有如何耀眼的才华,他们也无从在这个意义上取代前人:"五四"文学是"五四"时期的创造物,只有"五四"时期的人们才能如此创造。

这一时期过后的几年间,小说界曾经稍觉岑寂,因为"当从广东开始北伐的时候,一般积极的青年都跑到实际工作去了"②。文学,在凝神谛听着由远而近的重浊的足音——给中国现代文学以更大震动的大革命,到来了。

---

① 冯雪峰在前引《回忆鲁迅·鲁迅先生计划而未完成的著作》一文中写道:"然而在一九三六年六月间大病前后,鲁迅先生曾屡次谈起中国的知识分子问题……有一天,我们谈着,我说鲁迅先生深知四代的知识分子,一代是章太炎先生他们;其次是鲁迅先生自己的一代;第三,是相当于例如瞿秋白等人的一代;最后就是现在如我们似的这类年龄的青年……他当时说,'倘要写,关于知识分子我是可以写的,……而且我不写,关于前两代恐怕将来也没有人能写了。'"

② 鲁迅:《上海文艺之一瞥》,《鲁迅全集》第4卷,第296页。

二　大革命前后小说对于知识分子的形象创造与性格发现

在我自己,觉得中国现在是一个进向大时代的时代。但这所谓大,并不一定指可以由此得生,而也可以由此得死。

许多为爱的献身者,已经由此得死。在其先,玩着意中而且意外的血的游戏,以愉快和满意,以及单是好看和热闹,赠给身在局内而旁观的人们;但同时也给若干人以重压。

这重压除去的时候,不是死,就是生。这才是大时代。

——鲁迅

自"五四"退潮到大革命失败,中国知识分子经验了空前深刻的激情与思考。如果说"五四"时期是一个文学上的抒情时期,那么到了这时,文学才真正进入了一个批判性思考的时期。"四一二"以后血腥的年头,掠过小说界的风,带着几分冷峭。《沉沦》《茑萝行》(郁达夫)、《行路难》(郭沫若)一类作品的浪漫情调,在变化了的社会心理面前,很快显得陌生;代之而出现的《蚀》《虹》(茅盾)、《倪焕之》(叶绍钧)、《灭亡》《激流三部曲》(巴金)、《莎菲女士的日记》(丁玲)等等,以其对于现实黑暗的强烈愤懑,以其对于历史的批判态度,无论在内容上还是在情调上,都与"五四"文学划出了阶段间的界限。继之而起的左翼文学,更把崭新的主题和文学性格带进了小说界。仅仅由表面的观察,似乎初期"革命文学"的一部分作品,恢复了"五四"文学的浪漫和抒情气质。但这种观察毕竟只是表面的:即使在浪漫与抒情中,也包含着一种较之"五四"文学更严峻也更阔大的东西。

大革命以它强大的震撼力,改变了中国现代文学的面貌。尤其在事件结束的最初几个年头,整个小说界无论面对什么样的题材——历史的还是现实的,个人命运还是集体斗争——都不能摆脱这一事件有形无形的影响。因为大革命属于那样的一种历史事件,这种事件足以把社会中多数人从原先的生活轨道和思想轨道上抛出去。当这样的事件过去之后,一切——无论社会还是个人——都不可能再回到原先的状态中去了。

大革命烙在现代小说上的最突出的印记,是在文学性格的创造上。粗略的观察也许会使你感到,小说对于革命的反应,不如新诗来得直接。你看,当大革命已在南方燃成炽烈的大火,一般的小说家还来不及抛掉"五四"小说的流行主题和手法;"五卅"以后,大批新文学者南下,文坛又一时冷落。即使在20年代末30年代初,直接表现大革命的作品,仍然寥寥。但是不要忘记,小说家对于历史作出反应,往往使用自己的方式。至少在这一时期,他们的历史感的最有力的证明,是性格的新发现。

由革命的角度观察人、研究性格,早在大革命前就已经开始了。叶绍钧对于反抗型的知识者(《城中》《抗争》等)和市侩型知识者(《潘先生在难中》等)的发现,是突出的例子。这里的确没有对于直接革命运动的描写,但是"革命"已经以特殊形态进入了小说,影响着、潜在地支配着小说家观察知识分子性格、命运的眼光与角度。

我们关于这一时期有关小说的研究,就从对象所提供的最有价值的东西——一些重要的文学性格入手。

发现生活矛盾与发现性格

每个时代,每个时期,都能找到一些可以作为某种标志、记号的流行概念。如果说,"五四"时期的流行概念,是"重新估定价值""个性解放"之类,那么大革命前后最流行的概念之一,是"矛盾"。你在小说中,在创作谈、思想谈里,甚至——在作者所选用的笔名上,都碰到了它:"矛盾"。

从巴金《灭亡》中的杜大心的遗著里,你找到了这句话:"矛盾,矛盾,矛盾构成了我的全部生活。"高觉慧喃喃自语过"矛盾,矛盾",因为"他知道不仅祖父是矛盾的,不仅大哥是矛盾的,现在连他自己也是矛盾的了"(巴金:《家》)。张沁珠日记的第一页上,赫然写着:"矛盾而生,矛盾而死。"(庐隐:《象牙戒指》)

茅盾这样谈到自己笔名(原作"矛盾")的由来:"为什么我取'矛盾'二字为笔名?好像是随手拈来,然而也不尽然。'五四'以后,我接触的人和事一天一天多而且复杂,同时也逐渐理解到那时渐成为流行语的'矛盾'一词的实际;一九二七年上半年我在武汉又经历了较前更深更广的生活,不但看到了更多的革命与反革命的矛盾,也看到了革命阵营内部的矛盾,尤其清楚地认识到小资产阶级知识分子在这大变动时代的矛盾,而且,自然也不会不看到我自己生活上、思想中也有很大的矛盾。"①

大致在同一时期巴金也发现,他的生活中、作品中充满了种种矛盾:"爱与憎的冲突,思想和行为的冲突,理智和感情的冲突,理想和现实的冲突,……"以至这些矛盾"织成了一个网",掩盖了自己的"全部生活,全部作品"。②

"矛盾"这个概念被使用得这样普遍,在现代文学史上,似乎是这一时期特有的现象。情况好像是,人们突然捕捉住了一个最能概括自己复杂的生活感受的字样,迫不及待地用来传达对于世界的认识。

"矛盾"的普遍发现,在现代小说史形象创造的发展中,是一个非同小可的新现象。这种发现,复杂化了小说家们看生活的眼光,复杂化了他们的社会认识与自我认识。作为这一切的直接结果的,是

---

① 茅盾:《写在〈蚀〉的新版的后面》(1957年10月),《茅盾文集》第1卷,第432页,人民文学出版社1963年版。

② 巴金:《灵魂的呼号》,《大陆杂志》1932年11月1日第1卷第5期。

文学形象、性格的复杂化。即使撇开上面那些作品引文和作者自述,你由大量的作品中,也可以看到发生在现代文学中的明显变化:正是到了这一时期,小说人物的生活状态复杂多样了,"性格"成为更多的小说家自觉追求的目的物。你也发现了另外的现象:形象创造中的公式化、概念化倾向(主要在初期"革命文学"中)。但首先,即使从后一种现象中,你也会注意到文学对于"性格"的注重;其次,对于这种现象的批评角度与批评方式,恰恰证明了一种提高了的文学的自觉。反对公式化、概念化、"脸谱主义",那么,它的反面呢?不正是要求个别的、具体的、活生生的、拥有人的内在和外在生活的全部丰富性的性格、形象?

在这一过程中,不少作家和茅盾一起,经历了一度的"迷惘"。这"迷惘"影响于创作,绝不是纯粹消极的。迷惘和迷惘中对生活的再认识,扩大了、丰富了一代作家笔下的形象世界,使"五四"以来的小说创作发生了某种转折①,培养了、训练了大批新手观察生活的眼光——整个文坛、小说坛的成熟期,正是在"矛盾""迷惘"中到来的。

我在上一章谈到"五四"小说时,着重分析的是小说中知识分子人物的精神现象。这也因为,除了一些被公认的成熟的小说家为数有限的作品之外,更为大量的作品中的世界,是单纯的、"五四"式的单纯。"单纯"包含了各方面:人物的生活形态,人物的性格、感情生活、心理过程,以至作者手中的艺术工具,他们刻画人物的手段、技巧,甚而至于小说的形式、类型。单纯,固然造就了某种总体特色,但它也的确是人的认识能力受到限制的结果。"五四"时期长篇的贫乏,有数的几个长篇作品技巧的幼稚,内容、结构方法的简单,也证明着对于多数小说家,驾驭更复杂、多面的生活,造就长篇创作的必要

---

① 叶绍钧到了1925年前后,才提供了如潘先生(《潘先生在难中》)这样成熟的文学性格。而许地山则到写《春桃》等,才有了自己在小说艺术方面最成功的作品。庐隐的小说风格也发生了引人注目的变化,主观感情的一味倾泄中,终于出现了较为细密的性格描写:她的《象牙戒指》,风格即有别于她以前的小说作品。

条件，还需要一个过程。终于，与对于"矛盾"的普遍发现一起，与小说艺术手法的积累、丰富一起，长篇小说丰收的季节，在大革命后到来了。

发现了大革命后知识者的内心矛盾（甚至精神危机），重新发现了"五四"新青年们与环境的矛盾和自身矛盾，发现了知识者个人与革命的矛盾、革命者的自我精神矛盾，这才是大革命前后（重点在"后"）出现一大批可供反复研究的文学性格的最重要的条件。

大革命后的中国社会，本身就是一个巨大的矛盾。人"可以由此得生，而也可以由此得死""不是死，就是生"——现代中国的知识者，何曾遇到过这样的"大时代"、如此矛盾的生活？当然，应当承认，大革命后的中国小说界，没有产生"最伟大的作家和艺术家"，没有产生中国自己的普希金或者陀思妥耶夫斯基，但这并不改变如下事实：大革命后小说写知识分子的成功作品，也正是在一种"作为外界风暴之反映的内心风暴"的撞击下，在"俗语叫做'灵魂'的那个东西分裂成为两半或好几部分的时代"①产生的。它们是社会矛盾尖锐与人的精神矛盾尖锐的共同后果。而且由此开始，在对于矛盾的继续发现的长过程中，不断产生新的文学形象，引出新的创作矛盾。因而可以毫不夸张地说，正是由中国现代史特殊的矛盾现象中，产生了中国现代文学、现代小说的独特品格，产生了现代小说中知识分子形象创造的基本特色——经由人物的性格矛盾对于时代矛盾的把握，由矛盾着的性格体现人物作为"历史人"与过去、未来的联系，即现代知识分子在历史链条上的位置，以及由矛盾着的性格体现人物作为"社会人"与构成社会的其他部分的关系，也即现代知识分子在他们所生存的社会整体中的位置。

因此，当你由小说家们写在当年的创作谈中，听到作者诉说"矛盾"的苦恼的声音时，你不必为此而滥施悲悯。没有茅盾1927年在

---

① 卢那察尔斯基：《思想家和艺术家陀思妥耶夫斯基》，《论文学》，第198页，人民文学出版社1978年版。

牯岭上剧烈的内心冲突,就不会有他的《蚀》;虽然《蚀》的成功由于"矛盾",而缺失也由于"矛盾"。更不能设想,倘若巴金的那些个矛盾在一个早上突然统统消失,还会有现代文学史上的那个巴金,还会有他的打着鲜明个人印记的作品!在某种意义上说,他的文学成就正依赖了那些"矛盾",无论他在说到这些矛盾时有多么沉痛。甚至那些质量较为低劣的作品也不例外。鲁迅正是由《小小十年》(叶永蓁)中人物以及作者的矛盾中,找到了那本书的"意义"所在。他又以同样的批评眼光,发现了柔石小说《二月》的价值。历史事件引出的后果往往出乎当事者的预计。当大屠杀在南半个中国到处进行的时候,谁又能想到,历史的悲剧反倒促成了文学的普遍成熟呢?

"矛盾"的发现,甚至影响到整个时期的文学风格。人们谈到大革命后"五四"式的浪漫主义文学的衰落,总不免要归因于时代生活的变迁,理论上的有意疏引(同时也伴随着片面性),作家生活经历、心理状态的变异。这些无疑都是条件,而且是一些重要的条件,但下面的条件也不应当忽略:在作家们的认识中,生活突然间变得复杂了,而原先用惯了的那种单纯的抒情形式,已经像是由于人的体格的壮大而显得狭小了的衣服。他们需要找到容纳复杂化了的生活印象、感受的小说形式和风格。于是,一方面,有上文所说的长篇的繁荣;另一方面,则有精确地写实的创作要求,而且这种要求明确地集中在这样一点上:写人,写性格。

迷惘者·动摇者·复仇者

如果我们不满足于指出作为这一时期小说形象创造的一般特征的"矛盾性""复杂性"——内容的,和作者思维方式的,而由作品去更具体地把握从事创作的当时作者们的心态,那么你会比较容易地捕捉到那一时期作者心理状态的普遍的极端性。

你看到的,是形象的鲜明性,个性的强烈性,是清晰地勾出的轮廓(往往略去了中介部分),光暗分明的影像(缺乏更细腻的层次)。

人物之间区分得清清楚楚,"本质"一目了然。生活的朦胧性,性格的模糊性,被排摈在文学之外。有代表性的,自然首推茅盾。《蚀》三部曲,是茅盾小说风格的起点——起点中包含了茅盾艺术个性的几乎所有重要特征或其萌芽:图像清晰、影调强烈的广阔图画,每个人是一种"代表"。还应当谈到巴金。写《灭亡》《新生》《爱情三部曲》的人物,他通常使用的是对比的原则,人物分别处于两极(或多极)。他们之间的对比如此分明,几乎看不出"参差""交叉""重叠"。①

与其说生活原本是这样的,不如说作者们这样地看生活。这是激情状态下的创造。鲁迅曾以为激情状态下的创作会杀掉"诗美"②。闻一多则谈到过自己作诗常在"感触已过",印象、情绪经了时间淘洗之后。在他看来,这种状态下的诗可免于"刻露"。③ 但不妨认为,激情状态的特有诗情也会导致独特创造。不但形象类型(包括形象的美学类型)、形象本质(包括审美本质)应当是多样的,创作状态(审美心理、情绪状态等等)也应当多样——后一种多样正是前一种多样的主观方面的基础。

前于此,后于此,知识分子形象都很少有如这一时期那样轮廓清晰而色彩强烈。大革命前后的小说家们在强大的激情中思考生活,在极端性的心理状态中思考生活,"激情""心理状态"依各自的方式进入了文学性格。

这种心态的极端性,并不如想象的那样与生活和认识的矛盾性不相容。既矛盾,又极端,类似的思维特点难道是罕见的?一方面,是空前复杂化了的对世界的认识和认识眼光,另一方面,是思维的极

---

① 你可以比较一下巴金的《激流三部曲》与《寒夜》形象创造方面的不同。这种不同固然反映了对艺术规律的不同认识和把握,也反映了不同的心态。后一方面较易于被忽略。

② 鲁迅:《两地书》,《鲁迅全集》第11卷,第97页。原句作:"我以为感情正烈的时候,不宜做诗,否则锋铓太露,能将'诗美'杀掉。"

③ 闻一多:《致左明》(1928年2月),《闻一多全集》第12卷,第245—246页,湖北人民出版社1993年版。

端性——必然造成特殊的审美效果。比如:人物作为个性,相对于"五四"小说人物(指一般作品中的),其社会本质和审美特征的复杂性、个性自身的矛盾性,同时,世界图景(主要由人物关系,以及人物对环境的关系构成)的单纯性。这种"极端性"(心态)、"单纯性"(图像)又不可能不限制了小说家对生活的复杂、矛盾性的进一步发掘与表现。

这种情况,在大革命前后小说界推出的三种形象类型那里得到了证明。这就是:迷惘者,动摇者,复仇者。这是由大革命造出的性格类型。而其中的"迷惘"和"复仇冲动",更属于大革命失败最初瞬间知识者中普遍的精神反应。

迷惘者

这样剧烈的震动,不是任何人都能遭逢的。

大革命的失败给予知识者的精神震撼,在力度上,超过了"五四"新文化运动。反封建的民主要求,经历了较长时期的积累。即使新文化运动,也有其由渐进到狂飙突进的过程。而自1926年北伐誓师,到1927年"四一二"政变的一年间,才真正可谓"笑啼杂作,可歌可泣","演尽了人事的变幻"(茅盾《蚀·追求》)。中国知识者仅仅由个人的经验中,也会预料到封建顽固派对于新文化的抵抗和反扑,但他们有限的政治经验,还不足以应付像"四一二"前后发生的风云突变。愤懑、迷惘、动摇和复仇冲动,控制了相当一部分知识者。及时捕捉住大革命失败后那一刹那青年的迷惘神情,生动地描绘出知识分子在历史转折关头这一重要的精神反应的,是茅盾的《蚀》三部曲。

《蚀》,尤其是它的第三部《追求》,是一部大革命失败后知识者"瞬间迷惘"的记录。

"迷惘",也并不是大革命后特有的精神现象。"五四"时期以及稍后,就有那一时期的迷惘和迷惘者。由王统照的《钟声》、张闻天的《旅途》,一直到后来庐隐的《风欺雪虐》《曼丽》《时代的牺牲者》

《蓝田的忏悔录》、丁玲的《梦珂》《莎菲女士的日记》《暑假中》,都表达着对于"五四"时期流行主张、"新思潮"(多半限于"恋爱自由""个性解放"的思想)的迷惘,迷惘中充满了碰了壁的理想主义者浓重的幻灭感。

《蚀》中迷惘者的迷惘,在一些基本点上,与"五四"小说人物的迷惘区别开来。这里的迷惘是更带有根本性质的:大革命后中国的前途与命运,大革命后知识分子的道路;因而只能是大革命后知识者的迷惘。《蚀·追求》里青年张曼青的书架上那本簇新的 *Whether China?*(意即"中国往何处去?"),再清楚不过地说明了迷惘之来和迷惘的性质。这是以中国的疆域之大,才装得下的一个"?"。经历了血的洗礼的青年,无论有怎样不同的个人命运,都不能不在生活的重压下抬起头来,对着这个巨大的"?"凝神。

小说开场时,张曼青就对他的同伴说过:"……我有时简直怀疑着我们民族的命运我们民族的能力了;我想不出理由来给自己辩护,说我们这老大民族竟有新生的精神,说我们能够解决我们自己的问题——谜样的中国问题。我甚至于不敢相信我们这民族有自己的目的;即使说是有目的,像现在一些太乐观太空想的人们所说,也还不是自己解嘲而已,或者是自欺欺人而已;即使是不欺,我也不敢相信有实现的可能性。""五四"文学中的所谓"怀疑主义者",还没有表达过如此可怕的怀疑。《蚀·追求》中那个狂热而迷乱、迷惘而不放弃追求的青年之群,他们的迷惘的深刻处在这里,这种迷惘的更明显的消极性也在这里。①

"迷惘",不只在人物的议论中。迷惘是笼盖整个《蚀》三部曲的一种东西,是全书的魂。小说的第六章,写陷在迷惘中的章秋柳:

---

① 这种带有根本性的怀疑,也不是茅盾的人物独有的。蒋光慈小说《冲出云围的月亮》的女主人公王曼英,由大革命的失败,而"觉悟到其它的革命的方法失去改造社会的希望","那所谓伟大的事业,在她觉得,是永远地完结了",甚至以为"与其要改造这世界,不如破毁这世界,与其振兴这人类,不如消灭这人类"。

……像一只正待攫噬什么的怪兽,她皱了眉头站着,心里充满了破坏的念头。忽然她疾电似的抓住一个茶杯,下死劲摔在楼板上;茶杯碎成三块,她抢进一步,踹成了细片,又用皮鞋的后跟拼命地研研着。这使她心头略为轻松些,像是已经战胜了仇敌;但烦躁随即又反攻过来。她慢慢地走到梳洗台边,拿起她的卵圆形的铜质肥皂盒来,惘然想:"这如果是一个炸弹,够多么好呀!只要轻轻地抛出去,便可以把一切憎恨的,亲爱的,无干系的,人,我,物,一齐化作埃尘!"她这么想着,右手托定那肥皂盒,左手平举起来,把腰肢一扭,摹仿运动员的掷铁饼的姿势;她正要把这想象中的炸弹向不知什么地方掷出去,猛然一回头,看见平贴在墙壁的一扇玻璃窗中很分明地映出了自己的可笑的形态,她不由地心里一震,便不知不觉将两手垂了下去。

——呸!扮演的什么丑戏呀!

让手里的肥皂盒滑落到楼板上,章女士颓然倒在床里,把两手掩了脸。两行清泪从她手缝中慢慢地淌下。……

在那个青年之群中,章秋柳不过以其更强烈的个性,把他们全体的共同心境表现得富于戏剧性罢了。较之那些大勇者,章秋柳和她的同伴们的确不免见出灰色。但与心灵永远平安的市侩相比,究竟他们更有希望。不安,迷惘,证明了灵魂尚未死寂,尚思追求。

恋爱占据了《蚀·追求》的大量篇幅。但这部小说中的恋爱,更像是一种象征。人物所追求的,似乎并非恋爱本身,并非那个作为实体的异性,而是另一种东西——张曼青书架上的那个"?"。人物在"爱情事业"中的追求和幻灭,被赋予了某种抽象意义。同时,作者对于人物恋爱结局的描写,也再清楚不过地表达了作者自己深刻的迷惘。所有的追求都失败了。人物的悲剧命运俨若得自宿命,所谓在劫难逃。这些青年中最幸运也最有希望的一个——王仲昭,也在"幸福"临近的关口,遭到了致命的一击。小说收束在这句话上:"你追求的憧憬虽然到了手,却在到手的一刹那间改变了面目!"

这些描写中包含的隐喻,是不难领悟的。你不会怀疑,支配着人物,使他们接二连三走向命定的归宿的,有生活逻辑,也有作者个人思想与感情的逻辑,有他的强烈的主观性对于人物命运的直接干预。

"……太疲倦了,懒得动;不要说是在这样幽静的山上,就是换一个荒野里的茅棚,我也蹲下了不想动了。我好像一件消失了动力的东西,停在那里就是那里了。疲倦!你总懂得罢!我不是铁铸的,我会疲倦。我不是英雄,疲倦了就是疲倦,用不到什么解释。"①

疲倦!侵肌透骨的疲倦!是沉重的一击后的疲倦,也是再次振起前的疲倦。但无论怎么说,"疲倦了就是疲倦"。在《从牯岭到东京》里,作者曾经坦白地自述过他写《蚀》三部曲时的心理状态。当然,"坦白",并不总能作为对于迷误的抵偿。

这是名副其实的"瞬间迷惘"。由《蚀》(1927年秋至1928年春)、《色盲》(1929年3月)、《昙》(1929年3月)到《虹》(1929年4—7月),茅盾从"满天白茫茫的愁雾"(《卖豆腐的哨子》)深处走出来,瞥见了屋后山上现出的"虹之彩影"(《虹·跋》)。即使在《蚀》中,人物们也虽有迷惘,仍不忘追求。《色盲》的主人公,则一面怀疑,一面怀疑于自己的怀疑。作者显然凭借自己的智慧,想到了自己作为知识者,作为个人,经验与认识的不可避免的局限性。小说家思想演进的轨迹,主要的,还在他们的创作中。到30年代初写《三人行》,茅盾已经能够以一种清醒的批判态度看待大革命后知识者的迷惘了。

关于《三人行》,有过足够严厉的批评。但我仍然想说,如果把这部小说放在茅盾思想与创作演进的过程中来认识,未始不可以重新发现它的价值。茅盾在"三人"之一的青年惠身上,把自己的小说人物连同作者自己一度的迷惘,给了一个否定性的总结,尽管否定还未至怎样深刻的境界。这里的青年惠盼望"大风暴",及至风暴真的

---

① 茅盾:《牯岭之秋——一九二七年大暴风时代一断片》,《文学》1933年第1卷第6号。

来了,反而只剩下了幻灭。因为"来了"的,"不是我理想中的面目"。他在事实上否定了革命的现实可能性:"我是只觉得:一切都应当改造,但谁也不能被委托去执行——"因为"现在这些不完全的人只能做出些'丑恶'",而"完全的人"则还没有出世。这让人想起了俄国十月革命中的毕力涅克(今译皮利尼亚克)、叶遂宁(今译叶赛宁)。惠即使是个概念,也是个较为深刻的概念。它确切地概括了一些知识者面对真实的革命时暴露的精神弱点。

我们再回到已经谈到的一个问题上来。上文中说过,大革命后小说人物的迷惘,无论在性质还是在内容上,都有别于"五四"时期以及稍后小说人物的迷惘。这说法还不完全。因为两者固然有异,也仍然有同——迷惘的袭来,都由于某种久被崇仰的神圣事物被突然发现了破损,人物的精神因而出现了刹那的空白,生命一时失了倚托,找不到惯有的平衡,甚至,发生了某种"受了骗"的感觉。在这一点上,庐隐的蓝田(《蓝田的忏悔录》)、张沁珠(《象牙戒指》),丁玲的莎菲(《莎菲女士的日记》)、承淑(《暑假中》),与茅盾的张曼青(《蚀》)、林白霜(《色盲》)并无不同。共同之处还在于,这是一些追求者、奋斗者的迷惘。追求、奋斗,固然能得前进,但也能得迷惘。而且只有追求过、奋斗过,才有这样的迷惘。由作者和人物的实际看来,从一种梦境被放逐,倒可能成为再生的契机。因为欺骗了他们的,多半是他们自己的知识分子式的空想。郭沫若的短篇《骑士》中,一个人物批评因"七一五"政变前武汉政府的日趋反动而失望的主人公,说:"你的失望,出发点是由于认识不足,你以为以前的武汉政府是很革命的,现在反动了,是不是呢?……这种见解根本就是错误:武汉政府几时革过命?你到现在来才要失望。革命是在从此以后啦!"

而且,无论"五四"时期还是大革命前后小说中知识者的迷惘,都不同于第一次世界大战后西方青年的迷惘,不同于海明威等小说家表达的"迷惘的一代"的迷惘①。贫穷的东方不同于富裕的西方。东方青年不那么容易堕入彻底的虚无,因为他们有他们的生存条件、社会使命。他们生存着的世界充满了缺陷,社会改革的任务紧迫而又具体。他们的迷惘多半是一时失去了估价的尺度,而不大可能是对于一切尺度的否定。

"中国自民元革命以来,所谓文艺家,没有萎黄的,也没有受伤的,自然更没有消灭,也没有苦痛和愉悦之歌。这就是因为没有新的山崩地塌般的大波,也就是因为没有革命。"②失败了的大革命,毕竟是真的"革命"。证明了这一点的,不但有思想界第二次"伟大的分裂",而且有文艺家和文艺的痛苦,迷惘,受伤,萎落。"可以由此得生,而也可以由此得死","不是死,就是生"——文学所反映的,正是这样的一个"大时代"。

既然是"瞬间迷惘",那么山重水覆之间,柳暗花明的境界也就不远。但那个"瞬间"仍然是真实的,不可忽略的,因为其中有着现代史上知识者重要的精神经历和认识现象,也因为正是在大的迷惘以至怀疑中,萌动着新的生机。

> 啊,人生行路真如这峡里行船一样,
> 今日不知明日的着落,前刻不知后刻的行藏。

---

① 海明威小说《永别了,武器》的第一人称主人公、美国青年亨利·弗雷德里克自述战争期间的心理变迁,道:"我每逢听见人家提起神圣,光荣,牺牲,和徒劳这些字眼,总觉得不好意思。这些字眼,我们早已听过,有时还是站在雨中听,站在听觉达不到的地方听,只听到一些大声喊出来的字眼;况且,我们也读过这些字眼,从贴在层层旧布告上的新布告上读到过。但是到了现在,我观察了好久,可没看到什么神圣的,所谓光荣的事物,并没有什么光荣,所谓牺牲,那就像芝加哥的屠牲场,只不过这里屠宰好的肉不是装进罐头,而是掩埋掉罢了。有许多字眼我现在再也听不下去,到了末了,只有地方名称还保持着尊严,只有这些东西你讲起来才有些意义。抽象的名词,像光荣,荣誉,勇敢,神圣等等,倘若跟具体的名称——例如村庄的名称,路的号数,河名,部队的番号,日期等等——夹杂在一起,那简直就是猥亵的。"

② 鲁迅:《马上日记之二》,《鲁迅全集》第3卷,第343页。

我如今就好像囚在了群峭环绕的峡中——

但只要我一出了夔门,我便要乘风破浪!

(郭沫若:《巫峡的回忆》)

动摇者

大革命过程——尤其失败过程——中知识者的动摇,曾经是一种引人注目的现象。为人们所熟知,毛泽东曾动情地谈到徐特立当大革命失败,"许多共产党员离开了共产党"以至叛变时,毅然加入共产党的举动①。只有在"动摇"确实成为一种普遍现象时,徐特立的上述态度,才足以作为坚定性的典范而得到如此郑重的肯定。

这是鲁迅早已预言过的,这个先知以利亚②。早在大革命高潮中,当南国还被热风席卷之时,鲁迅就以他论俄国文学的文字,指出,"革命时代总要有许多文艺家萎黄",或者"被吞没""受伤"。大革命失败后,他又一再提到叶遂宁、毕力涅克等人的例子。他以极大的兴趣,研究俄国革命与俄国知识者,以此鉴彼,冷静而严峻地,给热狂中的中国知识者以镜子。③

现代小说记录了知识者遇到"实际的革命"时的动摇。郁达夫写小说,难得涉笔所谓"政治主题";有之,那就是《出奔》吧。以郁达夫这样的小说家而写《出奔》,可见大革命中知识者的动摇,给予他的刺激之深。

这一时期文学中的动摇者形象,刻绘最力的,自然是茅盾笔下的方罗兰(《蚀·动摇》)。较之同时代作者,茅盾有丰富得多的政治经验,因此,他所写的这个性格,也更富于政治上的教训意义。撼动了

---

① 致徐特立(1937年1月30日),《毛泽东书信选集》,第98页,人民出版社1983年版。
② 犹太教、基督教《圣经》所说受神启示而传达神的旨意或预言未来的人。此处用作比喻。
③ 参看鲁迅:《马上日记之二》,《鲁迅全集》第3卷,第343页;《革命文学》,《鲁迅全集》第3卷,第544页;《对于左翼作家联盟的意见》,《鲁迅全集》第4卷,第233—234页。引文见《马上日记之二》。

"看去如磐石似的钱股长"的,是不合时宜的儿女私情(《出奔》),长于写爱情的茅盾,却着力突出了他的人物动摇的政治性质。

方罗兰性格的悲剧性在于,各派政治力量的搏斗间不容发,他却游移、动摇于左、右之间,极力调停、弥合,"总想办成两边都不吃亏"。他把自己置于尴尬的地位。方罗兰在所遇到的一切问题——大如政治斗争的原则问题,小至私生活(小说开头,他就在为孙舞阳的"艳影"而心旌摇摇)——上动摇。在要求决断的场合,他的意见总是模棱两可的,大略如"命固不可不革,但亦不可太革"之类。直到骚乱已出现在街头,变故之来已无可怀疑的时候。

> 他想起刚才街上的纷扰,也觉得土豪劣绅的党羽确是布满在各处,时时找机会散播恐怖的空气;那乱吹的警笛,准是他们搅的小玩意。他不禁握紧了拳头自语道:"不镇压,还了得!"
>
> 但是迷惘中他仿佛又看见一排一排的店铺,看见每家店铺门前都站了一个气概不凡的武装纠察队,看见店东们脸无人色地躲在壁角里,……看见许多手都指定了自己,许多各式各样的嘴都对着自己吐出同样的恶骂:"你也赞成共产么?哼!"
>
> 方罗兰毛骨耸然了,慌慌张张地站起来,向左右狼顾。……

方罗兰的行事大多类此。但这种描写不免漫画化。作者给了人物过多的抽象意义,给了他过分强烈非他所能完全负载的社会特征——茅盾小说人物创造方面的一般特点和缺点,在他创作活动的发端期就显示了出来。类似情况发生在现代派的作品中,不至于破坏自身风格的和谐。人物的抽象性、象征性,与作品整体的"抽象"与"象征"是一致的。然而茅盾(以及相当一批中国现代作家)是以19世纪欧美文学和苏联文学为美学范型的,人物的象征化,只是因此才显得不谐调。

在茅盾,《蚀》三部曲仍然是个了不起的开端,预示了多方面的发展可能性。这小说(尤其其中的《追求》)着重于传达一种精神体验,一种精神氛围。也应当承认,人物的某种象征性,增加了作品对于历史生活的概括力量。即使统领着创作的是"意念"吧,也还不是那种简单的社会学概念。而且作者在如《追求》这样的作品里,也还没有打算像在《子夜》中那样,营造一个完整的社会模型。但是由《蚀》所预示的某些发展,并没有实现在茅盾此后的创作中,这在茅盾,在其他现代作家,也是势所必至,非个人力量所能移易的。

在传达一种社会判断、生活认识的时候,茅盾也会是主观的。而一个被认为客观乃至"冷视"的小说家的主观性,有时可能比某些公认的重主观的小说家更来得专断。可惜人们关于"主观、客观""主体、客体"的关系,一向理解得过于简单了。

尽管《动摇》有某些缺欠,武汉政府的右转以至"宁汉合流",这大革命中的紧张一幕,仍然经由茅盾笔下一个小县城的人物事件映现出来,如同投射在一方水潭上的天光云影。作者以《动摇》证明了自己的政治洞察力。方罗兰不只是一般的动摇于大革命中的知识者形象,而且是我国现代文学史上较早出现的机会主义者的形象。

大革命的火光将熄未熄之时,相当一批政治上敏感的作家,已在动手以文学总结或回顾这次历史运动。茅盾的《蚀》《牯岭之秋》、郭沫若的《骑士》《北伐途次》、郁达夫的《出奔》、叶绍钧的《夜》《小城纪事》、蒋光慈的《短裤党》《田野的风》,以及叶紫的小说和谢冰莹的作品等等。但较之其他,《蚀》更宏伟,画面更具有全景性质。政治经验、政治实践对于成就这位大小说家,毕竟是重要的。

既然大革命只是开始而非结束了民主革命的一个更艰苦的阶段,那么动摇者在此后仍然会有他们的动摇。20年代末、30年代,张天翼写了《从空虚到充实》《宿命论与算命论》《移行》;尤其《移行》中的女革命青年由"左"移行到右,这种讽刺性变化在整个三四十年代都不罕见。张天翼是茅盾以外,关注并研究大革命的精神后果的另一著名作家。这种兴趣在他那里甚至更持久些。他的《一九二四—三四》以一束信札,划出一个知识者由大革命前夕到30年代的思想轨迹。出于巧思,历史被恰当地压缩了,人物自然呈现出强烈的自我对比:言与行,自我估价与实际价值,理想与生活状态,当然,还有"昨日之我"与"今日之我"。为容纳有关的经验材料,他还使用了"故事新编"的形式。《梦》中卢俊义的形象,显然是由现实革命中剪取的。

不但"迷惘者"的"迷惘",而且"动摇者"的"动摇",都证明着革命在推进这一事实。把"消极形象"或其"消极性质",夸大为文学的消极,自然是由于对文学的无知。这里既有把形象等同于作者的常识性的错误,又有以文学的认识作用为唯一功能的习惯性的错误。幸而我们已经有可能摆脱上述错误,以另外的眼光看待文学了。

复仇者(巴金《灭亡》与阿尔志跋绥夫《工人绥惠略夫》的比较)

鲁迅所译的《工人绥惠略夫》(阿尔志跋绥夫作)1921年在《小说月报》上连载,没有反响,很有点寂寞。郑振铎译《灰色马》(路卜洵作)1922年在《小说月报》始刊时,依然没有反响。有感于人心的"淡漠"、麻木,沈雁冰在《灰色马》单行本(商务印书馆1924年版)序言中写道:"现在《灰色马》改印单行本了,我不知青年们看着这再来的《灰色马》还是和从前一样的淡漠否耶?方今国内的政象,日益反动,社会革命的呼声久已沉寂,忧时者或以为在这人心麻木的时候,需要几个'杀身成仁'的志士,仗手枪炸弹的威力,轰轰烈烈做几件事,然后可以发聋振聩挽既死之人心;所以《灰色马》在这个时候单行于世,或者能够给人以深刻的印象。"

难道中国真的是一片沙漠?其实,反响是有的。王统照在他的《霜痕》的主人公,那个参加秘密组织,从事恐怖活动的恨世者身上,未必不想写出一个中国式的佐治(《灰色马》的主人公),只不过人物的色彩太闪烁,或者说太朦胧,使人产生一种神秘感罢了。1925年前后,人心中积久的愤懑,已经足以引爆任何一座火山。王统照小说人物的恐怖活动,与其说在写生活,不如说在表达一种与沈雁冰相似的期待——期待着青年们抽刃而起,从令人窒息的大革命前夜的郁闷中,杀出一条血路。你看,连素以宽和著称的叶绍钧,不也在描写暗夜中"利刃的一击"(《线下·桥上》)?

中国现代文学中的"复仇者"的形象,同样是在大革命失败的最初年头,才由于集中,而成为一种引人注目的存在的。"五四"时期的恨世者,所有的不免是盲目的愤火。大革命后的复仇者,其目标却是明确得多的。在一段时间里,急切地传达着大革命失败后青年知识者的复仇冲动的,是蒋光慈的小说。他在《野祭》《最后的微笑》《菊芬》《冲出云围的月亮》等小说中,接连写了一批复仇者,以粗糙的形态,表现了在国民党的屠杀政策下发了狂的小资产阶级绝望的复仇心理。这是绝望的复仇,以复仇寻求刺激。最大的刺激就是"死"。因而颂扬死亡,把"死"作为目的物。在这一方面,蒋光慈作品中的情绪也有其普遍性。蒋光慈在这当儿,不过被挑选来充当了普遍冲动的表达者罢了。无论情节怎样离奇,人物行为方式如何不合理,对于当时那些被愤怒和仇恨灼烧着的读者,都不会有什么难以接受。离开了这种空气,这样的读者群,你无法公正地估价这批小说,无法理解小说所曾激起的反响——《冲出云围的月亮》在出版的当年(1930),竟然印至八版之多①!

愤怒在寻找出口。人们要求通过文学宣泄仇恨。为此,甚至容忍了粗拙的虚构(如《最后的微笑》那样),容忍了人物心理的病态与行为的乖谬(以《冲出云围的月亮》中的王曼英最为突出)。他们要求以眼还眼、以牙还牙。蒋光慈的《菊芬》等不止一部作品,以暗杀、枪击收场。在那一瞬间,只有这样的复仇方式,才是最容易被通过的。——读者的情绪与欣赏要求,以强力影响了创作。

正在这样的时候,从地球的那一面,由法国的沙多-吉里城,传来了陌生的回声:青年巴金1928年8月初,由这里寄出了他的处女作《灭亡》的手稿。

---

① 《冲出云围的月亮》,1930年出版,1月初版,8月8版。

巴金曾经一再讲述过刺激了他的创作欲的那些事件,其中就有作为大革命尾声的大屠杀。

> ……一九二七年春天我住在巴黎拉丁区一家小小公寓的五层楼上,一间充满煤气和洋葱味的小屋子里,我寂寞,我痛苦,在阳光难照到的房间里,我想念祖国,想念亲人。在我的祖国正进行着一场革命与反革命的斗争,人民正在遭受屠杀。在巴黎掀起了援救两个意大利工人的运动……
> ……就是在这种气氛,这种心情中我听着巴黎圣母院(Notre Dame a Paris)……报告时刻的沉重的钟声,开始写下一些类似小说的场面……让我的痛苦,我的寂寞,我的热情化成一行一行的字留在纸上。……①

这一行行写下的,就是《灭亡》。

如果文学史上有这种现象——一个作家置身事外,却凭着他的现实感,以其精神创造物,呼应了某种情绪与要求,那么,《灭亡》的情况正是如此。没有足够的经验材料,因而也没有经得住推敲的情节逻辑。最真实的与其说是性格,不如说是作者的热情。《灭亡》很难说是1925—1927年大革命的直接产物。这不只由于它的作者没有关于这次革命的经验,而且由于其中人物的生活,并没有大革命后中国社会生活的明显标记。然而,涨满在小说中的复仇情绪,却令人感到是大革命失败后的,而且也属于这次失败在青年知识者那里激起的最初的精神反应。

主人公杜大心最强烈的情绪特征,正是憎,是仇恨。而且有点奇怪的是,他也像蒋光慈的小说人物那样,有着某种非理性的破坏欲,不但不惜将自己与旧世界一同毁灭,而且认为连蒙昧者也不妨同归于尽。即使如此,这也仍然不是"五四"退潮中那种无端的烦闷,和

---

① 巴金:《文学生活五十年》(代序),《创作回忆录》,第2页,人民文学出版社1982年版。

目的未明的复仇冲动。这是一种强烈的政治情绪,反抗整个现存制度的激情。

这个形象使我想到阿尔志跋绥夫笔下的绥惠略夫。你在由作者开列的给予过他影响的外国作家的名单里,找不到阿尔志跋绥夫的名字,但我忍不住要把这样的两部书放在一起加以比较,因为从一开始,我就被两部作品间一些最为表面的相似之处吸引住了。由作品的最为表面的相似之处出发进行的比较,当然是最粗糙的。但你得承认,"比较"的动机,的确经常是由那些个最为表面的相似之处诱发的。

"我不能爱,我只有憎。我憎恨一切的人,我憎恨我自己。"
(《灭亡》)

"……我不想到爱,……我不要听这个……我只有憎!"
(《工人绥惠略夫》)

"……我们为将来的人许下了美丽的东西,而对于现在那些快要冻死饿死的人又怎样呢?……"
(《灭亡》)

"……你们将那黄金时代,预约给他们的后人,但你们却别有什么给这些人们呢?……"
(《工人绥惠略夫》)

在人类思想文化史上,不同国度不同历史时代的作家彼此呼应,他们的思想以至对于思想的表述方式暗合的事,一再地发生过了。这丝毫没有什么奇怪。我们生存着的这个星球,既那样大又那样小,人与人的思维路线的交叉重叠,几乎是难以回避的,尤其当他们处在相似的经济发展阶段上、相似的生存环境中的时候。但巴金与阿尔志跋绥夫、杜大心和绥惠略夫,毕竟不像是偶然相逢的陌路人。两部书的相似之处,已经不限于个别思想个别文句,而且还有具体情节,以至于基本构思。

二 大革命前后小说对于知识分子的形象创造与性格发现

比如，在两部小说对主人公性格变异的解释里，都强调了主人公爱人的失去，作为他们"恨世哲学"的个人依据。

《灭亡》的其他重要情节的设置，如杜大心与李冷兄妹的哲学交锋，让你想到绥惠略夫与黑铁匠、亚拉藉夫的观念冲突；杜大心梦中与爱人（即他的另一自我）的争执，又让你想到绥惠略夫与幻影（亦即另一自我）的论辩。这些显然的相似之处，是不容易被忽略的。

即使上面所谈的这些仍然不过是作家间思路的偶然的交叉，两部小说的构思在下述方面的一致，无论如何，不像是出自偶然的了。

两部小说最富于冲击力的思想，在当时及其后最能令人震动以至战栗的思想，是两个主人公关于群众的那些思想。这些思想对于《工人绥惠略夫》更有特殊的重要性。可以说，一旦抽去了它们，这部小说的独特性也就会随之丧失殆尽。

在杜大心看来，"吃人的主人和自觉被吃的奴隶们"统统"毁灭"，才是"幸福世界"到来的必要条件。同伴张为群死后，他站在街头，诅咒着所有从眼前经过的人们。"一个破坏的激情在他底身体内发生了，他很想把一切人，一切建筑毁坏净尽！"是"一切人"！小说的后半，尤其"杀头之盛典"的第十七章中那些关于革命者寂寞的死和群众麻木、冷漠、蒙昧的描写，成为小说最富于刺激性的部分。

绥惠略夫全部阴沉的思想中，最阴沉的，是对于群众的"狞猛的无可调和的轻蔑"。这种轻蔑，就作品提供的描写看，甚至还在对阔人、权势者的轻蔑之上。这个人物最显眼的特征，使绥惠略夫成为绥惠略夫的，首先是：他"对于不幸者们也和对于幸福者一样的宣战"①。也正是在这一点上，集中了作者阿尔志跋绥夫的"厌世"思想，使阿尔志跋绥夫的"厌世"不同于另外什么人的"厌世"，是一种植根于特定时期历史生活的"哲学"。

无论是善还是恶，这都属于那种类似电闪雷击的思想。最初，以猛烈的撞击，使你惊愕、困惑，最后，则必然逼你在激动的思索之后，对

---

① 鲁迅：《译了〈工人绥惠略夫〉之后》，《鲁迅全集》第10卷，第168页。

这种思想作出反应,无论是赞同还是否定。你反正不能无所动于衷。

泾渭两流,终究在此处汇合了。却也正是在两流汇合处,令人看出了一条清晰的界限。情况往往是,越在相似处,差异越深刻,深刻到足以判然区分开不同的质。情况在《工人绥惠略夫》和《灭亡》这里正是这样。两部书的质的区别,不但在它们的主人公绝不能相混的思想根柢上,而且在两部书的作者对于主人公及其思想的绝不相同的表现和评价上,在主人公和作者与上述思想的实际联系上。正是这些使人看到,不同的历史环境、人生经验,以至气质、禀赋,是怎样决定着作家们的思维与表现,使他们在事实上不能不以自己的观念解释生活,在具体描写中体现出自己的哲学立场。

你必然注意到,憎恨人类的思想,在《工人绥惠略夫》中,是绥惠略夫这个复仇者以至整部作品的思想基础。群众的麻木,是被作为人物思想性格的更为重要的根据,而且是透过这个人物的主观来描写的。这决定了小说的基调。而在《灭亡》中,人物的"恨的哲学"有完全不同的依据;关于群众的那些描写,尽管如前所说,是小说中"最富于刺激性的部分",但这些情节在《灭亡》的总体构思中,处于不同于《工人绥惠略夫》的另一种位置——差异细微、深藏,但是重要。

"憎恨一切"的哲学,在《灭亡》中,多半是人物关于自己的幻想。① 小说中行动着的杜大心,显示的是与他关于自己的幻想完全不同的另一种性质。你一眼就可以看出,这是那种"五四"文学中常见的、"五四"以后继续在文学中繁衍族类的青年知识者,处处表现着浪漫青年的特征。一面宣称"憎恨一切人",一面爱上了一个青年女子,甚至为了这种爱,嫉妒另一个求爱者;"一切人"的"一切"中,不但除去了爱人、同志,而且除去了同志的遗属。一面决定了"灭亡",一面又克制不住生的留恋,在决定赴死的前一夜,徘徊在爱人

---

① 这一时期的开头,巴金的思维方式,突出地显示出与上一文学时期的联系。他不断地谈着"爱"和"憎",并把人物对世界、人生的认识归结为这种最单纯甚至原始的范畴。他以自己的单纯,把现实关系单纯化了,单纯到可以装进两个现成概念的容器里去。

的窗下。这个人物,他的哲学,他的幻想,他的行动,他的梦,他的宣言,他的感情生活,处处见出不调和。却正是在这种不调和中,见出这个人物的特殊本质,概括着那一时期青年感情与理智、认识与行动矛盾着的真实。

"恨的哲学",在《灭亡》中,关系于性格,却并不规定性格。无论这种哲学有怎样的特异性以至令人悚然震惊,作者仍然主要依赖于他的经验、他对于中国青年的感性把握,写他的人物。抽去了"恨的哲学",杜大心未必不成其为杜大心。然而如果抽去了"恨的哲学",绥惠略夫还会是绥惠略夫吗?"恨的哲学",在事实上,是外在于杜大心的东西,却组织在绥惠略夫的整个生命中。对于杜大心,它不过是哲学,只有对于绥惠略夫,它才是性格。甚至还不止于此。《工人绥惠略夫》这整整一部书,是构筑在这哲学之上的。

即使杜大心辩护自己的哲学,也用了与绥惠略夫不同的理由[①]:"至少在这人掠夺人,人压迫人,人吃人,人骑人,人打人,人杀人的时候,我是不能爱谁的,我也不能叫人们彼此相爱的。"这才像杜大心的口吻,这也才是中国读者们听得懂的声音。只有这样的有前提的"恨"——为爱而恨,为破坏旧世界而恨,才是他们所能理解并接受的。即使我们假定巴金在创作《灭亡》之先,由《工人绥惠略夫》受到了某种启示,绥惠略夫的逻辑与巴金的整个思想,也是不可能谐调的。倒是译介了这部作品的鲁迅,对《工人绥惠略夫》有特殊深切的理解,在其理解中显示出思想家的鲁迅本人的思维方式。

经由比较所能引出的,不只是上面的判断。绥惠略夫最大的特

[①] 在憎恨群众——憎恨群众的麻木、冷漠这一点上,集中着绥惠略夫最基本的精神特征。小说告诉人们,发现自己和同志的奋斗、牺牲(尤其是"牺牲"!)与广大的人群——他们为之牺牲的人群漠不相关,造成了这样的绥惠略夫和他对于群众的"狞猛的无可调和的轻蔑"。他这样辩护他的哲学:"为什么,我应该爱你们人类呢?因为他们猪一般的互相吞噬,或者因为他们有这样不幸,怯弱,昏迷,自己千千万万的听人赶到桌子底下去,给那凶残的棍徒们来嚼吃他们的肉呢?我不愿意爱他们,我憎恶他们……"

征既然在他的憎恨人类、憎恨群众的思想,这个人物的性格矛盾——性格深度也在这里。被围猎的绥惠略夫,宣称憎恨人类的绥惠略夫,由群众对他的冷漠以至仇视("没有一人肯想隐匿他,阻住追捕的人,或者至少也让给他一条路","一切都拒绝他好像一个仇人")感到了最大的伤害、最沉重的悲哀、刻骨镂心的痛苦,这恰恰证明了他忘不掉他们——他曾经力图拯救的那些人。最大的伤害既然来自他们,那么最大的希冀呢(即使是潜意识的)?难道不也是他们——他们的同情、理解、爱吗?事实上,小说已经写到了绥惠略夫的虚无思想和他对于现实痛苦的深切感受之间的冲突。他轻蔑乞求者,更轻蔑施舍者,轻蔑奴性,轻蔑梦想,以至于更多。同时,他对于尘世的丑恶与悲惨,却有超出一般人道主义者(如亚拉藉夫)之上的更敏锐的感觉。他不能以"轻蔑"使自己超出于这无量的不幸之上。绥惠略夫式的疯狂与矛盾,是1905年之后处于低潮的俄国革命的产物。即使这个人物是"恶",这"恶"中也还包藏着"善"。他的那些黑暗的思想,其含义也多少可以有另一面的解释。在这里我仍然想使用这样的说法:如果说杜大心、绥惠略夫都是矛盾,那么,绥惠略夫则是一个更其深刻的矛盾。

鲁迅说:"阿尔志跋绥夫是主观的作家,所以赛宁和绥惠略夫的意见,便是他自己的意见。"①

巴金(尤其写《灭亡》时的巴金)至少是一位主观性很强的作家。这种主观,对于巴金的相当一些作品,首先是感情,而不是哲学。青年巴金还来不及形成犹如阿尔志跋绥夫那样完整的哲学世界观,这应当是他的幸运,尽管思辨能力的缺乏,不能不限制这一部小说的思想深度。即使在《灭亡》之后,阿尔志跋绥夫式的厌世哲学,也始终与巴金无缘。使巴金避免了阿尔志跋绥夫式的世界观的,不只是巴金的个人条件,而且是中国知识者的思想传统和1927年前后中国的政治情势。因此,《工人绥惠略夫》的最后一幕是主人公向人群射

---

① 鲁迅:《译了〈工人绥惠略夫〉之后》,《鲁迅全集》第10卷,第168页。"赛宁"一译沙宁。

击。这是绥惠略夫式的复仇。包含在小说中的"人物—作者"思想之轴,径直地滚向这个结局。而《灭亡》的最后一幕,却是杜大心向戒严司令开枪——杜大心是这样的复仇者。如果杜大心手中有一柄枪,而他又必须开枪的话,他只能如此选择。

《工人绥惠略夫》是一部出自"厌世主义"作家之手的"被绝望所包围的书"①,《灭亡》却是一部愤激的书。它们同样出现在历史进程中的严冬时期——俄国1905年革命失败后著名的斯托雷平反动时期,和中国1927年大屠杀声中。但巴金笔下的生活世界,如前所说,却并不具有足够的现实性。在蒋光慈提供了粗糙的"真实"的地方,巴金主要凭借的是想象和热情。不同于《菊芬》的也不同于《蚀》的作者,巴金不曾哪怕只是一度置身于真实的涡流中心。令人惊讶之处却也在这里——对祖国命运的关注,与广大中国知识者的精神感应,使得青年巴金不但由沙多-吉里城,传达了大革命失败后进步知识者的复仇愿望,而且他所创造的这个复仇者,还流露出与《蚀》中的青年之群相似的迷惘神情。在同伴就义的刑场上,翻滚过杜大心脑际的念头是:"究竟什么时候革命才会来呢?"他举目四顾,"在这广大的人群中,他底眼睛一时所能看到的脸上都表示出来绝对否定的回答"。《蚀》中的青年之群也发着同样困惑的一问。这迷惘使杜大心式的复仇,带有某种绝望色彩。但从另一方面却也证明了,即使失败了的革命,也具有那样的力量,使得一代青年知识者,把自己的命运、整个人生,与社会革命紧紧地系结在一起。

上述形象类型很难笼而统之地归为"消极型"。愈在精神现象复杂的地方,愈需要分析。钱时英在他亲手点燃的大火中"救出了"自己(郁达夫《出奔》),而方罗兰式的动摇者前景如何,却无从推测。也许他将无可救药地动摇下去,甚至由左摇到右,如张天翼的《移行》所写。但《蚀》中青年的迷惘和《灭亡》中的复仇情绪,却还给人以对前景的乐观。这里有积极的社会政治热情在巨大压抑中涌动。

---

① 鲁迅:《译了〈工人绥惠略夫〉之后》,《鲁迅全集》第10卷,第169页。

河道壅塞,水流由岩隙下喷出,因受阻而不免忿忿有声。但这水流未必不能汇入大波。其实,此后的历史正是这样写的。

《蚀·追求》的开头,一位青年这样说过:"……要不分有这时代的苦闷的,只有两种人:一种是麻木蒙昧的人,另一种是超过了时代的大勇者。"虽然当此之时,实际生活中的李克一类人物(真正的"复仇者")的活动,暂时越出了作者的视野,作者毕竟仍然在"迷惘"中寻找着"大勇者"。而整个文学在这一时期对知识分子的形象创造,也的确使人感到了更多的希望与光明。在上述作品创作的同时或前后,就有一批更为积极的形象、更为成熟的文学性格问世,使人不但看到了生活的光明——大革命引出的积极精神成果,大革命后的历史进步,而且看到了文学的光明——文学对于前进中的生活的感应和自身的进步。

"五四"新青年形象的重新发现
——大革命后小说对历史的反顾

中国现代小说史上,有过两个彼此相像的对于知识分子命运与道路反顾与思考的时期。它们都出现在历史剧烈震荡之后,一个文学上热烘烘的抒情时期之后。文学,像是在巨大的热情迸发之后的沉思,思想之流中时时掠过上一阶段的历史余震,向人们提醒着发展过程的连续。在如同双峰并峙的两个时期,小说家面对"知识分子"这一特定对象时,不约而同地表现出一种历史概括的意向;而长篇小说的集中出现,也适应了"构思宏伟性"的要求①。"规模"还只是一

---

① 在一段时间里集中出现的茅盾的《蚀》三部曲、《虹》,巴金的《激流三部曲》之一的《家》,叶绍钧的《倪焕之》等,显示出现代文学中前所未有的以长篇小说容纳相当长度的历史过程的倾向。"历史反顾"的内容特点不但直接引出大革命后长篇创作的繁荣,而且反映在短篇的创作中。如庐隐的后期作品,丁玲的早期创作,以及叶绍钧、张天翼等小说家的一部分短篇小说。这也可作为一个时期普遍的认识要求影响创作的例子。

个比较不重要的方面。更引人注目的是,两个时期都向文学史提供了一批经受得住时间淘洗的作品。批评界无法使自己对于这样的作品保持沉默。这不只因为其中思考内容的重大,而且因为它们往往充满矛盾,不断引出相互冲突的评价,给批评以阻力。一般地说,能持久地引起批评界的兴味的作品不大可能是毫无价值的。有时候,激起争议本身,就是一种价值。

这里所说的两个时期,指:大革命之后,抗日战争后期以及战后。

对于本章所论的这一时期,值得注意的事实是,直到《虹》(1928)、《倪焕之》(1928)①、《家》(1931)问世,现代小说史上才有了意在概括"五四"时期以至"五四"—大革命这一长过程中知识分子道路的作品②。也许因为,到了这个时候,历史才终于提供了必要的距离,使小说家们得以看清楚表现为历史过程的"五四"—大革命。

清理历史的动机,是由大革命后的历史趋向中汲取的。小说家们希望经由对历史的重新认识,找到存在于生活中的必然性。他们希望重新肯定一个事实:由"五四"个性解放和其他民主要求走向实际的社会革命,在觉醒的中国知识者,是合乎逻辑的。

对于历史的重新认识不但提高了作品的境界,而且扩大了小说家笔下的形象世界。尽管当这些小说家企图使自己的历史记忆由理性的筛子上经过时,不过揭开了一个更大的未知世界;尽管"清理历史"的意图当实现在文字上,不免发生理性与情感的冲突、客观性与主观性的碰撞。但对于文学来说,有价值的本来就是具体的人的思维方式和思维过程。这里有感性形象的生动性、人的心灵世界的丰富性,有由"五四"—大革命这一长途走过来的知识者的精神特征、内心生活、情感状态。而这些,从来是小说艺术的真正对象。

小说家们利用了这一历史机缘——既利用了时间的距离,也抓

---

① 《倪焕之》最初连载于1928年的《教育杂志》,1929年8月开明书店初版单行本。

② 属于"历史反顾"性质的作品,还有王统照的《春华》(1936)。下文中将谈及。

住了时代变动中人的(包括他们个人的)精神矛盾与历史思考。而认识对象一旦作为"过程"存在,必然会引出新的思索与估量。"过程"的清理通常会使一度隐蔽的事物本质显现出来,甚至改变一个事物曾经被公认的价值。《虹》《倪焕之》《家》的作者们作为认识主体,以变化了和变化中的眼光反顾历史,给他们笔下的历史画幅以大革命后知识者的心理以及美学趣味的标记。我的兴趣,正在寻找这种标记。较之一般地分析作品的题材特点,这也许是更值得花气力的工作。

"五四"是一个重新估定价值的时期。大革命后的文学在历史反顾中,则试图对于"五四"流行思想的价值,尤其是对于"新思想者"自身的价值重新估定。一个明显的认识进步是,知识者比以往任何时候,都更为清晰地看到了他们自己:既看到了自己的历史主动性,又看到了自己作为"新青年"、作为知识者的局限性。

这里站着三个人物:高觉慧,梅行素,倪焕之。

高觉慧,是《家》中那个黑暗王国的光明。封建家族的这个幼稚而大胆的叛徒,热情、激烈,追求进步的社会理想,直接参与了当时那场新旧营垒的斗争,不但"感染到人道主义和社会主义的精神",而且当故事开始的时候,"已经夸大地把改革社会、解放人群的责任放在自己的肩头了"。

《虹》一开篇,作者对于他的女主人公梅行素就直接评论道:"她是不平凡的女儿,她是虹一样的人物","她是认定了目标永不回头的那一类人"。"她只是因时制变地用战士的精神往前冲!她的特性是'往前冲!'"这种充满热情的介绍,当然直接来自作者对于"五四"精神的理解。

比之高觉慧、梅行素,倪焕之的气质稍偏于柔弱。但在作者笔下,他的见解的新鲜明晰、议论的透彻大胆,更兼有那一股改革者的英锐之气,都使这个人物高出于众人之上——也正是一个典型"五四"式的热血青年。

几乎无须经过仔细的比较你就会发现,这批小说所提供的"五四"新青年的形象——最为"五四"时代精神、时代风气所钟,富有生机蓬勃、积极进取的"五四"风采、"浮躁凌厉"的"五四"气概、热烈的民族感情和社会责任感的青年知识者的类型,尽管早已历史地存在着,对于文学史却是一种名副其实的新的性格与精神现象。如前所说,"五四"小说描写过自己时代青年的某些积极的精神特征,但描写不免是片断的。被表现得更多的,是感伤的脆弱的理想主义,为个人悲剧感所压倒的青年男女。比如郁达夫小说的主人公,庐隐、淦女士、王统照小说的主人公们。而那一时代更为积极的性格类型——以其觉醒和历史主动性直接造就了"五四运动"的青年类型,却到那个时期之后,才主要被另一批小说家(比如巴金、茅盾)从历史生活中发掘出来。

与对于"新青年"的精神特征发现的同时,或者作为"新青年"性格发现的自然结果,这些小说家在历史反顾中,也重新发现了"五四"时期环绕"新青年"的社会环境。你大约已经注意到了,在《家》《虹》等小说中新人物的对面,站着一个形象空前完整的"旧时代"。

高老太爷治下的"家",是一个具体而微的封建王国。高觉慧与祖父及其代表的家族势力的冲突,是"五四"青年当觉醒之时与旧势力的第一次交手。这里有那一代人的普遍经验。他们具体地认识封建势力,往往是在旧家庭中,往往结合着个人命运。《家》第九章,写高觉慧在祖父面前的沉思:

> 觉慧把他底坚定的眼光定在祖父底身上。他把祖父底瘦长的身躯注意地看着。忽然一个奇异的思想来到他底脑里。他觉得躺在他面前的并不是他底祖父,这只是一个整代人底代表。他知道他们,这祖孙两代,是永远不能了解的。但他奇怪在这瘦长的身体里面究竟隐藏着什么东西,会使他们在一处谈话不像祖父和孙儿,而像两个敌人。……

《家》中高觉慧与这一势力的冲突,使巴金能够以明晰而单纯的艺术语言,在一定程度上概括出新青年及其斗争的历史本质。"五四"小说也写到过类似的冲突,但普遍的缺欠恰恰在于环境的狭小与朦胧。那个时期的作者更热衷于表达个人的精神体验,而无暇冷静地环顾社会环境。

《虹》中人物活动的舞台,具有更复杂的性质。活动在这个舞台上的,有提倡"新思想"即"多妻主义"的军阀,有"懦怯""苟安"的"托尔斯泰主义"者,以及一大群以"新"自命、以"解放"自许的乌烟瘴气的青年男女。这不是高老太爷式的彻头彻尾的旧人,使人一望可知其"旧"的旧人。他们纷纷借重了各式各样的"新"的名义:"新"的名目,"新"的招牌,与"新"的理论。

小说中"忠山聚餐会"一幕,正是"打破了旧礼教的新人物"们演出的闹剧,似乎比旧人物的思想行为更丑,而且——"赤裸裸"。梅行素不能不为之痛心疾首:"这班人,跟着新思潮的浪头浮到上面来的'暴发户',也配革新教育,改造社会么!他们是吃'打倒旧礼教'的饭,正像他们的前辈是吃'诗云子曰'的饭……"

茅盾作为"五四"启蒙宣传者的独特经验,历史反顾中他的独特思路,使他在为主人公提供具体的活动场所时,有力地揭示了"五四"时期历史的一个典型侧面:"新思潮"处处掩盖着旧的罪恶。这种描写中包含的认识特点,正和鲁迅"五四"时期的某些社会批评思路相近。然而鲁迅的那些批评与预见,在"五四"当时,却犹如空谷足音。

《家》《虹》的作者不同的经验和不同的意图,使他们勾画的环境各有特征,但也因此它们彼此补充,无意间共同达到了某种完整性。环境的完整性与典型性,不只提高了作品的思想意义与认识价值,更重要的是,上述那些较之一般"五四"小说鲜明得多的关于"五四"时期新旧营垒斗争情势、格局的艺术概括,才使得"新青年"在整个时代生活、时代斗争中的位置,有可能更清晰地显示出来。

发现了新的性格和空前完整的环境的小说家,自然而然地,发现了人物与环境的新的联系。

在"五四"小说中,人(这里当然首先指"五四"知识者的形象)常常仅只是外界压迫下的弱者,环境的主动力量作弄下的被动者。即使他们的挣扎也通常是软弱无力的。环境与人的联系之于人,是纯粹悲剧意义的。环境的性质仅仅由它作为人的悲剧命运的原因来发掘与表现。而在大革命后出现的这一批作品中,人与环境的关系发生了重大变易。环境不只是作为人的对立物、作为压迫者而存在,它同时也是人的对手、人的反抗力的砥砺者。高觉慧尽管有他的软弱面,但这个读《新青年》《新潮》,赴督军署请愿,办《黎明周刊》的热血青年,毕竟是那个"家"的最清醒的批判者。正是这种批判态度,使他显示出明耀的"五四"特征。最先在"铁屋子"中醒来,是他,敏感地意识到了旧的生活方式瓦解的必然性。"不知什么缘故,他总觉得与哥哥妹妹们多少有点不同……他似乎随时都觉得在这种平静的环境之下有一种待爆发的火山似的东西。"他是对的。

《虹》中梅行素的贯穿动作,是对于环境的压迫挺身上前的应战以至挑战。小说上半部刻画梅行素个性给人印象最强烈的,是人物在婚姻问题上以及与惠师长们周旋时那种从容的气度,异乎寻常的自信。她不悲叹命运,"她是深信主观的力量可以转换环境的"。如果说在与柳遇春的结合上,梅行素的自信捉弄了她自己,那么这个人物应付拥兵自重的惠师长的纠缠,的确是她的性格得以完成的最有力的动作。她偏要蔑视危险,偏要证明自己的道德力量:"把女子看成了那样脆弱,仿佛一碰就准定要破;那样的道德上低能,仿佛随时会堕落!"作者为自己选择了更大的难度:写这样的一个梅行素,比写一个一般地反抗家庭的女子困难得多。作者恰恰是由人物不寻常的思维方式与行动方式中,发掘出人物性格的独特性,人物的不平凡性。梅行素的性格,是在环境的不断反激,不断堵、压中,才能完成的。

清晰地意识到自己处在一个前进的历史运动过程中的作者,仅仅这种历史感,就会成为创作中激情的源泉。大革命后新的时代环境与普遍的创作心理,自然地使小说家摆脱了"五四"时期小说界浓重的感伤氛围,在描写"五四"新青年的命运时,使用了一种与他们进行创作的时代相称的明快的调子。

如下的情景也是完全合乎逻辑地出现的:"五四"时期的社会矛盾,在性格坚强、拥有足够强大的精神力量的"新青年"对面,初次显示出其复杂性与多重性,而新青年的形象则在这种矛盾冲突、社会对抗中,使自己的本质第一次较为全面地呈现出来——既呈现其崭新的精神特质,又呈现其正是作为"新青年"难以克服的局限性。这里有着中国知识者关于自己的更为重大的精神发现。虽然这一发现映现在小说作品中,不免受到作者表现能力的限制,但是这些作品的有关内容,仍然应当作为研究现代中国、现代中国知识者的重要思想材料。现有的思想史著作,还不曾把中国思想界第二次"伟大的分裂"前后知识者的思想动向、心理过程,如此生动地描述出来。

一部《家》,最有力地开掘出高觉慧的精神本质的,是人物性格如下对立的两面:一方面,这是一个以"改革社会、解放人群"为己任的青年志士;另一方面,这同一个人物由于找不到足以依赖的强大的社会力量,找不到有效的行动方式,即使在"家"的新旧冲突中,也常常并非自愿地表现出软弱与游移。他不能决绝,既不能对于直接的压迫者祖父决绝,又不能对于间接的羁束者大哥决绝。他无力与"家"的既成秩序直接对抗。在他来说,向督军署请愿或到街头散传单,要比反抗一次祖父的威权和违拗一次大哥的意愿要轻松些。在前一种场合,他与人们在一起;在后一种场合,他必须独自面对压迫。在前一种场合,对抗究竟不是面对面的;而在后一种场合,他却必须面对具体的对手,而且是——他自己的亲人。这是不同的:发愿毁掉旧的制度,痛快而茫远;在任何一个具体事件上反抗这个"家",却切近而实际。小说第十章有一个有趣的细节。高觉慧被祖父的"严令"封锁在了家里……

"家,什么家!只是一个狭的笼!"觉慧一个人愤愤地说,依旧在屋子里踱着。"我要出去,我一定要出去,看他们把我怎样!"他说着,就往外面走。

觉慧走出房间刚刚下了石阶,便看见陈姨太和沈氏(他底五婶)坐在祖父房间的窗下闲谈。他止了步,迟疑一会儿,终于换了方向,向上房走去……

于是,小说关于这个人物的描写中最富于讽刺意味的情景出现了——这个"已经夸大地把改革社会、解放人群的责任放在自己的肩头"的激进者,当社会果然向自己的恋人实行压迫,当这一个具体存在的奴隶确实需要他的援手,当他的环境(即他的"家")要求他现实地实行改革时,他退缩了。不容易找到另外的瞬间,让这个人物的叛逆性与内在的软弱性之间的矛盾,如此深刻地展示出来。这一点令人想到屠格涅夫的《罗亭》的主人公,那个有着满腹的社会改革方案,却不准备把任何改革贯彻始终的空想家。

巴金的意图,在于由高觉慧写出一个黑暗王国的叛徒,借以寄托自己对未来的希望。然而他没有为了心爱的人物,在小说中缩短一个小资产阶级知识分子由觉醒到决绝的路。他如实地把它表现为迂曲、充满痛苦的过程,充满内心矛盾的过程。也正因此,在巴金创造的一大群"反抗型"的青年知识分子形象中,高觉慧是最富于现实性的一个。

高觉慧为了认识自我,付出了重大的代价。鸣凤死后,他终于向觉民说出"我害了她,我有责任。我的确没有胆量。……我从前责备大哥同你没有胆量,现在我才晓得我也跟你们一样。我们是一个父母生的,在一个家庭里长大的,我们都没有胆量"。这是一个真正的觉悟。当高觉慧带着这新的觉悟离家出走时,你应当承认他是英雄——他是他那个时代的英雄。不是所有的人都想象得出,一个叛逆者在觉慧生活的时代所要摆脱的负累,所要付出的代价的。作者完全有理由在这个人物那里寄托他的希望。

在三部小说中,《虹》所提供的文学性格更为特异,更为罕见。

不只"五四"文学,而且《虹》之后的现代小说,都难得发现另一个如此强悍的"五四"知识女性的形象。茅盾使他笔下的梅行素,摒绝了"五四"小说人物的感伤气质,把"五四"新思潮——这里主要是关于个人"意志自由""人格独立"的资产阶级启蒙思想——所可能给予一个新青年的精神支持,描写几乎达于极致。但正是在"五四"新青年所可能拥有的精神力量被充分强调了的地方,生活的逻辑顽强地出现了。作者主要不是由人物内心而是由人物与环境的必然冲突中,描写了一个刚毅而孤独的新青年在社会黑暗面前的脆弱性。梅女士的"自由意志"一再遭到生活的恶辣嘲弄。尽管对于人物的偏爱与预设的性格规定,妨碍了作者对于人物更深一层的开掘,作者却依生活本身的逻辑,写出了"个性解放"追求者的精神力量所能达到的极限。由一个真正强悍的性格与环境的冲突,自然更能揭示"五四"觉醒的知识者作为个人,被历史加诸的全部限制。

对于"五四"时期、"五四"新青年的批判性回顾,使上述作品的作者有可能以一般"五四"作者难以想见的气魄,概括出知识者由"五四"到大革命的历史进步。如果说"解放了社会,也就解放了自己",是我们得自《伤逝》的启示,那么《家》《虹》《倪焕之》由具体人物肯定了这一逻辑,你会感到是极其自然、顺理成章的:这样的人物只能有这一种发展。文学终于提供了"五四"新青年与大革命前后进步知识者的精神联系。中国知识者中激进者的足迹,清晰地在现代文学中铺了过来。

我以为,产生于大革命后的上述作品,只有被合乎实际地看作知识分子漫长的自我认识过程中的一个环节,对其价值(这里主要指认识价值)才可能估价适当。在知识分子道路发生重大转折的关口,这回首的一瞥恰当其时。作者对人物的肯定与否定之间,正有新的路向的选择。这是现代知识者"五四"之后的又一次觉醒。由此,知识者终于跨出了"五四"时期,继续上阵了。

理想人性的追求与革命者形象的降生
——大革命后小说关于知识者"个人与革命"关系的思考

自"五四"始,现代文学的三十年中,文学一面批判着民族性格的弱点,一面追求着理想人性。这批判与追求,同样是现代文学史上流贯始终的激情,而且它们又互为表里。"五四"小说还不能由当时的生活中,发现理想人性的型范①,这也是"五四"文学本身的缺欠。然而机会终于来了。大革命及其后的社会革命运动,使许多小说家眼睛为之一亮——由当时的革命者中,他们发现了前所未见的另一种人,一种"新人"。这种发现是令人激动的。现代文学中革命者的形象集中出现在这一时期,而且与以后时期不同,形象中包含着作者的陌生感与惊异,既现实,又理想,半是生活,半是意念。在这一时期之后,在初期革命文学的浪漫热情过去之后,他们才能较为冷静地看待这些人,看到他们的日常状态,看到作为普通人的甚至包含着各种缺陷的革命者。但也正因此,这一时期更多地寄寓着人性理想的革命者的形象也是独特的,难以重复地创造出来的。

革命者的形象,在现代文学中,也许属于最难以降生的。这类形象的降生之所以显得重要,绝不只是由于革命者在历史中、实际生活中的重要性。文学形象的价值,是并不与形象的社会对应物的价值成正比的。文学有它自己的价值尺度。但是中国现代文学中革命者形象的创造,却是一个有价值的问题。由于它与一系列重要的社会及文学现象勾连着,引出一系列重要的理论课题,而且(!)这些课题的解决(无论在理论上还是实践上)都经历了曲折的过程,影响到相当长时期的文学创作。这过程中产生的一切——成功或是失败,经

---

① "五四"新诗中,就有瞿秋白的《赤潮曲》、刘大白的《五一运动歌》、蒋光慈的《十月革命纪念》、朱自清的《赠 A. S.》;新诗对于"五卅"、大革命及其失败,也有更及时的反响。新诗在这一方面,表现得更善于捕捉生活中处于萌芽状态的事物,更善于发现社会空气发生的微小变化,更善于传达一种变动中的普遍情绪。

验抑是教训——都不应当忽略以至忘却。这里有着经验的富藏。

关于知识者个人与革命的关系的思考

现代小说提供对于革命、革命者的直接描写，固然在新诗之后，但是概括在有关小说中的生活内容连同概括方式，都是新诗或者散文无从替代的。以小说的艺术要求思考生活，有它自己的径路，这种径路，往往更有利于探入生活的深层，抓住生活所固有的逻辑。

一个不可忽略的事实是，现代小说对于革命者形象的发现，和对于这样一种矛盾的发现紧紧扣在一起：知识者个人与革命的关系。这种关系以及包含其中的矛盾，是革命者（尤其知识分子革命者）在实际生活中必然遇到的，是他们成其为革命者的过程中，不可能绕过的关隘。——文学在这里攫住了生活。

大革命前后知识者重大的思想变迁之一，是其中跟着时代前进的那一部分，力图找到由个人反抗到有组织的革命斗争的路。这种努力也反映在小说家个人和他们的创作活动中。《梦珂》《莎菲女士的日记》的作者丁玲，闯进了一个对于她是陌生的题材领域。在《田家冲》里，她试着描写一位只身在乡村发动农民运动的革命女性。当时，冯雪峰这样评价丁玲小说创作的上述变化，以为"从《梦珂》到《田家冲》的中间，已不仅只被动地反映着社会思潮的变动，并且明显地反映着作者自己的觉悟，悲哀，努力，新生"。所谓"觉悟""新生"，具体地说，就是"从离社会，向'向社会'，从个人主义的虚无，向工农大众的革命"。[①] 倪焕之的由乡镇到上海，由改革学校的孤军奋战（这支"孤军"包括了他和他唯一的同道蒋冰如），到大革命的集体行动；梅行素从川中出夔门到上海，也由个人与恶浊社会对抗，到加入有组织的斗争；不约而同地，高觉慧也向上海进发——"六三"以后到"五卅"惨案、大革命高潮期间的上海，正是革命组织活跃的地

[①] 冯雪峰：《关于新的小说的诞生——评丁玲的〈水〉》，《冯雪峰论文集》（上）第72页，人民文学出版社1981年版。着重号为原文所有。

方。而三个"新青年"都力图在这一行程中完成一个转折:由个人的向集体的,由孤军与旧势力抗争,到站在集团中变革社会。巴金1961年谈他的中篇小说《新生》的创作意图,在"写一个人的转变,从个人主义到集体主义"①。又是不约而同!

在蒋光慈最为成熟的小说作品《田野的风》里,知识者个人与革命的关系,找到了它独特的戏剧性的表现方式,把矛盾以罕有的尖锐性强调出来。小说的主人公,一个知识者、地主家的大少爷,处于极其特殊的环境里——农民运动期间他自己的家乡,在极其特殊的矛盾冲突中——豪绅势力(包括他的父亲)与农民之间的殊死搏斗,以极其特殊的身份——地主家庭的逆子、农民运动的组织者,经历了惊心动魄的内心冲突——个人与革命的矛盾。这部小说的成功之处,在下文中我还要谈到。《田野的风》的题材,带有明显的特殊性。那一时期小说家创作构思的契合之处还在于,相当一批作者不约而同地采取这样一种具体形态,容纳知识者个人与革命的矛盾:"恋爱和革命的冲突"。

"个人与革命的矛盾"带有普遍性的文学表现形式——"恋爱和革命的冲突"

生活中已经具有普遍意义的事物,并非自然而然就能找到适宜的文学表现形态。这里有作家的认识能力和文学表现能力两方面的制约。每一个刚刚出现的文学主题,都会连带引出一系列创作课题,每一个新的表现对象向文学要求的,都是多种条件的综合。

这里我们必须接触一种被反复谈论过的文学现象:大革命后小说"恋爱与革命"的流行主题。

这一流行主题和有关作品,在当时受到过严厉的指摘。1931年11月"左联"执行委员会决议《中国无产阶级革命文学的新任务》,

---

① 巴金:《谈〈新生〉及其它》(1961年11月27日),《谈自己的创作》,《巴金文集》第14卷,第329页,人民文学出版社1962年版。

在要求作家"必须注意中国现实社会生活中广大的题材"时,是把"恋爱和革命的冲突",与"身边琐事"的、小资产知识分子式的"革命的兴奋和幻灭"一起,归入"定型的观念的虚伪的题材",以为非"抛去"不可的。① 茅盾1932年写《我们这文坛》,也大声疾呼地要求"唾弃""'恋爱与革命'的结构"②。起草上述"左联"决议的冯雪峰,到1947年写《丁玲文集》后记,尽管仍然以为1927年以后"恋爱与革命"的流行作品缺乏深刻的社会历史内容和思想力量,却已经指出当年这一流行主题,是由"时代的矛盾"中产生,而且"是在鲁迅的《伤逝》所开示出来的那一个根本的矛盾的上面的,即反映当时时代所指出来的一条历史的道路"③——承认、肯定了这种流行主题的客观生活依据。

但这仍然是一个有待继续展开的论题。

(一)文学中"'恋爱与革命'的结构",是时代生活的产物。这一点也许最容易理解。"恋爱和革命的冲突"在那一时期的知识分子中,不但无所谓"虚伪",而且极其现实与普遍。孟超曾经这样谈到过1933年慷慨就义的革命作家洪灵菲:"曾经度过20年代的革命浪潮的人,谁也会知道那时革命青年中是有不少的人存在着两种互相矛盾的感情生活,一面是严肃的工作,坚韧的精神;另一面就是浪漫谛克的气质和行动。"④这里有"冲突"在革命知识分子性格中的根据。洪灵菲的情况,的确如孟超所说,不是一种特例。由"五四"浪漫时代跨入铁与血的大革命,人们不可能一下子摆脱昨天。而中国青年知识者中相当一部分,是由反抗家庭专制、争取恋爱自由为起点,走入革命队伍的。这一事实必然引出某些特殊的矛盾现象。一种文学主题的流行,只要不是出自某种强加于文学的指令或意旨,必然有普遍的迫切的社会问题作为背景。正像"五四"时期,一般青年

---

① 《冯雪峰论文集》(上),第64、65页。
② 《茅盾文集》第9卷,第61页,人民文学出版社1963年版。
③ 《冯雪峰论文集》(中),第156页。
④ 孟超:《我所知道的灵菲》,《洪灵菲选集》,开明书店1951年版。

往往首先由争"恋爱自由""个性解放",意识到并理解新的时代;大革命前后进入革命队伍的青年知识分子,也往往从恋爱与革命的冲突,认识革命对于个人的要求,在矛盾的不断发生和不断解决中,把个人与革命联结在一起。因此,上述流行主题,是知识分子生活方式变更中的产物,应当实事求是地被看作知识者、小说家寻求个人与革命之间的联系的一个认识阶段上必然发生的现象,联系于现代知识分子的奋斗史来评价和认识。①

当然,这一意识到了的历史的要求,最初表现于文学,难免有幼稚、粗拙之处。在有些作品中,革命与恋爱的绝对完美的统一,不过表现为一种愿望。即使是极其动人的愿望,也终究不能代替生活。曾经有过一篇小说,题目很别致,叫作《红色的爱》。"爱"而"红色",至少见出当时的青年革命情绪之炽烈。作者试图想象出一种彻底摈弃了小布尔乔亚的浪漫习气的"爱"。"红色的爱"应当是富于革命精神的,方式则应当质直。男的说:"我爱你,你爱我吗?"女的则问"你为什么要爱?……"答曰:"因为我近来需要爱……我的意识虽然很确定,但是我的情感却时常有引我堕落下去的危险,所以我要要求助力……我要的是女人的助力,从生命上得到一种推助的助力。自然。你知道我这种要求并不是贵族阶级的享乐主义。"②的确是"红色的",而且在特定时期也未为不情。知识者在怎样急切地要求适应革命——从生活方式到个人感情,包括性爱。

(二)值得探讨的,还应当有形成"'恋爱与革命'的结构"的文

---

① 问题在生活中的普遍性的又一个证明是:在那一时期,"'恋爱与革命'的结构",甚至不是左翼文学中的独特现象。巴金的《灭亡》《爱情三部曲》、台静农的《遗简》(《建塔者及其它》)、叶永蓁的《小小十年》等,也可以归入这一方面的流行作品之列。这也更说明,"流行主题"决不出自哪个天才或蠢才的臆想,或仅仅根源于某种理论上的偏差。它是生活拟定的选题,而且有相当的吸引力。抗日战争时期,问题再度被提出来,又有所谓"抗战与恋爱"的"流行主题"与"结构",也更说明"矛盾"的现实性和长期性。任何一种"虚伪"的"题材""结构",都不足以这样持久地作用于文学家的思维。
② 作者弱萍。收入蒋光慈编"中国新兴文学短篇创作选"第1集《失业以后》,1930年由北新书局印行。

学史的原因。

这里有一个文学题材演变的过程:由"五四"时期的所谓"灵与肉的冲突"(以郁达夫小说为代表)、婚姻爱情方面个人与社会的冲突(《伤逝》的表现最为深切),到大革命后的"恋爱和革命的冲突",题材演变中包含着历史的进步和知识分子自身的进步。因而不妨说,正是"恋爱和革命的冲突"的流行主题、流行作品,由一个特定方面,标志了两个文学阶段间的过渡:由《伤逝》的阶段,向大革命后文学的过渡。及时抓住这一"冲突"的文学,证明自己在紧紧追逐着时代的潮头,与新的历史时期的生活血脉相通。

还应当考虑到,文学在进入一个新的发展阶段的时候,不可能完全摆脱或抛弃前一阶段已经产生的艺术手段、表现技巧,以至某种认识特点。初期"革命文学"的作者,总难免把积习带进新的创作活动。郁达夫1926年在《〈瓶〉附记》中,表述过如下的见解,即"革命事业的勃发",贵在有一点诗人的热情,而"这一点热情的培养,要赖柔美圣洁的女性的爱。推而广之可以烧落专制帝王的宫殿,可以捣毁白斯底儿的囚狱"。① 在郁达夫本人,或者未必真有体现这种理解的作品。但这种关于恋爱与革命关系的粗浅认识,在那个时期,却不是郁达夫特具的。②

文学把握生活,有它自己习用的方式、角度。对于"个人与革命的关系"这一个大题目,小说家通常只能由最具体而又为他们所熟悉的生活形态去发掘。而一种角度一旦形成,也会自然地影响着小说家的艺术思维。婚姻爱情是"五四"文学最流行的题材,小说艺术在这一方面,有着较为充分的技巧、表现手段的积累。大革命后的小说家,循着走熟了的径路,以"恋爱和革命"的具体冲突,构成容纳"个人与革命的矛盾"的小说框架,应当是自然的事。虽然这框架被

---

① 《创造月刊》1926年4月16日第1卷第2期。
② 洪灵菲的《流亡》,写主人公在杀机四伏的流亡途中"温馨迷醉"的恋爱,文字间即未脱出"郁达夫风"的影响。所谓"共抒离衷,同干革命!于红光灿烂之场,软语策划一切"云云,也未始不是中了传统文学中"英雄美人"的毒。

一时用得过于俗滥了。①

（三）应当研究的，不只是"冲突"。或者说，是"冲突"，更是"性格"。一个时期笼统的批评，往往在对公式化的指摘中，把更关文学作品实际成就的"性格"给忽略了。道理是显而易见的："结构"不过是"结构"而已；问题更在于，"结构"是否妨碍了性格创造。比如丁玲的《韦护》。这部小说，一向被划入"恋爱和革命的冲突"的作品之列，而且作者本人也一再认可了有关的批评②。但是，当你今天读这部作品，你注意到的是，作者借这样一种结构，生动地写出了一个徘徊于知识分子惯常的生活轨道和革命斗争对于参加者的严苛要求之间，沉醉于浪漫谛克的爱情生活，同时又受到对于事业的责任感、义务感的鞭策的游移彷徨中的革命者的形象。毫无疑问，有这样的一种革命者，而且人物的内心矛盾直到今天也并不使人感到陌生。那么为什么要为了"结构"而否定或忽视形象呢？在这种情况下，"公式化"究竟属于哪一方？"创作"还是"批评"？其实，丁玲本人也谈到过她当时的创作意图，并不在于"把韦护写成英雄，也没有想写革命，只想写出在五卅前的几个人物……"③巴金关于他的《爱情三部曲》，也一再声明，他"所写的主要是人，是性格"④，甚至说"这个三部曲所写的只是性格，而不是爱情"⑤。虽然作者在性格描写上，并

---

① 较之"五四"文学，大革命前后小说关于爱情的描写，时代特点更为鲜明；同时，由于"五四"小说在爱情刻画（包括性心理的发掘）方面的艺术积累，使后一时期的小说处理爱情题材时，表现出艺术上的突出进展。《蚀》《虹》《莎菲女士的日记》《韦护》等作品写爱情，其手段之丰富、描写之细腻，较之"五四"小说都是进境。

② 丁玲在《我的创作生活》（1933年4月，收入《创作的经验》，天马书店1933年版）中说，自己终于"发现"《韦护》"只是一个很庸俗的故事，陷入恋爱与革命的冲突的光赤式的阱里去了"。前此，在一篇演说中，关于《韦护》她就说过："我现在觉得我的创作，都采取革命与恋爱交错的故事，是一个唯一的缺点，现在是不适宜的了。"（《我的自白——在光华大学的讲演》，《读书月刊》1931年8月10日第2卷第4、5期合刊）

③ 丁玲：《我的创作生活》。

④ 巴金：《〈电〉的序》（1934年9月）。

⑤ 巴金：《〈爱情三部曲〉作者的自白——答刘西渭先生》（1935年11月22日）。此篇与《〈电〉的序》均收入《巴金文集》第3卷，人民文学出版社1958年版。

不总是成功的。总之，批评较之"结构"，更应当关心"性格"。这样的批评才更是文学的，是由文学本身的要求出发的——也因此，才可能是更实事求是的。

在一个时期的有关作品中，表现得较为普遍的认识局限倒是在于，上述流行作品的作者，常常在绝不相容的对立中思考恋爱与革命、个人与革命的关系问题。在这一方面，大革命后的小说家，还不能摆脱"五四"时期的认识特点。"五四"时期不少小说家，以恋爱为纯粹的个人间事，这也是造成当时相当数量表现婚姻爱情的作品，缺乏开阔的背景、深广的社会历史内容的原因之一。巴金早期小说中的人物活动，很难确切地称之为"革命"。那种活动的性质、背景都是模糊不清的。但时代思潮的强大影响，的确使巴金的某些作品，鲜明地表现出流行思想的特点。他的处女作《灭亡》的主人公杜大心，"因一个同学底介绍，相信了为人类谋幸福的自由社会主义。加入革命团体"。当他发现自己竟然爱上了一个女人，而且是"一个资产阶级的女儿"时，他即刻打算说服自己："这不可能！他，一个立誓牺牲个人幸福来拯救人类的人，还有资格来爱女人！……把他底有限的精力分到男女的爱情上面去！这不可能！不应该！"在《灭亡》的续篇《新生》里，一个"个人主义者"（李冷）又产生了如下觉悟："没有个人底感情，没有个人底爱憎，没有个人底悲哀，没有个人底怜惜。以群体底感情为自己底感情，把自己底生活放在群体底生活里面。这样我就把我底生命和群体底生命连系在一起了。"似乎个人与群体、个人的感情生活与"群体底生活"，是绝对对立的。这种思维的片面性和绝对性，在一个相当时期的现代文学创作中，以不同形式一再地反映出来。到了写《爱情三部曲》时，巴金自己对于李冷式的"觉悟"又怀疑起来。"三部曲"写了一群从事某种秘密活动的青年之间各式各样的爱情，还让其中的青年明在临终前直接诉说了他的困惑："我们也可以恋爱——和别的人一样的吗？""我们有没有这——权利？他们说恋爱会——妨害工作——和革命——冲突。"这时，传达作者见解的是吴仁民："为什么你要疑惑呢？个人的幸福不一定是和群体的幸福冲突的。""必然冲突"的观念动摇了。

　　一定条件下的对立,是时代生活造成的,其中往往包含着历史的进步要求个人承担的代价、作出的牺牲。这种牺牲,在成功的创作中,自然地获得了悲剧的庄严性,以至呈现出一种崇高的美。问题在于能否提供活生生的性格和特定的情势,使冲突在一个具体的人物那里,在一种具体的环境、情势下,具有艺术的合理性。虚伪的,是《灭亡》里人物的空洞说教和人为的"内心冲突",而不是一般意义上的"恋爱和革命的冲突"本身。

　　实际的革命运动是那样生气勃勃,处在直接的社会斗争和生动的艺术两种实践中的现代作家,必然会逐步摆脱幼稚时期,在面对新的人生矛盾时成熟起来。胡也频的《光明在我们的前面》,写一个革命者与一个受无政府主义影响的青年女性相爱。这样的一对恋人和他们的爱情关系,的确尚未见之于前此的现代文学作品。在小说的男女主人公,这二者是必须而且可能统一的:"信仰"跟"爱情"。他们之间发生的一切,都转在一个轴心上——取得"统一"。作者显然以为这种"统一"是值得他的人物去追求的。"爱情"的担保,已不再是信誓旦旦,而是信仰的一致。这是崭新的观念。只有在"五四"时期之后、大革命前夜,知识者选择路向的时期,只有在激进青年中,信仰才具有如此大的力量。也只有胡也频这样的青年革命者,才更有条件把信仰与爱情的冲突及其解决及时化为小说题材。在这里价值观念显然又变动了。恋爱在人生中的位置,青年知识者对于恋爱的理解,都有别于"五四"时期。同时"恋爱"也被丰富了,因为它被发现了与人生、社会的更多方面的联系。尽管单就恋爱描写看,这部小说的技巧未见得比"五四"文学精进。

　　文学,在艰苦地探索人生。即使流弊,也有其产生的历史的和文学史的原因。不因流弊而简单地否定一种文学现象,才是现代文学作为一门学科成熟的表现。

革命者形象在认识的矛盾与创作矛盾中艰难地降生

问题的焦点在形象创造上。上文所涉及的文学现象和创作问题,也首先因其关系于形象创造,才是重要的、有意义的。真实的逻辑是,大革命后的小说家在对于新的人生矛盾的发现过程中,具体地认识着革命,同时发现了革命者。在这一方面形象创造中的成功与弊病,都与对矛盾的认识和艺术处理相关。正是:得也以之,失也以之。

(一)"我没有发现其间的桥梁"。

问题经常发生在接合点上,这里又是如此:恋爱与革命的接合点,个人与革命的接合点。

鲁迅的《叶永蓁作〈小小十年〉小引》,总能给人以方法论方面的深刻启示。鲁迅令人惊叹的是,即使对于这样一部存在着严重缺陷的作品,也恰如其分地估量了它的认识价值,而且以为这"价值"正在主人公的自我矛盾,以及作者本人不自觉的自我矛盾之中。同时,鲁迅又以其特有的犀利,精确地道破了小说的主要缺陷:"从旧家庭所希望的'上进'而渡到革命,从交通不大方便的小县而渡到'革命策源地'的广州,从本身的婚姻不自由而渡到伟大的社会改革——但我没有发现其间的桥梁。"当谈到小说主人公由个人主义向"集团主义"的转折时,文章重复地说:"我没有发现其间的桥梁。"[①]这正是一时形象创造中最触目的流弊。

"弊"而至于"流",可见其普遍——普遍到即使较为成熟的小说家,也难以逃出它的影响。比如茅盾。他的中篇小说《路》的主人公、青年大学生火薪传,由"怀疑主义"到"虚无主义",又到浪漫主义的革命者,也令人可以说:"我没有发现其间的桥梁。"

> 颓唐苦闷了差不多两星期的他,现在仿佛一梦醒来就看见

---

① 《鲁迅全集》第4卷,第146页。

了听见了新生的巨人的雄姿和元气旺盛的号召。在他昏睡似的两星期中,新的势力在酝酿,在成长,在发动,新的战士立在阵头了!这新生的巨人的光芒射散了他的怀疑苦闷的浮云,激发出他的认识和活力了。

逻辑是如此地单纯。人物仍然有爱情,克服的方式也同样单纯:"他痴痴地望着杜若,足有半分钟。然后,斗争的情绪和责任的意识,重复把他整个儿占领。他咬着嘴唇笑一下,掉转头就走。"1932年瞿秋白评茅盾的《三人行》,以为小说中青年许的性格"截然分做两段","这两段中间差不多看不出什么转变的过程"。小说中另一个人物青年惠的情况也同样。至于那个理想人物云,他的"革命性"则是"突然出现的"。① 瞿秋白由《三人行》中发现的,也正是鲁迅在《小小十年》里发现过的——的确是切中时弊的批评。

流弊,甚至也发生在较为成熟的作家某些较为成熟的作品里。即如茅盾的《虹》。有人或许感到不解:已经写出过《蚀》和《虹》的茅盾,何以又写出了《路》《三人行》。其实,后者的主要症候,早在前者那里已经见出了苗头。

《虹》把女主人公梅行素的出场,安排在出夔门的江流上。作者的用意是显然的:如果说出川前梅女士的生活道路如江流百回,那么出川之后,则应当波澜壮阔,"浩荡奔放"。但可惜,小说的精彩之处,偏偏在前半的"江流百回"。来到沪上的梅女士,足以显示出性格的一贯性的,仍然是恋爱:"跌进去我不怕,三角我也要干",一旦失恋,就"把身体交给第三个恋人——主义"。这"第三个恋人"竟然处在这么个蹩脚的位置上,实在可叹!"新女性"的梅,是作者熟悉的。他可以毫不费力地探入这种人物心理的曲折隐微处;但当写到

---

① 瞿秋白:《乱弹·谈谈〈三人行〉》(1932年3月10日),《瞿秋白文集》第1卷,第391、395页,人民文学出版社1954年版。着重号为原文所有。

那个搞政治运动的梅,却像是让人物的躯壳里闯进了外人。①

至于革命者梁刚夫的形象描写,情形更糟一些。稍觉生动的,仍然是情场风波中的梁刚夫,而政治活动家的梁刚夫,却似乎半隐在朦胧的背景中,使人感到暧昧、神秘②。于是,这个人物不能不像是重复曝光的照片——影像没有重合起来。

现代小说写出一个活生生的革命者,比之写"个性解放"潮中的青年知识者,花了更大的气力。单单是使人物在两种不同的活动领域——两性关系、私生活和革命活动——里实现性格的统一,从而使生命成为"整个儿"的,就用去了几十年的摸索。在这过程中,不可避免地发生着形象"个性统一体"的割裂,由此造成作品艺术上的缺憾。这也是"探索"所要求付出的代价。若干缺憾,应当算作正常损耗,不必过事苛求;但却可以而且应当从中引出必要的教训。

经验的不平衡,直接导致了艺术表现上的不平衡。倪焕之的性格,在人物"革命"之前已经基本形成。这一性格并没有因"革命",而得到人们预期的发展。作者的经验还不足以支持他,使人物在完全不同的背景下,真正依其自身的逻辑继续丰富自己。《倪焕之》的后几章,线条骤然加粗,素描一变而为速写,以至于小说前后风格不能统一。

这些作品,病都不在于写了人物的革命。像倪焕之那样一个有血性、有抱负、有改革热忱的青年知识者,以梅行素这样的蔑视流俗、独战邪恶势力的知识女性,由自己的道路走向革命,才叫势所必至,理有固然。但"要"在由自己的路,即革命而不失去他们"自己"。他们固然可能脱胎换骨。但即使脱胎换骨也只能由自己的路,即依人

---

① 这种情况带有一定的普遍性。如上文所谈到的《光明在我们的前面》,主人公只有在与爱人交谈时,使用着自己的语言方式,而一旦处在政治斗争的严肃场合,他就开始使用类似文件的刻板句式,以至你难以凭语调把他辨认出来。作者还不善于在恋爱、私生活以外的场合,也以小说家的方式思维。

② 当然,这里也应当考虑到时代环境,革命作家关于革命、革命者的描写不得已而使用隐喻、暗示的苦衷。

物的生存条件、思想背景、性格逻辑所规定的方式。这里所要的,是历史的规定性与人物性格的规定性,以及二者的统一。

其实,就处理"个人与革命的关系"而言,《虹》《倪焕之》的成绩,还远在同时期一般作品之上。但也正因此,它们的艺术缺陷,也就在更高的水准上反映了当时小说创作的普遍缺陷,更富于教训意义。至于那些质量低劣的作品,不过片面地发展了上述缺陷,以至弄到了漫画化的地步:没有性格(或者只有流行的粗陋不堪的"个性化");没有心理逻辑,只有粗糙的偶然性,甚至——"革命性"(盲目的革命狂热)加生物本能。这些作品,即使上解剖台,也还嫌不够资格。它们是不值得花气力去剖析的。

根源,很值得追索一番。我以为,关键首先在于,在这一时期的有关作品中,"革命"往往与具体的日常的生活过程割裂了,与人的复杂的心理过程脱节了。"革命"似乎成了笼盖于人物之上的特异的东西。它不是具体地组织在、实现在人物的生命活动、他们的性格发展、他们的生活进程中。而在事实上,革命,却是一种深入于千百万人的实际生活的进程,是一种具体进行在千百万人内心世界中的过程。它是人的世界的一部分,是人的生命活动的一种形式,而与其他部分、形式血肉相联。它不能离开具体的生活和具体的人而存在。

小说创作中的上述流弊,也自然地与一种社会现象对应。大革命前后的一个时期,突变式的"革命文学家"(被鲁迅讥为"翻着筋斗的小资产阶级"[①])到处出现,似乎由浪漫谛克的知识分子,到实践的革命者,是可以在一个早上完成的事。这也是知识者的一种幼稚病。生活中既然有突变式的革命者,文学中当然可能出现相应的形象类型;自信能够"突变"的小说家,不免要造出"突变"的小说人物。这也是风气使然。而人,非有更大的智慧,是不大容易从一种风气下逃出去的。

---

① 鲁迅:《上海文艺之一瞥》,《鲁迅全集》第4卷,第299页。

（二）理想与经验之间。

在进入分析之前，我想先作一番比较。为此，我请来了一些出自不同作家之手的革命者形象——

他有一张"苍白的三角脸"，"冷静"（请注意这个"冷静"！），"一点感情也不动"。这是《路》（茅盾）中的雷。

"沉静"，"冷峻"，有着"石头一般的精神"。这是《倪焕之》中的王乐山。

《虹》中的梁刚夫，有着一种"不可捉摸的冷静"。而在梁刚夫和雷之前，茅盾就已经写过一个"冷静型"的李克：在《蚀·动摇》里。

《光明在我们的前面》（胡也频）的男主人公刘希坚，被他的同志喻为"一块大理石"。他以为"站在指导地位上的人是不能够常常发狂的，是应该时时刻刻把头脑放在冷静的境界里。所以他自己，无论在什么时候，都在克制着感情的暴动"。这种"冷静"是这样地使他异乎常人，在得知四个进步学生被反动当局处决的消息时，他也只是以战略家的态度"平静"地判断道："如果这样"，"那好极了，风潮就立刻扩大起来了……"

似乎小说家之间事先有了某种默契，以至一时出现的革命者形象彼此那么相像，都有铁一般的坚硬，而且铁一样地冷静。

这又使我想到了俄国文学。即使还在屠格涅夫创作《父与子》的时候，他就企图使主人公在这一点上与众不同：作者不愿意给他的主人公巴扎洛夫加上一种在他看来不必要的"柔情"①。巴扎洛夫给人的印象，无宁说是"冷酷"的。《前夜》中的保加利亚革命者英沙罗夫，尽管不同于巴扎洛夫，但也冷静而至于冷峻。车尔尼雪夫斯基的拉赫美托夫，更是为人熟知的例子。只能说，除了共同的生活依据——在那片广大的黑土上生长着的俄国改革者、革命者——之外，俄国小说家，他们关于"新人"的理想，也在一点上并非偶然地相遇了。

---

① 参看布罗茨基主编：《俄国文学史》（下卷），蒋路等译，第837页，作家出版社1962年版。

情况和俄国文学的上述现象相似,大革命后中国小说中革命者气质的共同性,一方面由于小说家们不约而同地注意到了生活中"新人"某种引人注目的新质;另一方面,也出于对历史要求的相似领悟。大革命的铁砧上,的确锻造出一大批"从头到脚用纯钢铸成的英雄"①;但大革命作为一面镜子,也无情地映照出知识分子的普遍弱点。前一方面的发现,是小说家创造李克、王乐山们的生活依据(虽然这"依据"还是简单、粗糙的);后一方面的发现,则培养和加固了一种由"五四"以来就在生长着的关于人性的理想。他们呼唤莱谟斯——吃狼奶长大的人②,彻底摆脱了中国知识分子传统弱点的人。他们要使自己理想中的"革命者",在一切方面,与知识分子普遍的软弱,游移,不能行动,不能从事艰苦持久的革命工作等弱点对立起来。濒死的倪焕之,在昏迷中说:"……脆弱的能力,浮动的感情,不中用,完全不中用!"他相信并期待着的是:"将来自有与我们全然两样的人"。这里谁说不包含着大革命后知识者的深刻反省呢?

在李克、王乐山等一系列形象里,中国小说家们灌注了自己对于新型的人——既是他们粗略地瞥见的,又是他们憧憬并希望其出现的那种人——的渴望。但"渴望"加上粗略的观察,是不足以造就真正的文学形象的。愿望应当尊重。而上述愿望之所以应当尊重,不只因为它们有其合理性,而且更因为它们已经构成了小说家创造形象时的一部分心理依据。然而"批评"在尊重作者愿望的同时,也必须毫不迟疑地对创造物进行历史的和美学的批评,正像杜勃罗留波夫批评英沙罗夫这一形象时曾经做过的那样。这位卓越的批评家是这样坦率、直言不讳,他指出英沙罗夫尽管以其思想"刹那间的光华使我们震惊",但"在我们看来还是一个陌生的人","作为一个活的

---

① 列宁:《纪念赫尔岑》,《列宁全集》第18卷,第9页,人民出版社1988年版。
② 参看瞿秋白:《〈鲁迅杂感选集〉序言》,《瞿秋白文集》第2卷,第979—980页,人民文学出版社1954年版。

形象,作为一个现实的人物而论,英沙罗夫离开我们还是遥远的"①,因为他缺少一个活生生的形象所应当具有的性格魅力。

创造出中国式的革命者的形象——秉赋着中国知识分子的传统美德,与中国的历史文化保持着血肉联系,真正由中国社会的五脏六腑中孕育出来的革命者的形象,比事先拟出一个理想型范,当然要困难得多。中国革命一定会造就"新人",但不可能是英沙罗夫、拉赫美托夫的中国版。因为他们无论怎样"新",也仍然是中国的,由中国的民族生活中产生的。他们不可能没有历史,没有文化背景,没有与中国人普遍人生的联系。

这里的问题,也仍然涉及对个人与革命、个性与革命事业的关系的理解。革命者的某些特质,诸如坚定、冷静等等,不应当也不会是抹杀了其他个人特征、牺牲了个性的丰富性的结果。相反,革命者作为革命者的特异秉赋,正应当实现在生动的个体性之中。把"革命者"归结为几个概念(即使是很合于理想的概念),也是对于形象作为"个性统一体"的割裂。或者说,理想、愿望代替了生活,至少,遮蔽了生活的完整性、整体性,人物生命活动形态的多样性。

对于中国的革命文学,苏联文学是最切近的参考。这一点,初期的革命文学家已经普遍意识到了。但我们的创作却表明,从精神上把握苏联优秀文学的现实主义特征,并运用于创作实践,比介绍某种理论观点要艰苦得多。鲁迅关于《毁灭》的评论,最能得其精神,文字间有着明确的针对性,流贯着扶植本国革命文学、补偏救弊的巨大热情。在《〈毁灭〉后记》里,他谈到袭击队队长莱奋生超出于同伴之上的指挥者的品质,又特意强调指出,莱奋生并非超人。他"不但有时动摇,有时失措,部队也终于受日本军和科尔却克军的围击,一百五十人只剩了十九人,可以说,是全部毁灭了。突围之际,他还是因为受了巴克拉诺夫的暗示。这和现在世间通行的主角无不超绝,事

---

① 杜勃罗留波夫:《真正的白天什么时候到来?》,《杜勃罗留波夫选集》第2卷,辛未艾译,第299、301页,上海文艺出版社1959年版。

业无不圆满的小说一比较,实在是一部令人扫兴的书"①。无论莱奋生还是郭如鹤,都有他们的冷静,都有他们异于同伴的清醒,但他们也仍然是平凡的人,有着平凡人的种种局限以至弱点。

左翼文艺运动比较及时地发现了自身的弊病。瞿秋白大声疾呼反对"脸谱主义"②,反对革命文学创作中的各种公式化的表现。但正确的认识实现于创作中,仍然要经历曲折。甚至在许多年过去之后,被反对过的"公式"重新纠缠着人们的头脑,这种例子,在现、当代文学史上,已经屡见不鲜了。

(三)更值得珍视的。

如果我们再彻底一点,摆脱关于"革命者"的某种僵硬的观念,这一时期文学中较为成功的革命者形象,也许会突然魔术般整批地站出来。只要你承认"革命者"不是已经凝固了的概念,而认为"革命者"是一个过程,即有着自身历史的生长着更新着的人。以为革命者必须尽善尽美的见解,违反了生活,缩小、限制了创作和研究的视野。对于这一时期来说,更有意义的,是新的人从旧社会的腹腔中诞生的过程,是诞生中的"新人"真实的性格历史。这种历史更能在千百万人中唤起强有力的感应和共鸣——本来,这就是一个"新人"在降生中、完善中的时期。

以这种眼光看,《光明在我们的前面》中,更能动人的,是转变中、新生中的女主人公白华。作者力图由重大的历史事件("五卅"惨案)寻找人物转变的契机,耐心地由各个角度探求促成转变的条件,细心地搜集一切他所能搜集到的构成人物动机的因素,而且,可贵的是,力图使人物政治上再生的过程,实现于人物的性格中,让那个任性、骄纵、天真、热情充溢的白华,在过程的每个环节上,都打下

---

① 《鲁迅全集》第 10 卷,第 330 页。着重号为笔者所加。

② 瞿秋白:《普洛大众文艺的现实问题》(1931 年 10 月 25 日),《瞿秋白文集》第 2 卷,第 478 页。茅盾在上文引过的《我们这文坛》一文中,也提出应当唾弃"'宣传大纲加脸谱'的公式""向壁虚造的'革命英雄'的罗曼司""印板式的'新偶像主义'"。

自己个性的印记。而那个"指导者"刘希坚的形象,却不免相形失色了。也许正因为他太像"指导者"的缘故。"人无癖不可与交,以其无深情也;人无疵不可与交,以其无真气也",是明代散文家张岱的话。凭你的经验,能说它没有道理?

更值得谈论的,还是上文提到过的《田野的风》。农民运动的组织者、知识分子李杰,不是一块大理石,也不是一锭铁。但谁个不认为,他正属于投身在那一时期的烈火中熔冶自己的"新人"、革命者呢?他也有矛盾,有知识者处在不那么理解他、信任他的人群之中,必不可少的一点寂寞感,有"讨厌的过去"的"纠缠",有理智上与家庭决裂之后,感情上不自觉的牵绊:"我本来没有家庭了,而我的父亲却送信来要我回去;我本来不要父母了,而我却还有点纪念着我那病在床上的母亲……"他简直要嫉妒自己的同伴了:"张进德真是幸福极了!他每晚一躺在床上便睡着了,这因为没有可诅咒的过去来纠缠他。他现在干净得如一根光竹竿一样,直挺挺地,毫不回顾地走向前去……"有这段牵系,才是知识者之为知识者,同时无损于李杰的"新人"。

这些也许还属于一般性的描写。对于作者小说才能的更严格的考验,在《田野的风》后半部的下述情节安排上:身为农民自卫队队长的李杰,不能不在农民火烧李家楼——他自己的家——这一行动面前表明他自己。这种情节设置向作者要求透视人物灵魂深层、把握一个革命知识者心理的微妙变化的能力。作者对此提供了证明。他使人物"义务与感情的冲突"显得合理。小说令人感到:革命(即使某些过激行动)有自己无可置疑的合理性;同时,知识者李杰的感情逻辑对于这个人物,也是合理的。人物的境遇不免有些残酷,但也因此更近于"历史的真实"。每个革命的知识者,都不能不以某种方式通过炼狱。这也是他们的命运。"让他们烧去罢!我是很痛苦的,我究竟是一个人……但是我可以忍受……只要于我们的事业有益,一切的痛苦我都可以忍受……"

蒋光慈病故后,郁达夫曾在一篇文章中说过:"我总觉得光慈的作品,还不是真正的普罗文学,他的那些空想的无产阶级的描写,是不能使一般要求写实的新文学的读者满意的。"①这批评,对于像《田野的风》这样的作品,至少是不完全切当的②。

不成熟中的成熟,成熟中的不成熟——当历史遽然转折,小说创作的对象世界发生了重大变化的时候,创作表现理应这样错杂、矛盾。斩钉截铁的判断、明确简单的结论,或许痛快,却未见得有助于对文学史的正确了解。

值得称道的还不止这一些。洪灵菲写于大革命后的那一组"流亡篇"(包括长篇小说《流亡》,短篇《在木筏上》《在洪流中》《在俱乐部里面》等),固然有艺术上的缺欠,却也有着为它们的幼稚、粗率之处所不能掩的特异的光彩。洪灵菲在气质上是个诗人,而且属于豪放一派。在他的笔下,那个流亡在南洋的革命者(作者的自我形象)的一腔豪气,往往倾注在诗情澎湃的画面里:

> ……景象是美丽极了,雄壮极了,极目只有像欲坠下来的天空,像在水面上飘浮着的许多远远近近的树林,房屋和木筏,在河心与岸际跳跃着的许多小艇,艇上面有着周身发着油漆气味,口嚼着槟榔,茖叶的土人,男的和女的,而这一切都笼罩着在粗暴而又雄健的雨点之中。
>
> 我们都欢跃着先后地跳下河里面来,急激的波浪把我们的躯体冲击着,剥夺着,压制着,但我们却时时刻刻地保持着把我们的头颅伸出水面之外。河流不能淹没我们,也正如悲哀不能

---

① 郁达夫:《光慈的晚年》,《郁达夫文集》第 3 卷,第 208 页,花城出版社、生活·读书·新知三联书店香港分店 1982 年版。

② 孟超在《蒋光慈选集》序言中写道:"当革命的暴风雨将要到来的时候,最初飞来的几只海燕,掠过了乌云弥漫的太空,歌唱出斗争的曲子,即使说有的羽翼还不够健强,声音还不太嘹亮,但毕竟是时代的预言者,时代的战士。她们冲破黑暗,发出了号召的画角,鼓舞了来者;勇敢的战斗就在她们身后猛烈的展开,胜利的光芒遥遥的已经在望。因此对这些开路者是不应该轻于忘记的。我于光赤和他的作品,始终是作着这样的估价的……"

淹没我们一样。

> 我们呼号着,叫喊着,把手掌痛击着浪花,我们藐视着这滔滔的河流,我们都暗暗地在赞颂着我们自己的雄健的身体。有着这,我们是能够把一切困难逐渐征服的呵!
>
> (《在木筏上》)

与风浪相搏的情景,一再出现在洪灵菲的小说中。这里的确有一种使人感到陌生与兴奋的旋律——是铁的意志向汹涌而来的横逆抗争,文字间充满了不屈的革命者的豪迈与自信,使人亲切地感受到作者刚毅的个人气质和性格魅力。①

由大革命的失败,造成了一些动摇者、迷惘者;但在这些人之外,也挺立着追求者、奋斗者——盗天火给人间的普罗米修斯。构成"新人"的新质,在革命者奋勇迎击黑暗的百折不回的意志中,在他们战胜自我、战胜旧时代的羁绊的决心中。历史运动在怎样有力地影响、改造、创造着知识分子性格!大革命前后的文学,也因为有这样一批革命者形象的问世,才较为完整地反映了变化着、前进着的中国知识界的全貌。

初期革命文学的作者——左翼青年作家,较之他们的文学前辈,显示的是另一种生活阅历与文化教养。他们的文学成就不同程度地受到知识水平、斗争环境的限制。但他们为文学带来了属于他们自己的东西,一批新的文学形象,一股清新健爽之气。在他们的创作中,知识分子不再仅只是历史悲剧的承担者,而且是未来光明的自觉追求者、创造者;他们仍然有矛盾,但矛盾的性质、内容和条件都已经不同。如果说,那些"可以宝贵的文字","是用生命的一部分,或全部换来的东西,非身经战斗的战士,不能写出"②,那么,我们更应当

---

① 洪灵菲的某些小说,富于浪漫主义色彩,但已经不尽同于"五四"文学的浪漫主义。这里所谈到的《在木筏上》以及长篇小说《流亡》,较之性格,目的更在于写情绪。一个时期文艺理论界对于浪漫主义的笼统的否定态度,是带有明显的偏颇的。

② 鲁迅:《〈溃灭〉第二部一至三章译者附记》,《鲁迅全集》第10卷,第335页。

以庄严的心,去纪念那些在巨石下艰难地创造,甚至以身殉光明、以身殉革命的文学事业的前驱者。

最后,还得解释一下本章标题中的"大革命前后"。为文学发展(即使仅仅是"形象史"或"形象创造史")划分时期,从来是个麻烦无穷而且引起无穷的歧见的事。我在这里,不过想把自1925年到20年代末、30年代初知识分子形象创造方面的发展线索大致梳理一下。"前后",其实"前"字差不多形同虚设,而"后"的界限又太模糊,因而时限不免有不确定性。问题还在于属于这一时期的有关文学现象仍然未能较充分地包罗进去,只能由下一章设法弥补。即使时间上有这样的缠夹不清,我仍然试着把"大革命前后"作为一个独立的时期来研究。因为对于本书所论的内容,这实在是一个带有关键性的时期,有独立研究的必要。

此外,需要重复地解释的是,并非历史上的任何重大事件,都能造成相应的文学影响,以至直接导致"性格发现"。历史事件、历史运动,从来不应作为认识、清理文学发展线索的唯一依据。我在强调"大革命前后"的"性格发现"时,依据的是事实——大革命属于那样一种事件,这种事件的确有力地同时影响于生活和文学,在生活中造就并向文学提供了新的性格。

三 综论：对三四十年代小说知识分子形象创造的某些考察

在生存的大戏剧中，我们自己既是演员又是观众。

——玻尔

我想以本章的篇幅，对现代文学史上某些较为重大的文学现象作综合的考察，而以三四十年代小说的知识分子题材和知识分子形象为基本对象。当我们清理文学史的时候不难发现，并非文学在每一方面的发展都显示出阶段的标记。而越是重大的文学现象，就越具有史的性质：史的贯穿性，史的延续性，史的无所不在的渗透性。因而在进行了一些阶段性的研究之后，纵览就成为必要的了。

我把某些其他章节不便包容的材料（如小说家的创作个性）也纳入了本章。在作了宏观的考察之后，再回到创造者个体，也许不失为一种调节。何况文学现象的"大"与"小"、文学研究的"宏观"与"微观"，其界线原是不那么确定的呢。

本书没有对30年代文学的知识分子形象创造作"时期性"的研究，对此也许有必要加以解释。本书上篇中的阶段划分，所依据的，是我所掌握的材料——当然包括了我对于材料的评价——而不是现成的文学史的分期。我以为，30年代文学在现代文学知识分子形象创造方面的重要性，与其说在它所提供的创造物，不如说在由它所确定的某些基本路向，在于它对此后文学的某些决定性的影响。若是我在"纵览"时，较多地集注目光于30年代，那也正是因为上述事实。如果把三四十年代的有关文学创造作为一个过程，那么应当说，只有把握了 30 年代文学,才能把握这一过程的基本线索。——这里正有 30 年代文学的独特价值。

政治意识与知识分子形象创造

以下问题对于本书也许显得过分重大:中国现代作家所处的政治环境,中国现代知识分子、现代作家的政治意识及其在创作过程、创造物中的渗透,以及政治意识与其他意识的关联,等等。然而不能设想绕开这些重大问题,除非取消本书的整个研究课题。这一章所要涉及的一些重大联系——知识者与政治、知识者与人民,正是使现代文学史成其为现代文学史的基本关系,是规定这一时期文学的基本性质、基本特征的关系。它们并非外在于文学,并非由外部对于文学的强加,而是渗透在审美活动(创作—欣赏)之中,构成文学作品的血肉以至灵魂。也因此,我们对上述关系将不仅由外部即文学与其以外世界的联系来考察,还将由内部——现代文学的内在构成来考察,以求尽可能逼近文学史的实际。

不必担心这种考察会忽略文学的文学特性。正是为了探究"文学特性",才更应当把握文学的一切外部的与内部的"关系"。只有这样,才能真正认识审美现象,才能真正把文学作为文学。

(一)

1973 年,美国的哈罗德·伊萨克斯(即伊罗生)重编《草鞋脚》[①],在序言中对那本书的作者们"所处的环境和时代"提供了如下两点说明:"第一是巨大的爆炸性,这些人所遭遇的每一件事,他们的个人生活中,他们的创作中,他们的政治活动中,都带有火山喷发的特点。第二,所有这些一瞬间的、短促的人的、感情的以及每一据(按,疑

---

① 1934 年,美国哈罗德·伊萨克斯(即伊罗生)在鲁迅与茅盾的指导与帮助下,编中国短篇小说集,当时未能出版。经重编后于 1974 年出版。

为"具")有重要意义的个人经验的爆发,都被卷入波澜壮阔的历史事件的狂涛之中了。'五四'以后仅仅五年,每个人的抉择和行动就成为生死攸关的事了。"应当说,这还不失为客观的描述。然而一旦需要对上述历史条件及其文学后果加以评价,问题就变得复杂了。

我们不会像某些国外学者那样,满足于把中国现代史描写为悲剧时代,尽管他们的描述不无根据。我们甚至也不满足于仅仅说明"实际后果"。我们的兴趣更在于把握那一整个时代,把握构成"现代文学"造就"现代作家"的全部关系,这些关系在审美创造——由作者、读者共同实现——中的具体形态和动态过程。

创造文学的那些人,自身正是历史的产物。他们正是以人性的方式表现出的历史关系。世界文学的历史,是文学在重重限制中为自己开辟道路的历史。任何一时代的作家,都只能在历史和自身的局限中从事创造——在这一点上,命运对于他们无所谓不公平。

人的政治关系,是人的现实关系的一部分,是构成人的现实存在的基本材料。中国现代作家与时代政治的特殊密切的联系,他们的特殊强烈的政治意识,也是他们进行创造活动的必要条件。因而当史沫特莱说到丁玲"是一个非常政治化的人"的时候,她事实上是在谈论一大批中国现代作家的共同性格。在这一共同性格的背后,不但有着深刻的中国现代历史条件方面的根据,而且有着同样深刻的中国的文化传统、中国知识者精神传统方面的根据。中国现代文学固然属于一个全新的时代,但它既然是中国文学,就仍然体现着中国文学发展的某些重要的连续性。

研究中国文学的独特道路,不能不面对如下基本事实:封建社会历史发展过程中,从事文学活动的知识分子与政治、政治集团、政权力量的关系如此密切,以至造成了中国文学注重道德意义、注重教化作用、注重政治功利的价值系统,既强化了文学的某些外部联系,也妨碍了自觉的文学意识的形成。此外,中国文学发达之早,与文学作品商品化(与此联系的,是作家的职业独立)之迟适成对比,历史发展的特殊道路和封建国家对于知识分子的政策,决定性地影响着文学的基本面貌:文学观念、文学家从事创造的方式、他们的精神产品的意识构成,以及创作界和读书界的审美心理。不但文学创作与政治往往不可分,而且文学作者与政治家、官吏的身份也往往不可分。中国文学史上的所谓"形式主义"潮流,很少如西方文学史那样,出于片面发展的审美要求,而往往倒是联系于统治者及其文人集团的享乐欲望和颓靡倾向,因而骨子里也仍然反映着上述关系。

中国现代史以更为巨大的吸引力,把知识者吸引到决定国家前途命运的政治斗争的旋涡中来。近现代史上中国思想界两次"伟大的分裂",每一次都有特定的政治背景。这急剧的分化组合,一次次推动了知识分子的政治选择,从选择自己的理论立场,到选择政治信仰、人生道路。不是选择"仕途"——情况毕竟与以往的时代完全不同,从事精神生产的知识分子,已不必以从政为谋生手段,因而他们的选择更有自觉意识的支持,有现代人的政治意识、社会思想的基础。历史的严峻安排,与知识者自身的使命感、历史主动性相遇了。由"人"而及于"文学","关系"的必然性质甚至"资产阶级学者"也不否认①。

上述事实却使某些以"自由主义"为标榜的文学史家为之困惑。他们尤其不能理解中国知识者、中国现代作家基于民族责任感、历史使命感的积极的政治选择。② 他们想当然地把包括鲁迅在内的中国作家的政治选择解释为因"诱惑"而误入迷途。似乎文学果真经受

---

① 陈敬之写《中国新文学的诞生》(台北成文出版社 1980 年版)即谈到有关事实:"若干年来由于国家始终处于危难震撼之秋,凡是热爱国家和关心政治的学人,都难免和政治发生关联……"

② 当然,在中国也如在其他国家,人们的出发点和路向是因人而异的。但矛盾分歧的思维线路恰恰在一点上相遇了:不是选择个人的而首先是选择中国的命运。助成了这种一致性的,是当局者的反动政策。无论夏志清写小说史时表现出怎样的政治偏见,他却仍然没有打算掩盖这一事实。他率直地指出,国民党政府的反共政策之所以"无法获得普遍的支持","一个更基本的弱点"是,"它没有一个睿智的思想纲领去战胜共产主义,赢得知识分子的支持",因而,"许多知识分子和作家,他们自一九二七年国民党迫害共产党之后不满国民党的,在这十年间仍然不满国民党。这批人后来造成有利于共产主义的舆论,间接助长其发展,对共产党说来,真是功不可没"(夏志清:《中国现代小说史》,刘绍铭等译,第 98 页,香港中文大学出版社 2001 年版)。

了政治的"强奸"。他们不但弄错了因果关系,而且也过分低估了这些作家的理性。没有什么力量能任意支配如鲁迅这样拥有巨大的成熟了的智慧、独特的社会历史眼光的思想家,正如没有谁能迫使左拉为"德莱斐斯案件"而"控诉",或操纵托尔斯泰伯爵向农奴制的俄国挑战。

我们固然不能以历史运动的规律代替文学发展的自身逻辑,却也同样不能哪怕只是稍稍忽略如下事实:"五四运动"、大革命以及抗日战争,都以强力影响了现代文学的历史进程。现代文学在知识分子形象创造方面的几度繁荣,都恰在重大历史运动过后或在其相对平静时期,在知识界、思想界经历巨大震动之余——尽管不必夸张为一般的文学规律,却无疑是本书所论形象创造史中的规律性现象。也因而在许多情况下,你只有凭借上述背景,才有可能说明那一时期小说家们赖以进行创造的动因、他们创作心理的某些特殊方面;同时由作品中感觉小说家们在其中从事创造的特殊社会、心理氛围。也只有在这过程中,你才有可能把握作用于创作者的全部现实。

一大批中国现代作家的政治意识,是在"五四"新文化运动后的那个时期,在大革命的过程中形成的。毕竟经历了长时期的酝酿——选择反封建的立场,对于中国知识分子是相对轻松一些的。大革命及其后的现实,却向知识分子要求另一种选择。原先只带着单纯甚至空洞的改革愿望走向大革命的知识者,其中的一些在投身涡流之后还力图对于政党政治超然的,突然发现自己必须回答一个较之一般意义上的改革复杂得无可比拟的问题——选择什么样的政治道路;而且接下来必然提到面前的问题是——选择哪个政党的政治主张、政治实践。

中国知识分子中,很有一些是笃信"君子群而不党"的圣训的。他们曾经天真地希望可以不涉足风浪凶险的政党斗争而达到改革。富于"自由主义"色彩的知识者层一下子溃决了。知识者面对"政治"时的矛盾,以空前的尖锐性显示出来。①

中国思想界的第二次"伟大的分裂",较之前一次,伴随着更剧烈的知识者的精神矛盾。而戏剧性的时代冲突,一向是有利于文学的。

茅盾的《从牯岭到东京》(1928年7月)劈头一句说:"有一位英国批评家说过这样的话:左拉因为要做小说,才去经验人生;托尔斯泰则是经验了人生以后才来做小说。"茅盾本人多半属于后一种情况:"经验了人生以后才来做小说。"这是他所占有的优势。当然,没有哪位小说家在创作之先不曾"经验"过某种"人生"。但"人生"亦有广狭之分。像茅盾那样,以一个活跃的新文学者的身份,经验了"五四"时期的社会动荡与文学变革,而后又作为一个实际工作者,经验了大革命的高涨、衰落以至失败,并且一度置身于政治斗争的涡流中,以一介书生而际会闻所未闻见所未见的瞬息万变的政治风云,承受种种印象的刺激——这种经验,仍然不是每个小说家都能想见的吧。

许多作家,在大革命以后的创作中,依赖了他们直接得自大革命的政治经验,这种经验对于他们是极其新鲜有益的;更多的作者,则因而获得了观察中国社会、思考中国问题以至于探究、发现知识分子性格的新的眼光与角度。在这个意义上,认为大革命影响了中国现代文学的基本面貌,也许还不算夸张。

如果说"五四"时期小说家的激情,往往系于如下关系——"个人与社会"的话,那么到20年代末、30年代,"个人与政治"才成为创

---

① "自由主义"立场自有新文化运动以来,一直存在于知识界。"五四"时期《学衡杂志》公布的"简章"中即有所谓"以中正之眼光,行批评之职事;无偏无党,不激不随"等语。作为新文化者的"新潮"社中人,也有人宣称这个社无意"以政治改政治",甚至发展而为一种"洁癖",以至"看见别人作良善的政治活动的,也屡起反感"。他们似乎决心特立独行,绝不为政潮所动,"为'终身以之'的读书会"了(傅斯年:《新潮之回顾与前瞻》,《新潮》第2卷第1号)。众所周知,这批人日后的动向,大多违反了初衷。到30年代《骆驼草》创刊,发刊词还标榜只当"秀才",不管政治。其中有些人(如周作人)却终于弄到言行不相顾的狼狈境地。

作激情的源头。对于人的由政治方面的观察,丰富着现代文学有关"人"的认识。不只是认识知识者,而且是认识人的全部生存环境,认识全部生活。30年代文学的宽广性,部分地也正是创作者活跃的政治意识的结果。

知识者与政治的关系,不止是小说家观察知识者的特殊视角,这种关系还必然印现在对于知识者以外的生活、人群的表现上。

30年代的知识分子问题,往往实现于其他问题上。文学中的知识分子问题,也同样往往透出在知识分子生活图景之外的其他图景上。我在本章的下一部分,还将更具体地谈到这一点。相对于前期抗战文学,30年代文学观察知识分子的角度,无疑丰富得多。伦理的、一般文化历史的种种兴趣,都影响着人关于人的思考。知识者自我精神特征的"外化""外射",同时也正是知识者精神世界的扩大与升华。这一时期文学提供的世界形象,处处包含着知识者的社会思考、道德感情、审美趣味,以及广泛的心理内容——化入故事,化入画面,化入人物,令人觉察到政治变革的强有力的进程。

抗日战争在这个方向上,把一种必然的趋势进一步肯定和向前推进了。更为广大的作家以自己对于政治的关注,以对于环绕着他们的政治现实的认识,影响了文学的面貌。战争对于现代作家的政治影响的显证之一,即他们之中最有教养的那一部分,最有教养而又长期置身"潮力圈"外的那一层,也被时代由旧的生活轨道上抛了出来,并开始直接以形象表达政治信念或政治义愤了。生活的必然逻辑又在这里干预了创作。

诗人艾青这样谈到另一位诗人戴望舒:"望舒是一个具有丰富才能的诗人。他从纯粹属于个人的低声的哀叹开始,几经变革,终于发出战斗的呼号。每个诗人走向真理和走向革命的道路是不同的。望舒所走的道路,是中国的一个正直的、有很高的文化教养的知识分子的道路,这种知识分子,和广大劳动人民失去了联系,只是读书很多,见过世面,有自己的对待世界的人生哲学,他们常常要通过自己真切的感受,有时甚至通过现实的非常惨痛的教育,才能比较牢固地接受或是拒绝公众所早已肯定或是否定的某些观念。而在这之前，则常常是动摇不安的。"①

据说海明威的作品"更多地着重于哲学和心理学方面的东西，而不是强调社会学方面的东西"，"更多关切的是永存的抽象的问题，而不是那些直接的社会、政治或经济的利益"②。与此不同，中国的现代小说家通常不是由探索"普遍人性"这一比较玄远的出发点，而是从批判现存社会这个实际得多的角度观察他们的人物的。他们不是"更多关切"那些"永存的抽象的问题"，而恰恰对于"直接的社会、政治或经济的利益"表现出强烈的兴趣。这种情况正如上文所说，是由中国知识者的精神传统、思维方式，中国的文学传统，中国现代知识者的生存方式，他们所处的社会—文化环境所共同决定的。每个人都只能站在历史安排就的位置上，用当时使用或可能使用的调子说话。

（二）

到现在为止，我们还只停留在外围，而不曾真正涉足作品的内部世界。作为本书的作者，我无意更无力勾画现代思想史或现代知识者政治斗争史的哪怕是粗糙的轮廓，我为自己提出的任务只限于透过形象世界看"知识者与政治"，看形象世界中的"知识者与政治"。我将尽快地进入所论问题本身。

政治意识在创作发动—选材过程中的渗透

依我们已经形成的认识秩序，我们由作品中首先意识到的，并非新批评派所谓的"声音层面"，而是题材面貌，是作者"写什么"。我们因而也就发现，政治意识往往决定着创作者截取哪一部分生活，以及把它们依怎样的认识艺术地组装起来。而选材的角度恰正反映着

---

① 艾青：《望舒的诗》(1956年11月)，《戴望舒诗选》，第10页，人民文学出版社1957年版。
② 德·明·布朗：《海明威在俄国》，董衡巽编选：《海明威研究》，第170页，中国社会科学出版社1980年版。

普遍的文学观念,人们关于文学的功能的理解。

我在上文中已经谈到了三四十年代文学题材的普遍的政治性质。对此,人们很容易立即想到"革命文学"。因为尽管部分"五四"小说隐含着作者的社会政治意识,然而在文学创作中直接引入政治的内容,却是自"革命文学"始。然而人们同时又会注意到,政治意识对于题材的渗透,不但不是初期"革命文学"的,也不是30年代左翼文学的特殊现象。在这一方面,那些左翼作家,比如丁玲、胡也频、洪灵菲、叶紫等等的例子倒不一定是最有说服力的。而另外一些曾经在远离现实政治的地域撷取材料的作者,他们的创作发展中,也许更独特地包含着"必然",比如"五四"文坛宿将王统照、许地山、庐隐。

"五四"时期与同代青年一道沉湎于"人生问题"的王统照,到写《司令》《沉船》诸篇,不断地调整着自己迫近生活的角度。你由30年代他的长篇小说《山雨》,已经难以看出这小说家与当时一般左翼作家对生活的把握及把握方式上的差异。不但当时乡村社会的政治变动,而且关于这种变动的政治估价,都进入了这部作品。对乡村变动的政治思考,无疑是影响了小说的整个情节架构的东西。还应当提到,王统照几乎是唯一的一个较为完整地描述了由"五四"退潮期到大革命前夜青年知识者们不同的政治动向的小说家。那在王统照,当然不是偶然的回首一瞥。30年代普遍的政治意识提供了历史认识的动机和视角。

在政治冲突激剧的时候,永远会有标榜或不标榜的"自由主义者",自命超然,相信自己超乎政治是非之上的立场。但在中国而做"自由主义者",有其特殊的困难。往往弄到进退失据,自相矛盾。最典型者如周作人。而在有类似倾向的不少人,那只不过是一种不稳定的过渡性的立场。社会生活中也会有那么一片沙渚,夹在两道江流间。这块沙渚一定会被江流从两个方面剥蚀,终于不复存在。许地山的处境多少有点类此。这位小说家最初是由更为远离现实政治的方面去逼近生活的。但"政治"扰动着他,他像是身不由己地要对"政治"发言。《法眼》《解放者》等篇中政治意识的性质,并不是我们最关心的,因为即使混乱的政治意识也毕竟是政治意识。许地山是长于由抽象的方面去把握生活的。他的最具代表性的作品,意念往往是构思的起点。同样试图诉诸理性,《法眼》等篇中包含的理性(训诫成分)与《缀网劳蛛》等篇包含的理性,显然属于不同层次。明白地说,《法眼》《解放者》是由政治方面提出问题的,尽管作品的思想带有"自由主义"色彩。①

至于庐隐,这位女作家若非不幸早逝,令人很难估计她以后可能的发展。因为在《亡命》《壮志长埋》中那个激动地抒发政治情绪的庐隐,已经与《海滨故人》的作者判若两人②。同样地,你由这个作家那里,也像在许地山那里一样,发现的未必是所谓"正确的政治判断""纯正的革命思想"。她的《曼丽》《苹果烂了》等篇,也曾透露过政治现实冲击中的矛盾感受和内心矛盾。那个拥有巨大支配力的陌生事物一度让她困惑、迷惘。但也像许地山,即使偏见也仍然属于"政治意识",而且因"偏见"更见出政治对于精神生产的不容规避的影响力。

如果认为上述例子只是大革命前后一个时期的特殊现象,那自然与事实不符。这是整个现代文学 30 年的特征性的现象,是由"五四"开始的必然过程,只不过这过程经由单个人实现罢了。我还想提到彭家煌的例子。如果说 30 年代小说家彭家煌的所长,在写"茶杯里的风波",这样说并不包含丝毫轻蔑。生活中最为习见的,难道不就是"茶杯里的风波"?但不过时隔数年,到《喜讯》一集问世,彭

---

① 在《东野先生》中,许地山的认识已有不同。虽然对革命活动仍有隔膜,但主人公所怀疑的,已不再是笼统的"革命",而是社会改革的具体途径了。
② 《亡命》一篇写主人公"我"风闻将被市党部以"反革命"罪逮捕,不禁发了一些愤慨的誓愿:"人们都在酣睡的时候,只有你一个人唱着神曲有什么用呢? 你应当大胆敲响他们的门,使他们由恶梦中清醒,然后你的神曲唱得才有意义啊!""我深切的祝福使我下次的亡命,要比这次有意义,便是绑到天桥吃枪子,也要值得。"这难道还是那个凄凄切切、诉说个人哀怨的庐隐?

家煌的视点已经移注到"茶杯"之外。《喜讯》(1933)、《两个灵魂》(1933),对政治斗争不论取侧写还是直写(当然"直写"中也有"闪烁"),境界较之旧作都有不同。也许彭的才能更适于写"茶杯",但为他个人精神发展计,这推移仍然是可喜的。彷徨中的知识者群庞大而散漫,似乎无所归属,其实不过归属暂时未定罢了。彭家煌似乎也有过一度的迷乱——也许就是写《在潮神庙》(1930)的那个时期吧。在那篇自传体小说里,彷徨无地的主人公"简直忍耐不住要哭出来,像什么压迫着他,追逐他"。尽管连自己也还救不出,这个人物仍然低语着:"唉,潮神啊,显显灵,把这块地方冲洗一下吧!把这个世界冲洗一下吧。"你总不至于怀疑,这种不安里正含有政治情绪。

张天翼曾经谈到过 30 年代的一个时期内,作家们"对于题材都感到枯窘"的原因,即"每个作家都企图着要把自己的作品极力与时代融洽"。[①] 由 20 年代到 30 年代大批小说家的题材疆域向乡村世界移动,这种"集体性"现象也许更有说服力。这里有政治对人的意识活动的潜入。写"骚动的乡村",这种题材选择中往往已经隐含了政治判断,只不过未必被作者明确地意识到罢了。至少在创作活动发动的那一短时期,政治意识确实是他们的意识结构中活跃的部分。生活材料是首先经由政治估价而进入审美过程的。仅仅由"写什么"这一层次去分解、提取作者的政治意识,固然难免失之肤浅,但在许多现代作家,他们的意识的变动,的确最先反映在题材选取这一环节上。而不成熟的认识、未经真正"小说化"的生活材料,也往往滞留在这一浅层,被研究者轻易地搜罗起来。

无论许地山的《法眼》《解放者》,还是庐隐的《亡命》《壮志长埋》,以及彭家煌的《两个灵魂》,都算不得成功之作。它们经不住美学方面的称量。作者只不过注意到了现实生活的政治方面,还不能审美地把握它。但如上文所说,类似情况却也证明了,即使不成熟的

---

① 张天翼:《天翼的信》(二),汉口《人间世》1936 年 3 月 16 日第 1 期。

认识、浮面的生活观察,也仍然在创作的基本环节选材上首先反映出来,即使还不足以造就真正的艺术品,却影响到文学作品的题材面貌。上述事实同时也说明了,题材的选择对于真正的审美创造不过起点而已。

就上文提到的作品而论,《东野先生》《喜讯》诸篇,较能承受美学眼光的审视。因为政治意识不止浮游在"题材面貌"这一浅层,它参与了对于人性对于人生的艺术发现。在这样的作品中,作者的政治意识不再是可以从小说中剥离出来的东西,它融化在了作品的审美结构之中。即使这意识是含混的(如《东野先生》),或不免于朦胧(如《喜讯》)。

由政治方面对人的发现,由政治层次对人性的掘发

据说英国当代小说家弗吉尼亚·伍尔芙曾经说过大意如下的话:如果一部小说中的哲学可以一条条地抽出来,贴在一起,那么这只有两种可能,或者小说出了毛病,或者"哲学"出了毛病。对于小说中的"政治思想",也可以作如是观。

"政治意识"由外在(或部分地外在)于审美创造,到作为创作意识的有机部分,消融在审美活动及其结果之中——个别作家经历的如此过程,现代小说史也以放大了的形态经历过。这里自然有创作发展的自身条件和逻辑。

由政治方面发现人,与仅仅一般地依政治意识截取生活材料,属于两种境界。当作家不再满足于以作品演绎或阐释自己的政治观念,而是集注兴趣于人性的掘发时,他们才更有可能把政治意识与审美意识统一起来,把个人的政治热情、宣传欲望与文学的自身本质统一起来。对此提供着证明的是大批作品,只不过证明或充分或不充分,或有力或较为无力罢了。

现代作家由政治的方面发现着人的善恶美丑——政治的判断与道德评价、审美评价结合在一起;由政治的方面观察造就人的环境、条件;由政治的方面发现、丰富着他们笔下的人物类型,最引人注目

的,比如对于革命者、革命的知识分子的发现;进而由人物与革命的关系,探入更复杂、矛盾的人的心灵世界。即使政治意识并不那么强烈的作者,由政治的方面看取人生,看取人性,也丰富了他们对于人的认识。在这方面,我想到了老舍的例子。

由《离婚》到《四世同堂》,一向习惯了由文化的方面观察人性的老舍,也终于把现实政治直接引入了人物的世界。《离婚》等作品对于人性的弱点、国民性弱点、市民性格弱点的掘发,一旦被放在抗日战争这一具体背景下,认识必然地扩展了。祁瑞宣(《四世同堂》)与老李(《离婚》),乍一看去,俨若精神上的弟兄。但《离婚》中老李的苦闷究竟较为狭小——是把那种灰色生活敷衍下去,还是抖擞一下,开始另一种更有生气的人生?《四世同堂》里,祁瑞宣的苦闷要广大得多:是不顾一切向侵略者拼命,还是为了妻儿老小而在奴隶境遇中忍气吞声?很难说哪一种精神矛盾对于文学更有价值。而由《离婚》到《四世同堂》,仅就上述两个人物看,描写也未见进境。然而《四世同堂》观察人性的政治视角对于老舍终究是重要的。尽管在观念与生活、抽象与具体之间,老舍并未及时找到更恰当、更适于他的才能的那一种平衡。

这里我们触及了一个更为普遍的问题。就相当一批现代作家来说,他们小说创作的得失,集中在如下关系上:理念与生活的感性内容。在这一重关系上,也集中了现代小说形象创造的得失。

许多现代作家在对于人的表现中,凭借了自己的政治经验和政治观察。区别在于当进行创造时,经验材料本身的形态——它是抽象的,仅仅表现为意念,还是连带着生活的血肉,保持着生动的感性形式的。由初期革命文学和左翼文学中,你清晰地看到了创作发展的不平衡,动机与效果的参错,和由此造成的不同的美学价值。关于初期革命文学在形象创造方面的得失,我在本书第二章已经较多地谈到过了。在那里我寻找的是文学现象的时期性的原因——与特定时期生活形态和思维方式的联系。在这里我更愿意把它们作为文学自身历史的结果来认识。

"五四"小说的"抒情性格",使得小说这种形式在相当多的作者手中,成为他们的生活感受(尚未来得及生活化的)和人生感慨(自然取议论的形式)的容器——如王统照、庐隐的不少作品;而普遍的哲学热情,又鼓励着以"哲学"敷演故事的倾向或直接的哲学、道德说教——不仅冰心、许地山的部分小说如此。关于此后"革命文学"的意念化以及标语口号式倾向,人们往往只追因于"革命文学"的理论主张,而忽略了文学发展过程的连续性。鲁迅在他那个文学时代,是伟大的孤独者。他的艺术经验在相当一个时期,没有被由美学的方面来认识。自然还可以沿"五四"上溯——追踪到晚清的小说理论(如梁启超的理论主张)和创作。甚至可以更由此上溯几千年的文学史,追踪到对中国文学发展影响至深至巨的儒家道统,"文以载道"等重要的文学主张。在某种意义上可以说,文学从传统文学观念的片面性中摆脱出来的过程,就是中国现代文学走向成熟的过程。

情况在同一作家那里也如此。我们以稍前一个时期的小说家叶绍钧为例。作为"五四"小说家,叶绍钧早期创作中固然也有过意念大于形象的情况,但他较快地就习惯于以小说家的方式思考生活了,这一过程中才有小说家叶绍钧的成熟。无论才力大小,叶绍钧的小说意识无疑较许多同时期(指"五四"时期)小说家更强烈。他的《潘先生在难中》等篇常被文学史家提起,却不大有人注意到化入小说中的作者的政治观察、政治意识。这正是大革命勃兴时期那种浓烈的政治氛围中的人性发现,不是一般地发现知识者的怯懦,而是发现他们在社会变动中的卑怯、苟活、趋利避害的市侩性格。在另一篇小说《一包东西》中受到作者嘲讽的,也许是一种更为普遍的庸人习气。在那一时期,具有如下矛盾性格的知识者绝不会是个别的:正直,但软弱;同情革命,却绝不肯以身试法。在特定情景中,这种怯懦会表现为自私,如小说主人公那样。同一时期叶绍钧对于两类人物——进取的改革者和明哲保身的市侩——的性格发现,都紧密联系于作者的政治倾向和政治意识,"小说意识"又使他避免了直接的政治性说明。这里顺便说一句,在鲁迅之外的"五四"时期小说家中,叶绍钧是较为自觉地关注知识者与社会革命的关系,并由这一角度探索知识者性格的一人。

从政治的方面掘发人性,到20年代末、30年代,在文学中才更普遍也更深入。即以沙汀为例。这位小说家的作品,与契诃夫小说显然有某种精神联系。《老烟的故事》就令人自然想到《套中人》。只不过造成老烟这种精神类型的社会原因,更明确,更直接——也许部分地由于这同一个原因,这一形象不像另一个形象那样为人所熟知。

倘若你把写在20年代中期的叶绍钧的上述作品,与写于40年代的沙汀的《老烟的故事》《困兽记》等作一比较,就会发现,沉淀在沙汀形象世界中的作者的政治感受要沉重得多。沙汀写"政治"作为一种环境的力量(无所不在,而又不具形)对于人的作弄,写政治压迫、禁锢的精神后果,往往愤怒而又沉痛。

很难估量中国知识分子在现代史上承受过的压力的分量。沙汀似乎较之别人,更关心人在政治高压和政治恐怖中的变态,由《恐怖》(1932)到《老烟的故事》,始终如一。不是现代派作品中那种压迫感,而是政治压迫感。这是中国人的生活现实,而生活现实势必影响到艺术思维的方式。在那个时候,中国小说家们不大可能用西方现代派的方式感受生活。① 沙汀一再地写政治高压、精神迫害下知识者无可宣泄的苦闷和作为"个人"的无力、软弱感。②《两兄弟》中的哥哥说:"到处都是罗网,陷阱,随便出口气都有人暗算你!……""有什么办法呢?我们总不能自杀,等社会变好了,又来投生!所以,暂时只有逆来顺受,……"这些作品中真正深刻的,也许应推《老烟》。但也不妨指出,即使在这篇小说里,作者也并不充分信任形象自身的力量。若是删除其中太露的说明,小说还会更精悍些。

---

① 同一时期还有其他作品,容纳着类似的对反动政治的抗议。靳以的《乱离》,以及沙汀的《春朝》,当然,还有夏衍的《春寒》、靳以的《前夕》等等。
② 但这终究不同于"五四"小说或大革命后某些小说中的苦闷,连表现苦闷的方式也不同。这里没有对于知识者幻灭感的无节制的宣泄。从知识者出发的对于现状的抗议和对知识者自身局限的发露结合在一起,理性自然成为对情绪的有效的节制。

也许可以说,只有在类似的情况下,作家的政治意识才真正经由审美活动进入创作过程,渗入对客观世界的审美观照。在真正的审美创造中,你不可能离析出纯粹形态的政治意识。政治意识已经与其他如道德意识、哲学意识等等,在交互作用中渗透在统一了的创作意识之中。你不妨由政治方面看人物,正像你可以由其他方面看人物那样,但你无法使自己的主观印象,与作者的意图尤其形象的客观内容重合,而在一些意识构成过于单纯的作品里,这种重合,至少是不难近似地达到的。作者的单纯意图(这里主要指政治方面的意图),由此他赋予形象的单纯意义,被你轻易地把握住了。生活的深厚性在你的审美对象中消失,你看到的是片面化了的人,与人性的丰富性割裂开来的人的意识层,甚至某种政治意识的人身化——你在现代文学史上几度出现的公式化的创作倾向中,看到的正是这些。

在这里我要特别谈到,正是在知识者与政治、知识者与革命的关系方面,现代作家对人性的发掘达到了他们所能达到的较大深度,创造出现代文学史上一批著名的文学典型。而这种开掘,离开了作家本人的政治意识,则是不能想象的。现代作家不但校正着自己,而且分析着、表现着有关的历史矛盾和知识者的精神矛盾。他们也及时抓住了自以为置身局外的知识者矛盾遑遽的那一刹那,记录了这些不安的灵魂的不安。我们可以举出丁玲的《一九三〇年春上海》、芦焚的《谷》、王统照的《春华》。如果这些还不具有足够的说服力的话,我们还可以举出茅盾的《蚀》,丁玲的《韦护》、《在医院中》(最初发表时题为《在医院中时》),路翎的《财主底儿女们》等等。这些作品无论显示出怎样的作者的个人局限,其中提供的人物的心理深度,仍然证明了中国现代作家的才力和艺术创造上的可能性。

在知识者与政治、知识者与革命的关系方面,现代作家经由自己的政治意识,发现着人性的深,同时发现着他们自我的矛盾。这后一方面也是一种人性的深,而且必然融化在作品的有机构成之中。没有上面提到的作品,在现代文学史,至少是不小的缺失。这难道不也应当看作历史生活对文学的赐予?

一方面文学由人的政治关系中发现着人性的深,另一方面,文学思想的片面性又阻碍着这种发掘——这也是对现代文学史影响重大的矛盾现象。也许正因此,现代文学家尽管让潜力与可能性得到了证明,却终于未能更充分地开掘"潜力"实现"可能"——该说些什么呢?生活对于文学,既那样慷慨又那样吝啬!

政治意识笼盖下的风格、美学境界

既然创作活动是一个有机的完整的动态过程,那么政治意识就绝不会仅仅停留在形象创造这一环节,仅仅沉淀在形象(指人物形象)之中。

20年代末的浪漫主义文学倾向,与"五四"浪漫主义文学的显著区别,即在其强烈的政治色彩:作为文学思潮、文学运动,思想、哲学基础不同。正是政治情绪与浪漫主义倾向的结合,在一批作品中,造就了既热烈(写革命)又缠绵(写爱情)、交混着浓重的感伤情绪(承"五四"文学余绪)和革命狂热的特殊的美学风格。

政治意识的变动导致创作风格的转折,属于普遍经验;在这一方面,左翼作家的情况是为人们所熟知的。丁玲即是显例。①

郁达夫是同一规律的另一种例子,内容却同样深刻。

郁达夫曾经是个怎样的虽感伤却狂热的抒情诗人呢!对这个人来说,影响于他的创作最直接的,无过于情绪的变易了。作为大革命尾声的大屠杀,是一种地狱般的现实,令一些知识者有"转世""再生"之感。大劫难的余波,在劫余的知识者心灵世界推延。到1931年,郁达夫回头看大革命失败之初知识界的动向,在下面的文字中未必没有写进他自己:"一九二七年的革命之后,北京变了北平,当时的许多中间阶级者就四散成了秋后的落叶。有些飞上了天去,成了要人,再也没有见到的机会了;有些也竟安然地在牖下到了黄泉;更有些,不死不生,仍复在歧路上徘徊着,苦闷着,而终于寻不到出

---

① 我这里主要指丁玲由《在黑暗中》一集到《水》《夜会》等篇的风格变化。

路。"(《忏余集·志摩在回忆里》)当这个人的情绪由"沸腾""喷发"而入于"沉静""淡漠"以至"绝对的无波"①,他的作品的美学面貌无可避免地变更了。于是而有《瓢儿和尚》《东梓关》《迟桂花》等一大批作品。很难简单地对郁达夫前后期作品论优劣,尤其是美学意义上的优劣。如《迟桂花》《东梓关》等,都可称佳作,笔法的圆熟、意境的浑融,较前期不少作品犹有过之。我在这里只关心政治情绪对审美活动的渗透这一事实,只打算指出沉淀在美学境界中的作者的政治意识与感受。

像郁达夫这样因政治态度、人生态度而影响到创作风格的,并不乏人。废名1957年检点旧作,"乃又记得自己原来是很热心政治的人",终于人与作品一起变化,"逃避现实","躲起来写小说乃很像古代陶潜、李商隐写诗……"②刘西渭(李健吾)评《边城》,由沈从文而及于废名,也说过:"废名先生仿佛一个修士,一切是向内的;他追求一种超脱的意境,意境的本身,一种交织在文字上的思维者的美化的境界,而不是美丽自身。"③

大革命的失败造出了不屈不挠的斗士,也造出了一批遁世者。在一时期的文学中,固然有以"隐逸趣味"写遁世者的(如郁达夫的作品),有未必写遁世者,却在文学间流露出遁世倾向(其实是曲曲折折地写自己)的,也有以鲜明的批判态度所作的隐逸者描写(如叶绍钧的《英文教授》等)。中国知识者的精神传统又在这里显现了。传统的儒家思想主张积极用世,然而退隐、不合作者代不乏人。"隐逸"未必即忘情政治,"不合作"多半正是一种政治态度——老庄哲

---

① 这一时期的郁达夫,因政治局势的骤变和人事的纷扰,感到"铺填"在自己"脑里,心里"的,"只是些悲哀的往事的回思",而且连"这些往事","都已升华散净,凝成了极纯粹,极细致的气体","早已失去了发酵、沸腾、喷发、爆裂的热力了;所以表面上流露着的只是沉静,淡漠,和春冰在水面上似的绝对的无波"(《薇蕨集·纸币的跳跃》)。
② 《废名小说选·序》(1957年4月),《废名小说选》,第1页,人民文学出版社1957年版。
③ 刘西渭:《边城——沈从文先生作》(1935年8月),《咀华集》,第54—55页,花城出版社1984年版。

学在这一方面也正可以看作对儒家思想的补充。我在这里更关心作者的隐逸思想对构造作品美学境界的作用。写隐逸,和以隐逸态度写隐逸,或仅仅以隐逸态度写作,其美学结果自然会不同。这倒也使我们看到了,一种政治意识也许只有当情绪化(审美情绪化)之后,才能具有美学风格的意义。

很难对上述作家的作品作抽象的判断。"积极""消极",是政治学或社会学的概念,美学判断使用的是不同的概念体系。但如丁玲、郁达夫那样,政治情绪影响于风格、作品的美学面貌如此直接,仍然是中国现代文学具有特征性的现象。

至于一大批作家由国统区到解放区、根据地之后创作风格的变化(欧阳山可以作为随手拈来的例子),一批作家由"五四"时期到30年代风格的变化(如王统照由早期创作到《山雨》《春华》),作为显而易见的事实,早已不待证明。

"风格""美学面貌",是不免显得笼统的。我们不妨更具体地研究构筑作品的那些感性材料。其实,稍微细致地观察就不难发现,政治态度怎样透入感性形式,比如说影响到审美意象的铸造。

到30年代,一度路向歧异的不少知识者,终于殊途而同归,令人由这分、合、聚、散中看出某种大势。王统照把政治上的开朗感和对未来的信念,寄寓在如下独特的意象中:

> ……他们都由许多不大能够看出的小点聚集而成,仿佛是不活动的,但实在是慢慢的在那里动。每个单点向前滑走,在一时间内不过二分弧度;而且并非直线的。只是环绕着自己的运动的中心,颤巍巍的盘旋上去。

小说家内心的光明,就由这意象透射出来。

在徐訏的《风萧萧》里,"政治"掩映在一群红男绿女的佚乐中。撩开上海华洋两界上流人物社交舞台的纱幕,人们看到的,是人物的政治背景。那个高贵矜持的主人公,当开始"担任一点直属于民族抗战的工作"之时,他的自我感觉竟会是这样的——

>……我看到黑暗中的光明,一小点,到处闪着,闪着,蠕动,蠕动,凝成一块,拼成一片,融成一体,透露出光芒,亮起来,亮起来,照耀着玲珑的大千世界,圆的,方的,六角的,菱形的,各色各样的结晶,反射出五彩的光亮,我的肉体好像透明起来,有东西在我心头跳动,是光,它越跳越高,越跳越高,高出我的心胸。
>
>我似乎失去了自己,我在发光,在许多发光体中发光,像是成群的流萤在原野中各自发光。
>
>所有的光芒都是笑。

很难想象徐訏那样的作家能写出这样激情的文字。但这是他写的,写在40年代。人物、作者的这一点热忱,多多少少提高了小说的境界,给人物"灰色平凡"而又空虚颓靡的生活,投进了一束光。自然,《风萧萧》也仍然让人们认出了那个徐訏,写《旧神》《吉布赛的诱惑》那些小说的徐訏。但终究多了点儿什么——多了点慷慨悲壮的意气,因而作品的格调也自不同。

当然,小说不是诗,小说中的审美意象也通常不像在诗里那样,有照亮全作的效能。小说的美学境界,更是在作品的整体结构中完成的。但没有了感性血肉,没有了形象、审美意象,也就没有了"风格""美学面貌"。而那些沉淀着作者的政治感受的感性形象,在上面谈到的作品中,也正是构成基调之类的东西。

(三)

再回到本章的开头,现代作家的"政治化"这一话题上来。

创作者的政治化,并不直接造成审美创造的得或失。问题在于政治化的人在审美活动中是以怎样的方式思维的。

应当承认,处在人类历史上任何一个时期的人们对于世界的认识都难免有其片面性,有其认识手段和认识角度的有限性。时代环境总会在认识着的人那里强调他们意识结构的某些部分,以至使某些方面的认识遮蔽了生活固有的整体性——有时是道德认识,有时是文化认识,有时是政治认识,等等。中国现代史的情况也如此。政治变革,民族的与个人的政治命运,使得由政治方面认识生活的要求突出出来,统驭着其他意识层次,作为普遍的认识特点,必然经由创作活动,在作品上留下明显的印痕。这里也正有中国现代文学的某种总体特征。

上文有限的材料就已说明,问题绝不仅仅是作者赋予作品的政治色彩甚至政治主题、政治性题材而已,那是一种更为根本的认识方式。你由茅盾小说的严整结构中,看到的是渗透了政治意识的社会模型。通常的长篇小说作者,都追求生活的整体性。但茅盾对于生活材料的整合原则,是由既经形成的社会认识中产生的。茅盾说他写《子夜》,契机在于 30 年代初那次有关中国社会性质的大辩论。这带有浓厚政治色彩的论战对于茅盾在作品中营造"社会模型"无疑关系至为重大。他既然要以他所提供的中国社会的形象图画参与论争,政治意识就决定了小说的整个结构方式。《子夜》也因而与《蚀》《虹》,在艺术设计上有所不同。

还可以想到一大批写乡村破产和"革命化"过程的作品。这些作品间不无相似的结构框架,也令人看出作者认识方式和认识角度的彼此逼近。也因而在当时那个经济政治发展不平衡的中国,那些沉寂古老的角落常常落在作家们的视野之外,而有关的形象图画总有点儿像是对生活的伪造——不过也应当承认,那些图画中也隐现着作者的政治态度,即使是全不着迹的。

这里自然又涉及了欣赏、接受的方面。不能忽略现代文学三十年间读书界的态度、价值取向对于文学创作的影响。我们既然研究政治意识在现代文学中的实际意义,就只能把问题置于作家—作品—读者三维的实际关联中去思索。

自大革命后,事实上是"进步读书界"的政治情绪、政治倾向支撑了进步文坛。这是在旧文学、市民通俗文学包围之中的新文学的生机所系。严肃的读书界使创作严肃。政治情绪影响下的审美选择使创作贴近时代的政治现实,追求科学的社会认识和社会理想;普遍的政治狂热也鼓励过公式化和粗制滥造,像在大革命后一个时期那样。

更深刻、更有决定意义的,还是文学观念、文学思想及其演变。本节所探讨的问题,也只有在这里才能得到说明。在大革命后现代文学发展的各个具体时期,你都能看到流行的文艺思想对于创作实践的强大影响。比如关于文艺与政治的关系的理论思想。然而下述情况是否也可以算作一种规律性现象:创作界(作为一"界")通常较之理论界、批评界更为宽容,更少褊狭。① 这也许部分地由于思维方式的差异。理论界习惯于寻求统一,而创作界天然地强调个性(否则也就取消了创作本身)。中国的理论界、批评界似乎更少涵容多样的气魄。较完备的艺术理论,在我们这里,迟迟未能形成。现代文学受惠于自身的传统,又受束缚于这传统;受惠于理论的发展,又受束缚于理论的不完备性。在本章所论的这一时期,理论思想的片面性,的确造成过文艺的偏枯。但我要重复地说,即使现代文学在这些方面的重大局限,也仍然不能归之于生活和作家的政治化。

---

① 我过分强调了动机,以及提供、酿成这动机的社会及文学环境,而忽略了形象的客观意义、形象内容的丰富性。比如现代文学中的"彷徨者"(这种概括本身就带有相当大的主观性)。不是哪一种"彷徨"都是有明确的政治含义的,它可能只是特定环境中的人性弱点。即如巴金的《雾》中的周如水的那一种彷徨。甚至作者的意图也不能代替对形象客观意义的识辨。比如师陀的《马兰》,尽管作者关于他这本小说提供了那么多有关人物政治身份、政治行为的背景材料(师陀:《谈〈马兰〉的写成经过》,1981年11月),但人们从作品中看到的,仍然主要是恋爱中的青年男女。小说中诸人的性情、人生态度等,几乎全由恋爱中见出。而有关人物政治行为的描写,老实说,倒真是作品中的败笔——篇外的文字终究是篇外的。由单一的角度,更难以评价如钱锺书的《围城》这样的作品,难以评价张爱玲写在孤岛的那些小说。当然,我们既不必把作品的客观意义任意吹胀,也不必把作者的意图尤其作品的客观意义人为地缩小。这两个"不必"之外还应当提到第三个"不必",即不必有意避开作者本人也许并不明确意识到的作品的政治方面。比如钱锺书小说人物在民族解放战争中的麻木、苟活,张爱玲笔下人物"那种不明不白,猥琐,难堪,失面子的屈服"(张爱玲:《〈传奇〉再版的话》,1944年9月)。这种没落感是人物的,也是作者的。

从来就有那样的理论家,强调"纯粹的"审美态度,而不顾及作为审美主体的,是为社会关系所规定的具体的人。著名的自然科学家海森伯说过:"我们所观察到的并不是自然本身,而是用我们提问方法所揭示的自然。"可以使用相似的说法:容纳在一个时期文学之中的,也只能是依那一时期的观念形态、认识要求等等截取和加工的生活。而审美意识以外的其他意识参与审美过程,才是合于审美创造的自身规律的。

似乎到了一个总结历史的时期。总之,人们力图在每一具体的文学现象上看出以往的全部文学历史,而且尤其注目这一历史所蕴含的教训意义。比如有人这样谈到关于袁水拍诗歌艺术的遗憾,以为倘若袁水拍能将他的才能集中于写抒情诗(他曾以此获得了相当的成功),而不是写"山歌"、政治讽刺诗,"他将会得到何等的丰盛收获","他完全可以写得和彭斯一样好,和拜伦一样好,甚至是可以,完全可以写得和所有那些大诗人的抒情诗一样好"。① 这的确让人为之怅然。仿此,我们也可以说,如果鲁迅能至少挤出他写作杂文的某些时间,用于小说创作,比如写出那部关于四代知识分子的长篇;如果茅盾能以他所拥有的巨大的小说才能写完他的《霜叶红似二月花》,而不是去写《锻炼》;如果丁玲能在《莎菲》《韦护》之后,全力以赴,写她最长于表现的知识分子(尤其知识女性);如果老舍能不浪费笔墨于他所不熟悉的通俗文艺,以及《西望长安》《红大院》一类应时的剧作……这些可以一直写下去的"假设"如果还有意义,那只是在说明作家难以超越时代生活,也难以超越时代思想而已。即使彭斯、拜伦生在此时此世,也不能设想他们还会是那个彭斯、拜伦。因而那位为诗人袁水拍惋惜的诗人,终于慨然叹道:"这年头可不是抒情的年头,这世纪也再不是抒情的世纪了。袁水拍本能写出很多很好的抒情诗,然而终究不能写出更多更好的抒情诗,是无可奈何的。"②

---

① 徐迟:《谈袁水拍的诗歌》,《读书》1984年第11期。
② 同上。

这也许让人有点儿悲哀。无可奈何的悲哀。但文学自身会作出弥补的。因缺憾意识而激发的弥补，往往引发、启导一种突破、发展。这同样是文学史的规律。

"与人民的关系"在形象世界和形象创造中

倘若我们取一个较为特殊的角度，把中国现代文学的大部分，如实地看作中国现代知识分子的"思想体系"[①]，那么，文学史必定会向我们呈露出它的一个特殊侧面的吧。我们当然不会"重新发现"文学史，不过注意到了一种素来被忽略的文学发展的内在线索，注意到了早该被注意到的文学现象间的固有联系而已。现代文学史作为现代知识者的精神产品，本来就应当也由这一角度去认识与理解。

这里我只打算由知识者"与人民的关系"这一更为狭小的角度，清理文学史的有关发展线索。即使这种有限范围的清理工作也不会让我感到轻松，尤其考虑到势必涉及的一系列重大的认识课题的话。而如果我不希望把充满感性形象的生动性、丰富性的文学历史抽象化，弄成干巴巴的"认识历史"，而仍然尊重文学史的自身逻辑，则我面临的困难将更大些。因为我为此必须始终保持"文学意识"，把我们的材料如实地作为文学史的内容，而不是仅仅作为某种观念的文学例证。但我仍想勉力试试。即使只是粗略地涉及，而把更为大量的难题留给别的研究者。

（一）

以"知识者"与"人民"对称，本身就是特定时期的认识现象。在中国，这种认识现象中甚至映现着现代史上中国知识者的处境与命

[①] 高尔基在《俄国文学史》中谈到过："俄国文学大部分是俄国知识分子的思想体系……"（缪灵珠译，第108页，上海译文出版社1979年版）关于"思想体系"这种提法和我自己的认识，参看本书"余论"部分。

运。但我为了方便,更为了对象本身的特点,仍然沿用这提法。我毕竟不能忘记,我所面对的是"现代文学史"。

现代文学史作为中国现代知识分子精神历史的一种表现形态,不只包含了知识者"对人民的态度的历史"(高尔基语),而且其内容以至形式,都反映着有关的认识特点和认识局限。也就是说,这一历史线索不只是一般地存在于文学发展中,还多少影响到现代文学的进程。当然,影响是经由文学规律的中介而实现的。

如若我们沿三四十年代文学上溯,当更能看清这条知识者精神演进的文学线索。

"五四"文学像是一曲多声部以至旋律各异的知识者的抒情合唱,而且所唱的主要是知识者自身。这一时期的文学是如此敏感,它绝不可能忽略早期现代史上知识者与人民(主要指"体力劳动者",下同)的精神联系。那是知识者在现代史上与外部世界最早建立的重大联系。在实际生活中,知识者中的革命者、社会改革家已经在民众中,从事着发动和组织民众的事业。文学对此尽管几无察觉,却仍然以自己的方式把握住了生活,准确地反映出那一时期知识者的重要精神特征。我在本书第一章中已经谈到了表现在"五四"文学中的知识者对于劳动者的平等感,和他们对于"劳动者精神上的历史沉积物"的批判态度。知识者与人民的关系中的上述精神特征,也正与那一时期知识者在实际社会生活、实际社会运动中的地位相称。只有"先觉者的自我意识"才能解释鲁迅小说中的批判倾向和批判态度。这种态度以后来变化了的眼光看,甚至多少有那么一点儿俯看的意味。这种情况不免使鲁迅小说的解释者们感到为难,并在他们之间造成过种种分歧。

"五四"退潮期到大革命期间的社会革命运动,对中国知识者的精神影响何其重大!对于身处实际斗争中的知识分子,大革命给他们以机缘,使他们得以估量在这种历史非常态突进时期,作为社会革命的"物质力量""物质承担者"的劳动者。这是一次强有力的冲击和震动。倪焕之在"五卅运动"的上海街头,向那个青布短衫的"露胸的朋友""虔敬地"点头,注目,如对神祇——描写中正有震动感。现代文学自"五四"以后,第一次由这一方面发现了知识者与劳动者的距离:知识者在革命中看到了拥有巨大的行动力量的劳动者群众。同一瞬间,知识者人物有"自我渺小感"。

> 他的鼻际"嗤"的一声,不自觉地嘲笑自己的浅陋。仿佛躯干忽然缩小拢来,意想着正要去会见的青衣短服的朋友,以及散在各处田野间的农人,只觉得他们非常地伟大。
> "我,算得什么!至多是读饱了书的人一边的角色,何况又不曾读饱了书!"
>
> (《倪焕之》)

知识者忽而在他眼里"卑卑不足道"——认识不免带着正是知识者的极端色彩,狂热而又诚挚。

我之所以特别谈到《倪焕之》,也因为《倪焕之》提供的单纯图画,对于说明上述知识者的精神变动及其文学表现,似乎有某种象征意味。我们待会儿将会看到,这种图画中包含着的认识特征,在以后的生活与文学中,被日益强调了。但它在产生《倪焕之》的那个时期,却还不过是一种象征而已。

30年代的文学,并没有囿于上述象征所提示的认识框架。这一时期的文学在这一方面也像在其他方面,以思路的空前歧异和风格的空前多样为特征。然而你仍然看出了30年代文学与"五四"文学间心理内容的细微差异。你继续在这一时期的文学中发现朴素的人道主义。那不是"楼上的冷眼",较之西欧文学,更富于内在的平等感,对象的命运中糅进了作者自身的命运。因而不单单是同情、悲悯——感情的支出。但你也发觉,鲁迅式的批判倾向尽管仍然在一些作家(比如老舍、张天翼)那里迸射着火星,但却不再能如"阿Q"的引人注目,足以作为特征性的现象并造成广泛的影响。"五四"作家那种以"先觉的知识者"的自我意识,拉开一段距离看劳动者的精神负累的态度、心理,在一部分作品里被"同命运感"代替了。这里有30年代作家的心理特征。自然,一方面出于生活体验,一方面由于有意的引导。作家们在创作中努力与对象摆平,因而他们在面对这一对象时更严肃与郑重,笔下也更多悲剧与正剧,而较少另一种色彩——嘲讽。即使同样写"精神负累"的笔墨,也与《阿Q正传》在色调上见出区别。本来,问题就不止在于描写了什么,也在于(多数情况下更在于)描写方式,在于渗透于文字间的作者的心理内容。

然而知识者既然是知识者,他们作为知识者的特定本质,他们作为知识者的另一方面的心理素质,必然经由另外的方式透射出来。"五四"文学如我们上文提到的那种距离感,既然也体现着知识分子的特定本质,它自然也会呈现于知识者的精神创造物。只不过在民主革命推进,知识者与劳动者、与革命的联系日益紧密的30年代,另有其表现形态罢了。

我们还必须注意20年代、30年代之交出世的那一批为从事民众运动的知识者写照的小说:蒋光慈的《田野的风》,丁玲的《田家冲》,叶紫的《星》,胡也频的《光明在我们的前面》,等等。作为民众的发动者、组织者的知识者——这本身就规定了一种人物关系,是前此的文学中所未见的。这些作品中尽管也有知识者自我克服、自我完善的描写(比如在《田野的风》里),但那是作为世界的改造者的自我完善。《田野的风》中的李杰,《光明在我们的前面》中的刘希坚,在作者笔下无不器宇轩昂,成熟干练且富于自信。大革命不但使知识者进一步发现了民众,也使他们进一步发现了自己。如果说"五四"文学透露出知识者智慧的优越感,那么上述作品则显示着他们行动中的力量感。

这一时期左翼文艺运动号召革命文艺工作者"到工厂,到农村,到战线上,到被压迫群众当中去"(《无产阶级文学运动新的情势及我们的任务》,1930年8月4日"左联"执行委员会通过),但所强调的,是知识者革命宣传、民众教育的任务。知识者也并不以为有必要特别贬抑自己,"改造世界"与"改造自身"的要求还不曾被割裂。鲁迅 1935 年说过,"'迎合大众'的新帮闲,是绝对的要不得的"①,也正代表着普遍认识。这在 30 年代文学描写劳动者的态度上也反映出来。到小说以一种写模范人物的态度写劳动者,创作中才包含了另一种心态。

30 年代文学,以空前的规模写劳动者群众。知识者"对人民的态度的历史",不但呈现在、叠印在题材史、形象创造史之上,而且成为题材史、形象创造史的有机构成部分。这种文学风气是如此强大,以至一些以写知识分子而声名卓著的小说家也转向其他,写工农、写乡村去了,比如茅盾、丁玲。② 现代文学史上被公认为文学繁荣的 30 年代,知识分子题材领域反而颇见寂寥。这只是时期性的现象。当文学的发展进入 40 年代,知识分子题材创作再度繁荣,而且规模上(从篇制到构思、历史及生活容量)对于"五四"文学又有超越。这是后话。上述现象比任何个别例证、局部事实都更有意义。它较之个别作品的内容、个别人物的表白,更有力地说明着知识者社会价值观念的变化。也许再也没有什么,较之大批的作者作为知识者写劳动者的作品,其取材角度、描写方式、包含于作品中的社会意识、美感和道德感,更能说明这一时期知识者与劳动者间的精神联系及联系的性质的了。③

40 年代的现代小说,对于我们所选论题而言,具有空前复杂的面貌。当某些作家重新返回知识分子题材领域时,他们发现这个对象世界一下子变得难以把握了。不像"五四"时期小说家那样容易

---

① 鲁迅:《门外文谈》,《鲁迅全集》第 6 卷,第 102 页。
② 巴金在这一时期,也写过农村题材的短篇,如《五十多个》《短刀》《还乡》《月夜》及取材工矿的《砂丁》《雪》等。乡村和工矿显然不属于他的经验世界,但也因此更可见出有关劳动者题材的特殊吸引力。
③ 放开一段距离,看文学史的得失,你为之欣然的是,正是上述题材领域的扩张,使现代文学在广度上能与那个广阔的时代较为相称。你也会有你的遗憾:一些以写知识分子著称的小说家,在相当长的一段时间里,没有能从容地返回旧有的领地,在对旧领地的再度经营中,创造出比他们早期所提供过的更有光彩的作品。30 年代文学不能不因此而多少蒙受一些损失。知识者在这一时期的精神动向是极关重大的。这种动向多么应当得到更富于才力的描绘!

找到文学的兴趣中心,艺术思维的线路那样容易交叉、趋近,也不像30年代对知识分子对象的有意冷落,知识分子问题因其复杂性、矛盾性,反而刺激了40年代一部分作家的创作欲,创作激情的流向却又那样不同。由30年代到40年代,文学中渐次增强着的知识分子自我省察、自我认识的倾向,由于40年代的有意的引导而益加强化,以至上述认识课题像是40年代特有的。知识者与人民的关系势所必至地成为更敏感的区域。一部分作品(比如丁玲的《入伍》、沙汀的《闯关》等),在知识者与劳动者(及由其出身的战士)的对比关系中,发现着知识者的精神弱点,却也另有作品(比如同是由丁玲创作的《在医院中》)在相似的人物关系中,发现着环境的落后性。矛盾在《财主底儿女们》(路翎)中有着更为复杂的性质。因为问题在历史矛盾中深化了。

基本趋向仍然是知识者在"人民"之中的行进。30年代末到40年代的大批作品,《火》(巴金)、《前夕》(靳以)、《四世同堂》(老舍)等等,以前所未有的巨大热情,描画着这一历史性的行程。知识者也依然在与人民的关系中思考着中国的命运和未来。只不过这思考较之"五四"时期,显得更为艰苦,有时也更为沉重罢了。你觉察到知识者由于过分的自我贬抑而造成的精神萎缩,却也偶尔由另一些作品感到了知识者成熟的理性,"五四"时期知识者对生活的批判精神的苏醒。

写劳动者的作品,也显出色调、认识方式的歧异。根据地、解放区的有关创作,比如康濯的《腊梅花》《我的两家房东》,以及孙犁的大量作品,作者与形象给你以无间感,甚至一种至为亲切的家庭气氛。写农民如赵树理那样农民化,似乎农民直接通过作家的笔说话,作者与对象间的空间距离连同心理距离俨若同时消泯,这是中国文学中罕有的境界。① 不同于"五四"文学,也不同于30年代如茅盾的

---

① 艾青1944年为自己的诗集《献给乡村的诗》作序,还对他自己"至今还不可能用一个纯粹的农民的眼光看中国的农村"不胜遗憾,"渴望"着"能多多地读到纯粹的农民气息的诗"。

"农村三部曲"等作品,这里有知识者从未有过的新鲜经验,对于人与人关系的亲切体验。那种由此而来的暖融融的氛围、色调,无疑构成根据地文学特有的美感。"五四"到30年代文学创作中始终保持着的知识分子的自我意识,似乎在这种氛围中融化了。力图整个儿投入,使自我消融在对象世界之中——这种主、客全面交融的一体感,在一个长时期里,也是当代文学追求的美学境界。然而,与对象世界的过分贴近,并非总有利于观察和审美创造。毋宁说,根据地文学有关作品的得与失,都与此相关。由于时代空气,现代知识者、现代作家,在确认和强调自己与劳动者的精神联系——自己一个方面的本质时,往往有意无意地,把自身同样真实也同样重要的另一面——知识者建基在现代科学文化知识之上的现代意识、现代精神——遮蔽了。对此,根据地文学不过提供了较为极端的例子而已。

40年代文学中并没有那种一望可见的统一。当根据地小说家寻求与劳动者的合一,致力于对劳动者光明面的全面发现时,路翎则以不同的笔调写他的《蜗牛在荆棘上》《燃烧的荒地》等篇。那些作品里可没有近于澄澈的美感,美丑、光暗,处处交叠,所描写的生活现象也更为矛盾。

关于40年代文学,似乎谈得过于粗略。这是因为我们将有足够的机会继续谈论它们。这也正是本节的重心所在。上文提供的历史线索的其他粗疏之处,我也力图在下文中加以弥补。

(二)

认识在艺术思维中似乎特别易于构造模式。在这个最要求创造性思维活动的领域,也特别容易滋生惰性、产生"习惯性"。当认识没有真正从生动活泼的创造性思维中通过时,几乎是自然而然地寻觅现成的艺术表现方式。这种情况已被文学史无数次地证明了。这当然不像是艺术本身的局限。问题在于从事创造的人。真正创造性的艺术思维是如此罕见,如此难能可贵,以至创造力稍见贫弱,即会使创造活动或深或浅地陷入现成公式的池沼,像是身不由己似的。

一种结构模式曾经被用得太滥了:落后的知识者与先进的劳动者;以两者间的差异、冲突作为情节基础,而以后者对前者的吸引或"征服"为矛盾的解决。

生活中存在着各式各样的对比。对于人类生存的这个星球,凡人脑所能设想的人物关系,人与人的差异、对比形态,几乎没有什么是不可能的。完全不必怀疑上述情节的可信性。简单的"真实性"的判断,在这里几乎不能说明什么问题了:它不能说明一种现实存在的对比形态为什么会在文学中成为"模型"。

当上述对比—人物关系在当代文学中成为流行一时的公式,人们自然而然地把目光投向现代文学。当代文学在许多方面,的确与现代文学一脉相承。然而在作这种判断时,还得更谨慎些。因为即使相似的现象,其背景、条件、实际影响,也容或不尽相同。情况可能是,在一个时期发出的苞芽,却在另一时期结出了果子。

由现代文学中几部有影响的作品入手,来弄清在上述公式化问题上两个时期文学间的实际联系,也许有助于我们在有关论题上的深入。

一个知识者,处在由完全不同的人们组成的队伍中——《八月的乡村》(萧军)的上述构思,使人隐约看出法捷耶夫的《毁灭》的影子。前者的个别章节(比如题为"毙了他们必要吗?"的那一节),知识者萧明的形象,难免让人想到那个美谛克。同时期问世的另一部东北作家的作品《边陲线上》(骆宾基),也有对于知识分子的批判性描写。这部小说的结尾,知识分子刘强在他最软弱的那一瞬,"软瘫地握住靠山(按,一个多少象征化了的人物,救国军战士)的手;而靠山的巨掌却粗野地抓紧了他的"。这些作品与我们上文谈到的《田野的风》《光明在我们的前面》《田家冲》等的明显差别在于:对于知识者的批判倾向加强了。由"前抗战文学"到40年代文学,你看到的,是上述倾向继续加强的过程。这的确是一个引人注目的趋势。

然而《八月的乡村》的作者,尚未着意利用小说人物关系自然提供的那种对比。出现在小说中的,是不曾被规格化的农民,带着农民式的蒙昧和其他落后意识。小说描写了知识者萧明和周围那些劳动者出身的战士间的隔膜,写到"大老黑"们对于"小白脸"的轻蔑——主要在他们对萧明的"恋爱事件"的过火反应上。但在全书中,作者仍然将农民的落后性(包括两性问题上的落后性)和知识分子的脆弱一并写出,并不随时以一方为另一方的反衬。即使萧明在爱情问题上的粘着,由小说看,也不比农民唐老疙瘩对李七嫂的痴情更可羞耻。"知识分子批判"虽然也被有意强调了①,但它仍然是小说家现实批判的一部分。而批判着的知识者(即作者),对于知识分子人物,也像对于其他人物一样,让自己站开去,还没有打算在笔端注入过多的内省成分。《八月的乡村》的主人公是"农民们"。在小说里,萧明多少像是一匹黑马,作者更感兴趣的总还是马群。——知识者的眼界仍然是广大的。

以今天的眼光看去,如《八月的乡村》这样的作品,通常带有一种原始性的荒芜、蒙茸,像是未经充分修剪过。它们有的是生动的直觉和丰富的感性,少了一点精心的布置与理性的控制。这也许不是一种成熟的文学。但正是上述特点使它们有可能逼近生活的原色,而不至于给意念留下更大的地盘。与五六十年代某些公式化的作品比较时,现代文学的上述不成熟,才更显出是一种值得珍视的特点以至优点!

也许可以说,到40年代初《入伍》(丁玲)尤其《闯关》(沙汀)问世,才有了特定意图下人物关系的设置和有意的对比——小说家有意透过劳动者(或试图直接由劳动者的眼光)打量知识者,试着重新

---

① 作者让农民出身的李三弟这样评价萧明的恋爱:"这是他们知识分子,很难通过的臭泥洼!"但他的描写却又让他说了些别的。唐老疙瘩为李七嫂甚至不惜"不去革什么命",那个青年农民为了"老婆太年轻,太可爱",抑制了对革命军的向往。这之间看不出性质的不同。作者在批评萧明时不能不有所犹疑,因而他对这个人物才看似严峻,偏多温情;用笔几近苛啬,笔端却更有热情灌注。

据估知识者的分量。"隔膜"再一次地被强调了。当然,在绝大多数场合,不是"五四"文学中那种先觉的知识者不为环境所理解的隔膜。如果说,知识者与劳动者的对照,在"五四"文学中,还主要表现为先觉的知识者精神上、道德上自我完善的愿望的话,那么到40年代,文学即以劳动者作为一种"阶级力量"的明确意识,在对照中较为全面地批判知识者,改变了对照的意图和分量。而写在作品中的人物,也被有意识地增加了共性因素,使之成为尽可能扩大了的"个别的人"。

出现在《入伍》中的那几个到根据地搜集生活素材的"文化人",不过是这个世界的旁观者,暂时浮在水面的油滴。他们跟那个"愚蠢的"小战士简直无话可说,尽管一路走着,却更像陌路人。只是到了子弹横飞的境地,"王子"似自得的文化人才彻底地蔫了,产生了对于对方的依赖。然而即使在危境中,他们之间也依然不能沟通:"文化人"嫌恶并怜悯战士的"简单",战士则以为"害了软骨症似的"文化人大可"同情"。

《闯关》(初版时题作《奇异的旅程》)的主人公也恰是一个操类似行业的"文化人"。但这部小说的情节趋向却较可乐观:知识者跟一个"黄泥脚杆"出身的"武棒棒"相遇,在不断发生又不断消释的冲突中,前者向后者趋近。在整个过程中,那个"好自遣责"的"文化人"左嘉一再为自惭所苦。到小说结尾,他终于得了一次必然要来的教训:他因自己的自以为是、虚骄和知识分子偏见而受到了惩罚。作者在后来修改中还添加道:"仿佛在这不到一天中间,他才真正认识了自己!真正认识了余明和一个人干革命最需要的是什么……"这里无疑有作者生动的个人经验,有作者亲切地体验过的那种差异和吸引,有对于"有意的引导"的个人验证。

《入伍》中一个天真单纯的兵,和几个与他如此不同的"新闻记"("文化人")弄在一起,这在根据地是极寻常的事。当历史运动使知识分子与劳动者间的空间距离继续缩短时,知识者在这种特定的人物关系中认识自我,经由对方反照自身,几乎是自然而然的。这种对比无疑有助于挖掘知识分子的特性,包括他们特有的思维方式和常犯的认识错误——只要不把这有限范围的比较扩大化、普遍化的话。因为这毕竟是一个极为有限的范围。《入伍》和《闯关》,都把知识者人物置于他们所不熟悉、无所用其才能的战时环境,以知识者的局限与劳动者的明显优势构成对比。这是时代生活提供的一种比较。知识者形象一经这种比较,确实更带有讽刺性。但仅仅这样对比显然是不够的。

《闯关》在人物对比中涉及了一些更为敏感、深刻的方面。"文化人"左嘉不满于"武棒棒"余明的"把一切归结于政治"。他本能地感到余明"归结得那么直率":"一个数理问题的解决,可以引起一番智慧的喜悦;一句有光有热的文句的产生时,会激起全部感情的鸣奏;而其重要性并不下于一个政治问题,更不能把它看成一个政治问题。"然而他又"很怅惘":"他将永远是个自由主义的作家!……"这正是当时知识者一种典型的心理状态。这种近于病态的自我贬抑、自我怀疑,不能不侵蚀着"五四"以来知识者的健全精神。

也正是类似的朴素的描写,使形象大于某种流行观念。"艺术规律"的中介,有效地保证了"生活"本身的力量。即使《闯关》的作者乐于原谅"土包子"的"粗暴",不惜以此反复试炼他的知识分子人物,但在读者看来,粗暴就是粗暴,其中分明透露出对知识分子的偏见。当余明冷笑着:"它妈的,作……家!……"的时候,当代读者会马上发觉,这是一种太熟悉的声音!

的确有过不止一部作品,对比地描写了知识者临敌的怯懦。① 然而如果认为上述对比在当时就已经成为某种结构模式,却还嫌有些勉强。但却不妨认为现代作家的思维方式已经包孕着公式化的可能性。

就现代文学的实际来看,没有什么比特定的人物关系,更能传达

---

① 如舒群的中篇《老兵》,写一个人的觉醒,是当时的流行题材。小说以青年学生赵化雄作为兵士张海的对比,以赵的时而激昂时而懦怯作为张的坚定的反衬,即属此类。

作者对生活的理解的了。作者们评价生活的冲动过于强烈,往往人物的设置本身,就直接包含着作者的生活判断。"本质先于行动"——人物在行动之先,即已被关系规定了。而简单的对比形态,自然更便于把一种生活判断直接化。

人们总会自觉不自觉地,希望自己创造的艺术世界尽可能完整,即使他们对于现实世界的完整性的把握还很无力。对比,成组出现的矛盾(具体化为不同性格),往往有助于造成"完整"的幻象——一个内在统一的小世界。在这个小世界里,人物的设置都是合目的的,流行的观念体现为最简单明确的人物关系,以至可以建立模型。来自生活的对比,在人的思维活动中被标准化、抽象化了。这种规律性的心理现象,由现代到当代,倒不失为文学创作公式化的某种心理依据。

影响于当代文学极其深远的,还不是具体的描写方式,而是包含在描写中的认识特征。由《八月的乡村》《闯关》里,你分明感到了愈益强化着的"知识者批判"的倾向。萧明说:"我应当克服我自己!""我是时刻在克制我自己!"《闯关》有关左嘉的描写,更有一种沉重的忏悔的调子。在这之前,沙汀的小说《醉》,就用含着苦趣的讽刺笔调,写知识者的缺乏行动力量:一个走投无路的农民,由自身的经验中承认了他的"教导者"(乡村教员)所说的"得推翻一切"的真理,当这关口,他的"教导者"自己,却因农民的觉醒而惊惶失措起来。同一年(1932),洪深以他的剧作《青龙潭》,与《醉》相呼应。这种加强着的批判倾向,包含着"自然态势",又体现着流行观念对于"自然态势"的干预。

中国现代知识者,其实际生活地位,由此而来的他们的自我意识与社会意识,本来就与富裕的西欧知识者层不同。中国有一个相当平民化的、与劳动者有天然精神联系的知识者层。这种平民化的程度,即使贫穷的俄国也无法比拟。倘若说"五四"知识者大多属于"叛逆的一代",虽具强烈的平民意识,而"意识"与实际经济处境未必一致,那么到三四十年代,普遍的贫困化,使许多知识者几乎处于与劳动者相似的境地。他们只能算作某种讽刺意义上的"精神贵族",因为他们的物质生活常不免于窘困。也正是在这一时期,出现了一批真正来自底层,更其平民化的知识分子。他们或由破产的乡间走出,或被崩解中的大家庭放逐,拥有了漂泊在底层的那一份人生经验。而无论属于哪一代知识者,生存在现代中国,"平民意识"都有可能流在他们的血管里。虽在知识化之后,他们也更容易与劳动者(尤其农民)认同,而且天然地嫌恶知识分子的贵族化倾向,以及文学中的贵族习气。①

上述现实本来就启发着知识者自我完善的愿望。写《南行记》的艾芜,怀念着他漂泊途中的旅伴,两个"拿肩膀抬屁股"(抬滑竿)的出力人,试图把他们的缺点"像糠皮稗子沙石一样地簸了出去",同时"又如同一个淘金的人一样","留着他们性情中的纯金",作为自己的"财产",使自己的精神生活"永远丰饶而又富裕"(《我的旅伴》)。只是当上述"天然的精神联系"和自我完善的愿望,被导向抹杀知识分子特性,问题才顿时复杂起来。认识难以避免地出现了某种极端化的特征。差异在一种特殊的认识要求中被放大了。对比是片面的,而且往往结论在前。对比形式往往是简单径直的,没有参差,没有如同生活那样丰富多样的差异。

在一个漫长的时期里,知识者们追求着无我的融合,试图以一种殉道者的苦行精神,实现"彻头彻尾彻里彻外"的转变、改造,为此,甚至毫不吝惜自己的"知识分子特点"。这自然不是肤浅的冲动。在当时,还曾经表现为悲壮的追求。以知识者传统的内省倾向为内在基础,"自我完善"往往伴随着某种"自我牺牲"的满足。然而这种片面的认识形式本身就包藏着悲剧性,而且也引出了悲剧性的后果。实际生活中的直接后果,是知识者精神的萎缩。过分的谦抑,片面发

---

① 你只消想一下张天翼《鬼土日记》《蜜味的夜》等小说关于海派文人的讽刺性描写,和靳以《前夕》、钱锺书《猫》《围城》对上层文人集团的揶揄就可以知道。中国没有如西欧那样的以"沙龙文化"为标记的贵族化的知识界。落后的中国经济也不足以支持这样的知识界。

展的内省倾向,势必缩小了知识者的眼界与目标。中国知识者中的先进部分,本来是以"改造中国与世界"为己任的。他们不倦地寻求的,是"中国的道路"。

上述精神状态,尤其不利于文学创作。文学在一个相当长的时期,躲躲闪闪,不敢面对知识者在历史运动中的积极姿态。现代文学知识分子形象创造本来就有较大的缺欠,在知识分子问题上思维方式的定型化和思维空间的固定化,则更扩大了局限。过分的自我贬抑不但影响到有关作品的立意,而且影响到它们的格局与规模。《财主底儿女们》是有较大缺陷的。本来应当有规模同样宏大,却较之更健全、更有历史感、更少偏见的作品出世。然而并没有。茅盾40年代末写《锻炼》,以其架构论,应当有可能成为这位小说家生活及文学经验的总结。但这部小说已完成的部分,知识分子形象是贫血的。时代空气还自然影响到人们的审美眼光。在一种强度对比下,《在医院中》《财主底儿女们》等,就更显得像是"轨外"的创作,有异端气味,因而也理所当然地受到了更严厉的对待。

如果说,现代文学中包含的认识特点和所提示的表现形式,在当代文学的特殊环境中,有助于造成某种公式化现象,是合于实际的。而文学又以规范化了的生活形态,反转来作用于人们的认识,使影响更其持久而深远。

（三）

倘若我们由知识者(包括现代作家)与劳动者的关系,及于一种更为特殊的关系——知识者个人与群众的关系,你会发现,问题在生活中和文学中都显得更为复杂。在一种关系中尚有可能被回避被掩盖的差别,在另一种关系中则自然地突现出来。你可以一般地用"平等感""同命运感"概括体现在一部分左翼文学和根据地文学作品中的知识者的心理特征,同时又恰恰由左翼文学和根据地文学中发现,具有一般民主思想的知识者,一旦需要以革命者的身份处理与群众(在许多场合也正是"劳动者")的关系时,他们的心理顿然变得矛盾层叠。你发现，在这种场合，比之在其他场合，知识者更是知识者。那种"无间感"似乎消失了。你比任何别的时候都更清楚地看到了存在于知识者与其周围环境间的距离。

韦护（丁玲的小说《韦护》中的主人公）是一个担负着革命领导责任的"康敏尼斯特"（共产党人，共产主义者），却有着种种难以割舍的知识者的趣味与癖好。尽管他知道"难邀得一大部分，几乎是全体的人谅解"，他仍然设法为自己找到一间"较清静的房间，为他写文章用"。在这堂皇的理由后面，那个隐秘的动机是他连向自己也不大敢承认的：他需要在工作、在与同志相处之外，有一个纯粹属于个人的角落。他要求一点小小的精致的精神上的享受，比如，蹓在被窝里，倚着软枕，读陀思妥耶夫斯基或屠格涅夫的小说。他是那样珍爱他的这份财产，"仿佛在生命的某部分，实在需要这些东西来伴奏"……

当今的一位青年读者会轻易地发问：何以韦护必须"割舍"上述趣味和癖好？为什么他竟为了这些趣味和癖好而躲躲闪闪，以至怀着不自觉的惶惑和愧疚，把自己弄到如此狼狈？"为了革命"，这简单径直的解释，显然难以让他们无所保留地接受了。其间也有隔膜，另一代人对前代人及其所处历史环境的漠然；但也包含着发展了的认识，以这种认识对于过往生活的重新思考。

《韦护》由主人公作为革命知识者的矛盾本质、"两重人格"来发掘这个人物的悲剧性，同时又由这个人物与环境的冲突解释其悲剧性的性格矛盾。在韦护的同志浮生看来，"个人幸福"这种观念，简直是不洁的。而一个像韦护这样的"康敏尼斯特"，竟然认为除了信仰，生活中还需要一点爱情作为"助动的热力"，那么如果不是发昏，便不可思议。在这样的人们中，韦护只能小心地把自己的另一面藏在大衣里，而随时做出一副指导者的俨然神气。

对"革命"认识尚朦胧的丁玲，凭借她特具的那一份敏感，无疑触到了革命时期生活的某些重要方面。丁玲本人似乎并不满意她的

《韦护》。① 但她在《韦护》后,并没有摆脱写《韦护》的那一种眼光。30年代她的短篇小说《一天》,40年代她那篇《在医院中》,都让人看出其中的《韦护》——不但看出与《韦护》类似的人物冲突,而且看出同一个作者!

小说《一天》②里,一个叫陆祥的大学生,到沪西工人区调查工人家庭。在这"一天",他看到了贫穷、肮脏,遇到了由蒙昧而来的敌意,甚至因此而忍受了难堪的羞辱。"一层淡淡的懊恼的情绪包裹了他","他像有点不可排除的抑郁,悄然的又在马路上踯躅着"。当被"愚顽"的人们包围、戏弄时,"他气得只想笑,他看着这些可怜的无知的一群"。幸而他克服了刚刚萌生的"失败的情绪",仍然力自"振作"。——这是丁玲式的主题和人物。《一天》是低调的。这位由表现知识女性"个性解放"要求为创作起点的女作家,曾经一度身着工装,加入工厂女工的行列,更曾活跃在战地、根据地。然而不同时期的丁玲作品,却使人不期然地反顾那个起点。由《莎菲女士的日记》到《韦护》到《一天》,的确有贯通其间的东西,比如知识者主人公与环境、与群众的关系。以至这些作品中的每一篇,都像是她创作发展链条上彼此勾连着的一环,而不是偶然写出的。

《在医院中》提出的问题要尖锐得多。作者并不打算写一个关于失败者的感伤的故事。借着主人公的眼光,她似乎意欲把她所发现的革命肌体上的痈疽,一股脑儿发露出来。类似20年代鲁迅所描写过的生活现象,在40年代作品里就显得刺目,尤其当知识者人物直接在作品中出现,充当环境的批判者的时候。而更引人注目的是,主人公陆萍被目为"医院里小小的怪人",被"大多数人"用了"异样的眼睛"打量,却是由于她对工作的"足够的热情"和"很少的世故",由于她的"理想主义"。尽管"她的意见已被大家承认是很好的,也

---

① 参看丁玲:《我的创作生活》,《创作的经验》,天马书店1933年版。但丁玲在发表于1980年3月21日《光明日报》上的《我对〈多余的话〉的理解》一文中,又以另外的方式谈到了《韦护》。

② 收入丁玲小说集《水》,新中国书局1933年版。

决不是完全行不通",却因为"太新奇",在"已成惯例"的生活中"太显得不平凡"而受到冷落。小说让人看到,只是在充满惰性的半停滞的环境里,在蒙昧落后、平庸敷衍、毫无科学气味的人们中,陆萍才像是一个闯入者。当许多知识者竭力隐藏自我(那个不体面的知识分子的"自我"),竭力使自己的知识分子特性消融在劳动者群体之中的时候,丁玲在她的上述作品中,却表现出强烈的知识者的自我意识,由这种意识出发的对环境的批判态度,甚至"五四"文学中也少有的挑剔的目光和尖刻的议论。尽管不久即得到"校正",这种意识和态度仍然值得研究。这里有清醒的现实主义,鲁迅式批判精神的恢复。① 尽管不免闪烁,甚至令人感到无可言说的窒闷。

同一时期的其他有关作品,也传达过知识者在特定历史环境中的困惑和迷惘。由艾青、何其芳40年代的诗作中,你能捕捉到这微弱的音响。② 在集体的行动中,萧明不免会有"内心的烦乱",有对人们公认的事物的怀疑,有"埋在自己的心里"的"叹息"。他显然比他的伙伴们更多思虑。复杂的意识活动,对自身对外界不断提出的认识要求,清醒的理性和自觉意识,有时也会加重知识者的精神痛苦,以至使他们如沙汀笔下的左嘉那样,疑心自己的"文化教养"是所谓"前进中的负担"。这也算一种"智慧的痛苦"吧,虽然痛苦着的人显得那样软弱和缺乏自信。类似左嘉那样的苦恼,并非总来自知识者"个人与群众"的矛盾,只不过往往以这种形式显现罢了:"现象"与"本质"脱了节。

这里有那一时期文学中一道不能轻轻拂去的阴影。

发生在中国特殊社会历史环境中的民主革命,带有它自身的特点和局限,势必影响、决定着知识者与革命、知识者个人与群众的关系。一方面,知识者如果不能从一般的民主要求前进一步,把自己提

---

① 还应当提到的是,丁玲40年代写农民的作品,比如《夜》,以至《太阳照在桑干河上》,也包含着类似特征,并以此与同时期的同类题材作品见出显明的差异。
② 如艾青的《火把》、何其芳的《夜歌(三)》《多少次呵我离开了我日常的生活》等。

高到无产阶级革命任务的高度,他们不免会与发展着的革命现实发生冲突;另一方面,存在于革命内部的封建落后性,使得知识分子的某些民主要求具有一定的合理性,因而革命如果不逐步克服自身的局限,它与知识者以及其他参加者的冲突也是可能发生的。实际的因果关系永远错综交互。

在上述历史背景上,"个性解放"问题重新被记了起来,而且由于与"五四"时期不同的时代条件,表现在文学中总使人感到点儿所谓病态。《在医院中》正现出这种时期性的印记。这儿有40年代知识者意识到的问题的重大性与迫切性。他们把这种意识作为创作心理投射在风格里。下述情况也不妨给予注意,即由文学作品看,"个性解放"要求不是在知识者与劳动者的关系那一个层次,而是在知识者个人与群众的关系这一层次,才显得尖锐起来的。何其芳到30年代末,表达了自己"很久以来"对中国文化的思考:中国的文化"缺乏'人'的观念"。对此,他很说了一些深刻的话,比如:"我们这民族的悲剧是双重的,一方面诚实的智识分子已和罗曼·罗兰一样深切地感到个人主义者的短处,软弱无力,一方面不近人情地忽视着个人的儒家思想还是有力地存在着。"①他曾经试图收回这些话,但问题却不可能由实际生活中收回。倘若问题没有解决而又重大,它总会一再地被提出来。并非纯粹理论范围的问题,也绝不可能仅仅由理论方式解决。

文学中不可避免地,有思考的迷误。

因为"每个人都有他自己底意义",蒋家大少爷蒋少祖竟断然否定了"时代"和"革命"。那逻辑是:"一个生命,就是一个丰富的世界,怎么能够机械地划一起来。"小说主人公蒋纯祖由于同样的理由而不能理解革命。甚至"他所想象的那种人民底力量",也"不能满足他",据说那是因为"他必需强烈地过活,用他自己底话说,有自己

---

① 何其芳:《论本位文化》(1938年3月),《何其芳文集》第2卷,第143、144页,人民文学出版社1982年版。

底一切"。这无疑是"个性解放"的歧途。人物所否定的,已经不只是压抑个性的历史因素,而是人民群众生气勃勃的历史性行动。这个企图"概括历史"的作者,在这一点上失去了历史感。尽管如此,这部大书所提出的某些问题仍然是极其现实的,而且正如我在下文中将要谈到的,即使"病态"也仍不足掩中国知识者的积极追求和可贵的激情。①

由单纯的象征到复杂的心理图画,在不统一的构想和不一致的归趣中,正有知识者矛盾的思考与思考的矛盾。同一时期,有《闯关》这样的作品,也有《财主底儿女们》。同一作品则自成矛盾。矛盾纷歧的心理趋向证明了问题的重大,和思考的艰苦性——知识者"苦难历程"中的心理印痕。

然而一面是痛苦,一面是兴奋;一面是阴影,一面是亮色,而且是大片的亮色——这也正是 30 年代末到 40 年代文学的特殊色调,强度对比中显现出蜕变中的历史形象。

在《新生代》(齐同)、《火》、《前夕》等作品中,你并未感到知识者当结合于群众运动时有怎样强大的心理障碍。这些群众斗争中的知识者,毋宁说是兴奋的。一种新的经验——个人被扩大了、充实了的感觉,使他们感到新鲜与兴奋。在这方面,诗同样比小说显得更富激情。

与人民力量的结合,和知识者集体意识的发展同其进程。由 20 年代末到抗战时期,你在文学作品中看到了书写得越来越粗大的

---

① 小说家的局限性,固然会妨碍他更完整地把握生活,但正是在局限中,他们由知识分子方面发现和感受历史矛盾,并由这种特定感受和生活印象的结合中,创造出唯他们才能创造的知识分子形象。在这种意义上,局限非但是不可避免的,甚至还是艺术创造的某种条件。这种条件也像其他条件一样,不可能被历史在另一瞬间重复制作出来。不只特定时期的客观生活内容,而且特定时期特定环境下作者的心理感受、审美和道德判断等等,共同铸成艺术形象的质的规定性。艺术创造的领域,也如其他领域一样,积极的与消极的、正的与负的种种矛盾的因素,有时不但难以截然区分,而且不免彼此纠缠以至交互作用。值得特别致力的,是把作品有价值的东西剔抉出来,将历史的与美学的判断真正结合在一起。

"我们"。20年代末殷夫唱着"我们共同地享有一颗大的心"(《议决》),"我已不是我,我的心合着大群燃烧"(《一九二九年的五月一日》)。到抗战前夜,郭沫若径直用了一个奇特的诗题——《们》:

> 们哟,我亲爱的们!
> 你是何等坚实的集体力量的象征,
> …………

较之小说,这些诗更使你感到喧闹着的巨大人流的行进。①

更其动人的却还是,一些知识者即使在压抑感中,也仍然顽强地探寻"中国的道路",并一如既往地使这种探寻与对"人民的力量"的沉思结合在一起。在鲁迅之后文学对"国民性"问题的持续思考中,在文学对于群众斗争的热情描绘中,都包含着这种探寻。这课题是如此地重大,因而即使较为微弱的文学表现,也都值得重视。

巴金抗战时期谈他所写的"小人小事",那命意"就在探索我们民族力量的源泉"②。正是在这儿,始终保持了单纯热情的巴金,与创作以内容的复杂性和形式上的芜杂著称的路翎相遇了。路翎正是以他罕有的矛盾芜杂,证明了同时代人的共同追求。

你很难找到另一个作者,思索时显得那样执拗,在作品中不依不饶,着了魔似地反复追问同一个问题。这个问题就是:"力量在哪里?"路翎的中篇《青春的祝福》中,知识者章松明这样发问过。《财主底儿女们》里那个严肃的知识者汪卓伦,在战火中追索着同一问题的答案:"究竟有谁担负中国底将来?""什么力量是主要的种子?"

---

① 还可以举出艾青的诗《群众》等。巴金的《新生·自序》像是一则寓言。巴金还曾谈过,《激流三部曲》问世后,他就有了写第二部《群》的计划,新中国成立后,他还"几次填表"报告写作《群三部曲》的计划(见巴金:《关于〈激流〉》,收入《创作回忆录》)。没有写《群》,他却写了《火》。《火》的第一、二部,也正是《群》。
② 巴金:《关于〈还魂草〉》(1980年5月),《创作回忆录》,第78页。

正是这个灼热的问题使作者辗转不宁,而且越到后来——抗战后期以至战后,越在思考中达到深沉。他的《卸煤台下》《翻译家》《爱民大会》等一系列中、短篇小说,他的写在战后的随笔、散文,让人清楚地察觉到作者向着鲁迅的精神上的接近。这在路翎,是自然而然的。每一个把目光凝注在"改造中国"的大问题上,倾全力于"认识中国"的现代作家、知识者,到头来都会发现,在他们的前头或者身边,巍然站着那个前驱者;他们的思想不知怎么一来,和他的碰在了一起。这相遇中当然有自觉的努力。其中路翎的路,则更回环迂曲。当惶惑时,他甚至不惜从极其微小的事实中汲取自信力。

> 晚上,心情昏乱的时候,走过一段昏暗的街道。看见了,在四周围的无边的喧嚷中,一个卖扇子的妇人坐在路边上在悄悄地收拾着她底扇子,她底大概有五六岁的一个孩子,靠在她底膝上已经睡熟了——睡得非常的香甜。
>
> 我静静地走过,我底昏乱立刻消失,我环顾四近的繁密的灯火,我想:这一片土地和人民,是神圣的。
>
> 我也有了走完我底道路的自信。①

路翎与他的人物贴得那样紧,他不但把灼痛了他的问题给了他的人物,而且把自己艰难跨进的每一步,写进了他的形象世界里。他创造的知识者形象群,最强大的渴望,是走向人群。虽然在那些人物那里,多半只是"渴望",但那又是怎样猛烈的"渴望"!② "渴望"使路翎笔下的世界一点一点地变更了,由孤独的个人的英雄,到群众自发斗争的海潮般的场面。路翎没有在趋近结论时平静下来,但你却确

---

① 路翎:《从重庆到南京》,《希望》1946 年 7 月第 2 集第 3 期。
② 路翎把他这一探索追求中的全部痛苦,集中地由《财主底儿女们》这部大书,由其主人公蒋纯祖的形象,淋漓尽致地表达出来。蒋纯祖在剧烈的挣扎中走向人民,身上满带着与环境搏斗和自我搏斗的伤痕,而且直到生命的终结也没有找到走向人民的坚实的路——没有结论,只有趋向;但却是何等有力的"趋向"!

实地由一片骚乱中感染到了他那日渐升起的"自信"。

路翎不过是一个稍嫌特异的例子。事实是,同一追求使一长串作品(其中就有巴金的《火》、靳以的《前夕》、老舍的《四世同堂》、艾芜的《山野》等等)内在地沟通起来。一个重大的课题,一种普遍而重大的心理趋向,在整个时期的创作中——由创作心理到创造物的客观内容——打上了印记。这种积极的追求,在几代作家那里点燃的内心之火,甚至把一些较多缺欠的作品也照亮了。这种追求本身的悲壮性质,则赋予作品以内在的庄严,是作品中激情的重要源头。如果你忽略了这种更为内在也更为重大的东西,而满足于在作品的表层浮游,你不可能真正读懂这些作品,当然,也读不懂作者。

我在这里结束有关论题的论述,同时准备把思考继续下去。我毫不怀疑自己会不断校正自己的认识,然而希望那仅只是由于认识的进步。

总体形象世界中的小说家个性世界

三四十年代——尤其30年代——文学是个宽广的河道。似乎,这一时期文学的"总体性格",不像"五四"也不像大革命前后那一个短时期那样突出与强烈。这也许正因为它的宽广,更能涵容丰富与多样。这正像创造者——强烈、耀眼的创作个性固然是才华的醒目标志,但在被公认的天才那里,"个性"有时却因其更宽广,反而显得不那样鲜明。他以他的宽广,把各种不同的发展趋向、相互冲突的风格特征,包容在自己之中了。别人都各自是一点什么,他却是一切。而宽广,不也正是一种"个性"?

宽广的文学时代,仍然要由众多生动的文学个性、风格的空前多样与路向的空前歧异构成。你会注意到一种比较:"五四"是个鼓励个性发展的时期,当然也鼓励文学个性的发展。但那个时期的文学风格,似乎并不如人们所期望的那样丰富。只消留意一下如郁达夫那样的小说家有多少同时期的追随者、模仿者,就可以知道。而小说家普遍的"个性化"却是新文学第二个十年引人注目的现象。仅仅时代氛围、环境,还不足以造就成熟的小说家。文学的成熟还要依赖它自身条件的积累。

对于一个具体的作家,"个性化"包括了由独特的生活发现到使用独特的艺术手段等一系列环节。它应当不只体现为创造活动的结果,而且是作者的经验小说化的整个过程。"个性化"当然不是评价作家的唯一尺度,但还不失为一种尺度。为一时代文学的总体成就计,人们都理所当然地更珍视"多样"而非"统一"。

在以"微观"为材料进行了综合之后,我们又返回了微观世界。较之本章前两节所论的文学现象,"个性"不免狭小得多。尽管每个作家都是一个世界,其中的几位,还各自是一个开阔的世界,但在时代文学的整体中,他们仍然是局部存在,是个别事实,是特殊现象。但我们仍然得极其注重现代作家在知识分子形象创造方面的个人贡献,不只把他们作为构成历史的个别元素,而且作为一个独立的艺术个性、作为一个完整的"世界"来估量。忽略"个性"的历史研究,必定不能真正找到"历史"。

写《蚀》的茅盾,一出手就证明了自己所拥有的强大的小说才能。他是以小说家的方式思维的,他把自己对生活的印象、感受实现在"性格"中。这一点在整个三四十年代文学中都具有代表性。尽管"五四"时期提供了足够成熟的小说家,但"五四"文学却没有足够成熟。因而现代作家由"五四"到30年代逐渐加强的对"性格"的注重,是现代文学自觉意识提高的重要标志。

"性格"中有茅盾丰富的人生经验,尤其他对于生活、人生的复杂性的深切体验。在现代小说史上,能以他那样的力量,写出人的复杂本质的,极其少见。他以此,而绝非仅仅凭借"规模""格局",证明了一位大小说家那里蕴蓄的真正力量。

茅盾不止一般地证明自己是个小说家,他还证明自己是个气魄不凡强悍有力的作者。他的目力所及,往往不限于历史运动的一角,而是全景,它的悲剧的庄严部分,以及讽刺喜剧的丑恶部分。他在人物性格与人物关系中,追求时代生活的"完整性",追求历史的纵深感。在回忆录里,茅盾谈到过他的散文《从半夜到天明》的构思。这篇散文所写,是抗战前夕赴京请愿的学生冒严寒修铁路的一夜。画面在作者的艺术想象中,却这样扩展开来:"在这个不眠之夜,各个方面都在紧张地活动:热血沸腾的青年依靠自己的力量顽强地把列车向西开去;醉生梦死的大商贾小市民在狂欢作乐;国民党在调兵遣将准备第二天的镇压;而日本的海军陆战队已经悄悄地离开了闸北的兵营,开始了又一次的大规模'演习'。"①这是典型的茅盾式的构思。占据了任何一点,他都要看开去,力图展示全局。而且不满足于借个别人物的生活世界寄寓、暗示,必得把全局置于前台,不只用历史性的大场面——在小说中更用人物关系。

他的长篇,往往在开头的章节,即全面铺展人物关系:先给出历史生活的"宽度",再渐次加厚。由人物间伸出的平行而又交叉的线头,终于在适当的地方相遇,然后结成一张完整的网:作者想象中的世界图景。到这一时期的末端,当他创作《锻炼》时,上述构思特点又有发展。这儿几乎没有中心人物或居于中心的人物群。作者取散点透视,有意使社会各阶级、阶层,按其在生活全景中的分量、比例,占据其在作品中的相应位置。即使作为这个大世界的一个局部的知识分子小世界,也尽可能完整,尽可能容纳诸形诸色——人物的设置过分地以解释现实关系实现"完整性"为目的,性格的独立意义自然不免会被忽略。《锻炼》虽格局宏大,内容却并不坚实,其中该有某种教训意义。

除此之外,茅盾还证明了自己是一个典型的现代小说家。较之同时代不少作家,他有更强烈的政治意识。他的政治意识和同样强烈的历史感助成了他的小说个性。自《蚀·幻灭》始,他的小说中的知识分子人物,他们性格的历史,与中国现代史上的重大变动(而且

---

① 茅盾:《抗战前夕的文学活动——回忆录[二十]》,《新文学史料》1983年第3期。

首先是政治变动)联系得那样密切,并在一定程度上作为后者的直接结果。现代小说在这一方面的特点和局限,很可以茅盾作品为例来说明。

40年代,曾有人批评茅盾的作品为"冷情文学",这至少对于《蚀》《虹》这样的作品来说不甚公允。那是两部何等热情的小说!现实主义作家茅盾在这两部长篇以及同时期的短篇、随笔中,使人们感到了他自己,他自己的心理过程,他的情绪的起伏、血脉的搏动。当然,这种特征以后没有再在完整的意义上重复出现过,但茅盾的作品仍然不是"冷情文学",尤其当他写到知识者的时候。

茅盾的创作个性似乎在他创作第一部长篇时就已经成熟了。《蚀》中集中着茅盾创作的特点和优点,当然还有缺欠。这位作家对当时及后世文学的影响,不免是个复杂的问题。茅盾强大的小说才能,使他在多数情况下能够在意念和感性形象的生动性之间保持平衡,而才力未逮的追随者却往往弄得意念肿大,形象枯窘。即使在这里,也见出天才和庸才的巨大差别。为追随者计,自然不如独立名家、另辟蹊径,更有出息,也更有希望超过或逼近高大的前人。

我想更多地谈到巴金。在中国现代小说史上,以第一流的多产的小说家,始终把知识者作为描写对象,创作思想显示出明确的一贯性、连续性的,巴金是引人注目的一个。即使这点执着中也可以见出性情。

巴金于对象不但执着,而且充分地投入。他的作品中的生活场景(它们对于巴金,往往并不那么重要)也许可以被另一只手重新制作出来,但沸腾在《激流三部曲》《爱情三部曲》等作品中的激情,却是不可复制的。那里才有真的巴金。巴金笔下那一大群受难的、抗争的、狂热的或沉静的、脆弱的或刚烈的知识分子,是一道热气蒸腾的生命河,流在里面的,有作者自己灼热的生命。

像有人指摘茅盾"冷情"那样,也会有人批评巴金热情过剩。在创作中,对于情绪过分节制和过分放纵,固然都会成为风格之累,但如若都控制得恰如其分,也就没有了"个性"。

这是怎样的一种创作状态:"当热情在我的身体内燃烧的时候,我那颗心,那颗快要炸裂的心是无处安放的,我非得拿起笔写点什么不可。"①这种创作中的情绪状态,进入了他的人物。一般的审美态度用于读巴金的作品,也许不一定适当。强烈的艺术个性也要求个性化的审美眼光。读他的《灭亡》和《新生》,你得想到,这些作品与其说是由生活,毋宁说是由作者的主观热情直接凝铸而成的。而作者与其说想让你知道他的人物,不如说更急于让你倾听并理解他自己。②对于如《爱情三部曲》这样的作品,如果你不预先用了写实的尺度去度量它,而是把它们作为大革命后青年中普遍激情的记录,如果你有意忽略人物的政治背景,而把人物作为一时期青年的热情的承担者,你会更容易接近这些作品——同时接近作者。

巴金属于青年。在现代文学史上很难找到另一些写给青年的书,本身这样年轻,这样容易在青年读者中唤起同志感。"巴金属于青年",还在这样一种意义上:这些书不但是写给青年的,而且全面地适宜于青年的心理、趣味,以至鉴赏水平。自然,这是局限性,但同时又构成独特价值。他打开的,是一个青年人眼中的世界,这世界纷扰然而单纯。最单纯的,还是作者的善恶观念。善与恶在他的世界中、在他的人物的本质中了了分明。他的早期作品,更显然是把自然形态的生活再三淘洗之后,依他的思路和情绪的流向而组织起来的。实际生活中的混沌,在这里自然消散了——这世界即使充满苦难,也依然澄澈。单纯的,自然主要是人物。尤其他的前期作品,人物性格

---

① 巴金:《前记》,《巴金文集》第1卷,人民文学出版社1958年版。
② 巴金在《我离了北平》中说:"世间有不少的人喜欢表现自己。我也可以算是这一类的人罢。……我有一个信仰,我愿意人知道它;我有一颗心,我愿意人了解它。我写文章,就为着想把自己的一切放在那里面给人看个仔细。然而写了那么多的字以后,到今天我还在绝望地努力,找话语,找机会来表白我自己,好像我以前就没有写过一个字似的。"(《巴金文集》第10卷,第92页,人民文学出版社1961年版)这种写作动机正可以解释他早期作品的某些特点。

单纯到可以装进一个概念里或容纳在一个比喻中,比如"雾""雨""雷""电"。这不也正是青年人的那一种眼光?单纯的性格当然是联系于创作意图的单纯性的。巴金后来谈到自己当年创作《爱情三部曲》时的计划:"在《雾》里写一个模糊的、优柔寡断的性格;在《雨》里写一种粗暴的、浮躁的性格……"①——巴金以他本有的单纯,创造了单纯的人物和人物世界。

茅盾作品的美学世界是复杂矛盾的集合,巴金创造的美学世界却似乎和谐统一,统一于单纯。这里的确没有多少技巧。用以叙述的调子,也富于激情而缺乏变化。那是一种持续的悲剧情绪。他不长于"笑的艺术",哪怕是微笑。如果他试图幽默,那一定会显得生硬——这个世界即使美学构成也那么单纯。

巴金毕竟不能永远保有这种意义上的年轻。到了写《憩园》《第六病室》《寒夜》,他大步跨越了他自己。不少人由《寒夜》中看到一个艺术上更加成熟了的巴金。关于《寒夜》中的主要人物,他说,他们都有精神弱点,但又都是受了害的好人。② 这才更像现实的人的世界,同时也是成熟了的人眼中的世界。但上述情况仍然不能遮没文学史的下述事实:小说家巴金对于文学的个人贡献,仍然首先是他的《激流三部曲》,以及他的《灭亡》《新生》《爱情三部曲》等等。确立了他的文坛地位,有力地影响了他的时代的,正是这些以青年式的单纯写出并首先写给那些单纯的青年的书。

由于丁玲的创作以《在黑暗中》那一本集子作为开端,人们习惯于把女性尤其知识女性的形象,作为她的艺术个性的特殊标志。这种认识多少有一点误差。固然,丁玲一开头是作为女性作者对世界说话的,但这种身份、出发点的特殊性,很快就被作为局限越过了。那是一件对于一个勃勃有生气的心灵来说,显得窄小了的衣服。丁

---

① 巴金:《〈爱情三部曲〉总序》(1935年11月),《巴金文集》第3卷,第16页。
② 参看巴金:《关于〈寒夜〉》(1980年12月),《创作回忆录》,第281页。

玲,她的个性、修养、眼光、气魄,使她有可能即使在写知识分子时也着眼于一些更为重大也更为开阔的方面,比如知识者与革命的关系。她的写在《韦护》之后的作品,很少让你意识到文字背后一双看生活的知识女性的眼睛。这也许才是丁玲的力量所在。但当人们回头看她的全部作品,仍然会以为她的刻绘最力的人物是莎菲而不是别个。人的经验的特殊性是不大容易也没有必要摆脱的。

丁玲笔下的知识者性格,一如她本人的个性那样强烈。她画人物惯于使用油彩,而且多半是原色。她笔下的那些女人,没有一个是沙龙里的漂亮主妇,上流人家金漆的笼子里或小康之家平安的窝儿里的甜蜜蜜的自满自足的鸟儿。那不是她的世界。她把她波澜迭起的人生带进她的人物世界,使她的人物在与环境的不断碰撞中备受折磨。也像一般的女性作者,她禁不住要参与她的人物的生活,但不是用抒情,而是用分析。至少在当时,还没有哪个女性作者,把如此浓重的理性色彩带进作品。她把分析以她自己的方式糅进叙述、描写(包括心理刻绘)里,这增加了她的文字的力度和深厚感,同时也自然牺牲了据说属于"女性美"的轻倩与流丽——她本来就不仅仅是个女性。她力求广大——潜意识中未始没有对女性的"传统世界"的否定,但她的力量却并不在于广大,而在她的思考的尖锐性与重大性,在于她特有的理性,以及调和理性与感性的富于个性的方式。这种特点尤其因为作者是女性而格外引人注目。这是丁玲本人未必希望的,但它是事实。

三四十年代的小说家当以知识分子为描写对象时,他们的思考和表现显得那么多样,你却仍然由老舍和沈从文写知识分子的作品里,看出某种思路的交叉。这两个作者都习惯于由较为抽象的方面——对人性的掘发——观察知识者,这使他们所取的角度与当时某些左翼作家(如茅盾、丁玲)区别开来。无论有怎样的局限,他们都以自己的特殊经验,丰富了人们对中国知识者的认识,丰富了三四十年代文学中知识分子的形象世界。

在北京市民社会琐屑平庸的日常生活里,老舍发现了属于这一社会层的知识分子性格。市民人物几乎都是天生的现实主义者,对于他们,生活中的一切都实际、具体到可以盛在量杯里、搁在秤盘上称量出来,老舍却仍然把人类固有的另一种才能——幻想的才能留给了他笔下的这一类市民人物,市民社会的知识分子;同时又让人们看到,这些感觉到、厌弃着市民习气的知识者自己,并不是市民性格的真正对立物。一旦生活要求行动的时候,他们出于本能的敷衍、因循,毋宁说是与那整个市民世界一致的。老舍在这里找到了人物与环境的统一。老舍批判这种市民性格与市民习气,而且使他的知识分子人物自我批判。他们分析自己,否定自己,一般不是由直接政治的方面,而是由民族文化—民族性格方面,也正是老舍本人选定的方面。

就表面特征看,沈从文与老舍所发现的某些知识分子人物不免有相像之处,比如沈从文的焕乎先生们(《焕乎先生》《元宵》等)和老舍的老李们(《离婚》等)。他们都庸懦,因循,多思虑,少行动。而在上面提到的作品中,两位作者又不约而同地选择了一种场合——让主人公面对异性,展示人物的精神特征。他们在构思线路上也相遇了。但这毕竟只是思路的交叉而不是重叠,因为两位作者的社会意识与审美趣味本来就那样不同。一定的抽象性的后面,是不同的意图与归结。老舍是由社会改革的角度表现和批判他的知识分子人物的精神弱点的。由《离婚》到《四世同堂》,你可以清楚地看到这一点。而沈从文则注重更为抽象的"人性完善"这一角度。因而,老李们潜在的精神对立物,是行动型、实践型的知识者,而焕乎先生们的精神对立物,却是或多或少诗化、理想化了的湘西土著、水民们。老李的敷衍、因循在老舍笔下,主要是对既成秩序的态度,而焕乎先生的卑怯、犬儒主义,则更像通常所谓的人性弱点。这种差异非同小可,其中有作者间社会意识以及思维方式的差异。老舍的文学意识毋宁说更与左翼作家相近,沈从文对文学的功能显然有另一种理解,尽管为他所批判的那种退婴的精神气质,也正是社会变革的阻力。

知识分子的讽刺形象,在张天翼的讽刺艺术中,并不占有特别突出的位置。倘若由现代文学知识分子形象创造的总体来看,独特的倒还不是他的形象,而是他自己特有的批判倾向。由对"严肃的生活"的道德要求出发,张天翼写了种种无聊混世的知识者,装腔作势的时髦男女,写他们的恋爱游戏和文字游戏。由对于人生的这种严峻态度,产生了张天翼独特的敏感与激情。他讽刺奴性,讽刺动摇,讽刺倒退、"新人物"的自我否定——他透过进步的社会观、政治观看这个人物层。但他不止占有上述角度。荆野(《荆野先生》)固然动摇,但这个形象的讽刺性,却主要在他"太空虚,太消沉","过不出一点鸟劲",在于他那种玩世、混世的人生态度。张天翼由批判这种人生态度出发的讽刺使他更显得与众不同。他笔下有一个懒洋洋的世界,没有活气,没有热情,于是只剩下了无聊,甚至无聊到懒得去爱:生命就是这样没劲!

正像在其他讽刺性场合,张天翼在这种时候也无意于让自己插进来。他只让生活的讽刺直接变为情节的讽刺。当他由特定人物出发直写"事实"时,反而使作品更有回味。人们也许会以为张天翼的讽刺直露,但他有他的那份含蓄。他善于让人物自己说出关于自己的嘲讽。在那些"自白体"的讽刺之作中,人物狂热的表白、疾言厉色的自辩,莫不化为自我揭露。这也正是张天翼式的含蓄,直露中的含蓄。

当有把握的时候,他能用顶简洁的句子,精确地连动态一起,写出人物的心态,而不借任何夸张、漫画化,使你切实地认识到他作为小说家的力量所在。但这种不动声色,也仍然使你感到了他的愤怒,感到了在冷峻的外壳中翻涌着的激情。

沙汀长于写那种软弱、耽于空想的知识分子人物,而且人物各各分有了"小市镇性格"的褊狭与固陋,往往思想与行为同其琐碎,勇气和气量也都不足。他把上述精神特征部分地归因于地理环境,部分地归因为政治氛围。他乐于强调人物性格的政治原因。仅仅这一点,就足以使他把自己与巴金、靳以等区别开来。《困兽记》如此,《老烟的故事》如此——这些几乎是他写知识分子的最具影响力的作品。

对于知识者,他也同样善写那种"方正梗直",不识时务,不能见机,不能通权达变的角色,比如他的《访问》《范老老师》等等。《访问》中参议员苏子隅"在溽暑中奔驰",调查兵役中的弊端,即属于知其不可而为之的无望的努力。但即使在这些作品里,沙汀的人物也更政治化——又使他在面对相似的性格时,与王西彦等在取材与视角上相区别。

政治上的压迫感,透入小说字行间的压迫感,在沙汀那里,也就汇为他这一时期全部小说的总体氛围。是"总体氛围"。《兽道》的结句是:

> 我当时呆了一下,赶紧埋着头跑开了,为的是不要让自己狂叫出来。

是一种令人喘不出气来的压迫!张天翼笔下的"压迫感",有时可借愤怒来舒泄,而沙汀小说的压迫感,却是几无出口的。不同的是,这种压迫感在沙汀的另一部分作品(如《丁跛公》《消遣》等等)中,通常化入小说中的生活状态、生活节奏,而不像在写知识分子时那样,直接作为环境的色彩和性格的根据。这大约因为知识分子本身的生存方式和感受方式——作者自然有他结实的依据。但我仍然认为,沙汀的才能,更在写丁跛公、龚老法团一类角色。在为这类人物写照时,他更易于保持一种审美的态度。当写知识分子,因为方便,而使自己的政治情绪直接进入作品,有时不免浅化了生活。你由《丁跛公》《龚老法团》诸作与《意外》《两兄弟》一类作品的比较中,大约也悟到了这一点。《磁力》是光明的,因而一再为文学史家由沙汀的作品中拔出。但作为小说,它却很难享有这种殊荣。

由于写了《结婚》这样的讽刺长篇,讽刺成了师陀小说的个性标记。其实当这位小说家30年代以"芦焚"的名字发表小说时,引人注目的倒是他沉郁的诗情。那些收入《谷》一集中的小说,有令人沉重的美感。他首先是由悲剧方面接近生活的。至于他的嘲讽,他自己说过:"我的爱人类,同专门制造同情的人相比,自然要差的远了,因为是还看见弱点同缺陷。大约也就因这缘故,有人又以为我在鞭策世人。其实我哪里配呢,不过是在那里摆着的事实,我把自己看见的一部分指给大家看罢了。有时这看见的——我觉得——又过于悲惨,不忍把他们赤裸裸的摆出去示众,也不想让别人明明白白的看见,于是便偷偷的涂上笑的颜色。……"①

人们谈他写于40年代的《结婚》《马兰》,冷落了他那些精致的短篇——长篇毕竟是规模更大的存在,何况又是这样的两部长篇!他的《谷》等篇固然精致,然而写《结婚》《马兰》所用的调子,才是师陀这一家独有的。

师陀是善讲故事的,有中国现代作家中并不多见的机智。如《结婚》这样的小说,其中全是世情,全是深谙世故者言,而又说得干净爽利,毫不拖泥带水。不像市井通俗小说的疲软和浮滑,也不像某些新小说的盘旋再三、曲折不已,倒是令人觉得咸淡较为适口。若是看惯了过分用力的作品,单单平易和简澹,也会让人神清气爽。这里也有一种欣赏心理。作为小说家,师陀善写人物,笔法洗练;长于布置,如《马兰》这样的作品,结构、叙事方式都有妙处。由特定人物出发,反映这人物认识生活的自然程序,足以造就一种掩映的美。从这种布置中看过去,人物更像是一个复杂的小世界,竟使人难以轻易窥透。

若由本书的题旨着眼,应当说,《结婚》的立意,更在写投机世界、投机心理,主人公是否"知识者"倒还在其次。作者并不曾深入探讨知识者的特殊心理。而《马兰》确有特异之处。尽管这部小说

---

① 师陀:《野鸟集·前言》(1937年8月),《野鸟集》,文化生活出版社1938年版。

仍在以"恋爱"写人性,但其中所写革命中知识分子状态的复杂性,很有独到的观察。师陀自己似乎并非个中人,这也多少算得"旁观者清"吧。

中国多的是知识者小人物,这种小人物多半也正是所谓"小知识分子",如叶绍钧、张天翼、巴金、靳以在他们的大量作品中描写着的。贫穷的中国既然不可能支撑一个庞大的贵族知识者层,中国知识分子中的大多数,就被注定了要与使用双手的劳动者一样忍受饥寒冻馁。你在这个人群中寻找鲜明的时代特征有时会是徒劳的。社会之轮下这贫病交侵的一群,幻想以诚实的劳动维持微末的生存,安于卑屈渺小的地位,在生命的价值与知识的价值同其低廉的中国,自生自灭,草芥一样地为人所践踏,在恶浊的都市、城镇空气中呼吸,在讲台上、报馆里零碎地出售生命。没有思想的余裕,没有发挥才力的场合,也没有可能对时代发生充分的感应。临了,照例染上肺病(或遭遇其他困厄),狗一样悄悄地死去。似乎是,他们被时代遗忘,自己也遗忘了时代。这是相当广大的知识者的命运!

靳以与巴金、王西彦相似,是长于描写上述中国式的"知识分子小人物"的作家。他们本人的那份执着、坚韧,渗透在作品中的他们的心理素质,无不是典型中国知识者的。但"人之不同,各如其面",相似中也仍然见出差异。靳以像巴金那样,热情中有天真气;因为心中满贮着同情与爱,故不长于讽刺,也难以像哲人那样作冷峻、深沉的思索。但巴金更热烈,常常发出激越的吐诉,而靳以则偏于冷静,更宜于娓娓地倾谈。这后一种个性形之于文字,则是那一派优雅恬淡。取材亦不同,不同于巴金的善写情怀激越的青年,靳以的才能更在写最下层的知识者、小人物,笔触间显然有"契诃夫风"。这是一个平凡的小说家。我所谓"平凡",指没有戏剧性的个性显示。他的形象世界没有恶的极致,也没有善的极致,却有契诃夫式的柔和的忧郁。这种美学风格无疑反映着作者对生活的理解——理解也那么平凡。我因靳以而又想到巴金和巴金式的单纯(在这一点上,靳以、王西彦都近之）。如上文所说，巴金笔下的环境、性格的单纯，主要出于作者对善恶的单纯态度。生活倒映在他的意识中，自然经了过滤，只余下了最基本的元素。如下的现象才是有趣的：巴金人物的单纯性尽管也可以被认为是一种局限，却很少有哪个人把这种单纯性与"公式化""概念化"联系在一起。在这一方面，人们无论是否意识到，都表现了对于审美规律的理解和对艺术个性的尊重。

我已经提到了王西彦，提到他与巴金、靳以的风格上的联系。但也如上文所说，差异是更值得关注的。不同于巴金也不同于靳以，王西彦赋有农民式的固执与倔强——正如他的不少小说主人公那样。透过他的文字，你分明地感觉到这种个人气质。也与巴金相近，王西彦有极敏锐细腻的道德感，却又因赋性的宽厚而往往在否定中掺入同情。正是这种态度，使巴金、靳以也使王西彦，在对善恶的单纯描绘中多少涵容了对生活的复杂性的理解，因而"单纯"才不同于简单和肤浅。真实地描述一个作家，绝不会比作家真实地描述他的对象更容易。

怎样一个由纷繁复杂的艺术个性构成的特殊世界！五光十色的外部世界经由"风格"参差地折射，才得以呈现自己的复杂面貌。你应当同时顾到艺术家创造的世界，与由艺术家们组成的那个世界，即使像彭家煌这样来去匆匆的作者也不放过。

彭家煌也长于讽刺，笔下热辣辣的，却又不似张天翼的刻毒。他的叙述中往往夹着出人意表的生动比喻，明快流畅，语势顿挫跳宕——那儿有一支娴熟老辣的小说家的笔。

这支笔也许最能为一些乌烟瘴气的市侩型知识者传神：势利，无耻，卑琐，昏天黑地地鬼混。有时却也像张天翼的作品那样，人物仅止于"无聊"。并非哪个作家都能对付这种琐屑的生活，都能如彭家煌那样，写出这一种人生的色与味。

主要不凭借描写，彭家煌直接用细节为作品层层加色、加味。句子像是压得很紧,都经了淘洗、拣选。但也因苟简,时而见出"五四风"的遗留。到了张天翼、吴组缃们笔下,文学语言才更有白话的自然。

彭家煌的取材角度也终于变更了,正如我在上文中已经写到的那样。然而人们仍然记住了写"茶杯里的风波"的彭家煌。很难说是幸还是不幸。不大容易设想彭家煌的可能的发展——如果他不是那样早逝的话。他一开始似乎就已经成熟了,而以后在艺术上并没有使人非刮目不可的进境。那是一个文学成熟的时代。这成熟是由一大批作家共同实现的。一大批中也正有成熟的彭家煌。

我的同事曾把一篇有关彭家煌的文章,寄给彭家煌家乡的一家学术刊物。稿子给退了回来,据说这家刊物的编辑不知道有彭家煌其人。这多少有点儿让我悲哀:历史不过挪过了几十年。至少文学史不应当遗忘如彭家煌这样有才华的作者,否则我们就不配称文学研究工作者。像彭家煌这样的作家在现代文学史上也许可以编成一个排或一个连。文学史在很大程度上是有赖他们的笔给支撑起来的。那些个体的鲜活的生命,不过结成了这么一小块,正像树木的成为煤。这让人叹息,又让人高兴。有价值的生命终究因寄寓于历史而得到了更长久的延续,尽管延续也部分地以"个体""个性"的被遗忘为代价。

也许这就是活的文学史,令人可以据此推知现在与将来。

四　知识分子在抗日战争及其后的小说中(续前)

　　从远古的墓茔
　　从黑暗的年代
　　从人类死亡之流的那边
　　震惊沉睡的山脉
　　若火轮飞旋于沙丘之上
　　太阳向我滚来……

——艾青

　　也许竟让人有点儿奇怪:我从现代文学史分别处于两端的时期间,看出了某种相关以至相似性,至少看出了可资比较的基础,而它们由表面看也许绝不相像。这就是时间上位于两极的"五四"时期与抗日战争及其后的那一个时期。

　　像是在反顾"五四"时期——知识分子题材和知识分子问题,在文学中重又占据了显赫的位置。而这两个时期之间,知识分子题材较之其他题材(主要是农村题材),曾经一度显得冷落。

　　像是在反顾"五四"时期——创作者的道德意识再次被生活强化了。至于道德意识的具体文学表现,两个时期不消说又显得那样不同。

　　像是在反顾"五四"时期——青年知识者的形象又成为最活跃的文学主人公。情况与在实际生活中相像,这年轻而活跃的一群,或多或少地影响到一时期文学的总体面貌:色调、氛围、心理趋向等等。

相似或相关之处，有可能比我们偶然想到的更多。比如两个时期的文学都表现出对于"人生问题"的兴趣；再比如两个时期的文学创作，映现出了思想界的相似动向：新旧交错、冲突。即使如此，我们也还只注意到有关文学作品的内容特点。至于形式上的若干联系，即如小说结构的某种"散化"——当然是不同形态也不同成因的"散化"，部分作品的"抒情倾向"等等，自然也提供了比较的可能性。

抗日战争及其后写知识分子的小说作品，之所以诱人反顾"五四"文学，由于相似，更由于相异。而就一般情况看，如上文说到过的，相似中的相异，通常易于包藏深刻性，易于把对"本质"的探究引向深入。

我试着在比较中认识对象——抗战时期及其后小说中的知识分子形象、写知识分子的小说作品；在与"五四"时期的"相似""相异""相似中的相异"间，寻找认识这一时期有关文学现象的适当路径。对上述"相似""相关"性的敏感，当然也部分地出于我个人的心理状态。当结束一种历史的叙述的时候，我几乎禁不住地要回溯这段历史的开端，试图寻求历史线索的完整性……

题材、风格等等

比较，通常总是由性质较为单纯的层次入手。对于本题，这种层次可能即是我们正要谈论的两个时期有关作品的题材特点。而在题材方面，最引人注目的，也许无过于"知识分子题材在两个时期文学创作中的集中"这一事实本身了。

这简直是一种近于宏伟的景象——在"五四"时期过去之后，在大革命失败的最初几年知识分子题材实现重大突破之后，到抗战时期（尤其是其中、后期），知识分子题材的创作，才以其广度（从内容范围到情节架构）与深度，呈现出再度的繁荣。一大批小说家，由广阔的生活世界、题材领域回到了知识分子题材，带着发展了或变动了的认识、扩大了的社会历史视野、较为成熟的或更加成熟了的创作个性。我首先想到的是茅盾、丁玲,以及老舍、沙汀、艾芜、师陀。在造就上述繁荣的作家之中,我还想到了钱锺书,本时期崭露头角的路翎,和到本时期小说丰收的骆宾基、靳以、王西彦等等。不会有人忽略巴金这个名字,因为他是始终执着于写知识分子、创作时期又几乎绵亘大部分现代文学史的极少数作家之一。当然也绝不应当忘掉那批在小说创作方面偶一试笔,此后虽非续有新作,却以其作品丰富了这一时期知识分子形象画廊的作者,比如文学史家丁易(他在这一时期写了长篇《过渡》),剧作家、电影艺术家夏衍(他的《春寒》是有一定影响的小说作品),等等。这种情况也令人想到"五四"时期:支撑起"五四"小说界的,是大批新人,其中尤其是不以小说名"家"、倏然而过的新人。

为知识分子题材所吸引的,还有新诗和话剧。新诗如艾青的《火把》、何其芳的《夜歌》、收入《九叶集》中的不少佳篇等等。一大批成熟的话剧作品,而且有相当数量的多幕剧,其中包括夏衍的《心防》《法西斯细菌》、于伶的《夜上海》《长夜行》、陈白尘的《岁寒图》、宋之的的《雾重庆》《祖国在召唤》等等,无论历史容量还是结构、规模,都不逊于同时期的小说。知识分子形象以如此阵势在诗、小说、戏剧的领地同时出现——这种景象无疑多少有点壮观。

仅仅题材的上述集中性,还几乎没有进入"题材特点"这一层面本身。更值得关注的,自然还是作者们在"知识分子题材"这一大范围内的具体兴趣和具体生活思考。

也俨然对于"五四"文学的回应,小说家们在抗战时期,重又以极大的热情,探索个人与社会的关系问题。至于激发热情的历史条件,两个时期间可绝不重复。"五四"时期,是由于刚刚获得"社会人"的自觉意识的知识者,急于冲出宗法制的樊笼。在当时,阻碍作为"个人"的知识者履行其社会责任的,首先是宗族制度。大批小说家在宗法制的阴影下,沉思着"个人与社会"。而抗战时期及其后的社会环境却复杂得多。既有空前沉重的社会压迫与政治压迫,又有战时条件给予人的某种"解放",以及新社会诞生前夕的兴奋。"解放感"与"兴奋",使这一时期文学关于"个人与社会"关系的表现,呈现出难得一见的明朗色调,这尤其在以青年知识者为主人公的一批作品中最为耀目。而现实压迫,则导致个人在强大社会压力下的自我渺小感。萧乾的《梦之谷》①、王西彦的《神的失落》等,以爱情故事为情节架构,写命运对于人的胜利,就内容言,更像是"五四"小说的直接延伸。

也俨然对于"五四"文学的回应,小说家和他们的知识分子人物,再一次把思考转向根本和终极。恰恰也是在两个历史时期之交,文学反映出知识者探寻"人生道路"的强烈热情。只是不同于"五四"时期关于"人生问题"的哲学玄想,这里的一切更切于实际,更带有实践色彩,而且"人生问题"在思考中,与同样根本的"中国的命运"等问题系结在一起。在对民族的政治命运和个人的政治道路的关注中,引出的也必然是更加政治化的"人生问题"。《财主底儿女们》第二部第四章,知识者汪卓伦在战争最酷烈的时候,就"不得不严重地一再思索中国底将来",以及"究竟有谁担负中国底将来"等等。这类带根本性的思考,使这一时期的许多作品充满了严肃。上述问题自然不像"到底吃饭为活着,还是活着为吃饭"一类问题那样玄妙。无论对于历史还是对于历史活动中的人,它们都是极其现实的。——知识者的"人生"所依存的"中国底将来",正一点一点地现出了它的轮廓。

此呼彼应着的,还有"个性解放"这个注定要重复提出的问题。对此,我已在本书上面的章节中谈到过了。在有关"个性解放"的问题上,抗战及其后的文学,也并非简单地返回或反顾"五四",而是在变易了的社会历史条件下,由现实中汲取热情,对"五四"命题的再思考。

题材的集中性的背后,是思维路向的歧异,是关于"知识分子问题"的空前复杂了的认识与表现,在这一点上,抗战文学大不同于

---

① 《梦之谷》据作者说"是在太平年月写成的"(萧乾:《忠告(代序)》),初版于1938年。

"五四"文学时期。对此我也已经谈论过了。由于某些复杂问题已集中在第三章中,本章所涉作品的内容,倒是相对地集中和单纯,在这一点上,也能唤起关于"五四"文学的记忆。

上面的观察仍然不免浮面。浮面的观察通常敏于发现"相似"或"相异",而"相似中的相异",却要求以更精细的目光搜索。"问题"从来是容易重复的。使作品彼此间区分开来的,往往是"角度",是思考与观察向生活切入的那一点。较之题材,更值得研讨的,无疑是题材的处理。即使仅以两个时期的爱情描写为例,你也可以发现,正是在"角度""处理"方面,不同时期、不同作家间,可能有多么大的差异,并由此推及其他题材内容。

"五四"式单纯的爱情悲剧("单纯"在情节,也在"意图"),已难得再见于这一时期的小说,小说家较之爱情本身,毋宁说更关心其他人生现象的"爱情表现"。目的转移或者说被扩大了。郁茹的《遥远的爱》中女主人公对爱情的态度,不过是她整个人生态度的一个缩写符号。而钱锺书的《围城》、师陀的《马兰》中的"爱情",则是为便于入手解剖人性。更值得注意的是,"五四"小说的爱情悲剧中,作为原因被追索的,往往仅只是狭小的环境。而《围城》《马兰》的作者无情地追究的,却是作为悲剧原因的人物自身、知识者自身。首先是性格悲剧,悲剧来自悲剧性的性格。这种文学现象也正是此一时期知识者"重新认识、发现自己"的时代空气、文学风气的反映。不约而同地,小说家借了"爱情"这架天平,称知识者自身的分量。而"爱情"在某些作品中,倒是像底色一样的东西——为使主体更清晰地显现出来。两个时期文学题材间的类似比较,难道不使人觉察到小说界生活认识与文学意识的变动?

如果我们进而把眼光转向风格范畴,差异自然会更加扩大。"五四"文学长于抒情,而抗战时期及其后的文学则敏于嘲讽。这是最易于发现的时期性的风格差异。大革命前后讽刺文学曾一度行时。"五四"式的理想主义受挫,历史逆转激起的愤世嫉邪的热情即在小说中透射出来①。讽刺小说的创作在30年代有引人注目的收获,到40年代不但势头未衰,还续有发展。讽刺文学的兴盛要求多种条件的凑合,条件之一即讽刺现象的普遍性和人们普遍的讽刺倾向。我在下文中正要说明,抗战时期恰恰提供了上述条件。就文学的自身发展看,到这一时期,现代文学也已拥有了足够的手段,完成一部类似《儒林外史》那样的作品。《围城》《结婚》等等,都是这部书的构成部分,只是这部书非止由一人之手完成罢了。而这部书的冷峻的调子,也是难得见于"五四"文学的。

差异极大的,还不只是风格。题材、内容固然可能相关联、相呼应,两个时期小说在篇制上却巨细不同。"五四"时期短篇行时,抗战时期及其后则长篇丰收。这种流行样式的不同,自然各自有其依据。短篇的灵活、便捷,易于容纳有限的经验材料,更能适应新小说初创期不断提出的形式上革新的要求;长篇的巨大容量,则是为阅历了更多人生的人们,为更丰厚的经验、更复杂的生活感受和生活思考准备的②。

中国现代小说在知识分子题材方面,有两度长篇创作的旺季:大革命后与抗战时期。两度丰收有不尽相同的条件和背景。前一次可以部分地归因于"五四"小说的形式探索,和大革命前后知识者生活印象、感受两方面的积累;后一次则至少与下述条件有关:由"五四"到抗战时期知识者人生经验的空前丰富,与抗日战争特定情势下小说家历史视角的空前宽广。然而背景在下面一点上却是相似的:知识者在特殊的历史时刻,借助文学家的笔,在长篇的宽阔空间里沉思——内在的认识要求(这里首先是知识者自我认识的要求),则是推进创作的基本动力。

由茅盾的《霜叶红似二月花》《锻炼》、沙汀的《困兽记》、巴金的

---

① "五四"时期讽刺艺术曾借杂文而发达,但讽刺小说除鲁迅的《肥皂》等篇外,其余大多平平。

② 与长篇小说对应的,是长诗与多幕剧。诗和话剧也在追求容量。

《火》《寒夜》、靳以的《前夕》、艾芜的《山野》《故乡》、郁茹的《遥远的爱》、王西彦的《神的失落》《寻梦者》，到规模在现代文学史上罕有其匹的路翎的《财主底儿女们》，即使惯写短篇的笔，也在尝试长篇的形式。似乎人们过于丰富的人生体验，只有长篇的框架才能容纳。

对于抗战时期及其后的有关小说，规模（即篇制）还只是较为外在的方面。与规模的宏大相应的，是创作者对于内容的宏伟性以至于"史诗性"的追求。胡风所作《财主底儿女们·序》，用于说明小说作者的企图，比用以说明小说的实际成就，也许更为确当。[①] 一批小说家，不约而同地表现出"历史概括"的强烈冲动，他们希望以长篇的容量，概括知识者在一个相当的时间长度内的命运，他们的思考、奋斗与追求。透过历史运动，总结知识分子命运、道路，透过知识分子的生活与精神变迁，总结历史——上述意向，正与"时代主题"合致：民族解放战争也正是整个民族在血与火中自我批判、自我更新的过程，是中华民族对于自身的伟大的认识运动。

有必要说明，这里的某些概括，仅仅对于国统区文学是适用的。在根据地、解放区，人们把长篇以至大部分短篇的篇幅，给了工农群众的新生活了。这段时间里，在文艺工作者较为集中的根据地，几乎没有一部写知识分子的长篇出世。沙汀的《闯关》（原题《奇异的旅程》），虽素材得自对根据地的生活观察，书稿的写成却在大后方。这自然是现代文学史上重要的文学现象，而且又部分地成为长期以来对这一时期文学（主要是国统区文学）缺乏研究的原因。

规模、篇制，也并不仅系于经验，还系于思想和激情。正如上文已经提到的，正是在这一时期，一些广阔的思想，灼烧着小说家们的心。诸如知识者走向人民走向革命的历史道路问题，知识者在宗法

---

① 胡风在这篇序言中写道："在这部不但是自战争以来，而且是自新文学运动以来的，规模最宏大的，可以堂皇地冠以史诗的名称的长篇小说里面，作者路翎所追求的是以青年知识分子为辐射中心点的现代中国历史底动态。"他以为"整个现在中国历史"，就"颤动在这部史诗所创造的世界里面"了（胡风：《财主底儿女们·序》[1945年7月]，路翎：《财主底儿女们》，希望出版社1948年版）。

制崩溃过程中的人生选择问题,以及更为尖锐的知识者"个性解放"的要求与革命的实际运动的关系问题,等等。路翎的小说人物"在任何瞬间","心里总充满着各种火辣的问题"(《青春的祝福·谷》)。再也没有什么,比一定的历史长度和种种"火辣的问题",更能作为长篇创作的条件的了。①

在上述的相似与相异之外,还有一个略带讽刺性的现象,那就是现代文学史首尾两端这两度知识分子题材创作的盛期,知识分子题材创作的总体成就,却并不特别值得称道。量与质俨若失了平衡。"五四"小说(当然早有定论的杰作除外)使人感到普遍的幼稚,而抗战小说则有普遍的粗糙。

我们刚刚提到过一部分抗战时期作品"历史概括"的宏伟意向。但意向毕竟只是意向。这些作品使人尖锐地感到的,正是意向与其实际实现之间的距离。

几乎整个抗战时期的文学都在这里矛盾着。应当实现或可能实现的,与实际达到的,总是现出相当的距离。这也就是为什么作者们表现出对宏大主题、广阔题材的向往,而作品本身却常令人感到力有未逮;作为补充的,则是一些较为精美的长篇(比如《霜叶红似二月花》),又以"未完成的意图",给人留下永远的遗憾。

在这里,物质条件的限制,与人的认识能力、审美能力的限制纠缠在一起了。

正是在"意图"和实现能力间的差异中,呈现出有关作品的一般特点和缺陷。

比如结构的散化。"散"是较为普遍的,由巴金的《火》,到李广田的《引力》、郁茹的《遥远的爱》。《四世同堂》是老舍规模最大的小说作品,但你也感到"散""碎";尤其当读到小说第三卷《饥荒》的

---

① 但同一时期也有相当一批作品,使人感到逼仄,似乎人物只是在自己的穷愁中辗转——境界的大与小,格局的广和狭,色调的明与暗、冷与热,处处都见出对比。因而虽然较之30年代文学稍见集中,却不可能形成"五四"文学式的统一。

时候。在这种风气下,散文家的笔自然更少羁束。李广田只是依自己的材料和感兴信笔写下去,不大顾及小说的章法——可供剪裁的有限的经验材料,也只宜作成《引力》这样的格局。郁茹则索性用散文片断连缀成篇。《遥远的爱》这样的长篇形式,在现代小说史上倒也未见得特异呢。

与"散化"相联系的,是小说的新闻性、报告性。《前夕》(靳以)是一个例子。这书的作者显然有相当的野心,他希望自己的这一长篇(共有四部之多),容纳自"一·二八"后到华北沦陷期间的全部重大历史事件,因而不惜博采旁搜,在人物活动的线索中和线索外,作新闻式的记录,而且几乎有闻必录、巨细不遗。今天看来,上述现象难免累及小说风格。但你也得承认,它本身也正是一种风格。

人处在巨大的历史运动中——这种自我感觉自然会激发记录历史的愿望。事变之亟,矛盾纷然杂陈,也使作家们随时感受种种刺激,急于对迫在眉睫的事件作出反应。一切新鲜,一切令人激动,一切令人不忍遗落。上述心理,也许只有亲历者才能体会。因而,《第一阶段的故事》《火》《春寒》等,都有某种纪实性、新闻性。有时"事"大于"人",议论之精彩过于性格描写。在新闻性、纪实性之外,又常常兼有杂文性。即如《第一阶段的故事》《春寒》。后者写自广州沦陷到第一次反共高潮之间,南中国文化人的斗争,其文献价值即超越文学价值,"世相"比人物面目更鲜明,"环境"较"性格"更生动。一定的新闻性、报告性并不为病,问题在于恰当地调整作品中"历史"与"人"的关系①。

抗战文学作品的某种粗糙,也许正是这样为多种条件造成的。内容丰富的历史生活与人的精神生活,应当是伟大作品产生的土壤。但历史生活的丰富性并不能直接导致文学意义上的丰富。文学创造

---

① 即使善写性格的茅盾,他的《锻炼》的前半部,人物也远没有"历史"生动。人物多半是为"历史"而设的;因事设人。这里事实上的主人公是"历史"。

有它对于条件的要求。"文学总是一种余裕的产物"①,物质条件上的余裕,和时间上的余裕。鲁迅以为"穷苦的时候必定没有文学作品的","忙的时候也必定没有文学作品"。②而当人们责问"何以没有伟大作品问世"时,往往忽略了基本的经济事实。优裕的物质环境固然未必能造就诗人,但饥寒冻馁和政治压迫却会扼死生气勃勃的创造。时间上的余裕,还不仅指创作在时间上的从容。"歌德主张叙事诗应当同完全发生在眼前的戏剧情节相反,把一切事件表现为完全过去了的事",卢卡契也以为"作品中通过人的实践把对本质事物的选择表现出来的事件,在真正的叙事诗人笔下都是保持时间距离的"。③然而中国现代作家,却难以为了便于对"本质事物"的选择,而保持必要的时间上尤其心理上的距离。大革命后的某些小说,在历史回顾中曾显得坚实,而抗战时期的一部分作品又现出粗糙。正因此你在这一时期的小说里,遇到了那样多"告罪告罪"式的前言后记。巴金在《火》的每一部的后记中,都不安地谈到小说的失败:"也许我缺少充足的时间,也许我更缺少充分的经验和可以借用的材料。(几年来我搜集的一点有限的材料都在上海散失了。)""我承认这本小书不是成功的作品。它的罪名应该是'发展不够'。"

看得出,相当一批作品像《火》一样,带着急就的痕迹④,缺少谨严的构思,缺少鲜活的性格,缺少作品赖以丰润起来的细节。还看得出,由于生活的变动,艺术构思在创作过程中变动的痕迹——这种现象也是抗战文学特有的。造成抗战前期作品的普遍粗糙的,不仅仅是外在环境的限制,也有作者的自身局限。那些作品的缺陷往往也正是作者固有缺欠的放大或集中展示。

上述种种条件的后果,必然集中在形象创造上。比如青年知识

---

① 鲁迅:《革命时代的文学》,《鲁迅全集》第3卷,第423页。
② 同上书,第420页。
③ 《卢卡契文学论文集》(一),第56、58页,中国社会科学出版社1980年版。
④ 张天翼的《齿轮》,写"九一八"事变前后青年学生的抗日救亡活动,粗线条勾勒,写得很匆忙——适足以暴露作者的弱点。

者形象的创造。如我在下文中将要着重谈到的,这是"五四"时期以外的又一个青年知识者形象集中呈现的文学时期,但富于光彩的形象也同样令人难以列举。动人的是一种气息、氛围,是一部分作品的总体效果,"综合效应"。"五四"文学中的青年形象之群,除了众所周知的几位(如鲁迅笔下的涓生、子君)外,你所能把握的,是青年在压抑下悲叹、挣扎着的总体印象,单个人的面目却不免模糊。本章所论这一时期的情况也类此。这里有的是青春气息,富于活力的生命,但在这大群中,却难得找到几张轮廓清晰、情态生动的脸。是形象感、生命感,还不是富于生命的形象本身。形象个性还不足以有力地由总体中浮现出来。

这与作家感受生活的方式不无关系。在"五四"时期,由于太重个人体验,个人本身又过于狭小。而本章所论的这一时期,则由于外界刺激太强大,因而对于生活的总体感受往往比个别印象来得深刻和强烈。当然,更多的情况下,仍然是由于缺乏足够的小说才能。当不能把握对象的个别性、具体性的时候,世界形象在创作意识中就难免笼统。

一个活着的人,除开会、争论、游行、罢课、下乡之外,他的生活中总还应当有别的什么。《新生代》的作者齐同显然未能熟悉处于日常状态中的他的人物。他多半是在集会游行的场合看到他们的。因而他没有力量把普通人的平凡生活与集会、游行等历史活动中的热烈瞬间统一起来,把丰富的历史内容容纳在具体到可触摸的"个性"之中——他还不能得心应手地以文学的方式构造历史。至于《遥远的爱》,则是情绪的、抒情诗的,不过具有叙事体的外在形态而已。使作者感兴趣的不是细节,而是用粗放的线条发抒人物的也是作者自我的激情。

凡此并非都能用"风格"解释的。经验世界的广狭仍然是大问题。如《新生代》、《前夕》、《过渡》(丁易),写学生青年,只能一味在进步学生圈内盘桓,至于圈内、外的复杂关系——进步学生的现实处境,只能侧写或点到。青年的世界永远色调繁多,每一个性又各是一个世界。在一个过分简化了的世界中,人的本质也必然被简化。即使如茅盾这样的小说家,他的《第一阶段的故事》《锻炼》中的青年,固然较《蚀》《虹》中的人物健全、明朗,但也较后者中的人物简单,过于纯净。

这里有一向被忽略的这一时期文学的公式化倾向。出于对典型理论的有限理解,一部作品必有几"型",它们分别是为完成预定主题而设的。由几型构成一个完整的小世界。性格往往是成对的。对立、对比,以最严整的形态出现。这过分匀整的世界模型,与实际世界的结构该有多么不同!

毕竟存在着一个成熟了的文坛。抗战文学逐渐调整着自己,恢复着现代小说在30年代所已经达到的水准。茅盾写《霜叶红似二月花》,巴金写《憩园》《第六病室》《寒夜》,张天翼写"速写三篇",都标志着水准的恢复。在某些作者(如巴金)那里,恢复之余尚有对于自己的超越。"持久抗战"时期的生活,使小说家们更趋冷静,技术上也更求工细。不唯上述作品,钱锺书的《围城》、路翎的《财主底儿女们》、徐訏的《风萧萧》等,对于现代小说艺术的发展,亦各有贡献。

关于"五四"时期与抗战时期及其后有关作品间的诸种异同,我在下文中还将谈及。当然,比较作为研究方法只适用于有限范围,而我的目的更在于把握本章所论这一时期文学的有关特征。此外还需说明的是,我是把抗战及其后的文学作为一体来研究的,只是在个别处提到了国统区、解放区文学间的差异。因为对于这一时期文学创作的总体面貌,地区性的现象仍然只具有局部意义,即使其影响持久而深远。

还须说明的是,由于一些更为复杂的文学现象,我已在上一章中谈过了,本章只准备着重研究这一时期小说中的两组知识分子形象,和由这两组形象渲染出的两种色调——也是抗战及其后文学中的两种基本色调。以本章的内容与上一章中有关这一时期的内容互为补充,你才能看清抗战时期及其后的文学中知识分子形象和知识分子形象创造的总体面貌与基本特征。

道德意识与审美意识的交错
——苦难中的中国知识分子形象

整个现代文学的三十年,都让人感到中国知识者对于自身的严峻态度——站在当代向现代回顾,你会以为那过分严峻了。这种特殊的严峻,却也正让你具体地触摸到中国知识分子文化心理结构的某些层面。内省倾向,既是一种传统的思维习惯,又是一种道德修养。中国知识者注重"内省""自讼",所谓"省察克治"。他们对于自己(并及于知识者同类)的特殊苛刻的道德眼光,正联系于、反映着他们的道德意识与道德理想。

传统文化在铸造中国现代知识者、现代小说家,形成他们的审美心理和创作态度时的作用是如此巨大,正是这种情况决定了:

(一)中国现代作家在处理知识分子题材、描绘知识分子形象时,自然地把中国知识者固有的内省倾向带进创作活动,他们的这些创造物也较之其他,更多地包容了作者的个人精神体验、他们对于自己内在世界的观照。抗战文学在这一点上又与其他时期的文学(比如"五四"文学)有所不同:内心观照中的自我道德评价更加被注重。虽然形之于文字,抗战文学绝不像"五四"文学那样热衷于直接显现自我。内省的倾向,也因而更内在地包含在作品中,作者本人的道德感情、道德实践,更深沉地渗透在对人物人格的具体评价中。

(二)文学创作中道德意识与审美意识的融合,尽管不是中国文学特有的现象,却是中国文学中突出的现象——自然也由于中国文学特有的文化背景。至于道德意识与审美意识在创作中的实际联系,则是比较复杂的问题。我在下文中正要涉及类似的复杂方面。即使复杂性也证明着,中国文学的土壤,不适于唯美主义的生存。现代文学的土壤尤其如此。抗战文学的土壤更其如此。

中国现代文学、抗战文学,不止使你看到了在中国作家那里道德价值与审美价值的某种统一,还让你看到了道德感与历史感、一般道德尺度与某种政治道德尺度的统一。这更是抗战文学中特殊的现象,反映着抗战文学产生的历史条件,和作家们在那一特定时期的认识特点、心理与情感特点。

这是中国现代知识者又一次自我发现的时期。"五四"、大革命前后、抗战时期,中国知识者经历了他们认识史的几个重要阶段,每一阶段,自我认识的重心和基本内容又互有不同。抗战文学中知识分子的自我道德评价和审美评价,应当如实地看作上述自我认识的形象内容,置于更为开阔的背景下。只有这样,理解和结论才会是更近于实际的。

空前深重的苦难,使文学充满了"道德感"

这是"恶"试炼人类的那种严酷时期。

新文学的三十年间,再没有哪个时期,像这个时期那样,作品集中了如此深重的苦难,在新文学关于知识者的描绘中,一下子让人看到了这样尖锐的生存的痛苦;而知识者在文学中,通常只是为其"知识者特性"吃苦头的。悲剧的物质方面赤裸裸地呈现了。不同于那种纯粹精神的"诗意的痛苦",甚至也不是命运或其他超自然的力量、灾异强加给人类的痛苦,这是一些不大体面的卑琐的苦难,而且似乎仅仅是个人的(因而没有古典悲剧的那种可以夸张为"人类苦难"的东西)。痛苦被无情地归结为所谓"口腹之欲",让中国式的士人羞惭的衣、食的要求。

"五四"小说家热衷于写穷,但说老实话,中国现代知识者,在抗战时期之前,还不曾这样穷过,像郭沫若在《月光下》《地下的笑声》,像巴金在《寒夜》,像靳以在《生存》,像王西彦在《假希腊人》里所描写的那样。对于知识者,战争和大后方的腐败,是一次空前的洗劫。《月光下》的主人公已经没有余力像"五四"人物那样自嘲和狂叫,因为他已的的确确穷到了一文不名,穷到儿女病夭,穷到肺疾缠身,甚至穷到想用一条麻绳,把自己"连同他的妻,他的还活着的一对儿女",一起带进"那未知的世界里去"。也许没有什么比下面的图画更凄凉的了:一个做画家的父亲,没有力量拯救正在被穷、饿吞没着的儿子,他所能做的,是把儿子的饥饿画在画布上(靳以:《生存》)……

据说犹太人善于嘲讽自己的苦难。中国知识者显然缺乏这一方面的幽默秉赋。然而作为中国文学中、中国知识者精神生活中的规律性现象,苦难却直接刺激了普遍的道德感,使道德升值。也正是在同一时期,小说家们以中国知识者从未有过的冷峻目光注视自身,义、利之辨,善恶、美丑之别,也前所未有地严峻与分明。

不消说,"穷"本身并不能激发人的尊严感。相反,"穷"倒是往往参与对人的尊严感的剥夺。只有当人们不只是被迫忍苦,不只是消极地抗御邪恶,而且意识到他们的行为的更高的道德意义时,他们才可能有崇高感。"一箪食,一瓢饮,在陋巷,人不堪其忧,回也不改其乐。"这里的精神支点是"道"。对于抗战时期的知识者,精神支点则是民族大义。

历史把"节操"从一切对于人的道德要求中拔出来,置于至高、至重的地位。对于人的一般道德要求与政治要求,在这一点上统一了。对于不得不生活在沦陷区的教员祁瑞宣(《四世同堂》)和黄梦华(李广田《引力》),灼烧着他们的,还不是一般的爱国思想,而是中国知识者的节操意识,为此他们不惜反复拷问着自己的良心。你不能否认在这种问题上,知识者特殊的敏感与清醒。第二次世界大战期间的欧洲大陆文学,也反映过类似的道德敏感。①

自觉的道德意识,复杂化了知识者的心理。王西彦的那一组"古城景"之三的《长夜》里,"吃报馆饭"的主人公,为了关于"远东某帝国"所说的"真话"而付出了代价:丢了饭碗。这位记者不会像会馆长班那样,被"蛊惑"得心情"浮荡"("古城景"之一《蛊惑》),也不至于像拉板车卖果子的小贩,因悲伤而"弄得神志懵

---

① 萨特把游击队员面临的考验,看作"人"与荒谬世界的一种对峙,超越了"民族"这一环节,当然又当别论。

迷"("古城景"之二《失掉了女儿》)。他痛苦而清醒。因而这"灰色古城"元宵节"欢乐的喧嚣",才使他"感到窒息"。他叹息着:"最要不得的是心的死亡……"即使这痛苦中,也有知识者特殊敏锐的价值判断。

同一时期,戏剧界有《岁寒图》(陈白尘)、《长夜行》(于伶)等一批作品问世,强调着同一道德主题。《岁寒图》剧名本身的寓意是不待说明的。投机狂潮撼动了这家医院,这使著名的肺结核专家黎竹荪悲愤:"为了生活,大夫们都改行了!为了生活,都投机发财去了!为了生活,什么都可以干!"但他自己,却结结实实地站住了。作者把道德理想集中在这个主人公身上,未始没有期望知识者以"岁寒"砥砺节操的命意。《长夜行》中的革命者,把这最重要的意图直接说了出来:"人生有如黑夜行路,失不得足。尤其我们现在生活在这敌后的上海孤岛,那才真像在黑夜里走路,而且是一个很黑很黑的长夜,是一条很难走、很容易失足的长途。"问题是这样严峻,使一切人都无可回避!

正是强烈的道德感和空前严峻的价值判断,强化了这一时期小说的批判倾向。如果说在抗战时期以前,现代文学对于"恶"的发现与批判,通常是以统治者及其帮凶为对象的话,那么这一时期的情况像是一种特例。中国知识者似乎还从来没有用如此冷峻的目光注视自身,没有如此集中地批判、清算知识界本身的丑恶。对于"恶"的发现与批判,也是抗战时期知识分子自我认识的一部分,而且就其文学价值而论,还可能是更其值得注重的部分。

"恶"以其力量无情地作弄着人们。大后方到处是痈疽和烂疮。贫穷饥饿固然能砥砺志节,却也能毁灭人性。宋之的写《雾重庆》,那是怎样的"窒息人的、烂人肺腑的"(巴金《寒夜》)雾!王西彦《神的失落》中的"我"不胜感慨:"抗战以后,我们这社会起着一种大变化,一切常规都发生了颠倒,人类的尊严被践踏在脚底,金钱成为宇宙间唯一的度衡——至少对大多数人是这样。"靳以则在散文《失去了题目》中,引了这样一则俗谚:"在这个倒霉的年代中,好人活该发疯的!"①

这场旷日持久的战争,使中国知识者充分领教了商人气、市侩气,而据中国的传统,"士""商"本是不相闻问的。"你试想这个世界吧,谁都想发财,谁都希望把幸福(活动在今日人心中的金钱的代名词)撮到自己手里。"(师陀:《结婚》)这是一些人眼里的世界,鼓励着投机,又不致搅扰他们的道德良心的世界。战争中生死荣枯的瞬息万变,刺激了一切赌博性质的事业。这倒是对于中国人顽强的定命、宿命观念的一种嘲弄。

引人注目的是,骆宾基把上述使人发疯的环境,和人在金钱的诱惑下的迷狂状态给寓言化了。《一个坦白人的自述》,通篇弥漫着疯狂的气氛,人物则如鬼附体,以至使故事有种超现实的意味,一切都有点古怪。这种寓言式的荒诞写法,在现代文学中是少见的,其中却有一种惊心动魄的真实。对于表现当时生活中的荒谬性,比一般作品自然更其有力。

大后方的投机狂潮,不消说不是经济生活方式革命性变动的征兆(即使显示为"恶"的),那恰恰是落后的经济生活方式中全部积弊的一次总的溃发,本身即是"恶"。这种历史的氛围从来就鼓励着直接的批判也鼓励着嘲讽。

知识者严峻的道德感固然使他们厌恶一切堕落行为,却尤其不能容忍知识者的道德沦丧。前一种事实使他们愤怒,后一种事实却在愤怒中添加了沉痛。"沉痛"使道德化的价值取向变得更为具体。知识者的精神脆弱和某种邪恶本能,被细心地区分开来。在前一种场合,小说家们固然批判被毁灭者的道德脆弱性,却更由此揭露毁灭人的社会罪恶。他们对于人物作为"个人"不忍过事苛责。这种倾

---

① 最具腐蚀力的,是大后方的投机狂潮,是诱灵魂下地狱、使人沉醉迷狂的"黄金梦",你可以想到师陀的《结婚》、王西彦的《两钱黄金》、沙汀的《三斗小麦》,直到张恨水的《魍魉世界》,等等。

向使有关作品呈现出一种沉重苦涩的讽刺风格。悲剧意识弄柔了作者的感情。由一种道德界限,一种与此相应的审美尺度,带来一种分寸感,一种情绪的态度上的节制。但一旦小说家面对知识界真正的邪恶,他们的笔底即喷发出辛辣的火一样的嘲讽,如《围城》《结婚》这样"群丑图"式的长卷。以知识者为主要讽刺形象的长篇讽刺小说到这一时期问世,也是势所必至。①

在一部分作品中,批判主要是道德方面的——知识者作为人的和知识者作为知识者的道德价值的丧失。"这个年头,何必认真"(《雾重庆》)!"这个年头",轻轻地原谅了一切,它取消道德约束,鼓励放任也鼓励苟且。这是道德力量在物质力量面前的溃败。这种"人的丧失""知识者自我的丧失",才不能不使那个时期的小说家为之痛心疾首。

执着而沉痛地关注着这类过程,集中表达着知识者的上述批判态度的,也许就是王西彦吧。除《两钱黄金》外,他的《炉烬》《手持稻穗的人》《沼池》等一系列小说,以在同一方向上的持续发掘而呈现出一种特色。《两钱黄金》外的其他几篇,并没有写到"黄金投机",其中的道德感却也更见敏锐细腻。这是基于知识者敏锐的道德感的对生活的敏感,基于知识者对于自身严格的道德要求的对生活的严峻态度。②

整个抗战文学就是这样,同时鼓励着两种文学风格,在庄严的悲剧、正剧之侧,站着讽刺喜剧以至通俗喜剧——这一时期的整个生活和人,正是这样地趋向两极。不止一位作者一篇作品,重复着爱伦堡

---

① 同时期的长篇讽刺小说,还有萧红的《马伯乐》等。"讽刺"在文学中的集中,不只表现为篇制,还表现为构思——以场景、情节的集中强化印象,如钱锺书的短篇《猫》、王西彦的短篇《兽宴》等。

② 写《手持稻穗的人》等篇,作者的道德眼光也许显得过分挑剔,但文字中仍然透着一丝悲凉。这不但是投机风潮中的知识者,也是经济重压下的知识者。作者由知识者道德传统的方面责备、轻嘲,又由生活的实际方面宽容、悲悯,矛盾心理中正有作者作为知识者的理性。

的著名警句:"一方面是庄严的工作,另一方面却是荒淫与无耻。"这是生活本身提供的对比,而且在任何其他时期都没有这样刺眼的尖锐性。庄严与无耻,崇高与下劣——似乎中国历史上知识者曾经有过的光荣与耻辱,一一再现了。这种对比当然应当成为戏剧性的源泉。我们本可以指望一些有力的笔,把生活的这两面以更大的深度揭示出来。因为即使我们现在所能看到的这些,也已多少显示出作者们审美情绪的复杂性——杰出作品赖以产生的某些条件了。

如果说"悲剧将人生的有价值的东西毁灭给人看,喜剧将那无价值的撕破给人看"①,抗日战争时期的上述讽刺现象,在小说家那里引起的,不是单纯的喜剧情绪,也并非严格美学意义上的嘲讽。过量的愤怒和沉痛感,把既有的风格界限弄模糊了:愤怒的喜剧浸透着悲剧情绪的嘲讽,批判中夹着惋惜,刻毒中掺入了悲悯。生活原是这样令人悲喜无定、啼笑皆非! 但价值尺度却也正是被上述审美的矛盾现象加倍地强调着。这一时期的文学仍然充满着"道德化的"价值感。

被扭弯了的"美德"与悲剧化了的"自尊感"

充满苦难的物质生活,和充满道德感的知识者的精神生活,都必然鼓励知识者对于自身价值的发现与肯定。如上文所说,批判与嘲讽,也是"道德发现"的一部分,只不过那是以否定形式表达的肯定而已。更不消说道德批判在作者本人,更是自觉的道德意识的显示。

这一时期,也是文学史上少见的知识者美德的发现时期。

你不能不觉察到,写《一筒炮台烟》和《不成问题的问题》的老舍,笔底正有意识到知识者(也包括他自身)道德力量时的庄严。阚进一(《一筒炮台烟》)无私、热忱,在腐蚀人心的"世故"的包围中,还保有那一份知识者的天真,和立身处世的严正,宁穷而不发国难财,助人却拒受贿赂。只有当你如亲见亲闻,感受到抗战时期大后方

---

① 鲁迅:《再论雷峰塔的倒掉》,《鲁迅全集》第1卷,第192—193页。

的特殊氛围,你才能估出这个灵魂的价值。尤大兴(《不成问题的问题》)把知识者的"迂",发挥到了极致。在树华农场这个污浊世界里,他几乎只身面对当时社会的一切丑恶。但也只是在"滔滔者天下皆是"的凶险世情中,他才更像一个知识者。

尽管《北望园的春天》(骆宾基)的作者无意于对人物作道德上的评价,但穷画家赵人杰于极度艰窘中在"钱"上的绝不苟且(以至弄到过分古板、拘泥),仍然见出一种深到骨髓里的知识分子的洁癖。赵人杰的谦卑,在这一瞬间,却又给"异样的过度的自尊"照亮了。

《寒夜》中的小公务员汪文宣,无论实际地位如何可怜,在精神上仍然不是阿卡基·阿卡基耶维奇(果戈理:《外套》)。他只是被人当作奴才,而自身并不是奴才。他可以向家里的两个女人妥协,却不肯对上司谄媚。这里有一条界限:知识者的软弱性和真正的奴性之间的界限。在这条道德界限上,汪文宣站了起来,高出于他周围的许多人物。他在生存的绝境中,艰难地保住了知识者的那份自尊。

不但崇高至于"节操",而且平凡细微至于通常的"职业道德",在这种时世,也"凛然地耀着圣光"①。现代文学,一再由这一方面,来逼近中国知识者的特有本质。王统照的小说《讷尔逊的一课》,许地山的《东野先生》《铁鱼的鳃》②等,都是动人的篇什。一个穷教员,十年的苦辛,人格蒙受的屈辱,赖有几十个儿童的信任,就得到了补偿(《讷尔逊的一课》)。一位"最早被派到外国学制大炮底官学生",即使"一辈子坎坷不得意",也保持着对于"兵器学"的近于痴迷的热情,虽穷愁潦倒、颠沛流离而不改志——所有这些,正是所谓"书生本色",某种知识者的典型性格。

这也是一些所谓"特化"了的知识分子,事业化了的人,体现着

---

① 冯雪峰:《谈士节兼论周作人》,《冯雪峰论文集》(上),第 229 页,人民文学出版社 1981 年版。
② 这里除《铁鱼的鳃》外,其他如《讷尔逊的一课》《东野先生》,写在抗战爆发以前。

职业道德与个人美德的合一,人与事业的全面拥抱。这常常是知识分子特有的境界,其中有知识者的那个魂儿。

正是这些人,在这一时期,面对了真正的炼狱之火。被投入烈焰的不只是血肉之躯,而且还有灵魂。你得承认,能够挺着脊梁走出这炼狱的,无论如何算得勇者。如郭沫若一再讴歌的火中凤凰那样,他们毕竟经历了人的再生。而同一无情的火,也焚毁了多少脆弱的"心防",使得多少志行薄弱者,在地狱的永劫中沉沦!

是的,他们有理由因而加固道德自信。

问题却也正是在这里变得复杂起来。最复杂也给人以复杂的审美感受的,首先是"饥饿的道德"。《月光下》(郭沫若)的主人公,在选择了死之后,郑重地把"文艺奖助保管委员会"送来的一千元钱,作为对图书馆的赔偿,和对儿童剧社、保育院的捐赠。你会相信,这种知识者的洁癖和骨气,也是感动了作者本人的东西。但在事实上,这小说却使你几乎难以从容地鉴赏主人公的道德美。你被作品中生活的残酷性震动了。你的感受告诉你,作者的更强大的冲动,绝不是赞美,而是控诉。这是一声惨厉的呼号。①

对自己的审美感受的忠诚会使你承认,在这些作品里(包括上文提到的《一筒炮台烟》《不成问题的问题》等),也的确没有那种知识者"道德的自我完成"中的自我满足。尽管人物所面对的厄难足以唤醒道德感,但那苦难过于沉重,使人若不胜负载。人的承受力几乎临近极限状态。② 由读者的审美感受看,这些作品在当时,首先打动了人们的,也正是苦难,是人物处境的这种尖锐的、令人痛楚的悲

---

① 何其芳1946年评《岁寒图》,指出:"我觉得这个戏的'重心'与其说是'对于善良的赞扬',不如说是'对于丑恶的憎恶'。"这是很有见地的。见何其芳:《评〈岁寒图〉》,《何其芳文集》第4卷,第88页,人民文学出版社1983年版。

② 骆宾基的《一九四四年的事件》、王西彦的《假希腊人》,以至巴金的《寒夜》,写物质生活压迫下人的性情、心理状态、人与人关系的变异,写基本生存条件的丧失使人先是在物质生活上,然后在精神上回复兽性。这种人性的变异发生在人物的日常生活中,因琐细而更加可怕。小说使人感到这芸芸众生之间,浮动着、滚沸着的怨气、怒气。

剧性。只有当苦难不再是切身的,人们有可能对苦难保持心理距离,对作品中的"痛苦"持审美态度时,苦难重压下人的内在精神力量,才向我们透射出来,我们才捕捉到了那蕴藏得较深的美,道德的"善"所呈现出的"美"。

　　知识分子在这一时期,的确遭遇到了罕有的道德冲击。问题的严峻性在于,他们只被允许在物质条件、实际利益与精神、道德完善两者之间择一。历史条件的不合理性,以空前尖锐的形态显现出来。这种在"不可得兼"的情况下的强制性的选择,尤其在两种不合理——没有了灵魂、廉耻的赤裸裸的物质利益,和没有了最基本的物质支撑的道德纯洁性——之间被迫作出的选择,不能不带有悲剧性质。即使为正义事业而受苦,崇高感也在于"事业",而不在"受苦"本身。

　　迫使物质条件与精神生活分离,迫使生存意识脱离生存条件,从来是人类生活中的悲剧现象。因而物质被剥夺后精神的高扬,通常难免伴随精神的痛苦(至于宗教迷狂,自然是另一回事)。这使人不难理解,这一时期的作品,即使试图颂扬人物的知识分子美德时,笔端也往往有悲凉意味。而那些赋有美德的人物,既让人尊敬,又让人悲悯。比如巴金《寒夜》的主人公汪文宣,和王西彦小说中那些个善良、清白的小人物。

　　当极其实际的生存问题,被转化为道德问题时,总不免会显得生硬。颂扬人民在抗敌斗争中所付出的牺牲,有一种毫不勉强的崇高感。然而上述牺牲,在包括牺牲者在内的人们的意识中,分量难免不同。这至少看起来不大像是以"历史的进步"为代价的牺牲,因而其文学表现缺乏"英雄主义",往往色调晦黯;因而许多作品,有承受苦难的单个人意识到自己软弱、意识到人对于命运无能为力的悲剧情绪。仅仅个人道德,毕竟还不是抵御邪恶的真正力量。何其芳当时就说过:"忠贞自守并不能阻止这个社会的腐烂,更不能给这种腐烂的制造者以什么损害。"[①]

---

① 何其芳:《评〈岁寒图〉》,《何其芳文集》第4卷,第91页。

知识者的生活思考,无疑触碰到了一些较为重大的课题。人类的物质生活与精神生活的关系,以尖锐冲突的形态呈现在生活中,思想在咄咄逼人的现实课题下却躲躲闪闪,显得软弱无力。文学表现也不能不是无力的。现象的复杂性被牺牲了。单纯的善恶观念不足以应付如此重大而又复杂的课题。思考似乎逼近了现实的某些深刻方面,触动着中国知识者的思维习惯,却在"哲学"面前停住了。苦难终于没有引出更深刻的觉悟。而这在一定程度上也因为,问题被过分地归结于道德方面。

然而还应当承认,这一时期的小说家无意于颂扬苦难,竭力从苦味中尝出"苦趣"。苦难中的知识者——无论作为描写对象,还是作为描写者——不是斯多葛派,不醉心于苦行,他们是正常的人、现代人,因而悲剧才是双重的。王西彦的《假希腊人》有别致的构思:一个以"希腊主义者"自命的知识分子,以关于物质享受的幻想,聊慰物质上的极度贫困。这是一种何等苦涩的精神满足!也许只有知识者,没有失去对"合理人生""正当幸福"的幻想,又能最细腻地体验贫穷对于物质、精神的双重剥夺的知识者,在这种时世,才不能不加倍地承受苦难。也因而,这一时期的相当一部分作品,使人感到了巨大压抑下人的挣扎——压抑之沉重是"五四"小说中少有的。知识者的道德感,正是在这非人所能承受的重压下挣扎着上升,一边淌着血泪。

这一时期的文学对于知识者美德的发现,在上述生活矛盾和创作者的心理矛盾之外,还遇到了类似"五四"时期那样复杂的思想史的背景,具体情况却又与"五四"文学时期很少相像。在"五四"时期,是反封建的文学遇到了来自旧营垒的抵抗;本章所论的这一时期,在文学对于知识者传统美德的发现中,文学者自身意识的新旧交叉,成了更突出的问题。

思想界在"五四"以后,新旧冲突始终不曾消歇,但较大范围的旧文化的回潮,却是在抗战时期发生的。民族解放战争所大大激发的民族意识,必然引起文化上的反顾。像人类史上无数次发生过的那样,被侵凌的民族自然而然地向自己的历史文化寻求精神支撑,以图重建民族自信。这种情势必将引出复杂的精神后果。某些危险,鲁迅以其思想家的洞察力,早就觉察并预言过了,而这些危险却还要在晚一些时候,才能引起更多的人的警觉。

最敏感的,仍然是道德问题。在生活的许多场合,新旧道德似乎相遇了。

新旧道德都要求知识者在浊世中"临财不苟得""有所不为";新旧道德都标举了"义",要求知识者"临难不苟免""舍生取义"。人们重又记起了古圣先贤的那些著名的道德格言。"富贵不能淫,贫贱不能移,威武不能屈""民不畏死,奈何以死惧之"等等,重又成为鼓舞、激励"士人"的精神力量,如同在中国历史上外敌凭陵的其他时刻那样。至于传统思想的所谓"君子固穷""君子忧道不忧贫",更是渗透于知识者的道德修养,构成了他们的心理素质,成为他们人生态度的有机组成部分。

这很像是知识者的(同时又是民族的)道德传统被重新发现的时期。在既是传统的又注满现实感的道德意识中,似乎是,新的与旧的,界限泯灭了。

当道的有意识的倡导,和作为规律性现象的文化上的反顾,自然性质不同。后者属于一种文化—心理现象。借用古老的格言和袭用旧有的观念,自然也不是一回事。但却并非任何时候,都能把这二者区别开来。语言作为观念的符号,往往与观念、与"实质性内容"粘合在一起。语言通常是有意识地拟定的,而观念则潜移默化地渗透在语言形式中。倡导者对于文化—心理有意的利用,也势必使思想界面貌更加复杂,使社会心理、文学创作心理更趋于矛盾。

思想界的上述动向有其强大的历史根据。道德的矛盾反映着历史生活的矛盾,必然在"人"那里呈现出来。然而"五四"精神毕竟是深入中国知识者骨髓中的东西。上述思潮中的消极方面和潜在危险,在鲁迅之后,继续遇到了来自新思想者的警觉与揭露。冯雪峰当时说过:"战争给予实际生活的更大的破坏,其实同时也就是对旧生活观念的更大的破坏。于是在思想上就不能不有更显明的复古运动,想挽回正在失去的旧生活之最后的观念上的依据。因此,一切非常好笑的毫无根据的理由,都被说得头头是道地拿来作为复古运动的根据了罢。"①何其芳则在1938年指出:"近几年有一些人想把已经倒塌的过去的伦理思想或者旁的偶像重新竖立起来,而且给它们重换金身。"②然而,由于历史条件的不同,这种揭露,并没有造成也不可能造成有如"五四"那样声势浩大的批判运动,而后果终于在此后的历史生活中令人痛心地显现出来。批判的无力,固然由于不同于"五四"时期的历史环境,也由于新思想者对历史的矛盾现象,缺乏如同鲁迅那一代思想家的认识的彻底性。

我更感兴趣的,仍然是文学,是上述思想界背景下的文学。我在上文中已经谈到,抗战时期小说家在描写苦难时,不曾沉湎于"道德的自我满足"。他们通常是在创作心理的矛盾错综中,在对于自己所写知识者人物的充满矛盾的估价中,把上述历史与文化的矛盾现象,悄然引入了自己的作品的。他们往往对自己笔下软弱的小人物寄予过多的同情,这种同情障阻了应有的嘲讽意识,以至影响到作品的美学风格和美学境界。即如巴金的《寒夜》。主人公汪文宣的严肃的道德感,他的清白正直,不苟同流俗,毕竟与他的懦弱、苟且联系在一起。而他的精神弱点在一个较高的道德标准上,也许是更值得挑剔的。如果作者坚持"五四"新思潮所启示的道德立场,他关于这个小人物的叙述,也许会用另一种调子。

王西彦在十几年间写了许多道德纯洁的知识分子小人物,而且在每一笔触中,都显示着作者本人敏锐细腻的道德感。那些乡气十足的知识者(如长篇小说《神的失落》《寻梦者》的主人公),可爱的是那种"乡气",可悲的,也是那"乡气"。农民气质使他们迂拙,退

---

① 冯雪峰:《"混乱"》,《冯雪峰论文集》(上),第241页。
② 何其芳:《论家族主义》(1938年6月),《何其芳文集》第2卷,第167页,人民文学出版社1982年版。冯雪峰这一时期还写过《同化力》《他化力》《谈"根底"》等。何其芳则写了《论本位文化》《论救救孩子》等,揭露当时"复古的风气""复古的倾向"。文章中的不少议论,都像是"五四"时期的旧话重提。

守,满足于狭小的梦境,习惯于孤独的奋斗。"农民气"固然可能是"市侩气"的某种对立物,同时又必然是相对于"现代精神"的一种局限。可惜作者对后一方面并无相应的敏感,也因而这些作品所提供的人的内在精神境界过分单纯。我们有理由设想,倘若作者对于人物的"道德的矛盾"有更深刻的把握,他会以不同的心理和审美趣味对待他的人物,而他的这一部分作品的美学面貌也将有所不同。

说到美学风格,应当指出的是,这一时期的这一批作品,正是在美学风格上,显得过于相近。甚至所选取的描写对象,也往往在精神特质上,难以彼此区分开来。我们在一时的作品中,看到了那样多道德完美却又软弱、缺乏行动能力的知识者小人物,那样多在浊流中洁身自好的爱惜羽毛的知识者。我们不能不遗憾于作者们对于知识者美德的过分偏爱。这种偏爱,很难说与当时思想界的背景毫无内在联系。①

为上述情况所决定的这一部分作品的美学面貌,我在上文中实际上已经多少谈到了。这是悲剧创作的时期——较为纯粹的意义上的悲剧。所谓"纯粹",自然是比较而言。"五四"小说写知识分子的穷愁,往往夹着知识者式的自嘲,表现为悲剧意识与嘲讽意识的某种融合。我在本书第一章中,就对"五四"文学、抗战时期及其后文学的有关作品的美学面貌作过比较。"五四"文学往往是忧郁的。但用之于本章所论这一文学时期,"忧郁"这个字眼的分量就嫌不足了。这里的一部分作品,色调和氛围近于阴郁,使人有重量感的那种阴郁。郁达夫、郭沫若叫喊出来的忧郁,包含着浪漫者对于忧郁的满足。而这里的"阴郁",却渲染着一种近乎绝望的灰黑的调子。② 其

---

① 问题还不只在本章所论的这一特定时期,不只反映在这一时期的文学中。知识分子的一种美德背后,往往附着一种精神弱点或缺陷。由"过渡时代"的历史所造成,很大程度上由封建性的乡村所培育的中国现代知识者的道德意识,在现代社会不能不呈现出自身的矛盾。
② 巴金本人曾经称他的《寒夜》为"绝望的书",参看巴金:《文学生活五十年(代序)》,《创作回忆录》,第6页。

中有真正的痛苦,不是出于情感的需求,而是由于情感的磨难。

压倒性的悲剧感,笼罩了相当一批作品。巴金也许鉴于《寒夜》的画面过于阴惨,令人凄惶,曾经一再声称,这作品"是对于光明的呼号"。这不是对于文本的解释,而是由文本引申出来的。人们在阅读这部作品本身时,几乎只能感到扑面而来的愁云惨雾。

如我上文说到的,抗战文学同时鼓励着讽刺,而且推出了一批讽刺杰作。但这一批讽刺作品只面对某些公认的丑恶,很少带有"五四"式的"自讽"倾向。而且讽刺之作使你分明看到,那儿几乎不曾为"善"留一点余地。无论钱锺书的《围城》《猫》,还是王西彦的《兽宴》、师陀的《结婚》,充满其中的,是极度的污秽和邪恶,犹如臭气熏天的"奥吉亚斯牛圈"。讽刺是"黑色"的,其压倒的倾向是憎,几无悲悯掺入的憎。那里同样少有悲剧意识与嘲讽意识的融合。情况很像是,保持着良知的知识者,除了对于自身命运的悲剧感和对社会(包括"知识界"在内)丑恶的嘲讽之外,已经很难以另外的态度感受世界。这自然也是造成这一部分作品美学风格统一性的条件。

这里固然有的是悲剧之作,但这些悲剧却难以塞进古典美学有关悲剧的现成定义的框架。如同上文已经约略谈到的,这里缺少古典悲剧中必不可少的英雄主义,缺少如朗吉努斯所谈到的崇高风格及其魅力。你不能说《一筒炮台烟》那些作品中小人物的道德纯洁性中不包含崇高,但这并不是美学意义上的崇高,不是悲剧美学范畴的崇高美。"崇高"只是作品客观的道德意义,而不是形象世界自身的美学特征。那个形象世界本来就不是依古典悲剧的原则构筑的。

正是由上述道德意义与审美意义的参差中,显露出这一时期文学(主要指国统区文学)的一般缺陷。这个时期的文学产生在民族的英雄史诗时期,却未能创造出史诗的崇高美。尽管到抗战后期及其后,文学已恢复甚至局部突破了创作界业已达到的水平,但文学仍然远不能反映出时代斗争的宏伟性,以其内在力量与时代相称。我在本章开头已经主要由内容方面解释了这一点。然而来自审美创造方面的解释,毕竟更为基本。影响了作品的美学面貌、艺术成就的,固然有创作者的实际生活条件,他们自身的物质存在方式,我们却依然不妨设想,倘若创作者能适当地摆脱关于知识者命运的悲剧感,适当地超越日常生活的卑琐性质——与苦难保持适度的距离,即保持对于苦难的审美态度,将会更有益于他们的创作。

道德意识与审美意识之间,并没有一种简单的对应关系。道德美并不可能自然而然地转化为艺术美。毋宁说其间的关系是复杂的。至于道德意识的复杂矛盾,却注定要在审美活动中投下影子,造成创作意图与效果间的种种差异。

再回到"崇高美"这个题目上来。倘若从欣赏、接受的角度看,那么应当承认当时读书界的要求,主要在于借作家的笔抒愤懑。他们被愤懑压得喘不过气来。欣赏古典悲剧,要求的是另一种心境、情绪——距离感是欣赏"崇高美"的心理条件。而在这里,一切都逼得太近,逼得太紧,小说中的与生活中的,融成一片,挤成一片。生活、作品、读者间,几乎没有空隙。读书界的心理以至一般社会心理,又作用于创作界,影响到作家的美学追求。

尽管本章所涉作品,缺少那种为古典悲剧所有的崇高风格,我们仍然从作品中某些知识分子人物那里,感到了某种"崇高"——即使主要是道德意义上的。我们的美学尺度本身也还值得怀疑。比如,向现代悲剧作品要求古典美学意义上的崇高就是不适当的。这问题早经理论界解决了,我们在此不过偶然地遇到了一个例证而已。现代悲剧早已摆脱了古典悲剧的那种足以引起"惊奇感"的"非凡性"、由非凡行为中产生的英雄感,代之以更内在、更具平凡性的英雄感,因而悲剧美也自必具有平凡的世俗性质。"崇高"之于形象世界,曾经是统一了外在形态和内在本质的东西,但是它在普通人的悲剧中也许不再具有上述那种统一。人们越来越相信应当而且也可能由平凡事物中重新发现"悲剧精神",重建"悲剧美学"的基本范畴。这里有价值观念的变化。在变化了的尺度下,我们却未始不可以由上文所涉的一些作品中,察觉到某种正是美学意义上的崇高,只不过这是一种经由压抑感折射后的崇高,令人感到一种近于残酷的美。这种悲剧合于鲁迅有关悲剧的解释。这正属于那种"将人生的有价值的东西毁灭给人看"的悲剧。即使缺少古典意义上的含有威压的"崇高感",文学中包含的价值判断(何等严正的价值判断!)仍然使这一时期的作品显得庄严:那种把人性的庄严和庄严的道德感连结在一起的庄严,当小说家们把人的价值(包括他们的自身价值)置于道德与美学的天平上的时候,心灵所感到的庄严。尽管由于过度的压抑感,这种庄严、人对于自身的信念,也像是被紧紧地缚着,它挣扎不出作品的美学外壳,难以烛火般由内而外地,把作品点亮。

我们仍然得赞美人,赞美普通人渺小躯体中蕴藏着的力量,承受苦难的力量。我们的道德感仍然在不觉间得到了净化,即使上述感受也像是由作品中引申出来的。

美学风格从来不仅仅是美学风格。在因果关系的进一步追索中,它不过把作品内在的种种矛盾美学化了。而审美的方式对于对象的把握,往往能触到真正的"本质方面",即使上文所涉及的文学现象也使我相信这一点。

当我们关于这一时期上述作品中包含的道德意识花费了如许的笔墨之后,再回头来说明,由道德角度对于作品的观察,只不过是范围有限的观察,也许是更为必要的。只要我们选定了一个角度——无论什么样的角度,都难免有以先验的意图剪裁文学现象的危险。预定的角度势必缩小作品的实际意义。不消说,这种研究还会造成研究角度与作者的表现角度、研究取向与作品的实际内容趋向间的错位。当然,这也无须避免。

有一些讽刺作品,就显然难以塞进上述论题之下。比如抗战时期影响甚大的《华威先生》《谭九先生的工作》(张天翼)等。尽管如谭九先生者,对实际利益也有精细的盘算,但就形象的基本特质言,主要的还不是借抗战自肥的投机家、生意人,而是借抗战自我扩张的"文化人"、知识者。他们借抗战以营私,但这"私"却也并非"黑货白货"(鸦片、大米),而是一种更精巧的东西。他们在表演抗战,或借抗战表演自己。这是一些更其精致的丑恶。小说中仍然包含着道德的批判,但毕竟不仅仅是道德的批判。再如王西彦的《炉烬》和张天翼的《新生》,写旧人物的故态复萌——以发救国宏愿始,以不能自救终,批判的首先是人物政治上的倒退。

在较为开阔的文学观念下,一些作者借了抗战时期及其后的"众生相"为材料,意在作人性的研究。他们的企图大得多。《围城》《马兰》等作品中,道德的审视都不过是掘发人性的大工程的一部分,是包含在那个大得多的意图之中的。即使萧红的《马伯乐》、王西彦的不少作品,人物的讽刺性也非止道德上的,甚至主要不是道德上的。《寒夜》等小说写人物在经济压力下的失常状态,心理学的兴趣,就显然压倒了道德热情。《北望园的春天》中穷画家赵人杰,谦虚到人性萎缩,几乎要抹杀自己的存在。对这个人物(以及同篇中其他几个人物),作者并无意于作道德上的更不必说社会政治上的称量。骆宾基的同名小说集《北望园的春天》于新中国成立后出版时,"内容提要"指这个人物为"被时代抛在后面的人物",判词未免过重,况且作者本来不是由这个角度描写人物的。而《结婚》的作者的个人兴趣,却又与其说在主人公的人性变异,不如说在以上海股票市场为轴心的投机活动和投机心理。——意图是如此地多样!而几乎这一时期所有稍有分量的文学形象,都不能仅仅置于上文所示的有限范围里考察,它们的客观意义要复杂、丰富得多。

比如《寒夜》的女主人公曾树生。小说固然也告诉我们,这种生活把曾树生给改变了。她不但充当公司的花瓶,还和公司陈主任"搭伙在做囤积的生意",但无论原因(包括动机)还是后果都并不简单。《寒夜》所提出的,不是关于人的德行的问题。其中站在两极的男女主人公,也并不是在一般善、恶的意义上彼此区分开来的。作者不但由战时大后方的社会环境说明人物的悲剧性,而且——不管是否出于自觉意识——由整个生活方式的不合理说明人物的悲剧性。在这样一种复杂化了的眼光下,即使人物德行的善恶,也呈现出参差的对比。

我因而庆幸,这一时期的文学不是道德化的。这一时期作者们的文学观念,比我们通常估计的要开阔得多。(而中国知识者特有的道德意识,曾经限制了文学向人生的深入。)道德意识在本章所谈到的创作者那里,毕竟没有取代或销熔了其他意识。强烈的道德感并未成为激发创作的仅有的冲动。我庆幸我上述的观察角度是极其有限的,庆幸上文提到的不少作品还经得住更多角度的观察与衡量。抗战文学的土地远不丰饶,但它也并不如我们以往所想象的那样贫瘠。这块土地也期待着发现,即使所能发现的远不是一座金矿。

未来中国与属于未来的人们
——青年知识者形象之群

如果再退后几步,以调整了的距离观察这一时期写知识分子的作品,上文关于美学面貌的描述,就马上显得不完整了。稍稍开阔了的眼界就使我们捕捉到了对比色,看到了互补的美学风格,看到了更为色彩斑斓的图画。

是这样一个被光明与黑暗、亮色与暗色分割着的世界!

一方面,政治高压和经济洗劫下的灾难,使如上文所谈到的那些作品,充塞着阴霾。浓云低垂,是令人窒闷的雷雨天气。人的精神承受力临近于极限状态。明晰可闻的控诉还不是令人心悸的,可怕的倒是那挣扎不出来的呼喊。你在作品中感觉到了精神的困兽般的骚动。这种"极限状态"才是新社会出世前的重要精神朕兆。

与此同时,你看到了亮色。那是由同一时期一批小说作品中青年知识者的形象渲染出来的。与前一种色调恰成对照,它明丽而清新,是青春生命的颜色,光明与未来的颜色。通常的印象中,抗战文学严峻而沉重。然而由云隙中透出的这片亮色,却使"沉重感""窒息感"得以缓解。沉重感与轻松感交替着。对于预兆一个新社会的出世,两种精神现象几乎是同样重要的。

在昼与夜的分际,在两个时代之交,极其晦黯惨澹的神色中,闪动着青春焕发神采飞扬的脸。东方天际已不只有"薄明的天色",给人以大兴奋;旧世界的死灭伴生着的痛苦,又令人有大悲恸。——强度对比中的,正是那整个时代。

当然,一时期文学的色调不可能如上文那样简单区分。亮、暖色调与暗、冷色调间,必有多层色阶。你看到过自然界的日出——即使"光明"在呈现中也是有层次的。我们只是取其大者、要者罢了。

青年,未来中国的形象

在一定意义上可以说,现代文学的形象世界,主要是青年的世界。而青年知识者在新文学知识分子形象画廊中,占有一个绝对优越的位置。这固然由于历史变革期青年在实际生活中的活跃,也由于新文学的创造者自身的年轻——至少心理状态上年轻。历史在这一时期的几乎每次突进或转折,都首先在青年的文学形象中反映出来,而文学中青年主人公的不同特征,又令人隐约看出历史阶段间的分野。

然而,不但明确地意识到对象的作为青年,注目其为青年所固有的特征,而且以"青年"作为一种社会力量来观察与描绘的,仍然主要在现代文学史的首尾两端——"五四"时期,与抗日战争时期以及战后。尤其活跃的,是学生青年的形象。两个时期在这一点上也此呼彼应,若有默契。"五四"文学的有关背景已毋庸再赘。抗战时期,尤其抗战初期生气蓬勃的学生救亡运动,无疑是令人印象深刻的一幕。更其值得注意的也许是,有关印象又与日益增长的民族复兴的希望联系在一起。这才是更重要的心理背景。在小说家笔下的"人"中间,闪灼着他们想象中的未来中国的形象。毕竟,青年的形象,更便于寄寓人们在民族解放战争和继而的国内革命战争中日益感受到的青春气息,历史与社会的"青春复归"的希望。这里正有影响着小说家的形象创造的心理氛围。

为了证明青年知识者形象在这一时期文学中的地位,依惯例须一一列举有关作品。在论证中这也许是最容易的工作。我们这就可以列出长长的一串,从茅盾的《第一阶段的故事》、齐同的《新生代》、巴金的《火》三部曲、靳以的《前夕》、郁茹的《遥远的爱》、李广田的《引力》、沙汀的《磁力》等篇，直到茅盾写于现代文学史上的最后一部长篇《锻炼》。《财主底儿女们》的情况较为复杂，关于这部小说，本书已经给予了相当的篇幅。至于另有一些写青年知识者的作品，我们则在第三章谈论过了。

当提笔与这样的青年相对时，小说家们往往不自禁地处于激情状态。写青年，也写进了自己，主要是自己的希望与信念——难得有这般明确的希望与信念！《前夕》的作者靳以说："我不是没有情感的，我写这新生的一代，我也就在他们的中间。——不是个人，是一群，这些为他人，为人类献上自己的血肉的。"① 巴金则说过，写《火》，他"想使人从一些简单的年轻人的活动里看出黎明中国的希望"。② 又说："《火》是为了倾吐我的爱憎而写的。"③

这是令他们感到亲切、忍不住要伸出手去爱抚的一代：《前夕》中那些在救亡活动中迅速成熟起来的无私忘我的热血青年，《火》(主要是第二部)里活跃在战地的友爱、热情的一群。齐同的《新生代》着力写所谓"第四代人"。虽然小说使你记住的，是群像，造成"一二·九"学生爱国运动的"第四代"青年知识者整体，但由"一二·九"到"一二·一六"下乡宣传，北京学生运动这生气勃勃的一页，毕竟是由这部小说才得以进入文学的。没有哪一部"青年运动史"能有如此丰富的实感，未加粉饰、未经榨干汁水的历史生活的真实。

在对于青年的发现中，小说家们发现着未来中国的形象。这是又一次"人的发现"——不是对于"五四"时期的重复，小说家在"人"中力图发现整整一个民族。一批自身已入壮盛之年的作者，以如此兴奋的目光爱抚着"幼者"，乐观于对民族生机的发现，对再造中国的伟大希望的发现，上述创作心理，以及作者与作品间的实际联系，

---

① 靳以：《我怎样写〈前夕〉的？(代跋)》(1943年2月)，《前夕》，重庆文化生活出版社1945年版。
② 巴金：《后记》(1940年9月)，《火》第一部，第250页，开明书店1947年版。
③ 巴金：《关于〈火〉》，《创作回忆录》，第58页。

自然与以青年写青年、青年"自我表现"式的"五四"作品不同。"五四"时期，先觉者们呼唤"少年中国"，激情澎湃地礼赞青春，但小说中如潮般起落着的，是悲叹之声。来自实际生活中的悲剧感、个人命运的浓重阴影，阻滞了青春力量在小说中的勃发。也许只有到了崭新的中国已经临盆的这个时候，文学才可能直接显现"青春"本身的颜色。

当然不应忽略根据地、解放区写知识分子的作品的青春气象。这些作品即使在认识的迂曲中也见出蓬勃的朝气——而且不是由个别作品、部分形象焕发的。那是更近于总体特征的东西。

"中国的改造"与"人的改造"，作为一个更为统一的命题出现了。《火》第一部中的青年，面对大火庄严地说："你记得火中的凤凰吗？它们从火中得到新生。我们也应该在火中受洗礼。这是我们的苦难……苦难可以锻炼我们……"李广田把他的创作意图表述得更为明确："我以为'人的改造'应当是长期抗战中的一大收获……我的长篇小说即将以'人的改造'为主题，主要人物都是由颓败中生活起来去参加新的生活，参加更有意义的战斗。"（《西行草》）长篇小说《引力》，就是这预定意图的实现。

一面批判、清算着民族性格、知识者性格的弱点，一面追求着"人的理想"，不断拟定着"理想的人"的型范——在"五四"文学、左翼文学直至抗战文学中，表现为持久的热情。而每一时期的有关"理想"，在内容上又互有参差，呈露出时期性的印痕。到本章所论的这一时期，小说家们既然由活跃在民族解放斗争中的青年中汲取了活力和信念，他们的兴趣自然集中到了如下一点上：怎样的青年，是属于未来中国的？

属于未来中国的，是这样的一代

这里几乎没有杰作。它们以总体胜。其中的每一部，都不足以标志这一时期的文学成就，但它们的总和仍然构成一种特色，足以与其他时期类似题材的作品相区别。但恰恰是这一部分作品，几乎从来没有像"五四"小说那样，被人总体估量过。这不完全因为我已经谈到过的"粗",以及难免的"浅",也因为,人们不大易于像对"五四"文学那样,感受构成其内在统一的那种青年式的激情。这里也许可以借用马克思关于"正常的儿童""早熟的儿童"的那种说法。以"五四"时期与这一时期青年知识者的形象相比,那个小孩太稚气,而这个小孩似乎又有点过熟了。较之过于早熟的儿童,稚气的儿童毕竟更容易引起兴趣,更容易被接受。

这的确是不同于"五四青年"——至少文学中的"五四青年"——的一代。最醒目的标记是实践性。这是行动型、实践型的青年,是由"五四"以来社会革命和抗战期间的特殊生活直接造就的。活跃在《火》中、《前夕》中、《春寒》中、《过渡》中、《新生代》中的青年,是从事实际运动的青年知识者。他们首先生活在行动中,而且所从事的,是有组织的、政治色彩鲜明的活动。而小说中的"五四青年",即使在政治上,也更感兴趣于学理的探讨——这也是那一时期知识界的风气。虽然"各派的社会主义也像佳境胜区一般,引起许多青年幽探的兴趣",但往往"事情至流连瞻仰而止,并没有把行动来创造一种新境界的野心"(《倪焕之》)。在知识者(尤其中国的知识者),若非有更沉重的鞭子打来,是难以激发行动的。但出现在本章所论这一时期上述作品中的,却已经是一批政治意识既明确,又复成熟干练的学生青年——这样的人物即使在30年代的小说中,也是不多见的。少了"五四"式的浪漫激情,却多了从事实际运动的经验。这自然是"五四"以来尤其抗日救亡的学生运动给予青年的厚赐,令人兴奋地看到了改造中国知识者传统性格的契机。

一般地说"青年",显然不够了。如果说"五四"文学没有以足够的力量,勾画出"五四"新青年最为积极的性格面貌的话,那么这里所谈到的小说家,固然在写各种青年,但为他们最注目的,却是这一时期先进的乃至最先进的青年之群。所谓"亮色",也正是由这些形象那里弥漫开来的。用目下流行的语言,这也许叫"文学与生活同步"?

《前夕》如前所说,是一部与《激流三部曲》构思相近的书,两书的部分人物,也似有对应关系。比如前者中的黄静宜对应于后者中的高觉新,静玲对应于高觉慧,等等。但两位作者面对的世界究竟有不同。即以后一对人物论,静玲就比那个慷慨激昂的高觉慧更醉心于行动,而且勇于行动,在行动中显示出了与其年龄不相称的稳健成熟。

另一个时期性的现象,是文学中的青年知识者"感情变化"的强烈愿望。由这里,几乎主要由这里,一代青年试图把自己造就成新人,不同于他们的前辈的、为他们所朦胧地意识到的属于"未来中国"的那一种人。在上述一大批作品中,青年的这种精神动向,都被细心乃至庄重地描写着。很难说仅仅由于理论的倡导。更强大的推动力当然在生活本身——严峻的,召唤着坚定、强毅的人格和行动力量的生活。

有些实际存在的文学史的联系,在一个长时期里被忽略了。否则,国统区文学即使为了这些内容,也理应得到更公允的评价的。虽然看起来似乎有点奇怪,国统区文学在一些重要方面,的确与解放区文学密切呼应,甚至某些并无彰明的"左翼"标记的作品,也如此。研究上述文学现象间的相互关系,及其共同的生活依据,无疑有助于对那一时期文学全貌的把握。

也应当说明,在上述国统区作品中,"感情的变化"与其说是指"与工农兵大众的思想情绪打成一片",不如说指对于知识者感情弱点、精神局限的超越(尽管对局限的理解,本身即有"局限性"),指适应当前的斗争、更适应一个诞生中的社会的"自我塑造""自我完善"。区别自然还在于,解放区作家意识到"变化"的必要,转而面向工农的世界,把"变化"体现在对"新的世界""新的人物"的艺术把握中;而国统区的有关作品,则把知识者的变化过程作为直接对象,描写中掺入了作者的个人体验。

丁易的《过渡》,是一部不大为人所知的作品,但在描写北京学生运动方面,至少在情节起止的时间上,可以看作齐同《新生代》的续篇。这里所写,是北平沦陷后随校南迁途中的一群大学生。作为小说的基本主题的,正是知识者"感情的转换"(小说中人物语)。小说题名"过渡",其深意也当在此吧。这些有理想地造就着自己的青年,嫌恶一切感情的软弱。(顺便说一句,"五四"小说的青年主人公,是常常把自己的软弱大声宣告出来,甚至以之夸示于人的。)而由小说中主要人物面临的困境看,他们也必得跨过某种个人感情,甚至割舍一些血肉相连的东西,才能走向斗争。代价是昂贵的。①

一时期的小说,写了各种各样的牺牲——尤其感情上的。《前夕》中静玲对家庭感情的牺牲,《遥远的爱》中罗维娜对夫妻感情的牺牲,《过渡》中青年抛撇小儿女、割舍手足之情的牺牲,等等。

《过渡》中江伦思为抗日必得舍弃自己的孩子。他想把痛苦泡在酒里。但小酒馆的炉焰蓦地打动了他。

> ……那火焰是那样的有力,仿佛是只凶猛野兽的舌头,颤动地向上伸吐,有时忽然爆裂一声,便有无数的火星,闪烁耀眼的飞出。同时火光就像闪电似的那么一亮,隔座上的那几张漆黑的脸,浓重的眉毛,卷起的袖子底下的腕臂,翘在椅子上的粗壮的毛腿,就在这一亮中闪到他的眼前,他似乎从这一亮之中忽然得了一些生气,一些力量。

当不能两全时,他们把亲子之爱、夫妻之爱,"转移到爱国家爱民族"(《过渡》)之中。"我们注定了要背十字架!""背起十字架来!"②自

---

① 在未到延安之前,何其芳就已经"惊讶"地发现,自己的"情感粗起来了"。写《还乡杂记》时的何其芳,已与《画梦录》的作者不同(参看《〈还乡杂记〉代序》,1937年6月)。在延安,他更感到,由于群众斗争,自己的"情感粗了起来,也就是强壮了起来"(《一个平常的故事——答中国青年社的问题:"你怎样来到延安的?"》,1940年)。这种过程的连续性,是耐人寻味的。
② 在《锻炼》中,知识分子陈克明对比他年轻的知识者严洁修说:"不但是我们这一代,恐怕甚至于连你们这一代,都是命定了要背十字架的!""没有热烈的感情,我们不会去背十字架,但如果感情脆弱了,要背也背不起来。""我常常这样想:中国的问题应当在我们这一代的手里解决。因为我们是什么艰难困苦都经历过,我们是从血泊里过来的。你们这一代的血汗应当用在建设方面。可是,洁修,恐怕不幸我这想法还是太乐观!"小说中的其他人物也与此呼应,如我在文中所引的。

觉的使命感使人生庄严。这是一种近乎圣洁的感情。类似境界,并非总能在不同时期的文学中一再呈现的。这成熟的青年,他们的世界比"五四"青年的,终究广阔得远了。

但这里也出现了复杂的情况:合理的、顺应历史的积极追求中,杂入了并非合理的因素。"感情转换"的要求被绝对化了。似乎一切温情、人与人之间的感情慰藉,其意义都是负的,都有可能成为革命者的负累。——试回顾一下早期"革命文学",就会知道,人的认识特征是多么易于重复!

相似的情景,几乎同时出现在解放区和国统区的作品中。

周立波作于解放区的短篇小说《麻雀》(1941年),写一只误入牢房的小麻雀引起了囚人们的惊喜和关于"自由"的畅想。当这只自由的麻雀死在了英国巡捕的脚下,大家都小心地掩藏起自己的感情,因为在他们看来,"一些这么大的人,而且是些革命者,还有些正式的共产党员,都有着改造世界的巨大的抱负,却会为一只小鸟难过,是太可笑的,有谁愿意人家知道自己的可笑的心思呢?"

处在沦陷区、国统区的靳以,则以他的敏感,捕捉到了类似的微妙而有意味的心理活动。《前夕》中那个活泼泼的生命、黄家的女儿静玲,怕来自"家"的一切牵绊,以至温情。甚至由大姐指尖传来的一丝温情也会让她警觉。

> 静宜说着,又用手为她扒梳着头发,从她的指尖传来一股温暖,这是她许久都没有感觉到的,她的心发了一阵抖,赶紧像逃避似地跑开了,和她说:
> "我自己去梳,我自己去梳。"
> 她知道自己不该被一切个人的情感绊住,她生在这个苦难的国度里,她属于这个苦难的国度。

虽然这逃避,也正说明了依恋。

由文学价值论,这都是精彩的笔墨。无论作者对人物如何评价,他们都在表现人——这一时期最勇敢的青年的内心生活的丰富性和诗意的内容。

《遥远的爱》的作者，以其个人激情，使问题更形尖锐了。它的女主人公毅然对丈夫说："我们的手既然负有推动时代的使命，我们的情感，也只好让它无情地被倾轧在它锋利的齿轮下。"似乎是，"牺牲"成了目的本身。

在文学史上，本章所论的这一时期，既是一个阶段的尾声，又是另一阶段的序曲。这一时期的许多文学现象及其所反映的生活与精神现象，都在后一时期的生活与文学中继续存在，至少保留着若干痕迹。尤其知识者的精神特征，无论其积极的抑或消极的方面，都难免在后一时期的历史生活中存在并倒映在文学中，继续造成着文学现象的复杂性。也许以这种眼光，才能更加看清本章所论的这一时期——不只在简单的因果关系上，而更是在实际存在着的历史联系中。

我在本书前此的章节中，关于"局限"谈得够多的了，在这里我又想谈到问题的另一面，即不必一股脑儿归因于幼稚、理论认识上的偏差。先是革命，而后又是民族解放战争，唤起了一种渴望，培养了一种道德理想、价值观念。严酷的历史生活，本来就在向个人要求着各种各样的牺牲。抗日战争的客观情势，则使知识分子已经产生的牺牲要求加强了。国家、民族一下子显得那样巨大，以至又有了某种个人的渺小感。这里有"五四"之后又一次对人的价值的估定——看似走向了"五四"的反面。人们在特定历史条件下再次调整和确认着个人与国家、社会、时代、历史的关系。自我献身、自我牺牲的愿望，与民族复兴中人的自我更新联系在一起。因而也许只有经历过那种生活，感受过那种时代气氛的人，才能充分领略包含在周立波、靳以小说人物心理中的人的追求的庄严性，即使庄严与幼稚糅合在一起。你可以批评作者与人物认识的片面性，却不能嘲笑那一代人庄严的使命感，他们在准备把自己全部献出时呈现的美。历史还得当它历史来认识。在那一代人看来，把一切交出，正是最高道德，足以使之成其为理想的、全新的人，由于"无我"而将"个人"同"事业"

"国家"结为一体的人。——当一个民族在"新生"中,她的最优秀的儿女们,怎样激动地呼唤着自己的新的生命!

青年、知识者的生活世界在战争环境中的空前扩大,也解放着他们的精神生活,引起他们精神世界的扩张。

写于"前抗战时期"的张天翼的《齿轮》①中,由乡间走出来的女学生惠先,为学生救亡运动所激发,意识到了"她得想远的事,大的事,她已经准备走到更大点的世界里去,她得想到世界最多数的人"。这愿望,也逐渐化入自我意识。历史提供的这一时机,使得这些激进青年意识到了自己的力量。他们感到一己的活动,是属于那个"大的世界"的。由于生活在活跃的群体中,甚至"将来的那一个好世界的影子也没么模糊,而是个轮廓很清楚,有了内容的活的东西"。你看,在伟大事业面前的自我渺小感,和自己有力量影响历史进程、投入"大的世界"的信念,也这么看似矛盾地缠绞在一起。然而无论哪一种心理倾向,都有着昂扬乐观的精神内核。即使自我渺小感,其哲学内容也已与"五四"小说不同——当然,各有其那一部分的合理性、现实性。

为巴金所钟爱的《火》的主人公冯文淑,也正感受到那个"大的世界"的吸引。这种吸引使得她"只想做点事情",而"不愿意闲着"。因为"在这个大时代中每个中国儿女都应该贡献自己的全部力量……"这个生活在都会的小姐,第一次产生了对于乡村、对于农民("这样朴素的人"!)的依恋,并严肃地重新估量着个人的生存价值。在经历了这一番生活之后,她以为"即使这样死去,我也不算是白活了"。

这里没有狭小个人世界在想象中的膨胀,有的是人的阔大心灵对于历史的热情应答。正如江轮上的女青年罗维娜,"对着那滔天的白浪",不自禁地"怀着一股几乎是忧郁般的,对于祖国的浩大的情热"

---

① 张天翼的长篇小说《齿轮》,1932年9月由上海湖风书店出版,1936年9月长江书店、1939年5月大厦书店自行出版时更名《时代的跳动》,这里因其与本章所论作品内容上的联系而谈及。

(《遥远的爱》)。人类生活中所有这类庄严的时刻,都会唤起类似的"浩大的情热",只要个人没有自居于或被排摈在历史活动之外。

这里还得顺便说几句,即使在情感世界里,即使同是在爱国主义激情中,两个时期青年的文学形象也那样不同。文学中的"五四"青年,正如实际生活中的,是热情到近乎天真的一代。即使"祖国爱",也是要狂热地喊出来的,犹如一群青年恋人。郭沫若的《炉中煤》、闻一多的《忆菊》《太阳吟》,和郁达夫《沉沦》中那半是怨诉的表白,格调、情绪都难以重复。而本章所论的这一时期,无论作品中人物的,还是流贯在作品中的作者的,情绪都少了"五四"式的浓烈。"祖国爱"在小说中,属于行动中的人,作为人的一种感情内容,有了成熟了的青年知识者的坚实。当然,也难免少了"五四"作品中那种如火如荼的情感冲击力,尽管这也是一个令人情怀激越的时代。

上述情况自然也联系于这一时期小说的一般成就。

青春呼唤着光明

我在本节的开头,提到了云隙中透出的光明。这光明在这一部分作品中,不是外在于人物的,不是作品中的佐料,它们首先是有关的青年形象的自身特点,是人物固有的。这光明,与作者注入作品的新社会诞生前夜的兴奋,以及生活中日渐扩大着的光明融汇在一起,你读有关作品时的光明感,正来自这融汇。尽管作品中青年的处境可能是艰难甚至险恶的。

冯文淑和她的伙伴们,使你感到光明;《第一阶段的故事》和《锻炼》中的青年男女,使你感到光明;《过渡》中的一班大学生,使你感到光明;《新生代》中"一二·九"运动的组织者、参加者,使你感到光明……纵然作品写了他们作为个人的种种弱点、不完善,然而为这些人共有的坚定乐观的气质,和通常是开朗的神情,仍然使环绕他们的世界弥漫着光明。你强烈地感到:这绝对是一些与"五四"人物神情不同的脸!

我愿向人们介绍一个不被注意的小说人物,上文一再提到的

《前夕》中的静玲。这个朝露般清新的女孩子,由于被安放在一部较为平庸的大书里,以至轻易地被忽略了。但仅由上文中我已摘引的有关这个人物的小说片断,你也可以领略人物的可爱处,以及作者对于他心爱的人物的柔情。在小说中那个古旧家庭的沉郁氛围中,关不住的春色,几乎是属于静玲这一个女孩子的。这生命是那样新鲜,新鲜得像雨后的春草。作者钟爱他的这个小朋友。在这个性格里,也许正集中着他关于人的理想:健康、豪迈、一无挂碍,有的是蓬蓬勃勃的生机。这是一个幸运地摆脱了"半新半旧"的社会加给女性的特殊束缚,习惯于在开阔的社会天地里从事群体性活动的青年,有着这类青年共有的"行动性",却又不乏天真(以至言论常生硬幼稚有如背书),这使形象更富于可触摸的感性血肉。如果说,这以四部组合而成的大书,其第一部的主题音乐,还是属于这个家庭的长女(一个高觉新型的人物),因而调子安详而忧郁的话,到第二、三、四部,静玲的音乐主题就逐渐压倒了其他,控制了小说的氛围与情调。这里很可能也有着创作构思在局部调整中明确化的过程。生活中的静玲式的人物,以其光与色,影响着作者的创作心境,以至使整部小说终于由忧郁中挣出,境界为之一变。小说结束时,"家"中的人物,大多在战火中毁灭了,作者却留下了她,深情地目送她"踏着大步走向前去"了。当这个瞬间,作者也像巴金那样,把他笔下最年轻的人们,与中国的未来光明联系在一起。他的激情绝非仅系于一个人物的。

人物和作品中的光明,也正是作者内心光明的外射,是作者们内心对于青春的中国、对于光明的呼唤。这种境界,也如上文所谈到的压抑、窒息感一样,同是这一时期文学特有的境界。

我注意到了《引力》(李广田)的主题。"引力"——先是抗战的,民族解放的,接着是"新中国"的。"新中国"则先是朦胧,而后愈来愈具体。到得小说第十八章之后,柳暗花明,小说的主题出人意料地发展,匆促地,却又是深沉地,富于包孕、富于暗示地,松散的书得了一个意想不到的有力的收束。

小说构思在创作过程中的上述推进,正应和了一个时期知识者的实际的内心历程。最初的出发点在历史的大踏步前进中,被突然提高了。——的确突然,时间追迫得那么紧。也正因此才有那种巨大的惊喜和兴奋。这里的主人公梦华由沦陷区向大后方追寻她的丈夫。终这一部书,她所要寻的并没有寻到。小说所要写的,却也正是知识分子这不断的追寻。丈夫没有等他的妻子,他走了,他"要到一个更新鲜的地方,到一个更多希望与更多进步的地方"。他祈望与妻子"在另一个天地里得到团聚"。吸引与追求,点亮了小说的境界。①

只有这一时期,作者们才能感受到这样的生活和这样去感受。不只与本章有关的人物世界,而且一时期整个文学形象的世界,光明都在弥漫开来,即使同时有极浓黑的夜、"烂人肺腑"的雾,有重压,有惨绝、凄绝的呼号。

> 便是太阳光,也自有他
> 烛照所及的极限吧?
> 惟有黑暗是广大而无边。
> 我竭力睁开了眼睛,
> 但是,看见些什么呢?②

"五四"的诗人这样吟咏过。似乎为了应答这吟咏,为了回答那无穷世代的梦幻与渴望,抗战时期的诗人唱出了——

> 像盲人的眼睛终于睁开,

---

① 《第一阶段的故事》(茅盾)当收束时,"苦闷得受不住了"的青年何家琪"打算离开上海,到——到那蓬勃紧张的地方,到——北方去!"——一个富于暗示的令人兴奋的结局。郭沫若那篇写在大后方的悲惨的故事《地下的笑声》中,也闪出了几点亮色:"我们要想办法离开这儿,到那没有人吃人的地方去。……我们依然还是有出路的。"——又一个富于暗示的结尾!靳以的《前夕》第四部,曾经亲历过淞沪抗战的李大岳"向西"去了——同样富于暗示而又令人兴奋。希望已是如此具体,光明的延展是必然的了。

② 叶绍钧:《黑夜》(1922年2月),收入《雪朝》,第120页,商务印书馆1922年版。

> 从黑暗的深处我看见光明,
> 那巨大的光明呵,
> 向我走来,
> 向我的国家走来……
>
> （何其芳:《成都,让我把你摇醒》）

这里自然也汇集着读书界的审美要求。读书界也不再能忍受"闷人的气候",不能忍受令人"闷气"的作品:

> 要是痛苦,就来得更大一些吧！要是斗争,也来得更有力一些吧！那剧中的雷呵,闪电呵,跟着来的,要不是一阵暴风雨,就给我们一阵强烈的阳光吧！①

当此之时,夜气中正传送着"黎明的通知",早行人已经听到了太阳神乘坐的马车有节奏的金属撞击声:

> "你听,你听,——"
> "你是听到鸡叫么？"
> "是呀,是呀,……天就要亮了！"
> "这是午夜的鸡啼,天还正黑得浓呢！"
> "难道天,天不会亮起来么？"
> "不,总是要亮的,只需要——等待！"
> "只是等待有什么用呢？我们为什么不走出去,向着发光的地方,那么我们会迎着光明的。"
>
> （靳以:《等待》）

他们走了出去。中国历史的另一个时期,也迎着他们,大踏步走来了！

---

① 何其芳:《关于〈家〉》(1947年2月),《何其芳文集》第4卷,第166页。

下 篇
人 物 论

一　倪焕之论

在生活的矿山中开采的,总有那样的劳作者,他们寂寞而又安于寂寞,使用着一柄鹤嘴锄,默默地采掘,像叶绍钧那样。他们的事业难得与"声誉鹊起""洛阳纸贵"一类戏剧性场面联系在一起。但在经年辛劳之后,他们贡献给文学的,是结结实实的一块——不像毫光四射的金子,却像坚硬耐燃的煤。

平凡知识者中的最平凡者

叶绍钧似乎不属于那种拥有巨大才华的小说家。他缺乏戏剧家的资质、秉赋。他是天生的散文作者。他的才能的性质不大适于历史生活急剧变动的瞬间,那种宏伟开阔的历史场面。作为小说家,他的对象主要是平凡的日常现实,相对静止的生活状态,普通以至庸常的人们。

"五四"小说中最时髦的主人公,是罗曼蒂克的青年男女。这些青年男女也许有其社会职业,但作为人物社会属性之一的职业特征,对于作者们的艺术目的,往往显得无关紧要。小说家们关心的是罗曼蒂克青年的普遍性格,对于这种趣味,具体琐屑的职业习惯、职业心理未免过于世俗,有点煞风景。叶绍钧的小说人物却常在流行主人公之外。其中的知识者总要让人清楚地看出某些最缺乏浪漫气息、最缺乏诗意的小学教员的职业标记。而叶绍钧的创作风格,部分地是由体现在他作品中的他本人作为小学教员的眼光、趣味、职业心理构成的。

小学教员！尽管知识者在"五四"时期还未曾失去传统的光荣，但小学教员无论在哪个时代哪个国度，都属于知识者中的最平凡者："小知识分子"。《饭》(1921年9月)、《校长》(1923年8月)、《前途》(1925年3月)、《城中》(1925年11月)、《搭班子》(1926年5月)、《抗争》(1926年12月)……由叶绍钧笔下，这些小知识分子，执拗地沉默地走出来，在人们尚未留心到的当儿，已聚集成了坚实的一群——一个完整而具相当规模的"教育者家族"，一个即使粗心的读书界也不可能漠视的存在。这些性格，烙印着它们的创造者的精神印记，有时甚至承受了它们的创造者的某些个人特征。此后，这个家族继续生息繁衍，由小学教员而至大学教授(《感同身受》《英文教授》等)，从一色的悲剧、正剧人物中，先后跃出几个喜剧形象(《潘先生在难中》《一包东西》)——仍然是教员。仿佛"教员"已成为作者本人血肉的一部分，以至鬼使神差地必得给他的知识分子人物一个教员的灵魂。

小学教员尽管平凡，毕竟不是稀有物。新文学第一个十年中，写教员生活的，鲁迅有他的《端午节》《高老夫子》，庐隐有她的《彷徨》，王统照有他的《讷尔逊的一课》；三四十年代，则有老舍的《大悲寺外》、沈从文的《八骏图》《冬的空间》《春天》，以至沙汀的《困兽记》、钱锺书的《围城》，等等。但在中国现代小说史上，把教员(尤其是小学教员)作为独特的对象，而以对这一对象的持久的观察和多方面的表现作为自己小说艺术的重要标记的，叶绍钧几乎是唯一的一个。他由教员这一特殊对象，达到对中国知识分子自"五四"前后到30年代的精神历程、命运的概括，以自己的独特经验联结个别与一般、特殊与普遍，由对象的特殊性，和他的个人经验、创作意图、艺术构思以及描写手段的特殊性的结合中，形成自己的艺术个性。

叶绍钧的"教育者家族"中最主要的成员倪焕之，正出现在作者的艺术个性趋于成熟的时候。因此《倪焕之》引起普遍的注意，它的创作被称为"'扛鼎'似的工作"[①],是极其自然的。

倪焕之——理想主义者的悲剧形象

一向不务标新立异的叶绍钧,却偏偏走着与同时代作家不同的径路。当"五四"式的感伤的理想主义者成为流行的小说主人公时,他表现着乡镇小学教员平凡琐屑的职业生活。到"五四"文学时期连同那些流行主人公已成为过去,他却在他所熟悉的小学教员身上,写出了一个赋有"五四"青年一般特征的理想主义者,地道"五四"式的理想主义者。然而即使如此,叶绍钧用以联结个别与一般的,仍然是他自己的方式:倪焕之作为小学教员,显然有着为职业活动所培养的实干家的特征,他的理想也带有职业的具体性,与"五四"小说人物的渺渺茫茫的空想不同。——不大会有哪一个叶绍钧的小说人物,仅仅活在不着边际的形而上的世界里。

理想与现实的冲突,是"五四"青年在新时代之初最普遍地遭逢的矛盾。

"从前他也曾读过理想的小说,与那时很稀有的社会主义的零星著作,说得一个如天堂之快乐光明的境界,仿佛即刻可以在地上出现。"然而一旦与现实的黑暗相遇,"他对于以前的信仰,都根本摇动与疑惑了!"——王统照小说《一叶》的主人公,这样波动在理想与现实之间。

"我们恳切的盼望我们能被每一个人慈祥而含重视的目光照临,当我们偶然听见我们的朋友微笑着,赞扬我们的时候,绚烂的光明的前途,仿佛就要寻到了。我们柔弱的心芽,活泼泼地跳跃起来了。但是当我们初次遇到人们无意嘲笑,我们的心便受了冷森森锥子的伤痕,对于人间战兢了!甚至于痛哭绝望,否认我们的前途,我们这时没有希望了,绚烂的光明的前途,都成了深夜的梦……"——

---

① 茅盾:《读〈倪焕之〉》,《文学周报》1929年5月第8卷第20期。

庐隐小说《彷徨》的主人公,如此颠簸在希望的峰巅与失望乃至绝望的谷底。

理想与现实的矛盾,差不多跟人类自身历史一样古老,但它仍然在像"五四"这样的历史转折期显得格外尖锐,以至成为最集中的文学主题。"五四"时期,那是一个向人们预约了很多,而所能当场兑现的又很少;鼓励了理想主义,又处处揭破着现实的丑恶;使人们感受到"新时期"的光明,又迫使他们面对普遍存在于生活中的封建性黑暗的时代。正是上述历史的矛盾现象,使理想与现实的矛盾呈现出极端尖锐的状态。

> 我的心呵!
> 你昨天告诉我,
> 　世界是欢乐的;
> 今天又告诉我,
> 　世界是失望的;
> 明天的言语,
> 　又是什么?
> 教我如何相信你!
>
> 　　　　　　　(冰心:《繁星》)

"新时期"的青年,俨若回到了人类的童稚时代,理想往往带有明显的空想性质。鲁迅写《幸福的家庭》,固然别有深意,其中不也包含着对当时知识者理想与生活脱节的善意嘲讽?主人公悬拟中的"幸福的家庭",与现实生活中"叠成一个很大的 A 字"的白菜堆以及劈柴,是一种多么令人沮丧的对比!

《倪焕之》的作者以他的主人公,重现了"五四"青年的上述重要精神特征,表现了"五四"青年理想与现实不断冲突的悲剧处境。

倪焕之最初在小说中出现,就显示着那一时代——此时正当"五四"运动的前夜——青年普遍的浪漫气质。像当时一般的青年知识者那样,他"欢喜看看哲学的书",而且"向往社会主义",但两面都并无根柢。哲学兴趣的引起,"只因为当初曾经用三个铜子从地摊上买了一本《希腊三大哲学家》";而对"社会主义"的"向往",则不过由于"前五年报纸上登载一篇讲英国社会党工党的文章",这篇文章又"刚刚"被他看见了。一切都是这样简单。因而他的热情(主要仍然是职业热情)里,有着大凡同时代青年都少不了的浮华。

也像当时的许多知识者那样,他经历过辛亥革命期间的狂想,也体验了随之而来的失望。但他仍然是个热情的理想主义者。"他对于一切的改革,似乎都有把握,都以为非常简单,直捷"。他甚至以为合理社会的造成,"一切的希望悬于教育"。小说开始时的倪焕之,正处在这样的亢奋中。乡村环境的"质朴而平安",也鼓励了他对于生活的幻想:一切完满,"像走在康庄大路上"。

乡镇人们对于改革事业的敌意,很快就向他提醒了生活本身的严峻性。被他所忽略的社会现实,以更大的执拗、顽强,干预了他的事业。迷信、蒙昧,种种落后意识仿佛一夜之间联合起来,站在两个理想主义者(倪焕之及其同道蒋冰如)对面,使他们领教了传统、多数的力量。由梦境走出来,他们发觉自己正处在斯多克芒医生(易卜生《人民公敌》)曾经的位置上,莫名其妙地成了"全镇的公敌"。这一发现本来可以成为一种觉悟的起点,使理想主义者把他的改革事业放在更坚实的现实基础上。但在脆弱的倪焕之,不过使他走向了新的幻灭。其实即使没有这些风波,他也仍然会"意兴阑珊"的,因为事实永远不可能像理想那样完满。

由兴奋、狂热,到幻灭(至少是"意兴阑珊")这一过程,又在倪焕之的爱情、婚姻生活中重演了。沉湎在爱情中的倪焕之,也正如沉湎在"理想教育"里:"更有怎样的人能胜过她,他简直不能想象。"同样地,他把理想当作了实际。

  未来的生活像神仙境界一样涌现在眼前了:两个心灵,为了爱,胶粘融和为一个;虽只一个,却无异占有了全世界,寂寞烦忧

一 倪焕之论

201

等等无论如何也侵袭不进来,充塞着的是生意与愉悦。事业当然仍旧是终身以之的教育;因而两个人共同努力,讨究更多,兴味更多而成功也更多。新家庭里完全屏绝普通家庭那种纷乱丑陋的气氛;它是个甜美的窠儿,每个角落里,每扇窗子边,都印上艺术的灵思的标记,更流荡着和悦恬美的空气;而其间交颈呢喃的鸟儿就是他同她。

这也是"五四"青年的一种特殊的梦境,关于"幸福的家庭"的金黄色的梦。而且也像那一时期许多知识者那样,无论对"理想教育"还是对"新家庭"的设计,社会环境都是被忽略了的。

"理想教育"的幻灭的"黑影",被新的梦境遮蔽了,而新的幻灭,也就由这里开始。"他得到一个结论:他现在有了一个妻子,但失去了一个恋人,一个同志!幻灭的悲凉网住他的心……"原因是极其琐细的。实际生活本来就极其琐细,而倪焕之却像是到了这个时候才想到。对于实际,他永远没有精神准备。仿佛只是为了"理想主义",这个人才被上帝造出来。

为倪焕之郑重而全身心以之的两项事业——建设理想学校,和建设理想家庭,都毁在无形中。两者都不曾遇到真正的磨难。主人公所遭遇的,不过是所有的小改革、小理想在中国必然的命运:理想逐渐变了颜色,淹没在广大的灰色中。倪焕之的命运是平凡的。人们预想中的以倪焕之、蒋冰如为一方,以劣绅蒋老虎为一方的恶战,终于没有出现。学校的举措既没有受到当局的压迫,小家庭也不曾遭遇经济上的困境。简直是无所谓悲剧的。一切都很平安。以世俗的眼光看来,倪焕之完全没有什么失败。他是个标准的小学教员,合格的丈夫。失败的是理想主义,是这个人以之为唯一的精神支柱的理想主义。

这里有两个世界:倪焕之的想象、理想的世界,与实际存在着的生活世界。在整个情节进行中,后一个世界不断地对前一个提出修正。而当后一个世界令人物猝不及防地呈露出它的全部严峻性时,倪焕之的精神支柱就禁不起事实的重压而崩坍了。大革命的失败足以构成这样的重压。如果没有历史的如此急促的大幅度转折，在事实的缓慢修正下，倪焕之或者成为庸人，向既成秩序低头，或者在不断的挫折中逐渐沉毅，走坚实的改革之路。但历史却提供了一个机会使两个世界全面碰撞，正是这种机会足以使倪焕之的本质更充分地呈现出来。可惜，小说没有做到这一点。

情节发展的三个层次，构成了整部小说的基本骨架。三个层次的内在结构是大体相似的：主人公改造学校的理想及其幻灭，对"新家庭"的追求及其幻灭，在大革命中的憧憬、奋斗及其幻灭——倪焕之性格的"三部曲"。三度起落，前后相续，形成了作品特殊的节奏形式。"三部曲"中最为生动，对于性格创造最为有力的，是第二部。

"五四"青年追求"恋爱自由""婚姻幸福"及由追求到幻灭，是"五四"小说的流行主题。但《倪焕之》的有关描写仍然有着足够的艺术魅力。因为这一过程在叶绍钧笔下，独特而具体。叶绍钧如他所一贯的，并不用力于过程的戏剧性方面，却着力在对倪焕之心理变迁的刻画。小说第十九章写倪焕之由抗日救亡的讲坛上回到家里，看到"小孩的尿布同通常会场中所挂万国旗一样，交叉地挂了两竹竿"，就不禁发生"新家庭的幻梦，与实际太差远了"一类的感慨。这类细节使人感到，并非任何特殊事件、意外变故，而首先是倪焕之这样的理想主义者自身性格的悲剧性，是人物悲剧命运的重要原因：大凡脆弱的理想主义者，都忍受不了生活的平凡性。倪焕之的"理想家庭"也因而只能在天国，而不可能在中国的现实土地上。

正是那种特殊形态的梦幻，编织梦幻的特殊方式，以及由追求到幻灭的特殊心理过程，使倪焕之的形象对于"五四"青年具有足够的典型性。"五四"小说尽管大量描写过类似的精神现象，但那一时期的一般小说家，并非都有足够的经验储积，以提供一个完整的性格与性格历史。已经成为过去的精神历程，要求着重新评价。《倪焕之》在20年代末的出世，可谓恰当其时。

距离感:在作者与他的对象之间

"现实主义"绝不是那样一种现成的容器,可以任人把复杂多样的文学现象随意地填塞进去。你在创作倾向大致相近的作家们那里,更容易看到的总是差异。我不禁想比较一下不但同是文学研究会代表作家,而且同是现代小说写实一派代表作家的茅盾与叶绍钧,分别写于同一时期的《蚀》三部曲与《倪焕之》。

客观性往往被作为文学的现实主义的重要标记。然而《蚀》与《倪焕之》的风格差异,最引人注目的,是两位小说家与他们的对象之间,在创作心理、情绪上的不同距离。

《倪焕之》的人物描写使你感到,作者处处使环绕着人物的生活,与人物本人对于这种生活的幻觉构成对比,令人随时感到埋藏在这种差异中的人物性格的悲剧性,并由此约略预想到情节未来发展的路向。每当写到倪焕之关于生活的幻想的时候,作者总及时地向你提醒着客观世界的真实。即使在小说开头,倪焕之还正欣欣然于乡村环境的"质朴而平安",作者就已经让你感到了包围着人物的"轻微的绝不狠毒的一种敌意"。而写到倪焕之对于恋人的理想化,小说让你分明看到的是"她"的平庸,使你多方面地得到了人物家庭未来悲剧的信息。小说提供的描写,总是使你比人物自己对他的实际处境看得更清楚。你确切地知道"校产问题"上风波一定要起,也预先看到了尚未建立的新家庭的裂痕,只是说不准冲突发生在哪一天,将借什么样的由头而已。这种情况令人想到所谓"间离效果"。作者无意于邀读者参与他的人物的生活,或者硬在作品中充一个角色。他让你与他一样待在台下,而且由前台一直看到后台,使你分享了他本人的那份冷静。郁达夫一类小说家极力使你与他的人物贴近,叶绍钧在这里有意追求的,却是这一种欣赏的距离。正是由这里,产生了作为叶绍钧小说艺术的重要标记的客观与冷静。

鲜明地区别于《倪焕之》,茅盾的《蚀》三部曲,尤其是它最受非难的第三部《追求》,使你自始至终感到,作者本人正处在他所描写的那个青年之群中间:他的精神状态,他的感情活动,他的兴奋和迷惘、思考与追求。他不是评判者,而是思考者。他个人的心理状态和情绪甚至妨碍了他的客观态度,使人物的悲剧结局带有明显的人工安排的痕迹:人物一个个走向命定的结局,正所谓在劫难逃。

无论客观性,还是所谓的"全知观点",都不尽能描述风格之间的细微差异。客观的叙述,全知的叙述者,可以有对叙述方式与叙述内容的不同选择。而其间的细微差异也常常不尽来自作者的个人风格、气质,也不尽在于人物的性格、命运中有无作者个人主观方面的经验,而在于这种个人经验是以怎样的方式以及为了何种意图组织在作品之中的。

创作《倪焕之》,几乎可以说,是叶绍钧个人经验的一次最大规模的集中。

1919年叶绍钧写《小学教育的改造》,其中正有倪焕之式的"理想教育"的完整图景。属于作者个人的一度的幻想,与《倪焕之》中人物的幻想,其至在细节上都是一致的。1921年7月,顾颉刚为叶绍钧小说集《隔膜》作序,述及叶绍钧在乡镇小学实施改革的情况及心境:"他在这几年里,胸中充满着希望,常常很快乐的告诉我他们学校的改革情形。他们学校里,立农场,开商店,造戏台,设备博览馆,有几课不用书本,用语体文教授,……"——令人想到倪焕之有过的内心体验。到写《未厌居习作》中的《过去随谈》时,他却不无自嘲地反顾道:"当时对于一般不知振作的同业颇有点看不起,以为他们德性上有着污点,倘若大家能去掉污点,教育界一定会大放光彩的。"这正是《校长》(1923)中那个天真、不通世故的校长叔雅以及《倪焕之》中的另一校长蒋冰如们的认识。作者把他实践理想过程中的体验和思考,陆续写在《小铜匠》《校长》《城中》,以及《搭班子》等一系列作品中。如果把这些作品依次读下去,你不难把握作者精神过程的曲折与连续。对于"理想教育"的幻灭感,至迟在创作《校长》时,就已经产生了。《城中》一篇,他寄希望于丁雨生那样的沉毅果敢的改革者。这个人物所有的,不是叔雅式的空想,而是迎战反改革顽固势力的意志。小说并没有告诉我们这个人物的未来命运,因为生活中的这一进程是尚无结局的。

创作《倪焕之》时的叶绍钧,已处在一个思考过程的末尾。《倪焕之》情节的主要部分(小说第一至十九章)即倪焕之"改革学校"的历史中,容纳的是早经过滤了的经验。他本人已经大步走过了倪焕之正经历的这一认识阶段,倪焕之的幻灭史在历史的回顾中被赋予了更充分的理性。正是这种作者与对象之间的距离,使他能在更多的时候,站在人物之外批评人物的空想,俨若以一个"我"从旁叙述评价另一个"我"。

创作《蚀》三部曲的茅盾,却正处在一个思考过程的中途。他的目的,并不在于把自己已经衡定了价值的东西给予读者,而是把苦恼着自己的生活、思想写下来,任读者去估价。

两部小说的得失部分地正来自这种差异。叶绍钧的《倪焕之》正如一幅精细地绘就的画,一切历历在目、了了分明,但过于清晰的笔触间,多的是冷静,而少了点冲动、热情。茅盾的《蚀》,在画面上还残留着草图的痕迹,正因为如此,仿佛创造的热情还跃动其间,因而更能启发思索,更富于情绪的感染力。

由教育改革家到社会活动家

由谋职业的发展,到谋整个社会的改革,个人事业由局限于职业范围之内,到以职业活动纳入更大的目的之中,"社会"在个人生活中的不断扩大,同时扩大和发展了"个人"的存在——《倪焕之》第二十一章以后主人公性格的历史,正合于"五四"青年知识者的一般经历。

茅盾在他的《读〈倪焕之〉》中,这样概括所论小说的文学史意义:"《倪焕之》是他(按,指叶绍钧)的第一个长篇,也是第一次描写了广阔的世间。把一篇小说的时代安放在近十年的历史过程中的,不能不说这是第一部;而有意地要表示一个人——一个富有革命性的小资产阶级知识分子,怎样地受十年来时代的壮潮所激荡,怎样地从乡村到都市,从埋头教育到群众运动,从自由主义到集团主义,这《倪焕之》也不能不说是第一部。在这两点上,《倪焕之》是值得赞美的。"①

把情节发展安排在由"五四"前夕到大革命失败"近十年的历史过程中",使人物依次经历诸如"五四运动"、"五卅"惨案、大革命等一系列重大历史事件,的确构成这部小说在题材方面的某种特殊性。与《倪焕之》差不多同时问世的茅盾的《虹》,情节发展终止于大革命高潮中;而在《倪焕之》《虹》之后创作的巴金的《家》,所概括的历史的长度,与《倪焕之》也不重合。但正是小说的这一独特方面,同时较为集中地暴露出小说的艺术上的缺陷。小说创作完全可以追求历史过程的完整性,而"历史"却只有具体地组织在人物的命运中,才更具审美价值。在《倪焕之》这里,情节并不自始至终是"性格的历史",而"写历史"与"写性格"在小说的某些环节上脱节了。上引茅盾的评论中提到了那么一些"从……到……",小说的缺欠在很大程度上正在于:在"从""到"之间并非总有坚实的桥梁。小说写了教育家的倪焕之,写了作为社会活动家的倪焕之,但以性格创造论,最为生动的,仍然是作为金佩璋的恋人与丈夫的倪焕之。而"从埋头教育到群众运动",其间的心理过程被简化、抽象化了。人们所关心的却正是过程,是在一个活生生的心灵世界展开的过程,是感印着个性的生动性与具体性的过程。作者对人物的这一过程并没有足够充分的把握。他有时是在以更冷静的态度推论而不是描写。这里有着当时的整个小说界急待探索的艺术课题,而且直到三四十年代,探索仍在继续。因而《倪焕之》的上述缺欠不只属于《倪焕之》。或者不如说,《倪焕之》不过感染了当时小说创作中的某种流行病,当然只是轻度感染。

---

① 茅盾:《读〈倪焕之〉》,《文学周报》1929 年 5 月第 8 卷第 20 期。

南京路上的大屠杀结束和开始了中国现代历史的一个时期,也结束了倪焕之的精神矛盾——这个人物死去了。为倪焕之所曾有过的"五四"青年的某些"理想"随之成为过去,但大革命高潮中倪焕之对于革命的空洞乐观("他相信光明境界的立刻涌现无异于相信十足兑现的钞票"),却作为一些知识分子革命者(甚至不限于知识分子)的精神特征,在大革命后保留了下来。理想与现实的矛盾以另一种内容与形式继续着。《倪焕之》的作者未完成的艺术探索,自有其他作者接续进行,而《倪焕之》在形象创造方面的成功之处,却是仅仅属于《倪焕之》的。

二　大革命后小说中的"新女性"形象群

每个时代都有它自己的怪人——某种特异性格。这种特异性格,常常像是对于那个时代通行的原则、规范的冒渎,向着一种普遍信念的嘲弄,对公认为正常人生的背离。他们在人群中散播着对于习以为常的生活方式、思维方式的怀疑,同时以自己明显的局限(恰恰也包含在特异性中),激起那一时代的志士仁人"改良这人生"的愿望。

章秋柳与她的精神姐妹,从某种意义上说,正是一群自己时代(指有关小说所描写的时代)以及文学史上的怪人。需要说明的是,现代文学中"新女性"的文学形象,并不限于本章所论这一群。先于章秋柳们出世的,如子君(《伤逝》),以至玉君(杨振声《玉君》)、露沙(庐隐《海滨故人》)们,后于她们的,如《遥远的爱》的女主人公罗维娜、《马兰》中的马兰①等等,都应当归入"新女性"形象之列。"新女性"这一概念,在现代小说史上,包容着一个连续性的历史发展过程。然而章秋柳及其精神姐妹,仍然不会淹没在这一概念的丰富性中,正像她们在生活中从来不至于淹没在人群中那样。这,一方面凭借了她们较之其他知识女性形象更为强烈的特异性(即其引人注目的"怪"),另一方面也由于她们有自己更严整的阵容。

这是一个名副其实的"群",俨然早上突然从地底下冒出来的结

---

① 出现在40年代文学中的马兰,类似于大革命后风行的文学作品中的"新女性",以极端的自尊和自主的气魄为重要精神标志,特立独行,极热烈而又极冷峻,以至被庸常之辈视为怪僻乖张,也因此使他们更见出庸常。她的信条是:"一个人不该向别人要求,更不该靠别人生活;……否则他必然有罪,要受惩罚……"(着重号为原文所有)

结实实的一群:茅盾的慧、孙舞阳、章秋柳(《蚀》三部曲)、梅行素(《虹》),丁玲的梦珂(《梦珂》)、莎菲(《莎菲女士的日记》),沈从文的萝(《一个女剧员的生活》),以至巴金的慧(《雷》),庐隐的张沁珠(《象牙戒指》)。应当说,蒋光慈小说《冲出云围的月亮》的女主人公王曼英,与上述形象也不无精神上的瓜葛,尽管这个形象很遭非议。

　　文学现象的集中性的背后,通常总有着社会历史与普遍审美心理的强有力的背景。

　　一大批被公认为较为典型的知识女性形象,令人可以作为一种性格类型、作为一种形象系列加以研究的,你在现代小说史上不大可能找到太多的例子。上述形象构成"群"的条件,不只在于形象的时代特征的某种显而易见的共同性,而且在于体现在形象特征中的作者视角的相似性,融化在形象中的作者的道德评价、审美评价的一致性。因而,只有特定的社会历史条件和与此相联系的普遍的道德眼光、审美趣味,才能解释,为什么恰恰是在这一时期,而不是在其他时候,这样一批数量可观的具有外部形态及内在本质的共同性的知识女性形象,被一些思想倾向、生活阅历、文学修养、创作个性各异的小说家创造出来。这一"群"之所以不容人们小觑,当然不只由于阵容的强大或严整,而更由于构成"群"的主要形象自身的文学价值。这些形象的出现,无论在整个现代文学史上,还是在其创造者个人的文学生涯中,都成为一种醒目的标记:现代文学在形象创造方面普遍成熟的标记,小说家个人风格形成的标记。你一定会承认,在创作了《蚀》《虹》之后,茅盾不曾提供过比他的章秋柳、梅行素更饱满的知识女性的形象;丁玲本人说过,"《莎菲》在我的早期作品中具有代表性"[①];无论如何,《冲出云围的月亮》是蒋光慈小说中吸引了最多批评的作品,而他所创造的王曼英以外的小说人物,几乎轻易地被读书界淡忘了;而庐隐,到她创造《象牙戒指》时,才摆脱了主观抒情的简单形式,试图以客观写实的手法表现一个性格,一个

---

① 参看《丁玲谈〈莎菲女士的日记〉》,《新文学史料》1979年第3辑。

性格的历史。

观察,通常总是由最易于捕捉到的特征开始。

读上述作品,你几乎第一眼就可以注意到,这些女性形象中的某几个,赋有一种"雄强美"——既是外部形态的,又是内在特征的。你感到小说关于这些女人的某些描写(特别是在茅盾的作品里),令你联想到威尼斯画派代表性作品中那些体态壮伟、富于内在力量的女人。章秋柳在同伴的眼中,不但"强壮,爽快",而且"有胆量,有决断,毫没顾忌";而梅行素,也"眉目间挟着英爽的气分","常常紧闭的一张小口也显示了她的坚毅的品性"。出诸同一小说家笔下的慧固然"刚果自信",孙舞阳也"爽快,刚毅,有担当"。她们恰像是一群精神上的姐妹。在其他几篇作品中,女主人公们被突出地加以强调的,也是她们的"狷傲"。在那个时候,一个女子,能不恤人言,特立独行,"狷傲"中也正包含着"雄强"。小说家摒弃了中国自古以来评价女性的传统尺度,立意写出并颂扬一种男性化的女性,在女性世界里发现并鉴赏原属于男性的"雄强美";有时为了达到这一点,不惜在作品中以男性的庸懦作为反衬。

时代生活的变迁,能够以何等的力量左右人们的审美趣味!时间不过移过了几年,"冰心风"的优雅的东方女性美,已经不大合于大革命后一般读者的胃口。为历史的尘沙打磨粗糙了的灵魂,更能也更乐于领略一种粗豪、"英爽"的性格魅力。鲁迅早在1926年,就由文稿中敏感地察觉到了发生在青年知识者中的某些精神变迁:他们"终于粗暴了,我的可爱的青年们!"这位青年的导师与友人不无欣慰地说:

> 魂灵被风沙打击得粗暴,因为这是人的魂灵,我爱这样的魂灵;我愿意在无形无色的鲜血淋漓的粗暴上接吻。漂渺的名园中,奇花盛开着,红颜的静女正在超然无事地逍遥,鹤唳一声,白云郁然而起……。这自然使人神往的罢,然而我总记

得我活在人间。①

此后是大革命的兴起、高涨与失败,历史风暴挟带的沙石,足以使已经"粗暴"了的魂灵更趋粗暴。于是,一方面,青年知识者中,知识女性中,实际发生着精神变动;另一方面,中国现代作家自"五四"以来愈来愈强烈地感受到历史的要求。他们渴望人性、国民性的改造,向青年知识者,向女性世界呼唤新的型,具有更彻底的反传统气概、冲决了历史对于女性的限制的强悍有力的型。

上述观察应当说是不无根据的,却仍嫌过于表面。我们不过向这个丰富的心灵世界投了匆匆的一瞥。在继续的阅读中,你会有点迷惘地发现,形象的实际较之你最初捕捉到的印象,复杂得多也矛盾得多。而且最为复杂最为矛盾的,是在两性关系方面。你一定注意到了下述事实,即无论当形象问世之初,还是到后来,这些人物都是更多地被人们从道德的而非美学的方面评论的。无论就形象的客观本质而言,还是由形象所发生的实际社会影响而论,大革命后出现的"新女性"这一形象类型,其最突出的精神标记——最足作为形象的特异性的表征的,是人物在两性关系方面、在性道德这一敏感问题上的独特姿态,和正是在这一方面显示出的尖锐的性格矛盾。

研究,似乎更有必要从这里开始。

性道德方面的反传统的彻底性与道德的虚无主义

这里有一道清清楚楚的疆界,使你不至于把"五四"小说中的某个"新女性"或某种"新女性"的精神特征,与本章所论的形象群混淆起来。这道疆界是由两面构筑的:形象的客观内容与作者的主观倾向,即两个时期文学中知识分子女性的不同的气质、精神特征,以及两个时期小说家观察、表现知识女性的不同角度、趣味。不少发生过

---

① 鲁迅:《一觉》(1926年4月10日),《鲁迅全集》第2卷,第223—224页。

影响的"五四"小说并没有提供较为完整的知识女性的形象。那一时期具有一定典型意义的知识女性的形象中,你可以举出子君。然而无论子君,还是庐隐的露沙、淦女士小说的抒情主人公,都不是主要由性道德的方面表现的。

出现在大革命后的"新女性"形象群,首先以其性道德方面强烈的反传统倾向,与"五四"作品中的知识女性区别开来。一个突出的印象是:较之后者,她们在破坏封建道德方面,表现得更彻底,也更富于理性。所谓"更富于理性",当然也是比较而言的——与"五四"小说,比如张资平的以及郁达夫的一部分作品比较。《蚀·追求》《虹》等在描写章秋柳、梅行素的叛逆性格时,强调的绝不是人的自然本性、生物本能。在这些叛逆者那里,有形态更完备也表达得更明确的近代资产阶级关于个人"人格独立""意志自由"的思想。

对于说明这种特征,最具代表性的形象,是茅盾小说《虹》中的梅行素。

小说第二章梅行素关于易卜生名剧《娜拉》的一番见解,也许可以作为理解这整个形象的钥匙。这是不折不扣的惊人之见,无论在"五四"时期,还是在此后。小说告诉我们,梅女士"本来是崇拜娜拉的",但在对《娜拉》一剧"有了深澈的研究"之后,"却觉得娜拉也很平常",因为在梅看来,"娜拉所有的,还不过是几千年来女子的心;当一切路都走不通的时候,娜拉曾经想靠自己的女性美去讨点便宜,她装出许多柔情蜜意的举动,打算向蓝医生秘密借钱,但当她的逗情的游戏将要变成严重的事件,她又退缩了,她全心灵地意识到自己是'女性',虽然为了救人,还是不能将'性'作为交换条件"。反之,"林敦夫人却截然不同"。因此,她才是"不受恋爱支配的女子",是"忘记了自己是'女性'的女人!"而在梅行素的观念中,只有"忘记了自己是'女性'","不受恋爱支配",才配言女子的"人格独立"。——在"五四"时期"个性解放"的声音中,梅行素的思路,不但超越了当时知识者的一般认识,而且也超越了中国的现实条件。人物的这种思维方式和与此相联系的行动方式,更少"五四"小说人物的"过渡"色彩,在气质上更与西欧近代资产阶级女性趋近。不同的是,相似的思想逻辑,在西欧,是生活方式本身的产物,而在中国,则是意识对于一种现存的生活方式的反拨,因而不能不带有更明显的病态或曰畸形。

章秋柳在《蚀·追求》中,有一篇与梅女士所见略同的议论。她认为,一个"有极坚固的道德上的自信"的女人,为了某种"正大的目的"(比如为了保存自己以图社会改革),即使暂时的卖淫也是合理的、道德的。尽管当她得知女友果然深夜在马路上拉客时,感到的却"是窒息,是嗅到了死尸的腐气时的那种惨厉的窒息"。

正是意志彻底自由、人格绝端独立的要求,和"极坚固的道德上的自信",使梅行素一再犯险,表现出非一般女性所能想象的洒脱。她的"典型语言"是:"躲什么!"她鄙视歧视女性的世俗偏见,也鄙视女性社会中流行的自我贬抑的偏见。她在向这种种偏见的挑战中肯定自己的存在,体验自我的生命力量。

这里有理性,但却是跛了脚的理性,不完备的理性;这的确不是盲目的破坏,然而在实践中却必然引燃盲目的热情。问题正在于上文中说到的,梅女士们对于意志自由、人格独立的要求,"超越了中国的现实条件"。章秋柳说:"我理应有完全的自主权,对于我的身体;我应该有要如何便如何的自由……"否定行为的道德界限的思想,势必通向道德的虚无主义。茅盾尽管偏爱他的人物,毕竟比他的人物清醒。他听任他笔下的梅女士一再犯险,却又使她一再蹉跌。无论如何倔强,纯粹的个人意志,终竟拗不过环境的力量。

道德的虚无主义者未必没有他们的原则。阿尔志跋绥夫在中国流行一时的长篇小说《沙宁》的主人公,正有一种对于两性间道德堤防的极端的破坏欲。但即使沙宁式的破坏,也并不等同于无赖汉式的破坏。沙宁在说明破坏的必要性时宣称,应当解放被"狭窄可厌的道德圈子"劫去了的"个性",恢复人对于自己的自然本性的忠实。因而他认为,"一个真实的赤裸裸的流氓",才是"一位绝对的忠实,自然的人物"。——由一个不乏积极意义的前提出发,可能达到怎样荒唐的结论!当这些破坏者反对陈腐偏见时,一并抹杀了人类既往建立的全部文明,抹杀了人类社会脱离原始状态以来的全部历史发展。这种破坏只能招来更大的蒙昧。向拥有了复杂历史而且自身正是这种历史发展的结果的人类,要求纯粹的"自然人",以为唯有"自然人",才体现了人类对于自己的"忠实",才真是一种狭窄得可怕的偏见。①

在这方面,蒋光慈的小说《冲出云围的月亮》,是一个不但更为极端也更为丑恶的例子。小说写一个从大革命的"战线"上归来的女子王曼英,由于"觉悟到其他的革命的方法失去改造社会的希望",选中了卖淫的方式,"零星地侮辱着自己的仇人"。小说以极其粗陋的形式,反映了一些青年知识者的精神崩溃与道德混乱。但即使这样的小说也会使你注意到,作者如何竭力为他的女主人公的纵欲寻找稍为堂皇的动机,使你相信那不是普普通通的卖淫,而是具有政治意味的卖淫。王曼英那些矫揉造作的动机当然不足以言"理性",然而于此不也可以约略窥见这一时期小说界的一般风气?

沙宁式的、章秋柳式的、王曼英式的道德的虚无主义,是老旧社会对于自己的惩罚。这里中、俄的情形正有几分相似。极端的封建落后性,刺激了极端的破坏热情;普遍观念的陈腐,反倒成为造成叛逆者的必要条件。然而也应当公正地指出,尽管都提到"个性解放",梅行素、章秋柳们与沙宁的出发点及目标仍然不同。如果说沙宁借了"解放"的名义,企图回到原始状态,那么梅行素们的理想,归根到底还是向着未来的。她们要求解除了一切束缚(包括道德束缚)的充分发展的个性,要求意志的彻底自由,却完全不了解达到那一点的条件与道路。无论梅行素,还是章秋柳、莎菲,她们在事实上(即依作品提供的具体描写看)都不是沙宁式的纵欲者(王曼英是个例外)。创作《蚀·追求》《虹》《莎菲女士的日记》的茅盾、丁玲,趣味也不同于阿尔志跋绥夫,他们的作品中有严肃得多的关于社会,关

---

① 这里依据的是1930年初版的郑振铎的译本。

于人生,关于知识分子道路,关于妇女解放条件的思考。这里也有中、俄——即产生《蚀》《莎菲》时的中国与产生《沙宁》时的俄国——历史条件的差异,以及作者的思想倾向、创作意图的更为根本的差异。

理想主义与"现在主义"

"将来的事,将来再说;现在有路,现在先走!"——梅行素仅仅凭借这种人生态度,就使自己与庐隐笔下那些清泪涟涟的理想主义者区别开来。"她没有幻想","她只有紧抓着现在,脚踏实地奋斗","她是'现在教徒'"。

"五四"时期,当感伤的理想主义泛滥之时,就有"现在主义"作为它的精神对立物。鲁迅杂文贯串始终的思想之一,就是执着于"现在"。他的《人与时》(1918)、《热风·随感录五十七　现在的屠杀者》(1919)、《华盖集·杂感》(1925)、《且介亭杂文·序言》(1935)以及《两地书》,反复地表述过同一思想。鲁迅清醒的现实主义,是小资产阶级脆弱的理想主义的对立物,却又并不排摈理想。《虹》写梅行素,以"紧抓着现在"作为形象的基本色调。但梅的"紧抓着现在"即已与鲁迅的思想有别。在不少场合,人物所以肯定"现在",也由于对"将来"茫然,因此不能不表现出及时行乐的倾向。享乐主义的"现在主义"(或曰"刹那主义"),也是"五四"高潮中的理想主义的对立物——当然是在别一种意义上。

章秋柳也"没有幻想"。在她看来,"理想的社会,理想的人生,甚至理想的恋爱,都是骗人自骗的勾当……"她以惊人的坦白宣称:"人生但求快意而已。我是决心要过任心享乐刺激的生活!我是像有魔鬼赶着似的,尽力追求刹那间的狂欢。"莎菲为了"抓住现在",即使当她已经看透了凌吉士"丰仪的里面是躲着一个何等卑丑的灵魂"之后,也不能放过刹那的满足。她为了那一刹那,不惜欺骗自己、自我贬抑,甚至不惜在"满足"之后,被对手"丢下海去,丢下火去"。

这些享乐主义的"现在主义"者并不快乐。骨子里,她们仍然是理想主义者——痛苦的理想主义。这些女性对于自己在新时代之初抓到的新的人生理想过于认真、执着,因而当理想被现实嘲弄时,才如此创巨痛深。① 即如章秋柳,她的那些"宣言"岂可句句当真?如上文所引,愤言而已。小说所提供的具体描写中,这个人物完整得多。她对于张曼青的真情流露,她对于龙飞的凛不可犯的庄严(尽管她由于"偶然喜欢这么做",也曾与龙飞接吻),在在说明着她绝不是通常所谓的"放荡的女人"。使她轻蔑的,是张曼青庸人式的犹疑,和龙飞的"姝姝然"小丈夫式粘腻腻的纠缠。她的强悍"豪宕"的心灵,要求着精神上强有力的异性与他的爱。她的极端言论,多半是不得其所追求者而发的失望、幻灭的伤心之言罢了。——这些"新女性"们,是这样地矛盾!

对于时代义务、社会责任的自觉
与利己主义、个人本位主义

较之一般"五四"小说人物,这些"新女性"的世界要开阔得多。她们有显然更为强烈的社会意识,她们的痛苦也较少狭隘的个人色彩。《蚀·追求》开头青年之群聚会的场合,章秋柳的滔滔议论,简直是慷慨以至悲壮的:

> ……我们这一伙人,都是好动不好静的;然而在这大变动的时代,却又处于无事可作的地位。并不是找不到事;我们如果不顾廉耻的话,很可以混混。我们也曾想到闭门读书这句话,然而我们不是超人,我们有热火似的感情,我们又不能在这火与血的

---

① 张沁珠(庐隐《象牙戒指》)在被玩弄之后,即试图以"辛辣的刺激"来自我麻木。她沉痛地说:"在表面上我要辛辣的生活……说实话吧,任他曾给我以人生的大教训,我懂得怎样处置我自己了。"因而一面追求"热闹",以痴情的异性"点缀"自己的生命,同时心却在淌血。终于铸成悲剧:"我何尝游戏人间?只被人间游戏了我。"

包围中,在这魑魅魍魉大活动的环境中,定下心来读书。我们时时处处看见可羞可鄙的人,时时处处听得可歌可泣的事,我们的热血是时时刻刻在沸腾,然而我们无事可作……我们终天无聊,纳闷。到这里同学会来混过半天,到那边跳舞场去消磨一个黄昏,在极顶苦闷的时候,我们大笑大叫,我们拥抱,我们亲嘴。我们含着眼泪,浪漫,颓废。但是我们何尝甘心这样浪费了我们的一生!我们还是要向前进。……

在此后的情节发展中,这个热烈如火的女人,也一再提到"革命",流露出对于实际运动的向往——虽然仅止于向往而已。

萝(《一个女剧员的生活》)在沈从文笔下,是热衷于社会运动并加入了左翼文化团体(在原作中作"××")的。她常常辞情激烈地抨击社会。王曼英更是"曾当过女兵,曾临过战阵,而且手上也曾溅过人血"。这是一些名副其实的"时代女性":感应着时代,烙印着时代的伤痕,体验着时代的痛苦。尽管还不足以说,这些性格"是从他们的时代的五脏六腑孕育出来的"[①],至少,在这些性格中,沉淀了更为沉重的"历史"的分量。

正因为她们是这样的一群,"无事可作"(准确地说,是找不到或尚未找到事做),在她们精神上所可能引起的后果,才是更为严重的。在《蚀·追求》中,精力弥满、热气蒸腾的章秋柳,陷在狭小的生活圈子里,俨若槛中的困兽。为了肯定自身的价值,她们往往在两性关系方面,滥用了自己的智能,同时也在这种关系中,表现出强烈的利己主义、个人本位主义的精神特征。

莎菲在征服那个有着"好丰仪"的凌吉士的过程中,投入了全部的热情与幻想。她自己承认,"我是把所有的心计都放在这上面用,好像同着什么东西搏斗一样。……是的,我了解我自己,不过是一个

---

① 巴尔扎克:《〈人间喜剧〉前言》,伍蠡甫主编:《西方文论选》下卷,第167页,上海译文出版社1979年版。

女性十足的女人,女人是只把心思放到她要征服的男人们身上。我要占有他,我要他无条件的献上他的心,跪着求我赐给他的吻呢"。

"要使他做我的俘虏!"(《虹》)差不多成了这些自以为"解放"的女子的全部野心。她们把自己的胜利建筑在使异性"就我的范围""服从我的条件"上,在对个别男性的征服中忘掉存在于两性间的普遍的社会不平等。问题只在于确定:谁是支配者。在这个意义上,这些"意志自由"的女性所要建立的家庭,完全符合受到阶级社会现实限制的思维所能设想的唯一的"世界秩序":要么是主,要么是奴。

这令人想起《镜花缘》中的"女儿国"。《镜花缘》关于"女儿国"的描写,也许可以作为人的想象力受物质生产水平限制的例子。《镜花缘》的作者自然没有来得及成为现代的女权运动者,但从小说的构思命意看,对于当时两性关系的秩序有不平、不满是无疑的。然而当他具体地想象一种不同的生活秩序时,出现在他笔下的,只能是男子中心社会公行的一切,只不过男女彼此交换了位置。梅行素、章秋柳的自我扩张,绝不可能一丝一毫地改变现存秩序,而女性的解放也不能经由男性的被奴役而取得。因而,如果不改造整个社会,孤立的目的狭小的"女权运动",难保不走向民主要求的反面。"伟丈夫""弱女子",固然是封建社会的畸形产物,而"伟女人""小丈夫",则是"个性解放"运动结出的未熟的酸涩果子。

在经过了以上的观察之后,当我们重新回到本文开头关于"雄强美"的命题上来,就会发现更合于实际的概括应当是——

雄强与脆弱的统一

这批作品使你看到了,由"五四"走过来的知识女性们,怎样既与恶劣的社会环境又与意识到的女性弱点搏斗。她们不但力图摆脱社会加之于女性的有形无形的压迫,而且力图摆脱"数千年来女性的遗传""传统的根性"(《虹》)、女性自身的局限性。这是形象所赋有的"雄强美"的主要来源。同时,几乎无一例外地,这些女性形象又都表现出自身性格两面的尖锐矛盾。莎菲,当她的理性不得不向情欲屈服的那一瞬间,她是何等软弱!而"有胆量,有决断,毫没顾忌,强壮,爽快"的章秋柳,也颓然发现,她在事实上仍然是女性弱点的奴隶,是自身存在的知识分子精神弱点的奴隶。她像她的同伴们一样,耐不住"反动时期"的艰苦性,耐不住革命准备时期的"沉闷",耐不住琐屑但切实的唤起、组织群众的工作。他们发现了自己的脆弱,依赖于"群",而所谓的"群",不过"同类项合并",并不能真正给个人以抵抗社会罪恶的力量。在忽而"兴奋高亢",忽而"悲观消沉"之后,章秋柳终于对自己失望了:"完了,我再不能把我自己的生活纳入有组织的模子里去了;我只能跟着我的热烈的冲动,跟着魔鬼跑!"

把上述种种矛盾的精神现象与精神特征——性道德方面的反传统倾向与道德的虚无主义,理想主义与"现在主义",对于时代义务、社会责任的自觉与利己主义、个人本位主义,以及雄强与脆弱的统一——集中起来,才能更全面地概括这一"形象群"的基本特征。这些彼此冲突的倾向,在成功的作品中,并没有割裂形象,反而内在地完成了形象的统一。

研究的任务,不只在于说明形象是怎样的,而且还在于说明这些形象在它们产生的当时适应了怎样的审美要求,以及这类形象连同能鉴赏这些形象的读书界是被怎样的社会条件、文学风气造就的。

上文中我们已经谈到"五四"以后青年日益粗暴的魂灵如何倾向于拥抱一种雄强的美,这里我们还应当补充的是,"五四"之后改变了的价值尺度,才使读者有可能接受一种与传统标准完全背反的性格类型,不但容忍而且理解了章秋柳们的那一种"怪"。鉴赏者未必乐于仿效这种"怪人",但人物抗世违俗的激情肯定给予了他们快感。没有这样的默许以至鼓励,也难以产生这样的形象、形象群。

所有这些现象(属于作者的,属于形象的,以及属于读者的)背后更为深刻的原因,仍然在社会历史的发展中。

"五四"到大革命对于传统道德的连续性破坏

两个前后相续的对于旧道德的破坏时期,被历史压在如此近的时间距离内,终究是人类史上罕见的现象。推倒了旧的,并非自然有了"新"的型范。"际兹方死方生、方毁方成、方破坏方建设、方废落方开敷之会"①,几乎必定有一个道德的混乱时期。早在"五四运动"中,就已经有人说过:"这女子问题,同社会种种的改良问题一个样的,先解放后建设,在解放与建设的中间,有一条大沟,这条大沟可叫做放任时期:一个漂流与无定的过渡时代。"②

"五四"文学中有所谓"灵与肉的冲突"。到大革命,一部分青年知识者的生活整个由玄想而进入行动。人,在旋风中、涡流中,在急转的天地间。两性关系中人的思想行为带有更放纵的色彩,更少顾忌,更少知识者的羞缩与矜持。对于章秋柳一流的女性,一般来说,"五四运动"固然使她们初次领略了"解放"的风味;大革命,才真正给了她们这样的机缘,使她们把观念付之行动。

但是大约因为有"五四运动"中"性的解放"的醒目号召与有关论争,接踵而来的大革命对于旧道德的也许更其猛烈的破坏作用,往往被轻轻放过了。后一方面的事实对于我们所讨论的作品,也许是更为重要的。这其实是一种规律性的现象:任何一次实际的社会革命,由于它有力地解除着社会对于个人的束缚,同时由于革命过程中必然增长的自发性,势必伴随着两性关系方面的"解放"。这里所谓的"解放",既包括积极的方面即旧道德的瓦解、破坏,同时也包括着消极的方面,比如鼓励道德的虚无主义。恩格斯曾经谈到,"在每一次大的革命运动中,'自由恋爱'问题总要提到重要地位",并且不免招致相反的评价和在实践中产生矛盾的后果。③ 俄国十月革命后一

---

① 李大钊:《"晨钟"之使命》,《晨钟报》1916 年 8 月 15 日创刊号,署名守常。
② 张慰慈:《女子解放与家庭改组》(1919 年 8 月),《每周评论》第 34 号,署名慰慈。
③ 恩格斯:《启示录》(1883 年 8 月),《马克思恩格斯全集》第 21 卷,第 11 页,人民出版社 1965 年版。

个时期,出现了如列宁所批评的"在性的问题上普遍的亢进",尤其是青年运动"对性问题的态度上感染着'摩登病'以及对这类问题表现出一种不正常的过分关心"。① 当问题到了必须一再谈论的地步,那么问题背后必定已经汇聚了大量事实。在介绍俄国作家阿尔志跋绥夫的作品时,鲁迅凭借他对历史生活的深刻理解,正是把阿尔志跋绥夫的作品《沙宁》置于革命期间俄国的社会条件下考察的。在他看来,1905年革命之后,之所以"俄国青年的性欲运动却显著起来",是因为"性欲本是生物的本能,所以便在社会运动时期,自然也参互在里面",一旦革命受挫,"便格外显露罢了"。②

对于发生在大革命及其后的类似现象,也不妨作这样的理解。《虹》的后半部,一个"革命军人"谈到革命高潮中的广州,说那里"天天是热闹的。打仗,捉反动派,开群众大会,喊口号;开完了会,喊过了口号,上亚洲酒店开房间去——"这当然是一部分人的广州,但却并非因此不是真实的广州。这里有大革命的另一面的真实。而且愈到后来,此种"颓靡之风"愈与"失败主义"联系在一起。郭沫若的小说《骑士》对此有近于实录的描写。小说中几个武汉政府男女要人纵酒狂饮和在两性关系方面的放浪态度,半是由于革命运动中情绪的亢进,半是由于革命失败前的内心空虚——如小说主人公所自白的"自暴自弃"。这是一种"自暴自弃"的享乐主义。透过"性"的问题反映出的,是知识者面对现实时的失望、颓丧心理。

"五四"退潮与大革命失败的双重刺激

你会发现,一种虚无主义情绪,即使正当"五四"高潮中,就已经如毒菌一样暗中滋生了。杜勃罗留波夫生动地描述过俄国19世纪50年代的一个短暂的文学时期:"一般地说来,我们好像很快的而且

---

① 转引自蔡特金:《列宁印象记》(1924年1月),第70、66页,生活·读书·新知三联书店1979年版。

② 鲁迅:《译了〈工人绥惠略夫〉之后》(1921年4月),《鲁迅全集》第10卷,第167页。

突然的成长起来,甚至来不及好好地加以迷恋,就开始厌倦,终于跌入了绝望里。我们成长得很快,正像大勇士一样,不是按日数计算,而是按钟点计算的,可是我们虽然成长了,却不知道,长大了又能怎么办呢。我们突然觉得狭窄而且气闷,这是因为我们的性格变得更阔大了,而我们的世界却是那么狭窄、低矮——没有地方可以舒展,不可能把全身挺直。"①如果借用上面的话描述"五四"时期一些年轻人的现实感受,不也同样生动?在他们那里,觉醒、狂热、幻灭、虚无,几乎不是作为过程,而是同时演出的。1922年郑振铎译罢《灰色马》(路卜洵),在《译者引言》中写道:"我觉察得佐治式的青年,在现在过渡时代的中国渐渐的多了起来。虽然他们不是实际的反抗者,革命者,然而在思想方面,他们确是带有极浓厚的佐治的虚无思想的——怀疑,不安而且漠视一切。"②在一般的现代史著作中,你找不到这么细微的精神变异的痕迹。但生活中有,而且是带有一定的普遍性的。

大革命后历史的急剧转折,使理想主义的青年知识者们,体验了一次更为沉痛的幻灭。大革命末期即已泛开的虚无主义情绪,被大革命之后的社会环境强化了。《蚀·追求》一揭开序幕,就弥漫着这样一种氛围。"空虚,空虚,人生万事,原不过是一个空虚!唯其是如此,所以大家在拼命的寻欢作乐,满足官能,而最有把握的实际,还是男女间的性的交流!"③这原是郁达夫介绍英国现代作家劳伦斯的一段话,用以概括《蚀·追求》中章秋柳及其同伴们的精神现实也还恰切。

正是由浓重的虚无主义,衍生出追求刺激、追求官能享受的畸形精神现象。《蚀·追求》中的青年王仲昭,把大革命后上海舞场的勃兴,"看作大战后失败的柏林人的表现主义的狂飙,是幻灭动摇的人

---

① 《杜勃罗留波夫选集》第1卷,第5页,新文艺出版社1954年版。
② 郑译《灰色马》初版于1924年6月,由商务印书馆印行。
③ 郁达夫:《读劳伦斯的小说》(1934年9月),《闲书》,第123页,良友图书公司1936年版。

心在阴沉麻木的圈子里的本能的爆发",舞场中疯狂的气氛,不过"表示了烦闷的现代人需要强烈的刺激而已"。章秋柳的同伴之一曹志方说:"我最最看不惯那种不阴不阳的局面!"他们要求"痛痛快快"。倘若不能"痛痛快快"地革命,就索性去"痛痛快快"地当土匪(如曹志方所幻想的),或者——"痛痛快快"地把自己掷到舞场上,掷到两性关系的小风波中。这里章秋柳们不过以其"怪",更强烈也更集中地概括与表现着她们所属的青年之群的一般精神特征。她们"怪",又无所谓"怪"。较之常人,这些"怪人"与她们的"怪",也许更是"时代的"。

道德的虚无主义,只是这种更普遍的虚无主义的一种表现形态。梅行素、张沁珠一类从"五四"走过来的"新女性",一般都经历过两度的自我否定:一次是对于存在于自己意识中的旧道德的,另一次则是对于"五四"高潮中产生的新幻想的。后一次较之前一次,伴随着更深切的痛苦。不妨说,造成梅这样的女性的,固然是旧礼教下的罪恶,却更是"在打破旧礼教的旗帜下照旧进行"的新的罪恶(《虹》)。幼稚的理想主义的被否定,不值得去伤悼和惋惜。这差不多是人生必经的一课,而且在这样的由肯定到否定的认识过程中,包含着认识的进步、人的认识向着现实的趋近。但这个认识过程究竟还是残缺不全的,缺少了对于"否定"的否定,对于虚无主义、享乐主义以及利己主义、个人本位主义的否定。我们又回到了上文已经谈到过的结论上来:这里的理性远不是高度发展了的。它跛了脚。

你看,形象的精神本质与造成这种精神本质的社会历史条件,都如此地复杂!但这还不是问题的全部。考察本章所论形象、形象群,下面的一种复杂性也是不容忽略的,即包含在形象中的作者对于人物道德评价与审美评价的矛盾性质。我们所论形象中被公认为最成功的几个,章秋柳、梅行素、莎菲,当小说家写到她们时,毫不掩饰自己的鉴赏态度。茅盾本人说过:"慧女士、孙舞阳,和章秋柳,也不是革命的女子,然而也不是浅薄的浪漫的女子。如果读者并不觉得她们可爱可同情,那便是作者描写的失败。"①作者大可引以自慰的是,读者的感受与作者的意图遇合了。部分地正由于作者的那种叙述方式,溶化在叙述中的作者本人的感情倾向,尤其是体现着作者的道德评价的由作者安排的人物关系,使你感到,即使人物最狂放的自白,也还不足以伤害你的道德感情。这些描写在你那里引起的,不但不是嫌恶,而且也不是一般的悲悯。即使从人物的带有某种病态的表现中,你也或多或少地感到了人的本质力量,人作为人的才智、胆识、活力、热情。人物的恣肆放诞,当与旧世界绝大的虚伪、丑恶相对,也毋宁说是坦白、率真可爱的,甚至有时使你感到,更道德,也更合于人性——你不自觉地感染了作者的主观热情。作者正是力图让自己关于"人"的、关于健全女性的理想,容纳在被扭曲了的形式中。② 这也是茅盾作为小说家,他的力量与勇气所在。对于慧、孙舞阳、章秋柳、梅行素们,茅盾的感情甚至不止于一般的"爱"与"同情"。他常常不自禁地把这一类满溢着"热烈的生活欲""伉爽豪放""刚果自信"的女性的魅力夸大了。因而你能经常地发现,作者怎样连同她们阔大不羁的气魄一起,鉴赏她们"颠倒众生"的手腕;连同她们脱出女性传统的局限性的伉爽豁达一道,赞美她们的"个人本位主义""利己主义";在肯定她们的反僧侣主义、反禁欲主义的生活态度的同时,一并肯定她们的享乐主义。对人物过分的偏爱,使作者往往不自觉地以人物的眼睛为眼睛,在对环绕人物的环境的描写中,渲染了过分浓厚的人物主观的色彩。以致女主人公们总是"落在不适宜的环境里",落在一群"委琐的俗物"中间。但也许正由于作者的上述局限,才有了章秋柳、梅行素、莎菲这一"新女性"形象群。作者的局限因而同时也是这一形象群出现的必要条件之一。如果没有大革命后的

---

① 茅盾:《从牯岭到东京》(1928年7月),《小说月报》第19卷第10号。
② 以"新女性"形象寄寓理想的,也不止于茅盾的作品。郁茹的《遥远的爱》,让环绕女主人公的男子们,视女主人公为"超人",以为"她的意志,是超升过了尘世间的无边的丑恶,高高地,自由地,俯临着整个世界的"。作者自己也正陶醉在她描写女主人公的那些响亮的字句里。

特殊情势,固然不大可能有章秋柳这一类型的文学性格,而如果没有大革命后小说家们的精神矛盾,也不大可能有这一种"新女性"和她们的矛盾本质。无论在实际生活中,还是在创作中,因与果的配置,总是如此奇妙,不容稍许的更动。

由章秋柳、梅行素们体现的某种精神现象,在三四十年代的小说作品中,尽管继续出现过,但已不可能如章秋柳们的集中、强烈、引人注目——创作与生活都向前推进了,作者的创作心理与读者的欣赏要求都已变动了。但包含在这些作品中的作者对于生活对于人的观察,在观察与表现中形成的审美趣味,却往往长时间地影响着他们自己此后的创作。你在茅盾创造的黄梦英(《清明时节》)甚至赵惠明(《腐蚀》)的身上,都隐约看到了章秋柳的影子,尽管形象的社会本质不妨天差地别。丁玲到30年代初,试图摆脱"莎菲型",或者使莎菲摆脱她自己。她写了《莎菲日记第二部》,那是失败之作,很快被人们忘却了。然而你由她写于40年代的《在医院中》,又找回了莎菲的某些精神特征。作者的独特经验是不容易也不必摆脱的。

生活与人的认识的发展,并不使真正有典型意义的形象失去光泽。如果以郁茹写于40年代的《遥远的爱》来与《莎菲》之属比较,那么应当说,郁茹小说中的"新女性"罗维娜在精神上是更健全的。当她说着"我有理想,有责任,有比爱更重要的东西去追求"时,你会承认那是另一代女性的声音。但莎菲们究竟更具体,更生动,更像一个活生生的人,而拥有上述思想的罗维娜,却是不免抽象的。因而在文学意义上,毋宁说莎菲们更优越。

本章所说,是"形象群"。形象,无论气质何等相近的形象,一旦被用分类学的方法汇集成"群",共性就难免把个性遮蔽了。其实这不过是一种研究方法的局限性,于形象本身并无损益的。真正典型的形象,其独特生命绝不可能消溶在"群"这一个概念中,倒是在共性的背景上,形象彼此间的差异,以及小说家各自的艺术个性,也许会更清晰地显现出来。

三 中国现代小说中的"高觉新型"

中国现代文学作品中,只有为数不多的人物形象,为读书界所熟知,其中又只有为数更少的文学性格(如阿Q),由于其异乎寻常的概括力而获得了某种抽象意义。在为数不多的为读书界所熟知的人物中,就有高觉新。

高觉新的形象创造,在艺术上并非无可挑剔。写作《激流三部曲》的巴金,有着一些强有力的同时代人。他们刻画形象的腕力,绝不在巴金之下。这个形象的广泛的社会影响(这种影响借助于戏剧、电影改编而更其扩大),不妨向更多的方面寻求解释。但有一点似乎是可以肯定的:《激流三部曲》的中国读者之所以记住了这个人物,往往由于依据不同的生活经历与内省体验,他们或多或少地,从人物身上认出了自己。

现代作家的愤怒与悲哀

共鸣,当然在作品产生的那个时代(我这里指由《激流三部曲》第一部问世到40年代①)更为普遍和强烈。因为那个时代的读者,由人物身上看到了一个现代人的悲剧;由作者写人物的字行间,感到了现代作家的愤怒与悲哀。

我们首先看作者。

当你依创作时间的先后翻阅巴金的全部小说作品,你突出地感

---

① 《激流三部曲》之一的《秋》,初版于1940年。

到,推动这位作者写下高觉新的,不是一种偶发的激情与冲动。不是的。这种激情在巴金那里,是如此地持久与强韧,由《激流三部曲》到《爱情三部曲》再到《寒夜》,其间还在《春雨》《沉落》《一个女人》《星》等一系列中、短篇中翻涌①。不像巴尔扎克,巴金小说没有"贯穿人物"(如巴尔扎克的拉斯蒂涅那样)。但他却有贯穿相当一部分作品的类似的批判主题与批判热情。在这些作品的背后,你找到了一个作者经常提到的人物:他的大哥。你感到,正是这个真实的人,直接引发了作者创作《激流三部曲》等一系列作品的冲动。但使人忍不住要追问的是:这一形象何以如此执拗地纠缠住作者,而这又是一种什么样的激情?

《激流三部曲》《寒夜》的读者们很容易发现,巴金善于写压抑状态中的个性。压抑包括两个方面:外界的压抑——人的生存环境对于人的敌视和限制,以及人的自我压抑。外界的压抑又是导致自我压抑的条件。这是一些习惯于自我克制、自我贬抑,习惯于在逼仄的角落呼吸有限的空气,极力把自己的存在最大限度缩小的人们。他们过分地谦抑,缺乏自信和强烈的旺盛的生活欲,随时准备向一切横逆低头,为一切人牺牲——而不问这牺牲是否有价值,是否出于必要。他们极力抹杀自己,忽略自己,把人的正常要求先在自己这里扼死,把欲火先由自己的手弄熄。这使他们像是《圣经》故事中受难的使徒,但这种受难却毫无崇高感,只能供人悲悯。他们是背十字架的人,但他们不是基督,绝不会有人在他们头上画出光轮。这是人在精神上的变形。这种畸形性格、病态气质,在《激流三部曲》中即为高

---

① 1934年秋,巴金作短篇《春雨》(《沉默集》)与《沉落》(《沉落集》)。在《〈沉落集〉序》(1935年2月)中,他说:"《沉落》也是以对于'勿抗恶'的攻击开始的。"《春雨》中的哥哥身上,正附着高觉新的幽灵。《沉落》一篇不同,这里没有出现高觉新,但是由高觉新这一形象体现的批判意图却又一次出现了。写于1933年春的短篇《一个女人》,也可以看作同一方向上的开掘。

写于1934—1935年间的一组短篇《神》《鬼》《人》,是同一思考的延伸。1936年作者又在《星》里,批判了"顺世哲学"。

觉新和更其谦卑的陈剑云,在《爱情三部曲》中即为周如水,在《寒夜》中即为汪文宣。

《激流三部曲》里,做长辈的拈阄决定了儿子的婚姻,高觉新"忍受了","顺从了父亲底意志",甚至"没有一点不平",虽然他也会哭在心里。

> 到了订婚的日子他被人玩弄着,像一个傀儡;又被人宝爱着,像一个宝贝。他做人家所要他做的事。他没有快乐,也没有悲哀。他做这些事,好像这是他应尽的义务。到了晚上这个把戏做完贺客散去以后,他疲倦地,忘掉一切地熟睡了。

《寒夜》中的汪文宣,俨然是活在抗战时期大后方的高觉新。他绝无抵抗地承受着社会压迫,同时又在家庭矛盾的夹缝中忍气吞声。他敷衍一切:违心地参加为主任祝寿的无聊之举,在上司与同事的冷眼中敷衍①;以觉新式的"作揖主义"对付家里两个争吵不休的女人,在处理家庭纷争中敷衍。他甚至敷衍自己,对自己所患的绝症,也既治又不治地敷衍下去。他蜷缩成一团,希望不引起任何人注目,唯恐妨碍了任何人。他的妻子一再叹息着他"只想到别人",他的母亲也怜爱地嗔怪他:"你为什么不想到你自己,你为什么只管想到别人?"如果说汪文宣不同于高觉新,他的性格弱点还可以部分地归因于抗战时期特殊的生活条件,那么这个人几乎在任何时候都缺乏自己的独立意志,在现代人眼里,就不能不是悲剧性的了。汪文宣的妻子对他说:"常常我发脾气,你对我让步,不用恶声回答,你只用哀求的眼光看我。我就怕看你这种眼光。我就讨厌你这种眼光。你为什么这样软弱!……我只能怜悯你,我不能再爱你。"曾树生本来就不是一个通常所谓"自私"的女人。而上面那些怨愤的指摘中,更有现代女

---

① 但在这种场合,他也仅止于"敷衍",而绝不可能如他的同事们那样谄媚,否则汪文宣也就不再是汪文宣了。

性对于现代人所应有的独立意志、健全精神的绝望的呼唤。

在这种时候,作者的痛苦,是由人的自我被剥夺被践踏而引起的。在作者看来,高觉新、汪文宣的命运最不堪的,是他们没有自己,他们不能有自己。他们没有自己独立的存在。即如高觉新,无论"傀儡"还是"宝贝",他的人格都是被蔑视的。他附属于、隶属于"家",是那个"家"的一部分,与它的其他不动产等同。"家",和有关的封建义务压抑着他的自我意识,使他抬不起头来。他失去了属于自己的生存目的,"他活着只是为了来负那肩上的担子,他活着只是为了维持父亲遗留下的家庭"。汪文宣也一样。只不过压在他肩头的,是一个小得多的"家"。

这些个灵魂在自己的躯壳里安放得那样不妥帖,以至那副躯壳对于灵魂似乎是异己的。跼天蹐地,拘手挛脚,肉体的不自由,伴以心灵的不自由。人作为"人"被无形的外在力量所剥夺,只把一小部分(而且是一小部分内心生活)留给了他们自己。"关住门""用被盖蒙着头"呼号的那一刹那,高觉新才有可能使自己接近于灵肉一致、内外一致的境界。而汪文宣精神上的自由,则直到他死亡之时才到来。

巴金这样热情的作者,偏偏在进行上述描写时(尤其在《激流三部曲》里),表现得出奇地冷静。感情浓到极处,反而转为平淡,但这种平淡中有灼人的火。作者的愤怒集中在这里:不合理的社会和专制的"家",怎样蔑视一个人的作为"人"。这是现代人的愤火,是现代人对于人的悲剧性的发现。作者指给你看,他的高觉新是祖父的长孙、父亲的长子,属于"儿媳妇与儿媳之夫"一类,而不是"人之子"[1]。他向你揭开的高觉新最有悲剧价值的内心冲突,是"人之子"在他的意识中的挣扎。人物的最大也最持久的痛苦在于,他在一个蔑视他作为人的存在的地方,仍然不能完全忘怀自己是一个"人"。

正是在这里,"五四"启蒙思想参与了对于形象的发现。这样说来未必即损害或降低了作品的思想价值。在某种意义上,新文学的

---

[1] 鲁迅:《随感录四十》,《鲁迅全集》第 1 卷,第 322 页。

作者大都可以被看作"五四"启蒙思想的传人。在这一方面,巴金不过显示了现代作家普遍的思想特征,而又以其特有的热情与执着,赋予上述普遍性以个性的形式罢了。

巴金在描写庞大的非人所能支配的外界力量下人的自我渺小感、人关于自己的错觉时,表现出现代作家对于人的内心生活的兴趣。巴金小说并不以心理刻画见长,但他对于上述心理状态的把握,却总是准确而有力,以至有关描写构成他的作品中最富震撼力的部分。

《激流三部曲》的作者对于小说中其他人物的描写,也从旁证明着作者关于"高觉新性格"的观察角度和激情的性质。比如高觉慧与琴。琴是《家》中的"新女子"。在作者的笔下,这个女子所以"新",首先因为她侃侃说出了如下"五四"式的宣言:"……我底事情,姑妈答应不答应没有关系。我底事情应该由我自己决定的,因为我和你们一样也是一个人。"正是这种娜拉式的"人权宣言",使这个人物与高觉新区别开来。

"五四"启蒙思想持久地影响着作者的创作构思。写于1934—1935年间的一组短篇《神》《鬼》《人》,为作者所肯定的那个"人",傲然地宣告:"我是什么?我是一个——人,人","没有人能够剥夺我的权利,没有谁!因为我是一个人!一个人!"在作者看来,只有上述自我意识,才足以使这个人物成其为《神》《鬼》的主人公们的精神对立物。作者以《人》作为这一组小说的"结论"——思想到了巴金的作品里,总是具有这样清晰、明确的性质。当然,特点和局限也都在这里。

沿着这一线索的继续追寻,使我们有可能较为合理地解释作者创造高觉新和类似气质的人物时,他的主观情绪与心理的复杂性。《激流三部曲》中描画高觉新的每一笔,都有一种沉重的悲哀。在这一点上,《激流三部曲》的爱好者与严厉的批判者的艺术感受倒是共同的。但批判者在概括这种感受时,显得过分匆忙。倘若他们肯于重新品味《激流三部曲》中的有关描写,也许会发现,那位作者当创造高觉新这个人物时的心理,较之一般所谓同情,要复杂得多。

创作《激流三部曲》的当时,巴金就已经发现了"觉新性格"的普遍性。正因此,尽管他希望在高觉慧身上,写出一个"幼稚而大胆的叛徒",却终于使这个人物看到了存在于自己那里的觉新式的精神弱点。对普遍性的发现,使他不至于简单地对待他的人物,让人物承担非其所能承担的历史责任。巴金发现了人的不完善,同时又隐约感到了这不完善背后的巨大的历史原因,看到了"五四"启蒙主义者的理想在中国的现实命运。这深化了他的悲剧感受,把他的悲哀引向深远。在《激流三部曲》创作的始终,思考导致人的不完善的现实条件、谴责、追究环境,一直是一种更强大的冲动。

封建专制社会压抑人的个性发展,传统的思想文化多劝人忍从。高觉新的性格与命运中,有生活在中国的知识者的普遍经验。他们形式不同地、或多或少地,分担了高觉新的命运,因而也像作者那样,对人物不忍过分苛责。同情——或者说同感,绝不仅仅是作者个人的。

复杂化了作品的审美特征的,还有渗透在作品中的作者的内省倾向。

引人注意的是,近几年,巴金一再谈到自己与高觉新的精神联系。在《创作回忆录》中,他说,他在写《激流三部曲》时,把自己的"思想感情",以至把"自己"写了进去,而且不仅如他过去所说过的,写进了高觉慧的形象中——"挖得更深一些,我在我自己身上也发现我大哥的毛病,我写觉新不仅是警告大哥,也在鞭挞我自己。"①他还说,这是他"最近两三年"才觉察到的。其实,上述认识在十几年前,就已经发生了。他在那时就谈到:"我自己不止一次地想过,在我的性格中究竟有没有觉新的东西?我的回答是肯定的。我至今还没有把它完全去掉,虽然我不断地跟它斗争。我在封建地主的家庭里生活过十九年,怎么能说没有一点点觉新的性格呢?"②在长时期

---

① 巴金:《关于〈激流〉》(1980年12月14日),《创作回忆录》,第96页。
② 巴金:《谈〈秋〉》(1958年4月1日),《谈自己的创作》,《巴金文集》第14卷,第372页,人民文学出版社1962年版。

的自我剖析、自我认识过程中,尤其在经历了巨大的劫难之后,他发现了当创造高觉新这个形象时潜在的创作动因。

如果说,中国知识分子普遍具有内省的倾向,那么巴金可以算作突出的例子。他曾经这样描述自己创作时的心理状态:

> 我又在书桌前面坐下了。我提起笔来。在我的眼前出现了一张脸,我知道这是我自己的。另一个我坐在对面看我写字。我写了一行,两行,……一页,两页。我放下笔,抬起头看对面。另一个我正在用检查的眼光望我。我自己在探索我的心。我变成了两个,而且成了两个彼此不肯放松的人。①

发现自我与发现生活,在这一个作家那里,联系得如此紧密——本来自我发现也正属于一种生活发现。"写觉新不仅是警告大哥,也在鞭挞我自己。"这一点也有助于充分解释形象的审美特征,有助于理解文字间那种人人都感受得到的深刻的悲哀。

《激流三部曲》使人明显感到的局限性,并不在于作者当描绘高觉新这个人物时使用了浓重的悲剧色彩,不在于由这种悲剧倾向显示出的对人物的宽容。简单化的批评不可能搔到痒处。我以为,限制了作者的思考的,正是作为小说的主要特色的"五四"式的激情。不仅仅在他的《激流三部曲》里,也在他的《灭亡》《新生》里,巴金都既表明了自己承受的"五四"启蒙思想的影响,又证明了自己的认识没有突破那种启蒙思想的局限。这里集中了《激流三部曲》的思想特色和思想弱点。巴金曾这样写到他自己:"我常常说我是'五四'的产儿。五四运动象一声春雷把我从睡梦中惊醒了。我睁开了眼睛,开始看到了一个崭新的世界。"②这一瞬间对于这个作家是如此重要,决定了他的文学活动的主要方向以至他的创作的主要精神特

---

① 巴金:《断片的记录》,《巴金文集》第10卷,第99页。
② 巴金:《觉醒与活动》,《巴金文集》第10卷,第71页。

征。思想与情绪的"五四"色彩,使他较之其他作家,更适宜于再现"五四"的时代气氛,在描绘一幅"五四"的时代画面时,很轻易地给人以亲切之感。上述倾向又不免限制了他的角度和视野,使他在重现"五四"时,难以充分体现出30年代进步文学已经达到的认识高度。但我们还得承认:没有那一种"五四"色彩,固然会没有《激流三部曲》;而若是没有上述的认识局限,也将没有这样的《激流三部曲》。

时代矛盾与矛盾的人

普遍的感应与共鸣,不仅仅由于普遍的压抑感与普遍的"人的发展要求",还由于现代人在历史生活中所处的共同位置,和历史规定的普遍的"人的自身矛盾"。

我在本章题目中提到了"型"的概念,行文至此却还没有一语涉及"型"。其实仅仅依上文所谈到的高觉新的精神特征,就不难为他找到如黄静宜(《前夕》)、韦玉(《虹》)这样的精神近亲。造成这种形象类型的,也许有作家间的相互启示(比如在巴金与靳以之间),但生活的启示才是决定性的。

这是怎样矛盾着的历史生活!李大钊在那篇论"新""旧"的名文中感慨地说:"中国人今日的生活,全是矛盾生活;中国今日的现象,全是矛盾现象。"而"中国今日生活现象矛盾的原因,全在新旧的性质相差太远,活动又相邻太近。换句话说,就是新旧之间,纵的距离太远,横的距离太近;时间的性质差的太多,空间的接触逼的太紧。同时同地不容并存的人物,事实,思想,议论,走来走去,竟不能不走在一路来碰头,呈出两两配映,两两对立的奇观。"①《前夕》中的黄俭之茫然了,他慨叹着:"我真不明白,我真不明白,这算什么年月?……想当初,想当初,……没想到时代变了,变成这个样子,说新不新,说旧又不旧,……呵,呵,过渡时代,……"

---

① 李大钊:《新的!旧的!》,《新青年》1918年5月15日第4卷第5号。

19世纪以来,也许只有俄罗斯作家的命运最与中国现代作家相近——他们都面对过被"新"与"旧"分割得支离破碎同时又给人以巨大希望的现实人生。在资本主义统一了西欧,殖民主义统一了非洲和拉美之后,你很难找到另一个国家,如同"五四"以后的中国,生活得如此矛盾。民主主义、社会主义取代封建主义的过程,侵入了社会生活的一切领域,进入了每一个家庭,甚至每一个人的内心生活。这个巨大而不可抗御的历史主题,在全部生活中打下了矛盾的印记:一面是进军,一面是抗拒。由历史冲突的铺展和文学的成熟中,形成了现代小说家在知识分子形象创造方面的重要经验:经由人物的性格矛盾反照时代,由矛盾着的性格把握人物作为"历史人",与过去、未来的联系,即现代知识分子在历史链条中的位置;以及由矛盾着的性格把握人物作为"社会人",与构成社会的其他部分的关系,也即现代知识分子在他们所生存的社会整体中的位置。中国现代作家在创作中通常正是这样向"人的本质"掘进的。

把历史集中在"人"那里——巴金找到了高觉新形象的独特本质:他是"站在中间的人"。这是靳以的长篇小说《前夕》介绍黄家的长女黄静宜时所用的说法:"她正是站在父亲和儿女们中间的人。"

武进黄寓在无声的瓦解中,儿女一代,苦苦地守住这个家的,唯有黄静宜。自私的弟弟对她说:"……这个家迟早是要破坏的,难道说你也像父亲一样守着一个空梦么?"无私的妹妹对她说:"这个家终归要遇上它最后的命运,你不觉得那一个时代已经过去了么?你把自己放在里面还能有什么用?你还能有那么大的力量把时代挽回来?"然而她却回答:"不,我也不那么想,我只希望能变化得平安一点,和平一点,不要都站在两极端上。""所以我愿意站在两者的中间……"

高觉新性格的悲剧性同样在于,由于历史的安排,也由于自身的弱点,他站在了封建家长势力和"家"的青年叛逆者"中间"。正是在这儿,"历史"的形象也呈现了。这两个人物,在"新"与"旧"之间,都找不到自己的位置,既找不到依着旧秩序固有的位置,也找不到依着新思想应该有的位置。生存在过渡时代乃至一切时代的人们,都可以就某种意义被认为是"站在中间的人"。"在进化的链子上,一切都是中间物。"①但其中的多数,或进或退,趋向分明。唯有高觉新、黄静宜、韦玉所属的这一群,无力地跨在两个时代之间的门槛上,进退失据。

无论什么时候,最苦的,也许就是这一类人吧,而且苦得那样渺小,那样没有价值。生活对于他们也总显得格外严酷。也正因此,当他们把自己放在两扇碾盘间的时候,不能不极力从受难感中找出良心的安慰,使自己能在陈旧的生活方式中捱下去。高觉新找到的是"作揖主义""无抵抗主义";《虹》中的韦玉找到的是"托尔斯泰主义"——为了使自己能更安心地向命运低头,让他在放弃了对爱情的追求(同时也放弃了对爱人的责任)时,还自以为是自我牺牲,"很像个从容就义的烈士"。这里有软弱者不自觉的虚伪与自私。《虹》中的梅女士看穿了这一点,以为"韦玉那种'无抵抗主义'只是弱者自慰的麻醉药"。

的确,这类人物不能使你在悲悯时无所保留,因为看起来他们像是一些自愿的牺牲者。无论在《激流三部曲》中还是在《前夕》里,似乎都找不出捆住了人物使其没有可能飞鸣的那根绳索。这里有"五四"前后历史条件的变易。高觉慧在这一点上不能理解也不能原谅他的哥哥,他看不出这个人非敷衍下去的理由。黄静宜的处境比高觉新更有利。30年代的武进黄寓更不存在使黄静宜非牺牲不可的客观情势。韦玉也没有遇到无可击破的障碍。情况似乎仅仅是,人物自己没有勇气跨进新生活,没有勇气跟一个没落中的世界告别。但事实当然没有这样简单。

主宰了高觉新的,主要的不是观念②,而是人物在实际生活中的

---

① 鲁迅:《写在〈坟〉后面》,《鲁迅全集》第1卷,第286页。
② 巴金在《激流三部曲》里,把高觉新的矛盾归因于"作揖哲学和无抵抗主义",以为"就是这东西",使高觉新"变成了一个有两重人格的人"。

位置,和在这种位置上形成的思想习惯。不能忽略一种陈旧的生活方式对于个人的限制。在这一方面高觉新的悲剧正在于,《新青年》《新潮》《每周评论》已经闯进了他的生活,而未经变革的旧的经济关系还把他牢牢地束缚在原先的位置上。迫使黄静宜付出代价的,也是东方式的家庭格局,和沉重的家庭义务。即使解体过程中的"家",也是一种极其现实的存在。直到抗战时期,旧式的"四世同堂"的祁家的经济生活,还限制着长子长孙祁瑞宣的思想与行动。

同情与同感——作者的和读者的,又在这里被触发了。生活在这一时期的人们,都不难在自己那里发现高觉新式的矛盾。就人与环境的关系而言,这样的一种性格,不止对于"五四"时期,而且对于整个新民主主义革命时期,都有典型意义。你在老舍的老李、祁瑞宣,路翎的蒋蔚祖,以至曹禺的曾文清那里,都能找到与高觉新性格的某种近似性。倘若读者在自己身上觉察到某种"高觉新性",那也绝没有什么奇怪。

在类似的历史接榫处,都会有某种高觉新。在这一点上,人类的经验固然相通,但高觉新毕竟不是一种抽象的精神品质的寄存者。较之哈姆雷特的犹疑,高觉新式的游移更能被那个时期的中国读者所理解。这个小说人物的心理特征,更能在那个时期中国读者的个人经验中找到根据。以巴金的气质与文学意识,他只能在高觉新身上写出十足中国味儿的知识者,而不大可能企图追求超越时空的具体规定性的普遍性——这也正是中国现代作家通常的创作态度。

高觉新式的性格,是在彻底反封建的要求既经提出,而旧的生产方式与生活方式还远未最后退出生活,民主革命在推进中,但传统的思想文化、道德规范依然禁锢着人们的精神这种历史条件下形成的。这一性格,以自己的特有形态,包容着中国民主革命的历史条件,概括着新民主主义革命时期的社会关系——历史以生动的感性形式活在文学形象中。

然而,在这一点上我们也仍然有理由感到不满足。我们不满足于形象的历史容量、作者对历史生活的概括能力。鲁迅曾说到过,

"五四"以后的中国,"四面八方几乎都是二三重以至多重的事物,每重又各各自相矛盾",如此时势则造成"二重思想"和"彷徨的人种"。① 概括上述复杂的历史和精神现象,还须有更大的气魄、更深刻的历史感。——当然,这不只在要求巴金,更是在要求整个文学史。

中间色,对比的"参差性"

关于高觉新这个形象何以"为读书界所熟知",我们还不能满足于已经作出的解释,如果这种解释不能把作者的"形象创造艺术"也包括在内的话。

对比,是巴金重复使用的构思方法,而且往往使用得极其单纯,以至世界形象在近于图案式的对比中单纯化了。他在两极对立中思考生活,思考即直接呈现为"性格"。最为常见的两极,即"反抗型"与"妥协型"。② 在一个的对面,必有另一个。只不过有时具形,有时不具形(比如由第一人称的叙述者来体现)。上述构思方式,与他的情绪状态、生活判断的单纯性(同样呈现为"两极"的爱与憎、善与恶等等)相应,构成巴金式的艺术世界。描画这个世界,他喜爱的是最清晰的构图与最原始、最单纯的色调。

在《激流三部曲》中,他也希图明确。甚至事后他所表述的他的意图,也仍然单纯。他在高觉新的对面,安置了高觉慧,让后者体现他关于奋斗、进取的人生理想(《前夕》显然受到了《激流三部曲》创作构思的启示。黄静宜与黄静玲两个人物在那篇小说里,正对称于高觉新与高觉慧)。但《激流三部曲》所呈现的世界,却并不如他所预想。生活逻辑的复杂性,复杂化了他的创作心理。他在代表着肯

---

① 鲁迅:《随感录五十四》,《鲁迅全集》第1卷,第345页。
② 老舍也习惯于在性格对照中构思情节,但他所熟悉的对比形态和他的具体构思方式仍与巴金不同。

定的性格中发现了否定方面,使一组对比现出"中间色",现出对立个性的部分的重合,因而使对比的色调趋向柔和,对比呈现出参差。《激流三部曲》以此在艺术上高出《灭亡》,以及《爱情三部曲》,形象世界更与生活世界相近。这在《激流三部曲》中像是无意间达到的——生活的力量,比某种思维习惯更有力①。

也因此,尽管《灭亡》《爱情三部曲》等,都是"青年的书",为青年所爱读,《激流三部曲》比之它们,却有更强壮的生命。我在本章中反复地谈"普遍",寻找高觉新这一形象为读书界所熟知的多方面的原因。除了上文已经谈过的以外,原因也在中间色、对比的"参差性"、作者的创作思维对生活逻辑的接近吧。当然,中间色、"参差性",也从另一方面影响了这一部书的命运,给这命运添加几多曲折、幸与不幸。

其实,仅仅这一事实——我们竟能为高觉新的形象找到如此众多的精神近亲,就足以证明这一形象的普遍意义了。在类似的精神现象的发现方面,巴金的贡献是独特的。尽管茅盾写韦玉(《虹》)在《激流三部曲》问世之先,然而仍然由巴金之手,创造出了更为饱满的性格,并以这种性格发现启示了同时代作者。

在《激流三部曲》之后,巴金写出过艺术上更成熟的作品,然而奠定了巴金的文坛地位的,仍然是他的《激流三部曲》。这部小说,比《灭亡》深厚,比《爱情三部曲》充实,比《寒夜》丰富、开阔。对于作者,这是多种条件成熟之后结出的一个果子,导致成功的诸种条件似乎难以再次同时出现。然而我们却不妨相信,高觉新形象的某些特征,将会被另一些更有力的手,在新的认识高度和艺术水准上描绘出来——这是一个值得继续发掘的性格。作为一个文学形象,高觉新无疑是独特的,他只是他自己。但这个人物某一方面的精神特征,即使对于当代人,也还没有变得陌生。这些精神特征的历史根据依然存在。

——这难道不也是高觉新形象的普遍意义的一个证明?

---

① 到了写作《寒夜》,他对生活的思维方式,有了更为引人注目的变动。关于这一点,我已在其他章节中涉及。

四　老舍笔下一组市民知识分子形象

　　第二类差不多都是悲剧里的角色。……他们的生年月日就不对:都生在前清末年,现在都在三十五与四十岁之间。礼义廉耻与孝悌忠信,在他们心中还有很大的分量。同时,他们对于新的事情与道理都明白个几成。……他们对一切负着责任:前五百年,后五百年,全属他们管。可是一切都不管他们,他们是旧时代的弃儿,新时代的伴郎。……

　　在这第二类的友人中,有的是徘徊于尽孝呢,还是为自己呢? 有的是享受呢,还是对家小负责呢? 有的是结婚呢,还是保持个人的自由呢? ……花样很多,而其基本音调是一个——徘徊,迟疑,苦闷。他们可是也并不敢就干脆不挣扎,他们的理智给感情画出道儿来,结果呢,还是努力的维持旧局面吧,反正得站一面儿,那么就站在自幼儿习惯下来的那一面好啦。这可不是偷懒,捡着容易的作,也不是不厌恶旧而坏的势力,而实在需要很大的勉强或是——说得好听一点——牺牲;因为他们打算站在这一面,便无法不舍掉另一面,而这个另一面正自带着许多迷人的诱惑力量。

——老舍

从《离婚》中的老李说起

上面引的那段文字,仿佛专为了给《离婚》中老李这个人物作注。那里所谈的,是老舍熟悉的一类知识分子朋友。这些朋友中,不消说并无"老李"其人,但老李却又确在其中,或许比某个具体的朋友更像朋友——他是由老舍关于这类朋友的上述观察中,由其这一部分个人经验的总和中孕育成形的。

包括老李在内的作者的这一类友人,"有的是徘徊于尽孝呢,还是为自己呢?有的是享受呢,还是对家小负责呢?有的是结婚呢,还是保持个人的自由呢?"在《离婚》中,老李的矛盾是他自己的:是与他所不爱的妻子离婚,向他私心倾慕的马少奶奶求爱呢,还是维持这个家,维持家庭生活的既成秩序?一部《离婚》,洋洋十五万言,以老李的"离婚问题"为线索结构情节,组织矛盾,但老舍的兴趣所在,主要的却并非问题的伦理方面,吸引了他的,是另外的东西:一种普遍的精神病象在生活的具体现实中的表现。对于他的创作意图,"离婚",毋宁说更像是一种象征。到小说结束时,老李终于没有离婚——他跟自己的敷衍、苟且的性格弱点离不了婚。在作者看来,这才是真正可怕的。《猫城记》—《离婚》①,当民族冲突已经撞出了火星来,作者由他对于民族性格弱点的密切关注与长期探索中,产生了真正的危机感:对于民族命运的深沉忧虑。他要说出——不,叫出自己的深忧,他要启发人们的如下想象:对这样一群敷衍、苟且的人们,将会有怎样的灾难迫临!正是这种烧灼着作者自己的思想,直接造成了作者这一时期小说前所未有的沉重感,使他在《离婚》这样通体平易的小说中,让主人公老李发生了如下的奇想:"又看见了那团红雾,北平没在天上,原来:是地狱的阴火,沙沙的,烧着活鬼,有皮有肉

---

① 《离婚》写于1933年,同年8月由良友图书公司印行;《猫城记》连载于《现代》杂志1932年8月号至1933年4月号,1933年8月由现代书局印行。

的活鬼……"读到这里,你会不觉悚然一震。这种幻觉,是老李的,也是作者的。

生活没有提供解决条件的问题,老舍并不试图由自己的作品设计解决方案。对于《离婚》中老李的、"方墩"吴太太的、邱太太的离婚案,他的态度不如说是暧昧的。叫他难以忍受的,是这些人的生活状态,和由这种生活状态衍生出的人生态度:"生命只是妥协,敷衍,和理想完全相反的鬼混。"在作者看来,我们这个民族文化传统中那一套叫人妥协、苟活的哲学,应当对上述精神病象、人生态度负责。

让老李充当一种普遍精神悲剧的具体承担者,从老舍的创作意图看,的确不失为明智的选择。就因为他是老李,一个知识分子,一个书呆子,北平人眼里的"乡下人",不懂礼数,"顶不喜欢随俗",从不讲求处世方略——简直"万事不通"。老李的个人身份、气质,他在小说人物关系中所处的位置,势必使矛盾尖锐化,使"普遍弱点"获得适宜的表现形式。

这里本来就是最有利于孳生敷衍、苟且的精神毒菌的土壤:北京小市民的世界。这个世界依仗了它的文化传统,布设下天罗地网,来收捕老李这只飞虫。老李必得使出吃奶的气力,才能保持他自己,保持他的正直,他的迂,他的对生活对自己清醒的批判态度。但即使他,也终于承认,自己跟别人的区别仅仅在于:"别人混得兴高采烈,他混得孤寂无聊。"他逃不出普遍的敷衍、苟活的空气。只有当这个时候,这种文化传统、精神病态的腐蚀人心的力量,才惊心动魄地显示出来。

依着生活的逻辑,和人物性格的逻辑,在这部题作《离婚》的长篇小说中,当事人老李既没有与自己的太太离婚,也不曾向马少奶奶求爱。他的行动的极限是:除夕之夜,站在自己家的屋檐底下,悄没声地用目光追随他的意中人。这是小说中紧张而富戏剧性的一幕,画面却差不多是静止的。因为直到剧终幕闭,"老李始终没动"——

她进了屋中,他的心极难堪的极后悔的落下去;未泄出的勇气自己消散,只剩下腿哆嗦。他进到屋中,炉火的热气猛的抱住他,红烛的光在满屋里旋转。他奔了椅子去,一栽似的坐下,似乎还听见些爆竹声,可是很远很远,像来自另一世界。

他绝不是也不可能是既成秩序的破坏者。他只是一个梦想家。压在他肩头的因袭的担子太沉重。他正如老舍在《何容何许人也》一篇中所极尽形容的,是站在历史的夹墙之间的:

　　……前面一堵墙,推开它,那面是荒山野水,可是雄伟辽阔。不敢去推,恐怕那未经人吸过的空气有毒!后面一堵墙,推开它,那面是床帷桌椅,炉火茶烟。不敢去推,恐怕那污浊的空气有毒!站在这儿吧,两墙之间站着个梦里的人!

好做梦的知识分子老李,与那位著名的浮士德博士仍然毫无相似之处。只有那个"从知识而非从生活中寻找乐趣"的民族,才能产生出纯粹生活在"书本世界那些渊博的霉腐的东西中"如浮士德似的文学典型。[1] 这是德国人,幸运的德国人!生活在现代中国的知识分子,上帝甚至没有给他们这样的条件,使他们有可能在由书本砌成的幻美世界里得到哪怕是令人烦恼的满足。对于他们,生活的每一方面,都具体、实际、结结实实而不容规避。作为老舍的创造物,老李也绝不可能是罗亭那样的"佟谈者"、会说漂亮话的聪明人。老舍所熟悉的老李这类知识者,都是自我封闭的,思想只讲给自己:口对着心。

老舍熟悉老李,熟悉中容易产生分寸感。像上面提到的除夕夜那场戏,非这样演才叫老李。倘若老舍一个不小心,放老李从屋檐底下跨出半步,叫一声(哪怕只是轻声细语地)"马少奶奶",或者脸上带出点儿亲昵,老李就会登时从他笔下逃走了。在所有人们预料会成为"台风眼"的地方,情节都平静如常地发展过去。风暴只在老李

---

[1] 海涅:《莎士比亚笔下的女角》,温健译,第25页,上海译文出版社1981年版。

心里——所谓的"内功"。那里确实有着一个台风中心,却既不会牵动眉毛也不至于转动眼珠子。他苦也苦在这里——苦的永远是自己个儿。

老李总跟自己过不去,不停地拷问自己,因为他有他的清醒:"不行,不会对生命嬉皮笑脸;想敷衍,不在乎,不会!"但虽则是自言自语,说得过多也会让人腻味,何况老李所说,出不了他思想的那个圈子——那里可没有黑格尔或者康德式的思维空间,从"星云假说"到"绝对精神"。让人物承担过多的思虑,也许是作者的失着。但谁说这不是出自作者有意的安排呢?读《离婚》,你始终感到,在这个形象身后,贴得很近地,站着老舍本人。在这本小说里,老舍主要地,是借了老李的眼睛看生活;或者反过来,说老李借了老舍的眼睛,也并无不通。老舍赋予人物以他本人对于历史、对于"中国问题"的沉思,使这个人物的思考中,响着作者本人心灵的独语。而一旦人物从自己的沉思中站起来,开始动作的时候,作者就马上站开去,让人物去表演他自己。

老李,应当算得老舍所提供的最重要的市民知识分子的悲剧形象。《离婚》的创作,距作者开始写小说已有七八年①,只是到了此时,老舍第一次动用了自己的那一份宝贵的人生经验,把自己对中国知识者中他最熟悉的一种悲剧性格的长期观察,把自己对于民族性格的思考,把自己关于民族命运的忧虑,熔铸成形象。也正是在《离婚》里,作者小说创作的一个基本主题,在相当时期的酝酿、积累之后,终于找到了相应的表现形式。《离婚》是老舍艺术个性成熟的标记。思想一旦孕育成熟,不免要纠缠着作者的头脑,挥之而不去;一种生活经验一旦被用文学的方式组织起来,一种久已"烂熟于心"的对象,一旦成为"肉身"的存在,也往往会固着在作者的形象记忆里,挥之不去,借不同衣装而一再现形。老李之后,老舍又写了祁瑞宣,

---

① 我这里由老舍在伦敦写《老张的哲学》算起,而没有把处女作如《小铃儿》之类考虑在内。

写了他称之为"新韩穆烈德"(即"新哈姆雷特")的青年知识分子(《新韩穆烈德》《归去来兮》等)。这些写于不同时期的知识者形象,是以相似的经验为原料而且从相似的批判意图出发加工成形的。在《离婚》之前,老舍也写过其他类型的知识者:无赖型与迂执型的旧式读书人、西崽式的小文痞、一味胡闹的大学生们等等(见《老张的哲学》《赵子曰》《二马》)。但到他写出了老李,继而写出了祁瑞宣之后,他才证明了自己对于中国知识分子性格的独特理解,他的知识者形象才可能在中国现代文学庞大的知识分子形象画廊中,占有一角位置。因为只有这样的创造物,才够得上说,是中国的,同时是老舍的。

这一组知识者性格

形象集聚成为一组,其中往往包含着作者对于某种现象的专注而连续性的思考。从老李到祁瑞宣之间,正有作者的这样一种追踪与思考。《离婚》与《四世同堂》,人物、人生矛盾的具体内容不同,但两个性格的"基本音调是一个——徘徊,迟疑,苦闷";而且人物的性格悲剧,被归因于共同的文化背景——"北平文化"。两个性格的共同之处,还不只是那个"基本音调"。上文中说过,《离婚》写老李的家庭悲剧,着眼点主要并不在伦理方面。这里却应当补充说,《离婚》写老李以离婚为线索,毕竟不是出于偶然的选择。艺术构思的目的性,和包含其中的作者的思想逻辑,到《四世同堂》,才让人看得更清楚些。

《四世同堂》中,牵系着祁瑞宣,坠着他的衣襟,使这个"四世同堂"的祁家老太爷膝下的长孙,不能也不敢像他的弟弟那样,撒手南下,寻找抗日力量,或者像同一胡同里的钱诗人那样,只身赴敌,与占领北平的日本人较量一番的,是沉重的家庭义务,是中国式的家庭结构、伦理关系。整部《四世同堂》,都贯穿着这样的基本冲突:家庭义务与国家意识、国民责任。《离婚》中关于中国人的生活方式、伦理意识的批判性思考,在这里又被推进了。在《四世同堂》里,连大杂院中的洋车夫小崔、"打鼓儿的"(收破烂的)程长顺,也与祁瑞宣有着同样的苦恼。"家和孝道把他和长顺,拴在了小羊圈。国家在呼唤他们,可是他们只能装聋。"因而在《四世同堂》里,知识者祁瑞宣尽管也像老李那样,勉强地维持着和妻子——一个旧派女人的夫妻关系,但他的苦闷之来,却在于他必得徘徊、游移于尽孝、尽长房长孙的家庭义务呢,还是国而忘家、尽国民责任。在这一种选择面前,像老李一样,他所能做的,也只在跟自己过不去,看不起自己,谴责自己:

"……我简直是个妇人,不是男子汉! 再抬眼看看北平的文化,我可以说,我们的文化或者只能产生我这样因循苟且的家伙,而不能产生壮怀激烈的好汉! 我自己惭愧,同时我也为我们的文化担忧!"

不断的忏悔,差不多把这个人物连头带脚地给埋住了。"他的脑子一天到晚像陀螺一般的转动,可是连一件事也决定不了。他只好管自己叫作会思想的废物!"

老李、祁瑞宣们的性格,有着双重的悲剧性。因为他们软弱而又清醒。他们认识自己。他们再也不可能如其他市民人物那样浑浑噩噩。对于他们,能浑浑噩噩也像是一种幸福。

清醒的意识与软弱的行动意志的矛盾,是老舍依据他的经验所着力强调的知识者的精神矛盾。——我又要提到罗亭,因为罗亭的矛盾与老李、祁瑞宣的矛盾太相近。我也更乐于找出这相近中的差异:罗亭不能行动,是由于他这样的人,在当时的俄国,找不到自己在生活中的位置;而老李、祁瑞宣们,则由于他们的具体生活环境——北京市民社会,是一片陷入"敷衍""苟活"的生活的泥沼。

老舍小说、剧本中的知识者,大多属于"思考型"而非"行动型"。《新韩穆烈德》里那个干鲜果店老板的儿子,大学三年级学生,据说

"非常的自负,非常的严重,事事要个完整的计划,时时在那儿考虑"。不幸的是,"他的思想可是时时混乱,并不永远像衣服那样能整理得齐齐楚楚"。更不幸的是,他只能躺在自己的思想里。以至连他自己,也"常想到自己像个极雅美的磁盆,盛着清水,可是只养着一些浮萍与几团绒似的绿苔!"——有一点赵子曰的神气,可又不全像;也有一点老李的味道,却没有老李那份对人生的郑重。这个形象是漫画化的。如果仅就"多思虑少行动"而言,你从出现于老李之前的小马(《二马》)以及赵子曰那一班无聊混世的大学生(《赵子曰》)那里,从写在《离婚》之后的《牛天赐传》中的牛天赐、《杀狗》里的学生领袖杜亦甫身上,都不难找出点儿"老李"来。而在上述小说中,思想与行动的冲突,都被作为塑造人物、设置人物关系以至结构情节的基本线索。由同一作者的作品、形象间的上述内在关联中,你触摸到了作者思想的某种脉络。把老李们放在形象的上述实际存在的联系中,你也才更能看清这个性格的酝酿过程,和它对于作者的思想与创作发展的意义。到抗战时期,这一类人物终于有可能发生点变动了。尽管《归去来兮》关于青年知识者乔仁山的个性有如下提示:"有理想,多思虑,辨善恶,但缺乏果断与自信,今之'罕默列特'也。"但这个"新哈姆雷特"毕竟没有始终泡在自己的思想里,他终于毅然离家,投身抗日战场。即使《四世同堂》,到第三部《饥荒》收束的时候,作者也让祁瑞宣从沉重的思虑中站起来,预示了人物性格的转机。抗日战争的新的时代条件,使这一形象类型在作者的作品中有了发展的希望,尽管作者没有使他们更令人信服地脱出积习,以另一篇《鼓书艺人》式的作品,把市民知识者在民族斗争中的历史性进步记录下来。①

你不难看出,老舍小说中的这一组形象,在现代文学中,最与高觉新相近:不但人物在过渡时代新、旧两面所处的矛盾地位,而且祁

---

① 老舍在抗日战争期间,也写了如《四世同堂》中的钱默吟、祁瑞全一类的知识者,但祁瑞全未及成形,而钱默吟的形象创造是失败的。

瑞宣这个具体人物作为"四世同堂"的祁家长孙的地位,都令人想到高觉新。但局部的重合仍然不足以使他们失掉自己——

环境。这儿是供人物活动的两个世界:封建专制的成都高门巨族,与北京胡同人家。纵然老李的书呆子气、祁瑞宣的耽于幻想,也都不足以把他们从那个最世俗的环境里连根拔出来,使他们像成都府高家大少爷那样气度高华。

在生活中、具体的人物关系中的位置。这也许更重要些。老李、祁瑞宣与高觉新,都处于历史生活的夹缝中,都徘徊在新与旧之间,这固然使得他们的痛苦相通,但"新与旧的矛盾",毕竟属于一个大的历史文化范畴,在传统的现实主义文学作品中,把人物彼此区分开来的,却是他们生存的最现实的环境、最具体的人物关系。在老李、祁瑞宣,"旧"主要表现为一种伦理关系与伦理意识。他们遇到的矛盾是极其世俗的:是否可以为"理想"而离弃自己的乡下太太,或者能否因抗日而放弃家庭义务(即维持家庭的生计)。处在那样温暾暾的市民社会,他们遇到的实际压迫绝不沉重。祁家不必说供不起一个高老太爷式的"专制象征",劝阻老李离婚的,也只是热心善良而又世故圆滑的小科员。他们不过被看不见的绳索捆缚住了。这绳索并不像钢筋或者尼龙绳,但挣脱它或斩断它都不便下手。因为他们是善良软弱的小人物。环境对于高觉新的压迫,却巨大而且具形。他必须面对一个真实地存在着的封建家族势力,一群顽梗的大活人。形象的差异由不同的生活矛盾也由作者不同的意图中产生。老舍所要追究的"文化",是像空气一样无所不在而又不能一把抓住的东西;巴金所要批判的,却首先是封建家族这一实体。老舍要使人物的敷衍、苟且,由传统文化和市民生活方式负责;而巴金却把人物的悲剧性格与悲剧命运,归结为来自封建阶级的直接代表的压迫,当然,也归结为人物夹在家长势力与"家庭叛徒"之间的尴尬处境。《家》中高觉新的性格矛盾,更有时代的特定性;而老李们的矛盾,在生活中却更普遍。

上面的差异无疑是重要的。但在这里,使形象彼此区分开来的显明得多的标记,还是形象的审美特征。作者的未必自觉的创作意图、无以理清的创作心理(包括潜意识)、模糊的生活感受、朦胧的情绪体验,都不可避免地沉淀在这审美特征中。

《家》关于高觉新的描写,使你感受到悲剧性的庄严与沉重。《离婚》对老李的描写,却给了你一些不易描述的复杂印象。似乎作者把一些彼此冲突的美学倾向,用某种方式掺混、糅合起来了。高觉新的形象,是以典型的悲剧手法创造的;老李的悲剧形象中,却不时杂入了轻松谐谑的喜剧成分。对于人物描写的上述老舍式的美学风格,人们通常归结为"悲喜剧的结合",或者"含泪的笑"。但这种概括太一般化,使用得太滥,几乎成了美学分析中的套语。你在关于不同作家不同作品的分析中,可以毫不费力地套用这些现成话,而不必去深究,悲剧成分与喜剧成分在具体的创造物那里,是怎样结合在一起的,这种结合,有何种生活依据以及作者个人的心理依据。"悲喜剧的结合",的确可以概括老舍人物的一般美学特征,也正因此,它不足以充分说明老李、祁瑞宣这一组形象。

也许再也没有其他对象,使老舍像面对老李这样的人物时,感情、心理如此矛盾的了。的确,在他的这类对象那里,他沉痛地发现了存在于民族性格、民族心理结构中的痼疾,但他仍然挚爱着他们。他私心喜欢他们的迂,喜欢他们立身处世的严正,喜欢他们的"洁癖",喜欢他们对待人生的严肃。他比别人更知道他们的价值,这价值也正联系于由"中国文化"养育成的中国人、中国知识者的传统美德。沉痛与喜欢都出自至诚。但确实是,既"沉痛"又"喜欢"——他跟自个儿矛盾着。

《离婚》有些细节,写老李的不善交际,写老李的书呆子气,那种嘲讽简直近乎爱抚——轻轻地略带点儿不以为然地拍拍朋友的肩背。这种混入了喜剧因素的悲剧风格,其创作心理的依据之一,正在于:作者自己还找不出明确的逻辑,梳理清楚他在对"北平文化"(或曰"中国文化")认识上的矛盾。因而,他还没有十足的把握,更确切地估量人物的精神价值。把人物的"传统美德"与"精神痼疾"放在社会历史和道德的天平上,他一时找不出其间的平衡。如果老舍在《离婚》《四世同堂》里显得过分饶舌,那正是因为这点惶惑。借着人物,他在跟自己说话呢,他在自言自语中力图把矛盾理出个头绪。

这矛盾长时期地追逐着老舍,但它也成为创造的一种推动力。每个有成就的作家那里,都会有所谓"社会人生之谜"。他们都会被某种矛盾困扰着、追逐着、催迫着,甚至鞭打着,灵魂得不到片时的安宁。这个谜愈是带有根本性质,这种惶惑愈是意义重大,推动力也愈强大。一旦他们自以为找到了"终极真理",兴许燃烧着创造热情的火即会随之而熄灭。如果没有新的刺激与追寻,甚至创作动机就此失去了也说不定。

作者对人物的态度,不免影响到手法的选择,因而使得同属"悲喜剧结合"的不同性格,显现出色调上的差异。即以《离婚》为例,这部小说中老李外的另一主要人物张大哥,他的喜剧性格,来自这个人物行动本身的喜剧性质,和作者描写中明显的夸张态度;而老李性格的喜剧性,却主要是在人物与环境的不谐调中产生的。这里是北平的科员层。能在这一层玩得转的,是张大哥那样的"常识的结晶"、衙门里"庶务中的圣手"。老李,不过是阴差阳错,被安在了这位置上。"他要在一个臭水沟儿里跑圆圈,怎能跑得圆?"难怪他沉痛地叫着自己:"地狱里的规矩人!"他也许可以待在别的什么地方,却偏偏不应当属于这个"科员层",尤其北平的"科员层"!这个环境对于他,像是一面哈哈镜,使得这个一本正经的小人物,被可笑地揪着扯着走了形。区别在这里:张大哥可笑,而老李显得可笑。老李形象的悲剧本质,这样地包含在喜剧外壳里。

在老舍小说的人物世界中,老李、祁瑞宣们占着一个特殊的位置。他们既是一种生活环境、文化氛围的产物,又是自己所处世界中的最清醒者,对于自身的存在,较之周围的人们有更大的自觉——他们是这个世界最有教养的分子,他们是知识者。体现在形象中的作者的意图,也加强了人物地位的特殊性。一方面,这些人物由他们的敷衍、苟且的精神弱点中,产生了与其他市民人物的亲缘关系,从而使老舍创造的市民世界更具有完整性与自身统一;另一方面,这些人物,又直接表达着作者对于市民性格以及造成这种性格的文化传统的理性批判。由形象的上述特殊性,还引出了老舍对于这一组形象的描写的其他特点,如注重心理叙述。

《离婚》第五章,老李终于从乡下接来了妻子儿女,在古城的胡同里筑起了一个巢。

>……午时散了衙门,走到大街上,呼吸似乎自由了些。这是头一次由衙门出来不往公寓走,而是回家。家中有三颗心在那儿盼念他,三张嘴在那儿念道他。他觉得他有些重要,有些生趣。他后悔了,早晨不应那样悲观。自己所处的环境,所有的工作,确是没有多少意义;可是自己担当着养活一家大小,和教育那两个孩子,这至少是一种重要的,假如不是十分伟大的,工作。离开那个怪物衙门,回到可爱的家庭,到底是有点意思。这点意思也许和抽鸦片烟一样——由一点享受把自己卖给魔鬼。从此得因家庭而忍受着那个怪物的毒气,得因儿女而牺牲一切生命的高大理想与自由!老李的心又跳起来。
>
>没办法。还是忘了自己吧。忘掉自己有担得起更大的工作的可能,而把自己交给妻,子,女;为他们活着,为他们工作,这样至少可以把自己的平衡暂时的苟且的保持住;多么难堪与不是味儿的两个形容词——暂时的,苟且的!生命就这么没劲!可是……

思绪像不断头的丝,曲曲折折地从人物内心隐秘处抽出来,抽出来。老李应当这样子去思维,因为他是个有着内省倾向的,有着自我分析、自我批判的癖好的中国式的知识分子。因为——他是老李。

老李、祁瑞宣们的精神对立物

创作思维有它自己的逻辑。一种经验,一种思考,固然会引出一种性格、性格类型,但同一种经验和思考往往也会推进与助成相反方向的性格发现。寻找性格的对比,在相反的精神现象间思考,本来就合于老舍艺术思维的习惯。情况往往是,当他发现了处在一极的某种性格时,同时也就发现了另一极。因而,在他的创作中,性格总是成对地出现。《离婚》中的老李与张大哥是个现成的例子。但是我要说,在严格意义上与老李们构成性格对比的,不但不是张大哥,而且不是李景纯(《赵子曰》)、钱默吟(《四世同堂》)们,而是铁牛(《铁牛和病鸭》)与尤大兴(《不成问题的问题》)。只有这铁牛、尤大兴的主要精神特征,恰恰是"敷衍""苟活"的反面:不敷衍,即认真;不苟活,即苦干。即使在世故的包围中,即使在庸人的围剿中,即使在不容你不敷衍、不苟活的环境中。他们不是梦想家,而是实干者。对立,在这里。

早在《二马》里,老舍就写过一个英国式的实业家李子荣,企图使之成为同篇中马家父子的镜子。但那个形象是干瘪的,是个概念,穿了件衣裳的概念。

1936年,老舍在一篇题作《英国人》[①]的文章中,谈到过他"由观察得来的"关于英国人的"印象"。要读懂老舍的《铁牛和病鸭》《不成问题的问题》《一筒炮台烟》,以至更早的《二马》《离婚》,这篇《英国人》大可一读。"假若英国人成不了你的朋友,他们可是很好相处。他们该办什么就办什么,不必你去套交情;他们不因私交而改变作事该有的态度。他们的自傲使他们对人冷淡,可是也使他们自重。他们的正直使他们对人不客气,可也使他们对事认真。你不能拿他当作吃喝不分的朋友,可是一定能拿他当个很好的公民或办事人。"

---

① 《西风》月刊1936年9月1日第1期。

倘若说《何容何许人也》那一篇像是在为老李们的形象作注,那么这篇《英国人》则似乎是为解释铁牛、尤大兴以至阚进一(《一筒炮台烟》)们而写的。文中关于英国人的判断是否准确,姑且不去深究,反正作者意不在此;你却不妨留意一下作者的执着——他的思维是怎样牢牢地抓住那个最折磨他的问题:民族性格的改造。你从文中还可搜检到更多的线索,证明作者早在羁留英国期间,就在寻找一种性格上的对立。此后他更立意在中国知识者而非英国人中,发现与老李们相反的一型,而且是向自己所不十分熟悉的人们中寻求。

不十分熟悉,不免会带着点儿冒险。《铁牛和病鸭》文字间有时令人感到过火。中国历史上确实不乏"埋头苦干""拼命硬干"的知识者,这种人物出现在老舍笔下的时候,却显着几分生硬。但铁牛究竟比李子荣结实得多。这位铁牛不是改革家,而是实干家。尽管不懂政治,却敦厚、单纯,而且有一股傻气——要事业,不要命。他是学农的。"幻想"中长不出庄稼来,他的职业活动就容不得老李式的、"新韩穆烈德"式的空想。

尤大兴则是搞园艺的。农与园艺,本来是近亲;铁牛和尤大兴,也的确有某种相似。比方说,都"吃苦耐劳",都严格,实际,"不善应酬,办事认真"。尤大兴"在美国学园艺"而归国,似乎更多着一点异味。他讲科学,讲效率,"拿人一天的钱,他就要作一天的事,他最恨敷衍与慢慢的拖"。他不懂"关系",不问对象,甚至显着不近人情。"科学的方法与纪律的生活,是建设新中国的必经的途径"——他只相信这个。更重要的是,无论铁牛还是尤大兴,他们的原则与道德尺度,都不只是用来律己,或设计、建造梦幻世界。他们总要来真格儿的。

老舍这样地谈到过他自己:"教书作事,均甚认真,往往吃亏,亦不后悔。"[1]我们不妨认为,老李、祁瑞宣与铁牛、尤大兴,各自承担了老舍本人的某些特征,但哪一个又都不全是老舍。据说,安德烈·保

---

[1] 见老舍《小型的复活》一文附录"著者略历",《宇宙风》1938年2月11日第60期。

尔康斯基和皮埃尔(《战争与和平》中的两个人物),从不同的方面包容了托尔斯泰本人的性格。歌德关于他的《浮士德》有一个令人惊讶的说明,他竟然说:"不仅主角浮士德的阴郁的、无餍的企图,就连那恶魔的鄙夷态度和辛辣讽刺,都代表着我自己性格的组成部分。"①我并非想拿了这些来套老舍。但无视创造主体在创作中的投入,你对于创造物的了解难免是不完全的。

  上文所说的老李、祁瑞宣与铁牛、尤大兴们的精神对立,当然只是在有限的意义上。② 但这有限的意义,恰恰是作者着意强调的。他一定认为,有着类似老李、祁瑞宣的品性的知识者,完全可能也应当成为更健全的人,因而才不惜"叫起灵魂来目睹他自己的腐烂的尸骸"③。他要叫他所熟悉的保守苟安的旧北京市民(包括他们中的知识分子),见识一下他们的眼光所不及的另一人种。这样,我们就应当承认,老舍没有写出的老李型市民知识分子的历史进步,由上述的性格对比中得到了补偿。其实即使没有这补偿,也并不成其为缺失。他写出了老李、祁瑞宣们,提供了自己关于中国知识者性格与命运的独特观察与思考,这就尽够了。更何况老舍所建造的,是较之本章所论的这一组庞大得多也丰富得多的形象世界呢!

---

① 《歌德谈话录》,朱光潜译,第139页,人民文学出版社1978年版。
② 对立着的两方有很多相似之处:如立身不苟,迂,有操守,不肯或不甘随俗浮沉,等等。
③ 鲁迅:《娜拉走后怎样》,《鲁迅全集》第1卷,第160页。

五　蒋纯祖论

一个念头强烈地诱惑着我:我忍不住想要弄清楚,当路翎写《财主底儿女们》这部大书的时候,处在怎样一种感情状态。我依着自己的习惯,希望首先从作品的文字间捕捉住作者的情绪,而不去听作者关于自己的作品讲些什么。说实在的,读完这一部书,是需要足够的耐心的。也许现代小说史上再也找不出另外一部长篇,像《财主底儿女们》这样晦涩、精芜杂陈——一枚硕大的酸果!当我一点点艰难地啃下去,我想到了陀思妥耶夫斯基,那个"拥有一种病态的天才"[1],给人物同时给自己以"精神上的苦刑"[2]的俄国作家。

不用说,路翎无论功力还是实际成就,都不足以与那位巨人相比。但他的天性里似乎也有一种"残忍性",一种使自己也使别人狂躁不宁的因素——中国作家中极其罕见的个性与气质。

(一)

这是一部始终扰攘不宁,而且是在自始至终的扰攘不宁中写成的书。所有那些借路翎的笔而生存的人们——主要是蒋家儿女们,都像是希腊神话中的西西弗斯(Sisyphus)[3]和坦塔罗斯(Tantalus)[4]。

---

[1] 卢那察尔斯基:《思想家和艺术家陀思妥耶夫斯基》,《论文学》,第218页。
[2] 鲁迅:《忆韦素园君》,《鲁迅全集》第6卷,第67页。
[3] 西西弗斯被罚永不休止地推巨石上山,每次将到峰巅时巨石即滚下。与坦塔罗斯同为希腊神话传说中人物。
[4] 宙斯的儿子。被罚站在湖水中,当俯身就水时,水即退去;欲摘取水果,树枝即被吹开。因此永远受饥渴之苦。

恼人的思想,彼此间不断发生的冲撞,他们自己狂热、神经质的个人气质,都像无形的鞭子,抽打着、驱赶着这些高贵的人们,使他们的思维与情绪不能哪怕只是瞬间地固定在一点上。这群财主的儿女们中最年轻的一个——蒋纯祖,当他出场的时候,正像一只小狼,从那个时候起,他似乎就没有安静过。若是他偶然地沉静下来,也一定会瞬即触电一般地跳起来,猛烈地想,或者狂暴地动。

我想,每一个活人,都不可能以这种方式生活——他们一定会很快就力竭而死的。不必费太大的气力,你就可以从文字间找到作者,那个习惯于以"处于紧张状态的思想、感情和形象"①进行创造的小说家。这个人的个人情绪,无疑是小说特异节奏和氛围的重要来源。他无法使自己安静下来。当创作这部长篇小说时,他似乎正在承受着巨大的精神磨难,狼一样狂暴地奔突,极力从兽槛中冲出去。他肯定着,又否定着,跟自己争辩,说服自己,或者推翻自己,甚至拷问自己。小说使人相信,他的整个创作过程充满着痛苦;直到终篇,他也没有能够制服座下那匹凶暴的马——他抓不牢自己思想的辔头。

由这种持续的狂躁与兴奋中,产生出《财主底儿女们》异乎寻常的叙述方式。这样的叙述方式不可能不破坏"整体感"。生活像是在他的叙述中一块块碎裂了,风化了,变成了一个个局部,片段,瞬间。动作总是突发的,不连贯的。镜头迫不及待地在不同的形、色、人、物上跳过,焦距迅即变换。这里也有细节,甚至过分精美,显出贵族式的豪华,每一笔都带着一种情调、氛围,把人物裹在里面。但在缺乏整体感的叙述中,它们却像是阳光下一堆亮闪闪的玻璃碎片。

动荡不定的,是这整部作品,而不是其中的某个局部,某个人物和人物的故事。

那么,纠缠着作者,使这个灵魂如此不宁的,究竟是什么?怎样

---

① 卢那察尔斯基:《思想家和艺术家陀思妥耶夫斯基》,《论文学》,第207页。

的一种巨大的困惑,才有可能驱使一个17岁的青年①,动手写一部对于他这样的年龄,显得过于沉重的大书,承受一种如此旷日持久的"精神上的苦刑"?——这一切为了什么?

(二)

　　……我们中国,也许到了现在,更需要个性解放的吧,但是压死了,压死了!……不容易革命的呢,小的时候就被中国底这种生活压麻木了……一直到现在,在中国,没有人底觉醒,至少我是找不到!……(第二部第十三章)

　　这里叹息着的,是蒋纯祖。是这样地艰难,人物与作者,终于把最使他们不安的思想,清晰一点地表述出来。

　　其实,一个统一的意图,贯彻在小说第一部第一章到第二部的最后一章。作者像一个初入狩猎场的猎人,由各个角度,笨拙而又执拗地逼近他的猎物。由于他为自己选择的对象世界过于庞大、芜杂,叙写中常常失去驾驭,以至使碎散的场面、片段,矛盾混乱的思想,有时险些把他的主要意图给淹没了。但你仍然可以由情节的错杂交织中,触摸到作者构思的基本线索,找到情节——作者思想的逻辑,尽管它们常常显得暧昧,闪烁不定。

　　我们不妨追踪一下作者的思想径路——直接沿着作品情节的推展;并且试图解释,这种思想径路是由怎样的历史环境和现实条件中产生的;这样地思考着、描写着的人,与决定中国命运的历史活动,以怎样的方式联系着。

---

① 小说的作者路翎在《财主底儿女们·题记》(1945年5月)中说:"这部东西,是在一九四〇年就起手写的。"是年,作者17岁。初稿在战火中丢失,作者又重新着手写。

第一部:家族历史与家族性格

　　这部长篇小说,仅仅结构方面,也令人感到炫惑。小说第一部,推出了一个庞大的形象系统,以蒋家家族谱系为经纬,其间交织着蒋家,以及外围的各色人等。这是一个色彩斑斓的世界。最活跃的,作为这家族的灵魂的,不是那个威严的父亲蒋捷三,而是蒋纯祖的哥哥蒋少祖。第二部的焦点,更多地集注在一个目标上,即在第一部里还不足以引人注目的蒋家的小少爷蒋纯祖。这里也有一个纷杂的世界,但它却是主要围绕这一个人、为了这一个人而设置的。蒋少祖们退居远景,蒋家的第三代人却占据了较为重要的位置。《财主底儿女们》情节的发展,是在这个家族的命运史中实现的。除了这种常见的结构方式之外,这部小说还必须有别的什么,才能把它格外纷繁的内容组织起来。我们在下文中也许可以解释清楚,构成小说内在统一的因素究竟是什么。

　　这个封建大家族,在中国现代文学中,是一个惹人注目的存在。父亲和儿女、直系以及旁系——这个家族所有成员,彼此惊人地相似。他们都是敏感、神经质的,都有贵族的精神优越感,都像那个王桂英一样,"不能照别人一样地生活",有着一种"时常显得乖谬的激情"。这还要算是较为次要的方面。这是一些绝对孤独的灵魂。这里每个人在每一瞬间,都强烈地意识着自我的存在,激赏自己,超乎一切地钟爱自己,像钟爱热恋中的情人。他们都善于把外在世界变成自己"精神支配下的""内心的图景",把作为对象的客观世界化为对象化的自我。这些人在外界的每一现象上都首先看到、感觉到自己,并细致地品味这种感觉。这才是一种不寻常的秉赋。具有上述秉赋的人,不可能不是高傲的。由这个家庭走出的"政治家"蒋少祖,几乎轻蔑自己以外的任何人,始终救世主一样地垂着他俯怜众生的眼睛。(他的弟弟蒋纯祖,差不多一开始就以超人自居,认定了自己只能走一条"险恶的、英雄的道路",而此外的路则是留给庸常之辈的。)那个热狂的王桂英,只要有一个机会使她与众不同,比如在示威游行中被拥上了演说台,她的第一个陶醉就会是:"她站在高处,群众在她底脚下仰面看着她。"他们不但是财产上的,而且是精神上的贵族,上帝的选民。这样的一些人,即使对于孤独的体验,也异乎常人。蒋少祖常常醉心于他自以为是"自由而神圣"的孤独感,夸张地想:"他,蒋少祖,在中国走着孤独的道路……"①(而蒋纯祖即使还是一个少年时,就已经乐于享受那种"热烈而凄凉的孤独",体验孤独者的近于神秘的内心生活。)在路翎笔下,甚至一个工人(朱谷良),也像蒋家的少爷们那样沉醉在孤独中。你会感到,知识者的某些精神特征,在蒋家的家族性格中,被成倍地放大了。

在这样一些赋有异禀的人们中间,出现了中国小说中罕见的家庭关系、人物关系。多么令人诧异:这部小说中众多的人物,经常是由彼此相斥的力联系在一起的。每一个人都不了解、不信任其余的人,即使一母所生的姊妹,即使一道亡命的伙伴。这个世界里不存在和谐。人们"彼此怀着厌恶","他们都觉得自己是特殊地孤单的"。有时"戒备"和"敌意"使他们简直类乎"宿命的仇敌",怨鬼一样彼此纠缠,仿佛只是为了证明人与人的不能相容似的。② 坼裂声在一切把人们连结在一起的地方响着。所有路翎人物的活动空间,无处不像是苦恼的渊薮。

本章所论的蒋纯祖,直到小说第一部第三章才出场。那是在他姐姐蒋淑华的喜宴上。"一个穿短裤的、兴奋而粗野的少年跳上了门槛。他用明亮的眼睛看着大家,怀着一种敌意。"粗野,狂暴,神经质。你一下子就认出了蒋家真正的家族标志。

到第一部临近结束时,你已经不能把这个青年贵族和他的哥哥蒋少祖在气质上区分开来。这个野心勃勃的少年对着世界傲然宣布:"这些是我的! 这一切全是我的!"

---

① 小说让人们看到,这个有着夸大的使命感的人,怎样毫不犹豫地以他渺小的情欲,让一个女子(王桂英)吃了苦头。这个人物是足够复杂的。
② 如第一部中的蒋蔚祖夫妇,如第二部中的朱谷良与石华贵。

这是一个真正的蒋纯祖式的宣言。这声音所引起的,与其说是惊讶,不如说是困惑。它不像是三四十年代的,甚至也不像是"五四"的。陌生感推你离开人物,陌生感同时也强化印象。这后者也许正合于作者的需要。——在表达一种思想时,他要求"强烈"!

第二部:蒋纯祖及其性格历史

苏州—南京—上海,是第一部中人物活动的三角区。每一处都伴随着一种特定的情调、音乐主题,而又与一个或一组人物的性情、格调相应。旷野—武汉至重庆、演剧队—乡场,则是第二部中蒋纯祖生命史的三个段落,这个性格的三部曲。它们同样不只提供了显示同一性格的不同舞台,而且彼此构成情调的对比。小说的总体结构是匀称的。

旷野。旷野、漂流者,永远使这个作者迷恋。当第二部开始后不久,蒋纯祖就由燃烧着的南京逃出来,跟偶然遇到的朱谷良们一起,沿长江和广袤的江岸平原漂流。

旷野上的蒋纯祖,令人想到法捷耶夫小说《毁灭》中的美谛克。甚至连两个人的处境都那么相像。他们都是知识者,处在跟他们的出身、教养极其不同的人们中。在《毁灭》里,那是一支"溃灭"中的袭击队;旷野上蒋纯祖所跟随的,也是一支小小的队伍,所谓乌合之众。两个人物的相似尤其在他们的善恶观念上。两部书都让人物面对人类生活中必然会发生的残酷。《毁灭》中的袭击队,为了不使同伴落入敌手,不得不毒死病人;由于饥饿,不得已而劫粮。《财主底儿女们》里那一群漂流者中间,一再演出杀人的场面,比如朱谷良枪击强奸民女的国民党兵痞。两个人物——美谛克与蒋纯祖,对于这类事件有着相似的反应。毒死病人和劫粮,都使文雅的高中学生美谛克厌恶。"他反对毒死病人,而并无更好的计谋,反对劫粮,而仍吃劫来的猪肉(因为肚子饿)。他以为别人都办得不对,但自己也无办法,也觉得自己不行,而别人却更不行。"①在袭击队队长莱奋生看来,美谛克不过是俄国式的生活中才能生长出的"懒惰的,没志气的人物""不结子的空花"。蒋纯祖也一般地对于杀人怀着嫌恶。因为被杀者(无论其有怎样的罪恶)"也是一个人",而"他,蒋纯祖,爱一切的人",在这群野蛮人中间,只有他,才"理解别人底生命底意义"。两个人物这种高贵的悲悯,在他们所处的具体场合,都不能不是虚伪的。因为这种悲悯丝毫不对实际后果负责,也丝毫不关心问题的实质方面。超越具体善恶的道德立场,只能是虚构的。

旷野上的蒋纯祖忠实于他自己,但路翎的描写却缺乏包含在法捷耶夫的描写中的批判力量,蒋纯祖也缺乏美谛克形象的讽刺意义。这多半由于像在《财主底儿女们》所提供的其他场合那样,蒋纯祖在精神上比周围所有的人优越。朱谷良绝不是莱奋生。这是个冷酷、多疑、野心勃勃的家伙。这种人物关系,使得蒋纯祖的卑怯、虚伪(当然是不自觉的),也招人怜悯。

旷野上的漂流,才是蒋纯祖性格历史的真正起点。蒋纯祖在这里最显眼的,是他的要求"爱一切的人"、理解一切人的"生命底意义"的思想。情节在继续推进中使人们看到,具有上述观念的蒋纯祖,怎样地在与环境的必然冲突中,艰难地走他自己的人生道路。

武汉—重庆、演剧队。有关演剧队的描写,在小说的整个第二部中最集中也最富于戏剧性,冲突的性质表现出前所未有的明确与肯定。旷野上的蒋纯祖,向残酷的环境要求人道,要求对"别人底生命底意义"的理解;演剧队的蒋纯祖,则向革命组织、集团要求尊重个性。

小说在这个环节上对于主人公的把握,仍然是准确的。你看,这就是那个置身于一个具体的救亡组织——演剧队中的蒋纯祖:

> 他只注意他底无限混乱的内心,他觉得他底内心无限的美

---

① 鲁迅:《〈毁灭〉后记》(1931年1月),《鲁迅全集》第10卷,第326页。

丽。虽然他在集团里面生活,虽然他无限地崇奉充满着这个集团的那些理论,他却只要求他底内心——他丝毫都不感觉到这种分裂。这个集团,这一切理论,都是只为他,蒋纯祖底内心而存在;他把这种分裂在他底内心里甜蜜地和谐了起来。在集团底纪律和他相冲突的时候,他便毫无疑问地无视这个纪律;在遇到批评的时候,他觉得只有他底内心才是最高的命令、最大的光荣、和最善的存在。因此他便很少去思索这些批评——或者竟至于感不到它们。

这两方面——一方是以"自己底心灵"为"最高的存在"的蒋纯祖,一方是把一切个人感情(主要是爱情)都视为"小布尔乔亚"的恶劣根性,习惯于在绝不相容的对立中思考个人与集体关系的演剧队的领导者——的冲突是无可避免的。这种冲突,以演剧队的批判会为顶峰,构成爆炸性的场面。在这个场合出现的蒋纯祖,俨然是一位英雄。他的雄辩的发言,借了作者饱孕着激情的叙述,把他自己的某些方面(比如无视"集团底纪律"等等)自然地掩盖了。更何况站在蒋纯祖对面、组织对蒋纯祖的批判的,是一些多么委琐、褊狭、善妒、智能低下的角色!这不能不使蒋纯祖耸出于众人之上,使他的以自己的"内心"为"最高存在"之类,也像是一种应有的权利。

情况正与旷野相似。作者忠于他的人物。他写的的确是蒋纯祖,而且是包含了人物的全部弱点以至卑污的思想、念头的蒋纯祖,但小说提供的情势——环绕这个人物的人们,他们之间的冲突,等等,都使蒋纯祖处于有利的地位,使他的弱点不至于显得过分刺目。也与有关"旷野"的章节相似,作者以他的大篇议论,清楚地表明了他的倾向:在导致冲突的主要问题上,他站在他的主人公一边。他把冲突的另一方明确地规定为教条主义者和"投机者",而蒋纯祖这样的青年,则在普遍的投机中,"以个人底傲岸的内心拯救了自己"。人物的性格在情节发展中保持了一贯性,作者对于人物的评价,也在不断的矛盾中保持了基本倾向的一贯性。

正是在演剧队里,蒋纯祖开始了一种在他是最痛苦的思考:关于"个性"与"这个时代底教条""最高的命令"的关系,关于个人与革命集团的关系。小说以后的章节使人们看到,主人公把上述思考一直带到了他生命的终结。这个问题在人物——作者那里如此重要,以至它有时成为超越于、游离于具体情节的东西,小说第二部的后半部,因此显得更为芜杂、滞重。

乡场。在同样要求尊重"个性",激烈地攻击"教条",并对现实的革命持怀疑态度的蒋家两兄弟之间,毕竟有着差异。蒋少祖说:"我信仰理性!"蒋纯祖说:"我信仰人民。"尽管在说出"人民"这个字眼的时候(小说第一部第十五章),蒋纯祖并不真正明白他说了些什么。小说的第二部,这个人物由演剧队到石桥场,性格却确实有了某种发展。作者也显然想在这里,使蒋纯祖与他的哥哥区分开来。虽然蒋纯祖的到石桥场,令人想到的是19世纪70年代俄国青年的"到民间去"。小说是这样描写的:初到石桥场的蒋纯祖,"只感觉到个人底热情,他不知道这和大家所说的人民有怎样的联系";但当他具体地从事一项事业——主持石桥场小学,向绅粮们挑战——时,他总算觉得,"这里的这些不幸的生灵们需要他,他也需要他们。从热情的思索里不能得到的这种联系,这里就得到了"。终于在一个雨夜,他的灵魂喊出了:"让我和那些慢慢地走着自己底大路的善良的人们一同前进吧!"

但这不是主要的。乡场上的蒋纯祖,他的精神生活的主要方面,是演剧队的冲突在他个人理念活动中的继续。他更其猛烈地攻击着人的"平庸、迂腐、保守",因为"他们崇拜偶像,他们底头脑里全是公式和教条;生活到了现在,他们战战兢兢,生怕自己触犯了教条,他们所能做的工作,是使一切适合于教条!他们虐杀了这个世界上的生动的一切"。处在乡人中间,更能吸引他的题目,仍然是"人底完成"。

即使这样,石桥场上的蒋纯祖,毕竟走出了在他是重要的一步。如果像蒋纯祖这样的极端的自我中心主义者、绝对的孤独者,都感到了"人民"的吸引,意识到他所寻求的力量在那些朴素而粗野的人们中间,那么这引力本身,该是何等强大!底层生活在这个贵族青年那里激起的"混乱的激情"中,确实出现了把这个人由原来的思想轨道、生活方式中拔出来的可能性。尽管小说第二部结束时的蒋纯祖,不但没有达到某种科学的理论认识,甚至没有修正自己认识中的重大谬误,他却确实走到了其他蒋家儿女即使在想象中也没有达到的地方。推动这种进步的,是生活本身的力量。无论如何,作者通过主人公"内心底狂风暴雨",甚至通过主人公思想与感情的"混乱",使人们感到了这种力量。

这个从崩溃中的财主家庭走出来的青年知识者,孤独、神经质、狂躁、野心勃勃,终于在旷野上,在演剧队,最后,在乡场上,经历了现代人生惨烈悲壮的一幕,以他的方式,触摸到了"这个壮大而庞杂的时代",对自己的精神优势发生了一度的动摇,受到了一个乡村女儿朴质、善良的道德力量的吸引。这些都是小说所描写的——没有越出人物性格变动的可能幅度。如果人们由这个形象,不仅仅看到了一个顽固的"个人主义者",而且看到了一个缓慢变化中的知识分子,看到了这样一个知识分子的一段精神历程,看到了这样的知识分子克服自我过程中的苦难,那么这是符合小说本身的实际的。蒋纯祖的痛苦与毁灭毕竟不仅仅是个人的。他的追求中毕竟包含着严肃、重大的东西。因此,他的痛苦才是剧烈的,他的毁灭才是悲剧性的。

> ……这蒋纯祖觉得是动人的、惊心动魄的一切,简直是震碎了他底神经使他在夜里不能睡眠。他是燃烧着,在失眠中,在昏迷、焦灼、和奇异的清醒中,他向自己用声音、色彩、言语,描写这个壮大而庞杂的时代,他在旷野里奔走,他在江流上飞腾,他在寺院里向和尚们冷笑,他在山岭上看见那些蛮荒的人民。在他底周围幽密而昏热地响着奇异的音乐,他心里充满了混乱的激情。在黑暗中,他在床上翻滚,觉得自己是漂浮在波涛汹涌的大

海上。他心里忽然甜蜜,忽然痛苦,他忽然充满了力量,体会到地面上的一切青春、诗歌、欢乐、觉得可以完成一切,忽然又堕进深刻的颓唐,恐怖地经历到失堕和沉没——他迅速地沉没,在他底身上,一切都迸裂、溃散;他底手折断了。他底胸膛破裂了。在深渊里他沉沉地下堕,他所失去的肢体和血肉变成了飞舞的火花;他下坠好像行将熄灭的火把。

这简直是一种奇异的景象,现代文学中不曾响起过的狂暴的"心灵之歌"!作者希望给他的人物一个更像"结局"的结局,他抵抗不了这个念头的引诱,企图使人物超越他的某些局限,在弥留中变得圣洁,以至描写浸染了点宗教意味。但蒋纯祖自己给人们留下的,却更多的是关于他的困惑。我们重又听到了蒋纯祖沉痛的声音:"我们中国,也许到了现在,更需要个性解放的吧……"我们要追问:怎么样了?石桥场上的蒋纯祖,关于这个最使他不安的问题,思考得怎么样了?他在石桥场上的细小的变化,是否真的使他逼近了"结论"?而他所谓的"神圣的真理"又指什么?

——作者掉过头去。他没有回答。

(三)

这是一个经历史提出,而又未曾提供完满答案的问题。

一切严肃的、郑重的、思考着的现代知识者,都无法使自己完全绕过这个问题。他们事实上由各个角度、侧面,直接或迂回,率直或含蓄,大胆或小心翼翼地,触碰着它。但使问题显得那样尖锐,无可回避的,还要算是《财主底儿女们》吧。仅仅这本书提出问题的方式,就够叫人惊讶的了。

作者突出、强烈地渲染人物某些与时代思想显然相悖的精神特征,其描写足以冒犯一般知识者的道德感情;同时毫无掩饰地同情以至钟爱自己的人物。这样描写着的作者,不会纯粹为了艺术上的冒险。但他确实是在冒险,在人们认为"合理性""正常性"的边缘上,以至边缘之外,他把问题以从未有过的刺眼的方式提了出来:要由怎样的道路,才可能使历史的进步不至于以"个性"的牺牲为代价,怎样的革命才能在自己的任务中包括了"个性解放""人底觉醒"?

问题是极其现实的。"我"是一种现实存在。无论是出于理性自觉加以抑制了的"我",还是像蒋纯祖那样放姿任情的"我"。当作为个体的"我"必须纳入集团的意志、目的、利益、纪律之中时,冲突不但是不可避免的,而且是合乎逻辑地发生的。"人们通过每一个人追求他自己的、自觉期望的目的而创造自己的历史,却不管这种历史的结局如何,而这许多按不同方向活动的愿望及其对外部世界的各种各样影响所产生的结果,就是历史。"[1]认为"最终的结果总是从许多单个的意志的相互冲突中产生出来的","无数互相交错的力量"汇合而成的"总的合力",导致了历史的创造,上述思想,恩格斯还在其他文章中表述过。[2] 政治集团固然较之散漫的人群,拥有更为集中的意志、明确的行动目标,即使如此,个人意志仍然不可能绝对地消融在集团意志之中。鲁迅早在《非革命的急进革命论者》[3]一文里谈到过这一点。

抗日战争期间,大批知识者拥入革命组织,这种情况对于两个方面——革命组织和知识者个人,都是一种冲击,使早已存在着的矛盾表现出空前的尖锐性。知识者狭隘的民主要求,固然要与严酷的斗争环境,与革命组织有关"集中性"、纪律等等的要求发生冲撞,而知识者的民主观念,也势必使得一部分革命组织内部缺乏正常的民主生活的问题骤然突出。矛盾出现在蒋纯祖的人生经历中,不能不带有某种特异性质。"以个人的个性为最高的统治者"一类西欧资产

---

[1] 恩格斯:《路德维希·费尔巴哈和德国古典哲学的终结》,《马克思恩格斯选集》第4卷,第243—244页。
[2] 恩格斯:《致约·布洛赫》(1890年9月21—22日),《马克思恩格斯选集》第4卷,第478页。
[3] 《鲁迅全集》第4卷。

阶级早期思想,的确弄敏了这个青年的感觉,使他比之一般人,能更细致地体验专制的痛苦,这种痛苦又是现实的而非心造的;但这位雄辩家却完全不懂得使中国从一切专制下解放出来的现实道路。他无论如何也不能把早期资产阶级使用过的理论武器,与抗日战争的具体任务统一起来。路翎跟自己的主人公一起陷入了思考的困境。因为他和人物一样,并不真正懂得中国。他抓住了一种弊病——压抑个性,缺乏民主传统,却不了解这种弊病赖以发生的条件。在石桥场,他与主人公一起,像是初次发现了广大的底层社会。对于底层社会的观察,应当有助于人物和作者脱出困境,因为压抑个性的弊病的存在,依赖于社会经济条件,依赖于整个生活方式的落后性。可是这种"发现"在小说中并没有与人物原有的思路衔接起来。蒋纯祖更像一个架空的思想者。

人的历史主动性有其得以实现的条件,而贵族式的骄傲对于实际运动毫无意义。蒋氏兄弟不能以他们的力量真正作用于历史。这是可悲的。蒋少祖说到过自己追逐的主要目标:"不过想找一条路罢了。"他狂妄地想:"给我一个支点,我能够举起地球来……"问题恰恰在于:"支点"在哪里?蒋纯祖也在"找一条路"。他最终的迷惘仍然是:"他感到他可以毫无顾忌地一直向前走;但他要走到哪里去呢?"①

我们现在也许更容易明白,作者为什么选择了这样一个主人公,为什么由小说第一部起,就在他的所有人物那里,最后,更集中地在蒋纯祖那里,表现一种个人的主观的精神力量。他企图在知识分子中,发现强大的个性力量,这种力量将使他们有可能经由自己的探索,独立不倚地达到"神圣的真理"。为此,他不惜把这种力量在描写中加以夸大。然而作者愈是写下去,就愈是感到,他的人物并不是他所发现的弊病的真正对立物,他觉察到他不能使人物既保持"个性",同时又具有历史感,拥有改造世界的现实力量。其实作者早已

---

① 着重号为笔者所加。

处在了矛盾的境地。他不但一再使人们看到,以"精神独立"自傲的蒋纯祖,在实际生活中怎样软弱,思想力如何贫弱,而且让人们看到了,这个解除了任何束缚的"个性",会表现出何等可怕的自私,像人物那两次恋爱(先是和演剧队的高韵,后来又与乡场上的万同华)中表现出的那样。这是作者的主观意向所无能为力的:只要给人物以感性形式,使人物处在具体环境中,发生具体的人物关系,人物本身的否定性,就会违反作者的意愿呈露出来——即使作品中的生活是作者精心选择过的。

像是跋涉过了极其崎岖的长途,你陪着一个迷失了的灵魂在微弱的星光下颠踬。你希望人物早一点结束他的精神痛苦,你希望小说描写的这梦魇般的一切有个了结。人物死在他年轻的时候,你却像是看着他活过了几个世纪。应当说,折磨着作者和人物,使他们捱受那样多磨难的矛盾,在经过了几十年之后,已经可以看得比较清楚,你已经有可能比人物也比作者更容易地,把握住那些错杂纷乱的文字间的逻辑。尽管如此,当你读这部小说时,仍然会不胜其烦扰。当你看到三四十年代的知识分子(尤其是像蒋纯祖这样,有着旧时代、旧家庭两重负累的知识分子),为了经由自己的摸索、奋斗而达到真理所经历的精神苦难,你是不会无动于衷的。你不会对他们的挣扎投以冷冷的一瞥,仅只满足于给人物的观念以某种判决,也不会轻薄地玩赏他们的精神创伤,嘲笑他们未能在死亡之前一把抓住全部真理。当然,今天的读者不至于再全面重复他们的命运,今天的作者也没有必要以路翎的方式展览这类苦难和创伤,但他们却有必要重新思考由蒋纯祖思考过而没有达到结论的某些问题,这些问题并没有因历史的推进而变得陈旧。当然,他们会把自己的思路与蒋纯祖的,自然地区分开来。人总是越来越聪明。人类的认识活动就其总体而言,也愈益接近于"绝对真理"。这是大可乐观的。

（四）

　　倘若你肯费心作一点统计，你就会惊讶地看到，这部小说的大半篇幅，被人物狂热的内心独白和作者同样狂热的心理解说占据了。人物说了那么多，作者关于人物说了那么多，在这一方面，也难以找到另外一部现代小说与之相比。我在本章一开头就谈到路翎式的叙述，在这里应当说，那种叙述之所以显得破碎，跳宕，缺乏连贯性，多半是因为，这种叙述中容纳了过量的心理内容。他不是讲故事的人。他是人物心灵图像的不厌其详的解说者。

　　在另一章节里，我谈到过老舍小说的心理刻绘——笔致活泼而绝不作大幅度的跳宕。那是曲折而绵绵不断的。即使陡起转折，也非凭空而起——转折而不失连续性。这正与他的整个叙述风格一致。路翎关于心理过程的叙述，也与他的小说整体风格和谐。他不尊重连贯性。人物的内心图像，被突兀地推到你的眼前，尤其是主人公蒋纯祖的内心图像。愈到后来，这个人物的内心生活愈狂热和神经质，人物的意念，像是由作者一个个抓住，朝你掷过来，砸过来，沉重地，恶狠狠地，使你禁不住想要逃开去。你被人物的思想和思维方式给弄得疲惫不堪，以致有时候麻痹了感觉和理解能力。但你仍然得承认，路翎有着一种捕捉人物心理的瞬间变幻的异乎寻常的才能。

　　小说第一部第一章，蒋少祖与他所爱着的女人王桂英，被庆祝"一·二八"上海抗战胜利的人流所裹挟。群众的热情与力量，居然暂时地感染了这个青年贵族。但当王桂英跳上演说台，以她热烈的演讲吸引了公众的时候，世界的形象在蒋少祖眼里突然改变了。

　　　　在王桂英演说的时候，蒋少祖对她有了不可解的、仇恨的情绪。他突然觉得一切都是无聊的；王桂英是虚荣而虚伪的，群众是愚蠢的。他未曾料到的那种强烈的嫉妒心在袭击着他，使他有了这种仇恨的情绪。他注意到面前的一个男子为王桂英底演说而流泪;他注意到周围的人们底感动的、惊异的面容。人群感动愈深,蒋少祖对王桂英的仇恨情绪愈强。

他开始反抗他底这种心理,但这反抗很微弱,然而在王桂英羞辱地跳下岗位台来的时候,这种情绪便突然消逝了。显然的,王桂英在纷乱中走下岗位台来时的那种寂寞的意味令他喜悦。

王桂英迷惑地走向他,睁大眼睛看着他,好像不认识。人们向这边跑来,蒋少祖冷淡地向街边走去,王桂英,好像被吸引着似的,跟着他。

街上奔驰着车辆,人群散了,蒋少祖冷淡地走着,不知要到哪里去,但希望王桂英从他得到惩罚。……

你一定会不习惯于人物的这种乖张。但你相信,作者写的,是那个极端虚荣、野心勃勃的蒋少祖。蒋少祖应当以这种方式感觉世界。

艺术的世界,情况也像生活世界一样复杂。这个往往忽略整体性的作者,偏偏以另外的方式(而且多半是在一个局部、片段之中),表现出对于整体性的兴趣。他不但希望人物的心理在他的叙述中,不失去其全部丰富性以至任何微妙之处,而且企图用文字复制出具体的感性环境。他试着以自己的叙述方式,打破一重障碍——以文字传达人物的意念以及创造一个活生生的感性世界时,通常所遇到的表现能力的限制,使人物内外两面的生活更统一、更逼近于实际状态。他追求的不止是生动的感性,而且是立体性。这种意图不但在描写大的场面(如蒋淑华的喜宴、蒋捷三的葬仪),而且在描写小的场景时也表现出来。

前房有活泼的脚步声,接着有兴奋的喊叫声,面孔发红的蒋秀菊提着精致的皮包跑了进来。在她底后面,她底新婚的丈夫踮着脚走路;新的坚硬的皮鞋吱吱地发响,脸上呈显着文雅有礼的,和悦的笑容。兴奋而快乐的陈景惠抱着小孩从院落里追了进来。床上的男孩被惊醒,猛烈地啼哭。

这种试验并不总是成功的。作者的刻画(不论对人物还是对场景)有时过细,细到足以使人忽略主要的东西。这个作者还常常表现得过分珍爱自己细腻的感觉,在他所喜爱的事物上留连不已,以至由于对情调的迷醉而忘了"意图"。更其令人难耐的是那些随意插进的大段解说。它们像是舞台演出中乐队筑起的音墙,隔在读者与人物之间,人物自己的声音反而模糊不清了。

问题更集中在人物的抽象思考与感性活动衔接的地方。抽象内容只有与感性的活力结合起来,才可能具有"个性"的标记。作者有时并不费力地做到了这一点,同时也在更多的时候,由于过分热衷于传达他本人的思想,而忘掉了使思想着的人物彼此区分开来,以至他们的内心语言也常常是相似的。毫无疑问,作者在这两个方面——理性思维和感性创造——都有相当的禀赋。可惜当两个方面还没有来得及充分发展的时候,它们反而互为障碍,使作品在"感性"和"理性"之间失去了平衡。

这是一个有着雄心的小说家。他在自己尚未成熟的时候,写了这部不成熟的书。随后,又在走向成熟的途中,在事业上过早地夭折了。我们只能希望人物和作者的悲剧,真正成为历史的陈迹;希望作者的有关创作意图,能经由更成熟、在抽象思维与形象感受方面发展得更为均衡的作者,在全新的水平线上实现。

历史,会提供这一切的!

余论　关于中国知识分子的随想

我把不能或未及写入本书正文的缺乏连贯性的思想和印象写在这里。本书的这一部分将是最有弹性的。我打算继续写下去，直到无可再写为止。

我的眼前常常浮现出一个巨大而模糊的形象，笼盖现代文学、大于具体作品具体形象同时又作为它们的精神集合的形象，也可以说是关于形象的形象：现代知识者——"寻路者"的形象。无论所写的是什么，目的物远大还是切近，这一时期的文学较为一致地，传达出寻路中的渴求和寻路者内心的扰攘不宁。"五四"文学也正由此，隐隐约约显现出与同时期更广阔的精神史的联系。

鲁迅笔下的"过客"的形象，概括的正是这样的一种经验，冷静的笔墨中，有着何等浩大的热情！过客所听到的呼唤他前行的神秘的声音，到了瞿秋白那里，幻化为"阴影"。这"阴影"与那声音同样神秘。"我眼前的'阴影'不容我留恋"，"我愿去，我不得不去"，于是"我"由"昏昏酣睡"中振起，"往饿乡去了"。① 周作人自称"寻路的人"——

　　荒野上许多足迹，
　　指示着前人走过的道路。
　　有向东的，有向西的，

---

① 瞿秋白：《新俄国游记》，绪言第2、3页。

> 也有一直向南去的；
> 这许多道路究竟到一同的去处么？
> 我的性灵使我相信是这样的。
> 而我不能决定向哪一条路去，
> 只是睁了眼望着,站在歧路的中间。
> …………①

经数年后,鲁迅还说着"我自己也正站在歧路上,——或者,说得较有希望些:站在十字路口"②。

茅盾也写到过"脚迹",那是"满满"地印在沙滩上的"纵横重叠的脚迹"。然而生活在茅盾面前,究竟较有希望,而这小说家绝决没有周作人那样的"虚无"思想。终于"他也在重重叠叠的兽迹和冒充人类的什么妖怪的足印下,发见了被埋藏的真的人的足迹。而这些脚迹向着同一的方向,愈去愈密"。③ 那神秘的呼唤声又在这里轻轻地响起了。

"五四"时期就有人自称"寻梦者",陈炜谟即以此为短篇小说的题目。到 30 年代,戴望舒以之为诗题;到 40 年代,王西彦以之为长篇小说题。"梦"者,理想也,希望也。在这类意义上,"寻梦"也仍是"寻路",不过寻得疲惫,寻得有点悲哀罢了。戴望舒在那诗里写着:

> 梦会开出花来的,
> 梦会开出娇妍的花来的;
> 去求无价的珍宝吧。
>
> 在青色的大海里,

---

① 仲密(周作人):《歧路》,《小说月报》第 13 卷第 4 号。
② 鲁迅:《北京通信》(1925 年 5 月),《鲁迅全集》第 3 卷,第 51 页。
③ 茅盾:《沙滩上的脚迹》,《茅盾文集》第 9 卷,第 307、309 页,人民文学出版社 1963 年版。

在青色的大海的底里,
深藏着金色的贝一枚。

你去攀九年的冰山吧,
你去航九年的旱海吧,
然后你逢到那金色的贝。

寻到了。然而又怎么样呢——

你的梦开出花来了,
你的梦开出娇妍的花来了,
在你已衰老了的时候。

戴望舒不是振臂一呼、应者云集的革命诗人,这诗也不免低调。但尽管极苦、极累,仍然执着地追寻,纵然迷乱,纵然悲哀,也仍然执着地追寻的,是戴望舒本人。

"寻路者"的形象在"五四"文学中最为清晰,因为那是新时期之初,也因为日后使这一代人分道扬镳的那些思想矛盾,此时尚未充分显现,较之后来(其实不过"不久之后"),新文学者有更一致的追求。到三四十年代,这形象(作为"总体形象")渐渐模糊,却仍然隐约笼盖于作品之上。因为这是现代文学的基本精神所系,现代作家的激情所钟。

我想到了夸父的故事。这悲壮而又瑰丽的故事,似乎暗示着我们民族以往时代先觉者的宿命。……

有意味的是,夸父的故事远不悲戚。毋宁说那是悲壮的,充满着生命的欢乐,生命在追求中的高扬。这里也正有民族性格,这个民族的基本信念,属于这民族的乐观主义——即使有时是不免天真的乐观。

在这个民族这里,没有漆黑一团的悲观主义。这根于民族的哲学传统,更根于民族历史。这是背负着沉重的传统,由巨石下走出来,由血海火海中走过来的民族的乐观,没有了这种乐观,也就没有了这民族自身。

我想到了中国知识者的使命感。在这种使命感中也有着类似"精神遗传"那样的东西,"达则兼济天下,穷则独善其身""致君尧舜上,再使风俗淳"等等等等。知识者个人,在封建专制制度下,既高贵又卑微。他们在历史生活中所处的地位就是悲剧性的。然而正是由愿望与条件、意志与能力的深刻矛盾中,产生了中国知识者特有的心理素质。

现代文学却在一个有可能更充分地表现知识者使命感的时期,忽略了对使命感的表现——当然另有原因。越到后来,知识者的自我意识(在形象中,也在创作活动中)越令人感到某种"理性"的过分制约。因而如《财主底儿女们》这样的作品倒是让人感到"夸大狂"的倾向:病态的使命感,或因过分的使命感反而使人感到病态。但这部书无论如何比其他作品更大胆地表现了作为中国知识者世代相传的品性的使命感——包含有悲剧必然性的痛苦的使命感、痛苦的激情,使你仅仅由这一点上也认出了我们的民族:何等顽强、坚忍!

我试着用如下的文字为"中国现代知识分子"画像:深厚执着的民族感情,强烈的历史使命感、社会责任感和与此联系着的强烈的政治意识,入世的进取的生活态度,对道德修养的注重与内省倾向,重乡情重人情的感情特点,农民式的认识道路,和农民式的重实际、重人伦日用的思维特点……

这是一种多么笨拙的努力!这种干巴巴的概括也许对谁都没有意义。还是让我们回到文学,生动的感性在那里,深厚的生活在那里,人性的丰富性在那里!

上述有关"中国现代知识分子"的概括固然笨拙,却让我想到,这几乎正是通常理解的"民族性格"。这当然没有什么奇怪,知识者正充当着每一民族的文化代表的角色,而且越到近、现代,越如此。于是,不满或遗憾发生了。现代文学以阿Q的形象概括民族性格的某些本质方面,却终于未能推出有相似分量的知识者形象,容纳如此深厚丰富的民族性格的内容。——现代文学为当代文学留下的余地还大得很呢!

当然,我同时也想到,对于形象的文学价值,形象的社会身份(是农民还是知识者),并没有多大意义。

在古希腊,沉思甚至是一种德行。但在现代社会,一味沉思却具有了某种讽刺意味。现代历史似乎越来越要求有实践意义的哲学,行动的哲学。

据说"俄国人从来不会受到哲学的剖微析缕的议论和无意义的空谈的影响",因为"他们的常识是太丰富了"(《罗亭》)。中国知识者也不大有机会在哲学思辨中感受到愉悦或痛苦。他们也多的是常识。对于几代中国现代知识者,最大的认识要求是认识中国。自"五四"那一代人的"国民性批判"以来,他们都渴望着认识中国。他们实现这种认识课题时,似乎无须凭借哲学思辨。现代思想史则告诉我们:不发达的仍然是思辨哲学。

中国现代文学关于中国知识者的幻想才能,只提供了薄弱的证明。这很难一股脑儿归因于浪漫主义文学的未得发展,因为这未得发展也既像原因又像结果。

你可以解释说,现代知识者缺乏幻想的余裕。有道理。生活太实际,太忙迫,都足以使幻想的花萎落。那么,在物质更匮乏的上古时代呢?

你也可以解释说,长期以来关于浪漫主义文学的偏见,注定会羁束幻想。我当然赞同这一点,同时又感到不满足,因为如上文所说,这里孰因孰果,还很难说呢。

至于我自己,我更关心作为创造者的知识者的心灵状态。天马行空般的狂想,放纵的艺术想象,是要求更自由、更轻松的心灵生活的,而我总觉得那些个心灵太紧张,心灵空间太局促。这种心灵不是为幻想预备的。

我注意到,整个现代文学史上,儿童文学始终只是附庸。当然,我们有了一些很好的儿童文学作品,在儿童文学作家中,冰心、张天翼,是至今仍然响亮的名字。但就现代文学总体看,缺少的是一个真正瑰丽动人的"童心世界"。成人眼中的儿童,儿童眼中的成人世界,缩小了的成人,成人世界的缩图……少的是真正以幼者为本位,真正属于儿童的幻想世界。又回到那个问题上来了:所少的似乎正是幻想的才能。我在读巴金的《长生塔》一类作品时不禁想到这一点。这些作品确实精美,但它们并不属于儿童。其实岂止现代文学,我们不是至今也还没有充分发展的儿童文学?

我们自然可以夸耀我们"光荣的祖先",我们也确实有过伟大的幻想者。但以我们以往文学的总量计,缺乏的也仍然是幻想。我难免又要想到我们的哲学传统。中国伦理哲学讲中和,讲节制,岂能不影响到中国知识者的心灵状态?中国式的士人,习惯于自我制约,长于克己。与其他欲念一道受到制约的,必然会有"幻想的欲望"。况"子不语怪力乱神"乎?

现代文学中也少有关于未来的诗。

郭沫若也许是最狂放的诗人了,但他"立在地球边上放号"之后,就难以再作类似的狂想。现实的严峻性固然足以羁束想象,但难道不正由于生活本身不理想,才激发了理想主义的吗?

艾青曾在战乱中,偶然地以诗揣想未来,想到"新的诗人"将在列车窗口吟诵诗篇——

    他们也将感兴于几何学

>   ——你看
>   那一片云的边缘
>   不像米突尺所画的一样平直吗?
>
>   (《没有弥撒》)

不过"几何学""米突尺",难以言"幻想",但却已经显得过于闲暇了。

情况正像儿童文学,我们的作家到现在也仍然不习惯于畅想未来。即使有其志,也往往无其才。"幻想的翅膀"总扇动得笨拙而吃力。

也很难说是因还是果,现代文学使人感到压抑,感到拘谨,感到沉闷。无论内容还是形式都不那么舒展。缺少总体的宏伟感、开阔感,也缺少活泼的情致。这不能不使之减少了若干魅力。

我宁愿以这样挑剔的眼光看待现代文学,为的是寄大的希望于当代。我相信,在改变了的精神氛围、文化环境中,改造着自身性格的知识者,将会创造出全新的文学来。

中国现代作家中,相当一部分来自乡野,有深厚的土地之恋——农民式的恋情。这自然也很难说是中国现代知识者特有的。所有刚刚摆脱了对土地的单纯依赖的民族,所有刚刚走出土地的人们,都会有类似的感情倾向。而人类的土地之恋也许要与人类的历史共始终的。

>   我是生自土中,
>   来自田间的,
>   这大地,我的母亲,
>   我对她有着作为人子的深情。
>
>   (李广田:《地之子》)

> 为什么我的眼里常含泪水?
> 因为我对这土地爱得深沉……
>
> （艾青:《我爱这土地》）

文学中的"大地""土地",是如同大地本身一样蕴涵丰厚的概念:人类的生存空间,祖国,乡土,等等等等。但"乡土"却仍然是最基本的层次,尤其在现代作家那里。与乡村、与农民的牢固的精神联系,助成了中国知识者特有的气质,包括那种农民式的尊严感。瞿秋白论鲁迅与一部分同时代青年作家的区别,其中关于"薄海民"的说法也许属于苛评,但你由此不也感到了现代知识者特有的价值观念? 中国现代作家乐于承认、告白他们与农民、与下层人民间的联系,几乎没有司汤达那个著名的小说人物那种关于自己寒微出身的卑屈感,却又大不同于中国古代文人的"布衣"的骄傲。

你不妨留心一下,有多少现代作家以"乡下人"自命!

沈从文是一向自称"乡下人"的。塞先艾在《乡间的悲剧·自序》中也说"作者是乡下人"。芦焚在《黄花苔·序》中说过:"我是从乡下来的人,说来可怜,除却一点泥土气息,带到身边的真亦可谓空空如也。"李广田在《〈画廊集〉题记》中这样谈到他自己:"我是一个乡下人,我爱乡间,并爱住在乡间的人们。就是现在,虽然在这座大城里住过几年了,我几乎还是像一个乡下人一样生活着,思想着……"更不必说"恂恂如农村老夫子[①]的赵树理。这个人几乎彻里彻外地,是个农民。

与农民、乡村、土地的联系,也的确影响到他们的思维方式,以至他们达到真理的独特道路。冯雪峰由艾青的诗中发现了"农村青年式的爱和理想"。在他看来,作为诗人的艾青,"他的诗的外表自然是极知识分子式的,但他的本质和力量却建筑在农村青年式的真挚、

[①] 孙犁:《谈赵树理》,《晚华集》,第 177 页,百花文艺出版社 1979 年版。

深沉,和爱的固执上,艾青的根是深深地植在土地上"。① 单就艾青诗的一个方面的特征而言,你会说:对,是这样。

歌德说过:"如果我们能按照英国人的模子来改造一下德国人,少一点哲学,多一点行动的力量,少一点理论,多一点实践,我们就可以得到一些拯救,用不着等到第二个基督出现了。"②

我不禁想,该按照何种模子来改造一下中国人,使我们自身,使我们的知识分子性格更臻完善呢?我们多余的是什么?常识?经验?农民性?少的是什么?哲学思辨?理论的彻底性?现代意识与世界眼光?

歌德,这个现今已经不大行时的老人,又说:"让我们希望和期待一百年后我们德国人会是另一个样子,看那时我们是否不再有学者和哲学家而只有人。"③

我们也应当有我们的"希望和期待"。我感到了生活的强有力的进程。生活将改变一切。我们会有全新的中国人、中国知识者,不同于我们也不同于我们的前辈。他们应当能进行哲学思辨又能行动,富于"实践理性"又长于幻想,有思想热情也有热烈旺盛的生活欲、生命活力,同时在纯粹思辨、艺术思维以及更为广阔的生命活动中获得自由。他们也将是更完全的意义上的"人"。

现代中国也并非只有农民式的知识者,并非只有农民式的到达真理的道路。

我想到了何其芳。

何其芳谈他那本写在寂寞里的寂寞的书《画梦录》,说:"它和延

---

① 冯雪峰:《论两个诗人及诗的精神和形式》(1940年2月),《冯雪峰论文集》(上),第165页。
② 《歌德谈话录》,朱光潜译,第172页。
③ 同上书,第173页。

安中间是有着很大的距离的,但并不是没有一条相通的道路。"他声称他是靠了"美,思索,为了爱的牺牲",才终于能走完他的"太长、太寂寞的道路","而在这道路的尽头就是延安"。当然他又说,同样的思想也"限制"了他,"它们使我不喜欢我觉得是嚣张的情感和事物。这就是我长久地对政治和斗争冷淡,而且脱离了人群的原因"。①

你找不到一部写类似的心灵历程的作品。纯粹的"精神道路"就已经有点儿可疑,况这道路竟然是"美"与"爱"呢?我们得承认,我们的文学还不曾真正深入地探究过知识者走向革命的自己的道路、自己的方式,以及这种道路、方式的多样性,即使探究,也不免简化、一般化了。因此,文学也还没有真正深刻地认识与革命的关系中的知识者自己。

当然,知识者绝非只能经由"美,思索,为了爱的牺牲",他们可能经由了别的——经由人道主义,经由他们积累起来的全部知识与教养,经由他们的职业、专业活动等等。所有这些,也即经由知识者的逻辑,经由知识者的特性。然而文学作品中的逻辑较之实际生活中的,显得何等单一和缺乏"生人气"!

不妨再说说何其芳。

何其芳说:"我是那种并没有经历过最本质地折磨着肉体和精神的饥饿的人……"②即使别人的物质生活经验(比如饥饿),在他那里也化作了精神体验。但这并不妨碍他成为革命者。

何其芳最初的经验带着十足的诗人式的细腻。他把这类经验带进了革命,并在一个相当长的时间里,细心地保存了种种属于他个人的精致的感受和体验。在这几乎是过分精致的知识者的精神生活中,在那些看似纯粹个人的内心体验的下面,有着真正可以称之为

---

① 何其芳:《一个平常的故事——答中国青年社的问题:"你怎样来到延安的?"》(1940年),《何其芳文集》第2卷,第213、215页。
② 何其芳:《饥饿》,《何其芳文集》第2卷,第244页。

"必然"的东西,使这个诗人以个人而与历史相通。其间的逻辑丝毫不比其他人(比如劳动者)脆弱,它们只不过不同而已。

当然,实际的认识道路要迂曲得多,尤其何其芳这样的有高度文化教养的知识者。而且这认识道路上,还可能横着一段虚无,一段似乎漆黑一团的深刻的悲观。但认识却也因而愈加坚实,因为铸成它的是更多的理性。

中国现代思想史上有过两次重大的迂回:"五四"退潮时期,一部分新文化者转向整理国故,和抗战时期的民族主义文化思潮。现代文学似乎并不怎么关心上述动向。

诚然,文学并不承担为思想史插图的任务,然而上述精神现象却极富文学价值。这儿有生活的富矿。

新文学始终不大了解新文化的抵抗者。新文学始终没有提供新文化的抵抗者的饱满有力的形象。"五四"时期,新、旧短兵相接。但"五四"文学却几乎没有真正展示出这一图景。"五四"文学容纳的,主要是新人物的自我表现。抗战文学也只关注贫困中的或斗争中的知识者自身。一种重大的、富于特征性的精神现象,思想文化现象,眼见得要打新文学者的笔底滑过了。但是年轻的路翎,以他的那份敏捷,一把抓住了它。

蒋少祖的形象,容量甚大,而又以其复杂性和模糊性使人惊骇。作者在这个形象中试图塞进那样多的东西,以至损害了形象本身。你读懂了小说第一部中的蒋少祖,第二部中的蒋少祖则让你迷惑。我这里所要谈到的,却正是体现在作者的不成熟的创造中的生活敏感,和容纳在形象的粗糙外壳中的思想文化内容。

"提倡自由主义和信仰民主主义的蒋少祖",在小说的第一部中野心勃勃,几乎在任何事情上都要借重"救世"的崇高名义。这是一个青年政客,狂热、活跃,而且不乏残忍。当学生的南京请愿发生后,这高傲的贵族竟然也以为这行动"对于学生们自己,对于中国,是神圣的!""群众底行动就是民族底理性!"

但是到了小说第二部,另一个蒋少祖(或者说,这个人物精神的另一极)出现了。这个蒋少祖找寻着"心灵底静穆",试图"在永亘(按,疑为'恒')的时间里取胜"。小说在这里写着,蒋少祖渐渐意识到,"中国底固有的文明,寂静而深远,是不会被任何新的东西动摇的;新底东西只能附属它"。而在这之前,他却一度耽溺于"西欧底文化",并且从中汲取着种种观念。这个蒋少祖开始"在文章里面好像很偶然地提到古代的中国和孔子",开始"读更多的旧书,做更多的旧诗",尤其偏嗜"田园诗"。在这期间,"古旧的追怀和对中国底一切的审美的激动,无比地强烈了起来,他成了版本搜集家了。在那些布满斑渍的,散发着酸湿的气味的钦定本,摹殿本,宋本和明本里面,蒋少祖嗅到了人间最温柔,最迷人的气息,感到这个民族底顽强的生命,它底平静的,悠远的呼吸"。

抗战时期及其后的小说,注重描写人性的变异,比如大后方的投机狂潮中、黄金梦的腐蚀中人性的变异,却几乎没有另一部作品,描写过上述这种也许更深刻的变异。张天翼的《新生》庶几近之。但张天翼是由政治方面着笔的,并没有向思想文化方面深究,而且也缺乏上引的文字的那种精细,和心理深度。可惜的是,《财主底儿女们》并没有绘出两个蒋少祖间的强有力的统一。这部书里的思想太满,太拥挤,以至人们反而把那些思想给忽略了。蒋少祖这个人物由于集中了过多的"文化思想""文化现象",使得人物像是文化现象、思想的容器,它作为形象的感性力量(在小说的第一部中是何等活跃!)也不免减弱了。路翎发现了当时的一种重大的文化心理现象,却又过分急切地诉诸说明,来不及使之成为人物的精神血肉,和那个人物长在一起。

但是,这种精神发现仍然值得谈论。

由于作者没有提供较为充分的人物逻辑,你很难断定在蒋少祖,那是出于某种"觉悟",还是沉睡在这个人物体内的某种"本能"的苏醒。

"古旧的追怀",却实实在在地,是中国知识者灵魂中潜藏最深也最坚牢的倾向,他们"共同精神生活"的重要一部分。当你看到不同政治意识、不同思想追求的人们在这里相遇,是不必过分吃惊的。

这不仅仅是一种文化意识,而且是(往往更是)形成在一种文化传统中的审美态度——对于生活的审美态度。比如,在中国式的士人,"美的生活",通常即包含着某种"隐逸趣味"。

周作人承认自己"不知怎地总是有点'隐逸的',有时候很想找一点温和的读,正如一个人喜欢在树阴下闲坐,虽然晒太阳也是一件快事"①。

郭沫若就其性情、意识而言,对于周作人是另一世界。但他也禁不住要说些"梦话",那梦境也是有点"隐逸的":

> 在这样的穷乡僻境中,有得几亩田园,几椽茅屋,自己种些蔬菜,养些鸡犬,种些稻粱,有暇的时候写些田园的牧歌,刊也好,不刊也好,用名也好,不用名也好,浮上口来的时候便调好声音朗吟,使儿子们在旁边谛听。儿子们喜欢读书的时候,便教他们,不喜欢的时候便听他们去游戏。这样的时候,有甚么不安?有甚么烦乱呢?……
>
> (《行路难》)

在《月蚀》一篇里,他还述过类似的梦。当然,你可以说,即使相似的梦境,郭沫若与周作人的思想根柢也仍然不同,但也不妨承认,这类审美态度是由同一种文化培育的。

郁达夫是更突出的例子。"隐逸"对于他,是终生的诱惑。严子陵的钓台,在他无异于圣地、精神故乡。郁达夫的生活态度,尤其他对于生活的审美态度,更是由那份文化滋养而成的,尽管他同时是"五四"新文坛上的骁将。

---

① 周作人:《竹林的故事序》(1925年9月),《谈龙集》,第55页,开明书店1930年版。

中西文化在抗战时期的一次撞击,以特殊的形态包含在蒋少祖这个形象之中。

不同于"五四"退潮时期,却又与那一时期的情形相像:文化背景上重叠着政治背景,以至不可能把它们离析开来。蒋少祖在自身中集中了两极:极端的欧化,与极端的民族主义。这一重矛盾的阴影覆盖下的,则是极端的政治狂热和极端东方式的出世、退隐思想。"政治"在抗战进程中的强化,无疑推动了蒋少祖这样的人物走向"隐逸"。一种深刻的没落感,一种类似前朝遗老那样的自我意识、情怀,使古旧文化自然成了精神的倚托。

"五四"退潮期的文化冲突,也浮现过类似的政治背景——这才是真正耐人寻味的。

中国思想史上发生过如下特异的现象:"五四"新文化运动稍前的一个时期,某些日后的新文化运动的骁将,有过一度的复古倾向。

那正是鲁迅蛰居绍兴会馆钞碑版墓志、辑录古籍、读佛经的时候。后来以"慷慨激昂"著称,提倡废除汉字、极端"欧化",使旧文人大惊骇的钱玄同,据说主张的正是极端的"复古"。他自己曾在《语丝》上撰文,说到当时"不但要光复旧物;光复之功告成以后,当将满清底政制仪文一一推翻而复于古。不仅复于明,且将复于汉唐;不仅复于汉唐,且将复于三代"。不但倡言,而且力行,很有点戏剧性地,参考《礼记》《书仪》《家礼》及经学家们的考证,著《深衣冠服说》,并亲自示范,着"玄冠",穿"深衣",系"大带"上办公所,一时传为笑谈。①

瞿秋白在"五四"前的三年里,于生活、精神的"枯寂"中,也曾"因研究国故感受兴趣,而有就今文学再生而为整理国故的志向;因

---

① 钱玄同:《三十年来我对于满清的态度底变迁》,《语丝》1925 年 1 月第 8 期。

研究佛学试解人生问题,而有就菩萨行而为佛教人间化的愿心"①。

中国知识者的思想演进中,常有十足戏剧性的转折。"五四"退潮期的分途,就很有戏剧性。当然也有人,比如鲁迅,沿着新文化的方向,绝无反顾地走向前去。

我感到兴味的,正是那"前夜"的复古,疑心其中也正埋着"五四"退潮期"整理国故"的种子。吕纬甫的"飞回去",岂是那么简单、偶然的?

实际过程比我们所能想象的还要复杂些。

"五四"退潮期一些新文学者的转向民族主义,并非仅仅由于灵魂中的"鬼"在作祟。② 这些人也绝不是在简单地"飞回去",内中的逻辑要曲折得多。

《语丝》第 19 期(1925 年 3 月 23 日)刊周作人所写《孙中山先生》,明明白白地道出,他之所以主张"特别注重民族主义",乃为"拔去国民的奴气惰性",否则"孙中山先生把他从满人手中救出,不久他还爬到什么国的脚下去了"。

第 20 期(1925 年 3 月 30 日)即刊出刘半农的《巴黎通信》,作者以其一贯的直率,说:"我们虽然不敢说:凡是'洋方子'都不是好东西,但是好东西也就太少。至少也可以说:凡是脚踏我们东方的,或者是眼睛瞧着我们东方这一片'秽土'的,其目的决不止身入地狱,超度苦鬼!""又一部分人能于外国火腿中分别牌号:X 主义下的火腿就不好,Y 主义下的就是蜜甜的,但就我原始基本的感觉说,只须问是不是火腿,更不必问什么。"同文中刘半农还谈到,希望《语丝》

---

① 瞿秋白:《新俄国游记》,第 28 页。
② 周作人《我的复古的经验》(1922 年 11 月)一文,谈到自己不是"国学家","但在十年前后却很复过一回古"。而且说"这种复古的精神,也并不是我个人所独有,大抵同时代同职业的人多有此种倾向"。同文中还说到"我们这样的复古,耗废了不少的时间与精力,但也因此得到一个极大的利益,便是'此路不通'的一个教训"。《雨天的书》,第 181、183—184 页,北新书局 1925 年版。

能保持其"文学为主,学术为辅"的面目,而不要像《新青年》那样终于"变了相"。其实,这些书生所谈,何尝真的是"文学""学术""文化"?无论周作人倡言的"民族主义",还是钱玄同、林语堂一时主张的"欧化的中国",所谈都更是政治。

简单地以周作人的"民族主义"为"复古",未免要错会了他的本意。这毕竟是一班新文化者,启蒙宣传家。即使在文化的问题上,他们也绝不会与道地的遗老混同。

对于传统文化、传统思想的最彻底的批判态度,却也正是由这最矛盾的一代人体现的。那是此后几乎未能再次达到的深刻性与彻底性。你试翻一翻那一时期最有影响力的报刊看,其中的言论甚至令你骇异,生隔世之感。很难说这意味着进步还是相反。

那是个富于思想、拥有思想力的时代,思想与激情的结合,产生了彻底性、认识深度。人们往往把"五四"看作一个热衷于引进,"生吞活剥"的时期,我疑心其间有着误解。

鲁迅当时谈到过"鬼画符",一些年后又谈到"鬼打墙"。很少有人能像这一代人那样感受"传统"的重负,有如此的痛切感。到20年代末,周作人还说过:"只要稍能反省的朋友,对于世事略加省察,便会明白,现在中国上下的言行,都一行行地写在《二十四史》的鬼账簿上面。……即如我胡乱写这篇东西,也何尝不是一种鬼画符之变相?"[①]

你也许难以再听到这样的令人震悚、瞿然而惊的话了。

"我在少年时,看见蜂子或蝇子停在一个地方,给什么来一吓,即刻飞去了,但是飞了一个小圈子,便又回来停在原地点,便以为这实在很可笑,也可怜。可不料现在我自己也飞回来了,不过绕了一点小圈子。……"(鲁迅:《在酒楼上》)

---

① 周作人:《伟大的捕风》(1929年5月),《周作人散文钞》,第99页,开明书店1933年版。

这也许是鲁迅作品中最著名的比喻之一,也属于现代文学中最有生命力的比喻——人们仍在由这比喻中发现着自己,因而这比喻也就还活着。仅仅把这看作一种讽刺现象,是否太远离了鲁迅的原意?

读这文字,我的心沉重着。吕纬甫的绕圈子,固然由于知识者(其实何止知识者?)的软弱,岂不更因为历史的演进太迂曲,个人的力量太微末?吕纬甫过于清醒和理性,他的"颓唐"毋宁说正由于这理性吧。他其实是坚强的。他在"颓唐"中保持着自己,正如鲁迅在会馆钞古碑的寂寞中保持着自己。无论在辛亥革命后的极度岑寂中,还是在"五四"退潮期的另一番岑寂中,吕纬甫式的悲观都意味着清醒。我由知识者的"软弱"中看到的,倒往往是中国知识者的强韧。你只有把人确实置于历史中,才能认识这强韧。

掀动新文化运动的那一代人,几乎无不典型。我想到了胡适之。一本台北出版的学术著作,以如下文字论及胡适其人:

> 胡适在思想领域上,虽为历久弥新的人物;但综观其一生所表现的行为,则为一个服膺旧道德、实践旧伦理的纯正儒士。他是一个孝子,一个慈父,一个标准丈夫,一个忠实朋友,一个诲人不倦的教师。……①

这倒可作为蒋介石挽胡适联的一点注释。至于那联语,才是真正的"杰作":

> 新文化中旧道德的楷模;
> 旧伦理中新思想的师表!

---

① 陈敬之:《中国新文学的诞生》,台北成文出版社1980年版。

这联语连同所哀挽的人物一起,难道不正是中国现代思想史的绝好标本!胡适也如其他"五四"人物一样,太复杂,太丰富,难以说尽。作为对上引论文、联语的补充,我又想到了钱基博著《现代中国文学史》所录的一则轶闻。胡适当出国游学之前,曾由家庭聘以"未受学校教育"之江氏,当时"问名未娶"。"而适游美洲自由之邦,少年才俊,自由恋爱,非无艳遇;而适不忍相负,矢志无他,卒归娶焉。然于友朋之离婚再娶者,则必以婚姻自由,放言高论,而特赞之。"①

这在后人看来,也许有点喜剧意味,但我倒以为毋宁看得更严肃些。而且非如此,胡适之即不成其为胡适之。1918年,胡适在《新青年》上发表《贞操问题》②,大约逆料会有人在自己的"知""行"上做文章,行文时曾预作辩解,笔下不免添了几分含糊吞吐。"五四"人物的精神矛盾中,有一部中国近现代历史。即使他们的未能彻底处,往往也在较高的层次上包含着历史矛盾。

现代史上,知识者层中,曾经有过两度重大的怀疑:一次在"五四"退潮时期,一次在大革命后一个短暂的时期。两次怀疑都在文学中留下了印迹——不只作为形象内容,而且影响到风格、情调等等。

总像是在"飞回来",蝇子似地绕了一个圈子。

王统照的《钟声》、张闻天的《旅途》、庐隐的《时代的牺牲者》《蓝田的忏悔录》,直到丁玲的《莎菲女士的日记》《暑假中》,怀疑往往是极端的,像是出自一个任性的女孩子的唇吻。"恋爱神圣!什么话?恋爱的神圣在哪里?""我愿变作一个无知无识的乡下妇人!"(《旅途》)《暑假中》一篇的知识女性,悔着不该从笼中飞出来:"如若那时不同母亲争执着要下武陵来进学校,也许母亲不死去也说不定。既已死去,而自己就由家里人,或亲戚,无论把自己的命运丢到

---

① 钱基博:《现代中国文学史》,第508页,北京联合出版公司2015年版。
② 《新青年》第5卷第1号。

怎样不好的地方,想也不至有什么不满吧。无知无识的终日操劳着那简单的毫不须用思想的一些笨事,因而便把生命浪费去,不强于现在这孤零的住庙生活吗?"《蓝田的忏悔录》中的人物说着差不多同样的话:"到现在我不觉要后悔,智识误我,理性苦我——不然嫁了——随便的嫁了,安知不比这飘零的身世要差胜一筹?"

在"五四"式"个性解放"的狂潮之后,没有上述悲观的,才真无可救药。即使在这种极端的、任性的怀疑中,也包含了对历史的反思和知识者的自我否定。

两次怀疑都被随后到来的更强大的社会革命冲淡了,使人略微有点儿遗憾。因为人们原先指望这种怀疑会结出更可观的思想果实的。

正如没有漆黑一团的悲观,中国知识分子中,也很难滋生真正哲学意义上的怀疑主义。较之怀疑,他们倒是更容易走到对于怀疑的怀疑。因而如同刚刚说到的,"怀疑"作为倾向,总是短暂的现象。而且内容极其具体,并没有一种哲学背景,也不伴随哲学思潮。仅就文学作品言,《财主底儿女们》中有较深刻的怀疑,但也同样没有哲学背景,而仅有一般思想史的根据。

没有彻底悲观的哲学,没有怀疑主义的哲学世界观,这无疑有助于我们民族精神上的健全,却又难以造就这种精神的深刻。人类思想的发展毕竟有它自己的规律。

在现代史的三十年间,你看到了知识者对于自身的那样多的否定,以至对于否定的否定,否定的否定之后的否定——用作品否定,用自白否定,直至用行为否定。有时因否定而进步,有时因否定而倒退。紧接在"五四"对旧道德的否定之后,是一部分作品对于"五四"恋爱自由的理想的否定。大革命后的某些作品否定了知识者的动摇性,缺乏行动力量,却又会以轻嘲的口吻,同时否定了他们的革命冲动。

否定往往显得轻率,缺乏可靠的逻辑前提。你有时会叹息着:眼光如此浅近,思考如此切己,思路如此游移不定！在这种思想土壤上,很难生长出真正伟大的文学。

本书所论的这一段文学史,其总体氛围是感伤的。当然并非说其间没有所谓"亮色"。我说的是总体氛围。这当然不是中国文学、中国现代文学特有的现象,而且很难预言社会历史的进步将会导致文学中感伤氛围的消散,或悲剧艺术的衰落。这关系到对文学本体的认识,姑置不论。

巴金曾为自己作品中的"忧郁性"而惶惑。他指望最终能摆脱这"忧郁",不无天真地以为,倘使自己"找到了正确的道路,参加了火热的实际斗争",就"不会再有矛盾","也不会再有'忧郁'了"。[①]当然他早已不会再作如是想,而他的"忧郁性"实际上也已变得不同。巴金可贵的,也是他的那种"忧郁",因热情、社会责任感,因极其敏感的同情心、广博的"人间爱",因关于生活的悲剧意识、批判意识而来的"忧郁"。这不只是风格标记,也是一代人的精神标记。

我在书稿中使用了高尔基那个易致误解的说法:"思想体系"。岂止易致误解,还很可能被认为早已过时。因此更需要作一点解释。

按着程序,首先引录原文:

……俄国文学大部分是俄国知识分子的思想体系；在这里,在俄国文学里,知识分子追求较好生活地位的历史,他们对人民的态度的历史,乃至他们的心灵、他们的内心生活的全部历史,是特别详尽、深刻、而且忠实地被描划出来。

……须知我们评价美文学,是把它作为俄国知识分子底历史的一套插图来看的,是把它作为资料来看的,而我们应该从这

---

① 巴金:《谈〈灭亡〉》(1958年3月),《谈自己的创作》,《巴金文集》第14卷,第315页。

些资料中摄取一切足以培养我们的理智和感情的珍贵的东西……①

在一个长时期里,人们的确习惯于这样看文学、文学史——甚至还要狭隘得多,功利得多。

但文学史毕竟可以这样看取——作为知识分子的心灵历史、精神史的形象描述,如同可以从另外的角度看取那样。每一种价值取向都同时是一种限制。由研究达到文学史的完整性,只能依赖于研究方法和角度间的互补。在一个时期里,几乎不可能有所谓"全方位"的文学史研究。作为弥补和作为准备的,是文学史研究方法、研究线路的多样化。越多样越好。我们已经贫困得够长久的了。

在我个人,本书所取,也不过是一种角度。我将进行多方面的探索,包括对文学本体的研究,对文学形式演变轨迹的研究,并指望着有一天,能把我所把握的所有线索,以适当的方式绾在一起。

此外,对现代文学史之所以仍然可以这样看取,也因为现代文学是这样的文学。也许我们会有与此不同的文学,比如,不再以如此直接的形式与社会历史对应。那时,我们的研究也将有不同。方法是在对于对象的适应中形成的。没有足以"万应"的方法。正在改造之中的文学观念,丰富着变动着的批评方法、研究方法,将有助于我们发现现代文学的局限,但我们也仍然得把现代文学如实地作为"现代文学"来认识。

最后,还须作一点本来无须作的解释。这里的"思想体系"当然不是严格意义上的。如果文学中竟然包含着一个完整的"思想体系",那么它也就不可能再成其为"文学"。

我在作为对象的形象世界中游走,试图由心灵的创造物去接近创造者们的心灵,由这些心灵去亲近那整个文学时代;试图凭借历史

---

① 高尔基:《俄国文学史》,缪灵珠译,第108—109、212页。

知识、艺术理论和个人经验(包括审美经验)探寻这艺术世界的深层结构,同时由这特殊世界去复原那个历史时代的感性面貌。

　　这当然是我个人的兴趣所在。我乐于承认这一点:没有上述个人兴趣,就不会有本书的选题和写作本书的全部热情。

附录一 "五四"时期小说中的婚姻爱情问题*

"五四"时期小说中一度显得那样集中的表现婚姻爱情的作品,除《沉沦》《伤逝》等有数的几篇名作外,似乎没有产生更为引人注目的成果,可观的"量"没有体现为相应的"质",这在当时就已引起了非议。然而不同的认识目的和批评方法往往会导致对于同一文学现象的不同评价。当我们把有关作品汇集起来,放在特定的背景下去研究,就会发现"五四"小说中这一部分作品的文学史的意义,它们的认识价值与审美价值。透过这些作品所能看到的,是中国现代小说在早期发展中,向历史生活的本质趋近的过程,以及包含在这一过程中的知识分子认识的发展,知识分子在那一时期的精神的心理的现实。所能看到的,也是现代小说在不断地对生活和对文学自身规律的深入探索中走向成熟的过程。当然,我们所看到的这一切,都是在"文学表现婚姻爱情"这一特定范围内,经由特殊的形式展现的。已成过往的事物往往有它的幸运:即使其中有明显的瑕疵,也因时间的迁流而变得不再令人难以容忍,甚至具有了某种教训意义。这无疑有利于对史实的客观评价。而寻求一种文学现象的较为科学的解释,永远比简单地肯定或否定更为有益。

(一)

没有哪一种文学现象,是纯粹偶然地发生的。在进入正题之前,

---

* 本文发表于《中国社会科学》1983年第4期,收入本书时略有删节。

我想先从作为本文所论文学现象的背景之一部分的,"五四"时期思想界关于婚姻爱情问题的讨论谈起。

在"五四"时期显得异常活跃的"玄学与科学""人生观"等问题的讨论中,婚姻爱情问题始终以巨大的吸引力,牵动着青年知识者们的神经。卷入讨论的报刊、投稿者之多,也足以证明问题本身的迫切性和它为当时的人们所感觉到的意义。《新青年》1918年关于"贞操问题"的讨论,《晨报副刊》1923年关于"爱情定则"的讨论,《新潮》《女界钟》等围绕长沙赵五贞女士、广西李超女士为封建包办婚姻逼迫致死事发表的言论,《妇女杂志》等关于"新性道德"的讨论,以至见诸《每周评论》《少年中国》《解放与改造》《觉悟》《新妇女》《劳动与妇女》《妇女声》《东方杂志》等无以数计的报刊的无以数计的文章,等等,正所谓蔚为大观。婚姻爱情问题上表现出的普遍的热情,从一个方面反映着初期新文化运动的思想基础与群众基础。

现代性爱意识的产生,标志着"五四"前后知识分子的重大觉醒。这一觉醒,是知识者"人"的意识的觉醒合乎逻辑的结果。这种情况与发生在欧洲文艺复兴时期的类似过程相仿佛。觉醒了的"人"在对一切专制束缚的反抗中,必然产生婚姻自主的要求。中国的知识者,由于他们的生活条件与文化背景,在新时期之初感受最直接、具体的,是封建家族制度的压迫,其中尤其是封建宗法势力对于婚姻爱情的粗暴干预。"人"的遭受侮辱的尊严感抬头了,婚姻自主成为他们向历史新时期首先要求的"人的权利"。统治中国几千年的封建伦理教条,在这里遇到了来自人的最初的挑战。

鲁迅在《热风·随感录四十》中所概括的,正是这一觉醒的必然过程:

> 可是东方发白,人类向各民族所要的是"人",——自然也是"人之子"——我们所有的是单是人之子,是儿媳妇与儿媳之夫,不能献出于人类之前。
>
> 可是魔鬼手上,终有漏光的处所,掩不住光明:人之子醒了;

他知道了人类间应有爱情;知道了从前一班少的老的所犯的罪恶;于是起了苦闷,张口发出这叫声。①

这叫声毕竟与中国封建时代此呼彼应不曾消歇的对于婚姻幸福的呼唤有所不同,包含其中的,是现代人在婚姻爱情方面的民主观念:"结婚主权,仍应属于结婚之男女自身,此理由极简单。盖结婚为男女自身之事,故当以男女自主之为正也。"②"我相信婚姻自由和德谟克拉西是在一条线上的,在德谟克拉西下面的婚制一定是完全自由的。"③

现代性爱的意识在这种时代空气中产生,是自然而然的。

> 现代的性爱,同单纯的性欲,同古代的爱,是根本不同的。第一,它是以所爱者的互爱为前提的;在这方面,妇女处于同男子平等的地位,而在古代爱的时代,决不是一向都征求妇女同意的。第二,性爱常常达到这样强烈和持久的程度,如果不能结合和彼此分离,对双方来说即使不是一个最大的不幸,也是一个大不幸;仅仅为了能彼此结合,双方甘冒很大的危险,直至拿生命孤注一掷,而这种事情在古代充其量只是在通奸的场合才会发生。最后,对于性交关系的评价,产生了一种新的道德标准,不仅要问:它是结婚的还是私通的,而且要问:是不是由于爱情,由于相互的爱而发生的?……④

尽管马克思主义当时尚未在中国广泛传播,"五四"前后关于婚姻爱情问题中最具代表性意见所强调的,恰好正是作为现代性爱的标志的某些重要之点,如"所爱者的互爱":"必定先有恋爱,方可结

---

① 《鲁迅全集》第1卷,第322页。
② 恽代英:《结婚问题之研究》,《东方杂志》第14卷第7号。
③ 陆秋心:《婚姻自由和德谟克拉西》,《新妇女》第2卷第6期。
④ 恩格斯:《家庭、私有制和国家的起源》,《马克思恩格斯选集》第4卷,第73页。

为夫妇。必定彼此永久恋爱,方可为永久的夫妇。"①而且由于中国的伦理现实,女性的婚姻自主权往往被加以强调。因此,新的性道德标准,不仅要问"是不是由于爱情",而且要问爱情是否是"征求妇女同意的"。在这一方面,发表于《新青年》的一组有关"贞操问题"的文章——于《新青年》第4卷第5号译载日本与谢野晶子的《贞操论》之后刊出的胡适的《贞操问题》、鲁迅的《我之节烈观》,在新文化运动之初发挥了特殊的启蒙作用。这些文章抨击男性中心社会强加于女子的奴隶道德,强调男女在婚姻关系中的平等地位。这种新时代的平等观,对于打破封建伦理思想对青年的禁锢,不失为一有力的武器。

毫无疑问,上述对于旧道德的批判和关于新的两性关系的积极的主张,是巨大的历史的进步,具有鲜明的反封建性质。然而也应当指出,一般地提倡"恋爱自由"、"婚姻自主"、男女在婚姻关系中的平等,并没有超出资产阶级民主要求的范围。至于女子"经济独立"之类的流行见解,如果不与一定的政治、经济前提联系起来,与变革社会经济制度、变革整个现存社会的思想联系起来,在我们看来,也不免是含混和缺乏实践意义的。一般的民主思想、平等观念,当遇到复杂的生活现实时,它的局限性会很快地普遍暴露出来。

实际上,改革者在说明"爱情自由"的界限与"新性道德"的标准时,不能不面对中国极端落后的婚姻关系、家庭状况的现实。理想与实际的碰撞,使改革主张本身的理论弱点表现得特别尖锐。这是在讨论中经常遇到的一个问题。

《新青年》第4卷第1号"通信"栏,陈独秀答复刘延陵论"自由恋爱",以为"'自由恋爱',与无论何种婚姻制度皆不能并立"。前此,该刊介绍美国无政府主义思想家高曼(今译戈尔德曼)的《结婚与恋爱》②,高曼即认为,"婚姻与爱情,二者无丝毫关系,其处于绝对

---

① 李达:《女子解放论》,《解放与改造》第1卷第3号,署名李鹤鸣。
② 《新青年》第3卷第5号。

不能相容之地位,犹南极之于北极也","爱情者,人生最要之元素也,极自由之模范也……安可以局促卑鄙之国家宗教,及矫揉造作之婚姻,而代我可宝可贵之自由恋爱哉"。无论陈文正面表述的见解,还是《新青年》对外国有关理论观点的评介,都反映着"五四"时期的先觉者对于历史生活本身的矛盾的朦胧感觉。他们感到无法把新时代的婚姻爱情理想,与现存的婚姻制度(无论是中国传统的"一夫多妻制",还是欧美国家通行的"一夫一妻制")统一起来,似乎"爱情"是与一般的婚姻制度不相容的。他们发现了真实地存在于生活中的矛盾,但他们对于矛盾的说明,尽管直截痛快,却不足以言"科学"。

周建人、章锡琛在《妇女杂志》"新性道德号"撰文论"新性道德",主张"性道德"的"广大宽容":"甚至如果经过两配偶者的许可,有了一种带着一夫二妻或二夫一妻性质的不贞操形式,只要不损害于社会及其他个人,也不能认为不道德的。"①在同时恋爱两人以上的情况下,"只要是本人自己的意志如此而不损害他人时,决不发生道德问题的(女人恋爱多人也是如此)"②。这绝不是热昏后的胡言乱语,其中包含着严肃的认识内容:那一时期的人们对于实现"恋爱自由""婚姻幸福"的社会条件的最初的思考。提倡"扩大道德的容量",是因为已经"看出严格一夫一妇主义的道德已发生破绽"③。而在当时,发现了"恋爱自由"绝不可能在"现在通行的以妻为夫的占有物,弥缝虚伪的道德,奖励黑暗的罪恶,靠法律,舆论维持着的一夫一妻制"④中实现,这种发现本身就是认识的进步。问题在于,他们不能历史地科学地说明一夫一妻制中"明显的道德的矛盾"的根源,而植根于历史生活深处的矛盾,绝不是仅仅通过所谓"性道德"的"广大宽容"而能够得到解决的。问题还在于,他们忽略了由上述

---

① 章锡琛:《新性道德是什么》,《妇女杂志》1925年"新性道德号"。
② 周建人:《性道德之科学的标准》,《妇女杂志》1925年"新性道德号"。
③ 周建人:《恋爱自由与一夫多妻——答陈百年先生》,《现代评论》1925年5月9日第22期。
④ 章锡琛:《新性道德与多妻——答百年先生》,《现代评论》1923年5月9日第22期。

主张的反对者提出的重大事实,即中国在婚姻关系方面存在着浓重的封建主义的黑暗。反对意见以为"这些新的见解虽然以男女平等为原则,虽然主张,一妻多夫和一夫多妻同样不背道德,但现在中国社会上只有一夫多妻的事实,没有一妻多夫的事实,所以这些新见解只能做一夫多妻的新护符而不能做一妻多夫的护符"[①]。这种批评固然失之苛刻,却自有其合理性。对于理论主张的实践性、实际的社会意义的轻忽,正是由于没有把中国的现实条件——社会经济状况,政治环境,以至人们普遍的思想现实,作为必要的前提。而真理都有其所以为真理的条件,真理是历史的具体的。

在这些批判者所生存的现实的中国,一方面是外来的五花八门的思想学说与改革者的激进主张,另一方面是根深蒂固的旧思想以及更为根深蒂固的旧风俗旧习惯;就理论上说本应属于同一阵线的人们中,少数先觉的知识者与广大的奴隶(尚未获致最低限度生存条件的劳动者层),声息也未能相通。而当时中国婚姻状况的落后,较之一般改革者所意识到的远为严重。被专制、蒙昧统治着的乡村社会,几乎与任何现代意识隔绝。改革者遇到的抵抗,不只来自封建顽固派,更来自落后的经济现实,而这种现实仅仅凭借思辨的武器是不能改变的。社会下层普遍的贫困,把"个性解放"的影响压缩在极其有限的范围内,使得改革者某些庄严的词句更像是浪漫主义的空谈。落后的物质生活条件也不鼓励人的思维能力的发展。尽管批判者看到并揭露了生活的不合理性,却无法看清并说明产生那些历史的矛盾现象的原因和解决矛盾的现实条件。作为依据和出发点的,往往是有限的个人经验,为一己所见闻的事实材料;对这些材料的认识,又未能上升到理性的高度。当人们要求由所谓"自由恋爱与婚姻制度的矛盾"进而说明决定婚姻制度的社会经济条件和造成矛盾的更为终极的原因时,许多改革者手中的理论武器顿然无力了。因而,他们的倡导与批判虽然充满了伦理的热情,却缺乏足够的现实

---

① 陈百年:《一夫多妻的新护符》,《现代评论》1925年3月14日第14期。

感,缺乏理论深度,缺乏科学的严密性。所以,进一步解释"性的迷妄"背后的社会历史原因的任务,只能由历史唯物主义的科学思想来承担。

革命时期的俄国,列宁曾建议把"(妇女)要求恋爱自由"从一本小册子里删掉,因为这一要求既可以理解为"在爱情上摆脱物质(钱财)要求""摆脱父母之命"等等,也可以解释为"摆脱爱情上的严肃态度",以至"通奸的自由"。列宁要求更确切地表达在这一方面的"无产阶级的要求"。① 当然,"恋爱自由"的倡导,由于是在中国,这里的"自由"首先是对"专制"而言的。但也由于是在中国,这个历史包袱甚重,经济生活未曾经历根本性的变动,旧时代的传统梦魇一样纠缠着活人头脑的地方,人们的合理要求有更多被歪曲的机会。鲁迅曾经沉痛地说过:"中国大约太老了,社会上事无大小,都恶劣不堪,像一只黑色的染缸,无论加进什么新东西去,都变成漆黑。"②在"性的解放"与"肉欲的解放"、"爱情的自由"与"通奸的自由"、对于旧道德的否定和道德的虚无主义之间的混沌,是新旧人物无意有意造成的。

以最急进者自命的高长虹,在发表于"五四"时期稍后的一篇洋洋洒洒的大文《论杂交》③中,用了夸张的调子,大谈其超历史超时代超越一切束缚限制的"性"。他蔑视"恋爱",颂扬"私通",在把"性"与"恋爱"莫名其妙地对立起来,使所谓"性"仅仅剩下了"肉"之后,得意洋洋地宣告:"性的真实的个性只有它自己能够而且愿意表现出来。是的,它已经这样做了,那便是杂交。"鲁迅一语即点破了包藏在"最急进"的主张中的"旧"的腐败本质:"他说那利益,是可以没有家庭之累,竟不想到男子杂交后虽然毫无后患,而女子是要受孕的。"④

---

① 列宁:《给印涅萨·阿尔曼德》,《列宁全集》第35卷,第164—165页。
② 鲁迅:《两地书》,《鲁迅全集》第11卷,第20页。
③ 《狂飙》1926年10月第2期。
④ 鲁迅:《致韦素园》,《鲁迅全集》第11卷,第513页。

散见于各种报刊的关于"恋爱自由""新性道德"的言论,其主要意义与其说在于发展理论,不如说在于通过新与旧、似新实旧、以旧为新的种种观念、理论的展览,丰富着人们对于现实的认识。《晨报副刊》关于"爱情定则"的讨论中,怪论丛生,参与讨论者"里面有大半是代表旧礼教说话"[①],而来稿大多出诸青年之手,不免使有志于改革者为之骇异、寒心。当主持者急欲结束讨论时,鲁迅却以为"先前登过的二十来篇文章,诚然是古怪的居多,和爱情定则的讨论无甚关系,但在别一方面,却可作参考,也有意外的价值。这不但可以给改革家看看,略为惊醒他们黄金色的好梦,而'足为中国人没有讨论的资格的左证',也就是这些文章的价值之所在了"[②]。在诸如"主张爱情可以变迁,要小心你的老婆也会变心不爱你"之类的怪话中,正体现着新世纪黎明期一部分青年知识者(!)的思想现实。这一方面反照出先觉者的可贵,一方面也令人更感到改革事业的艰难。

正是在这一时期,出现了以先进的科学思想——辩证唯物论的历史观研究妇女问题以及与此相关的婚姻家庭问题的最初尝试。这里应当提到李达的《女子解放论》、向警予的《女子解放与改造的商榷》、陈独秀的《妇女问题与社会主义》、李汉俊的《女子怎样才能得到经济独立》等。初期马克思主义者和正在向马克思主义转化的激进的民主主义者,力图从经济上说明造成男女不平等的社会历史条件,把人们改革婚姻家庭、解放妇女的要求,引导到变革现存社会,"打破现存私有的经济制度"上来,但他们的声音当时不那么引人注意,他们的理论观点,尤其是他们所尝试的科学方法,还未能普遍地影响那时期人们对婚姻爱情问题的思考。这些理论主张的意义,要在稍后的一个时候才有力地显示出来。

"五四"小说表现婚姻爱情,不可能超越作品所赖以产生的时代;它们既不能超越生活本身的限制,也不能超越一定时期认识发展

---

① 参看《晨报副刊》1925年5月18日"爱情定则的讨论"一栏的记者按语。
② 鲁迅:《致孙伏园》,《鲁迅全集》第11卷,第416页。

水平的限制。小说家们通过对生活的生动的直观,主要经由对知识分子心理过程的把握,达到对时代本质愈来愈深刻的反映。它不同于抽象的理论文字,这里有那个时期人们婚姻爱情生活的真实,尤其是青年知识者婚姻爱情理想的追求中精神生活的真实——在他们那里现代性爱的觉醒,并由此而达到的新的进一步的觉醒:由"我是我自己的"到"解放了社会,也就解放了自己"的思想发展逻辑。这些小说所提供的东西,是其他形式的思想材料所不能替代的。

(二)

由于"五四"时期知识分子是婚姻爱情方面最先觉醒的部分,他们在当时的追求,体现了历史在这一方面的必然要求;婚姻爱情问题,一度成为那一时期最为热门的文学主题。1921年郁达夫的《沉沦》问世前后,当时所有有影响的小说家,几乎都对生活的这一领域进行过开掘。创造社以及受创造社影响的小说家,郁达夫、郭沫若、王以仁、淦女士、倪贻德、周全平、许杰等,以他们的有关创作(如郁达夫的《沉沦》、收入《宿莽》一集的淦女士的小说、王以仁的《幻灭》等),在青年中造成过极其广泛的影响。属于文学研究会作家群的庐隐等,也始终以婚姻爱情问题,作为自己小说创作的基本主题。鲁迅则由他特有的认识道路出发,在较晚一个时候,创作了他的《伤逝》《幸福的家庭》《离婚》,代表了"五四"小说家对于婚姻爱情问题思考与表现的最高成就。

两性关系方面的旧道德,于《沉沦》问世之前,在文学中还不曾遇到过如此直接而无所顾忌的挑战。中国的旧民主主义者,由于自身的局限,未能发动批判封建主义的思想运动与文学运动。近代文学在"五四"之前尽管也经历着深刻的变动,而反映在近代文学中的伦理观念,却正好证明了旧民主主义者在意识形态方面的落后。即如近、现代文学史交接期一度活跃于文坛的苏曼殊,他的言情小说,在伦理观念上,也没有超出传统思想的樊篱,至若"女必贞而后自绦"(《绛纱记》),"女子之行,唯贞与节。世有妄人,舍华夏贞专之德,而行夷女猜薄之习,向背速于反掌;犹学细腰,终饿死耳"(《焚剑记》)一类议论,伦理观念的陈腐,与其后不久反映在新文学中的伦理思想,不可同日而语。

以郁达夫为代表的一些初期新文学的作者,不仅喊出了压在封建专制巨石下的人们不敢喊出的声音,而且喊出了只有现代中国人才能喊出的声音。一般地用"反封建"来概括这一部分作品的思想意义,不免稍嫌笼统。"五四"时期表现婚姻爱情的小说作品,与前此的具有民主倾向的言情小说的基本区别就在于,这些小说的主人公们是在更广泛的民主思想的基础上提出自己的婚姻爱情要求的,他们的追求,与"个性解放""人格独立"等近代思想联系在一起。这里,以文学的形式表达出的认识,与当时以论文形式表达的有关认识,是一致的。新世纪黎明期的青年,要求彻底摆脱封建束缚的婚姻自主,要求在生活的这一方面实现现代人的民主理想。

在这一时期最有影响的小说之一《沉沦》中,主人公呼天抢地地喊着:

> 知识我也不要,名誉我也不要,我只要一个能安慰我体谅我的"心"。一副白热的心肠!从这一副心肠里生出来的同情!从同情而来的爱情!
> 我所要求的就是爱情!
> 若有一个美人,能理解我的苦楚,她要我死,我也肯的。
> 若有一个妇人,无论她是美是丑,能真心真意的爱我,我也愿意为她而死的。
> 我所要求的就是异性的爱情!

在对"爱情"意义的极度夸大中,有"人"对于自己正当要求的大声坚持,有借助极端的形式向封建伦理教条、传统的禁欲主义的抗议。这是醒来了的"人之子"对于自己"爱的权利"的宣告,夸大中满含着时代的庄严。当这一时期过去之后,有人说:"一个女子可以嘲笑冰心,因为冰心缺少气概显示自己另一面生活,不如稍后一时淦女士对于自白的勇敢。但一个男子,一个端重的对生存不儿戏的男子,他却不能嘲笑郁达夫。"①那一时期郁达夫小说的读者,不难体味到包含在作品中的向旧伦理宣战的庄严性。这种庄严性,甚至表现在最不庄严的场合。郁达夫、郭沫若早期作品对于性欲的或大胆或隐曲的表现,有些正属于这种情况(在这一方面,郁达夫的作品又较郭沫若的复杂)。这里他们使用的最有力的武器是轻蔑:对宋明理学"灭人欲"的僧侣主义的极大轻蔑;对道貌岸然而思不出"肚脐下三寸"的道学家的虚伪性的轻蔑。他们用"不洁"的文字,去涤除东方传统的"不洁的观念";其中有新时期人们对"性道德"的重新评价与思考,与中国古代近代某些专以宣淫为目的的小说,与清末民初主要流行于市民社会的狎邪小说、鸳蝴派小说相比,属于两个世界。

就标志新时期现代性爱的觉醒而言,也许"五四"小说关于知识女性婚姻爱情要求的表现,有更为特殊的价值。

> 送她出门,照例是相离十多步远;照例是那鲇鱼须的老东西的脸又紧贴在脏的窗玻璃上了,连鼻尖都挤成一个小平面;到外院,照例又是明晃晃的玻璃窗里的那小东西的脸,加厚的雪花膏。她目不邪视地骄傲地走了,没有看见;我骄傲地回来。
>
> "我是我自己的,他们谁也没有干涉我的权利!"这彻底的思想就在她的脑里,比我还透彻,坚强得多。半瓶雪花膏和鼻尖的小平面,于她能算什么东西呢?
>
> （鲁迅:《伤逝》）

这也许是对于"五四"时期女性坚持主宰自己命运的权利、争取人的尊严的无畏姿态的最富诗意的描写。杨振声的《玉君》,无论在艺术

---

① 沈从文:《论中国创作小说》,贺玉波编:《郁达夫论》,第84页,光华书局1932年版。

上有多少缺欠,但玉君那种为坚持所爱,不惜蹈海的决绝,却正令人想到震动一时的赵五贞和李超的行为①。女性在性爱方面的觉醒,由女性作者表达出来,无论艺术的工拙、笔力的健弱,都不能不给人一种兴奋。因为这毕竟是直接来自女界的信息。淦女士的小说在热切的期盼中问世,让人听到了从以往全部文学史不曾听到过的女性的声音:"身命可以牺牲,意志自由不可以牺牲,不得自由我宁死。人们要不知道争恋爱自由,则所有的一切都不必提了。"(《卷葹·隔绝》)这种"意志自由""人格独立"的思想,完全是从历史新时期汲取的。

的确,"五四"时期少有欧洲文艺复兴时期那种震铄千古的皇皇巨著,而在鲁迅这座高峰之下,同时代的其他作者不免像是陂陀的陵阜。但"五四文学"之所以为"五四文学",绝不可能仅仅依赖于某个杰出人物的成功。这一时期的文学对于自己的时代,一定有它未经充分发掘的深刻性。

上述描写中所包含的认识是具有深刻性的。在反映知识者"现代性爱"的觉醒方面,深刻性还表现为小说家们以小说形式对于"新本领旧思想的新人物"陈腐本质的揭露与批判。曾为鲁迅先生揄扬的许钦文所作《理想的伴侣》,笔下很有点辣味。由主人公所拟"理想的伴侣"诸条件,展览着所谓"新青年"者在性爱方面的自私、鄙俗,和自居为主子的男性典型的心理特征。生活无情地洗刷着一度以"新"自命很快又回复故道的青年脸上的油彩。凌叔华《再见》中女主人公与旧友重逢时,发现的就是这样的现实。《玉君》中玉君以身殉情幸得朋友林一存的救助,但久盼始归的爱人却仅据谣诼即轻率地侮辱并抛弃了玉君。玉君对于作为爱人思想根柢的男性的专制的揭露,也许较之小说中其他纤丽的文字更为动人:"我日记上说是誓死不嫁姓黄的,因为他爱的是我的皮肤,你爱的是我的灵魂;故宁

---

① 参看启民:《赵五贞女士自刎纪实》,《女界钟》1919年11月21日特刊第1号;胡适:《李超传》,《新潮》1919年12月1日第2卷第2号。

肯待你而死,不愿嫁姓黄的而生。其实你所爱的也是我的皮肤,不是我的灵魂!""一存爱你如弟,爱我如妹,你竟以怨报德!我为爱你而弃家庭,为爱你而受污辱,为爱你而寻自尽,为爱你而累及一存!你待遇我竟不异于旧家庭,猜疑我更甚于恶社会!""……以前我为爱你而屈伏于社会的恶制度,以后我将为反对你而反对社会的恶制度。反对你,是为了你心中所存的假人格,反对恶制度,是为它以伪道德造成了伪君子。"实在痛快之至!这种关于女性的尊严、独立性的宣言,绝不可能出诸古代,以至晚清民初小说中女子之口——对旧事物的高度警戒与敏感,正是"五四"时期的觉醒者所特具的。

无论"五四"小说有怎样的初创期的幼稚,具体作品(如《玉君》)有多少艺术缺陷,它们究竟画出了"人之子"在新世纪破晓的那一瞬间的苏醒,令人不禁想到罗丹的著名铜雕《青铜时代》。这种觉醒对于中国知识分子此后所达到的更大的觉醒,不免是较为微末的,但它却是通向后者的阶梯中必经的一级。那一时期的新文学者喊出了他们在当时所能喊出、所应当喊出的声音。

(三)

如果"五四"时期中国现代小说,在婚姻爱情方面仅仅提供了上述描写,如果鲁迅的短篇杰作《伤逝》中仅仅有如上文所引录的文字,那么它们也许不值得我们花费过多的笔墨。因为对于当时的社会生活,对于当时的人们在婚姻爱情方面实际经历、实际体验的一切,这不免是残缺不全的图画。生活有它自己的逻辑。"五四"文学既要面对人生,它就不能不面对"个性解放""恋爱自由"与中国的实际生活相遇时必然发生的矛盾,和在这一过程中知识分子自身的精神矛盾。正是对生活的进一步发现,使初期现代小说在显示它的新质的同时,呈露出明显的局限。也许可以说,本文所论这一部分作品,较为集中地体现着"五四"时期文学现象的复杂性。指出这种复杂性和造成这种复杂性的来自时代环境、历史条件和人的认识能力两个方面的限制,解释限制了"五四"时期这一部分小说作品的思想水平、艺术成就的来自客观和小说家作为那一时期知识者的主观方面的原因,把有关的文学现象放在历史生活中,放在中国现代知识分子的认识发展中来认识与说明,便是本文的重心所在。

复杂性来自那一时期知识者普遍的精神弱点和现代小说家表现这一现实时所受到的生活视野与认识水平的限制。

我们在上文谈到杨振声的《玉君》,但玉君这一形象毕竟过于理想化。作者为使"海棠有香,鲫鱼少刺"(《玉君·自序》),难免部分地牺牲了生活与人的心理的复杂性。就性格创造而言,倒是另一种现象更为普遍和引人注目。你不难注意到,郁达夫大部分作品里代替作者本人说话的那个主人公,并不是维特式的悲剧英雄。他差不多始终是软弱的,而且也自居为弱者。他呻吟,怨叹,声音悲抑,心境凄凉,而且一再陷于精神危机,自暴自弃。郁达夫式的主人公很快成为那一时期读者熟悉的性格,因为同时期的其他作者(其中主要是郁达夫的追随者),不约而同地重复着类似的描写。映现在早夭的青年作者王以仁的小说中的,是被迫离散的情侣,是没有希望实现的梦幻,是绝望,呕血,自杀;每一页,都浸渍着酸泪。这些小说的主人公,即使在微小的心理特征上,也会令人想到郁达夫小说中的悲剧主人公于质夫。新文学早期女作家中以表现婚姻爱情而被公许为"大胆"的淦女士,尽管以"卷葹"(即宿莽)名书,意谓"爱是同宿莽一般,虽拔心而不死……",但是这种大胆决绝的态度的背面,也尽有着软弱游移;在淦女士的小说里,具体表现为"性爱"与"母爱"的纠缠——她的人物并不是娜拉,没有挪威小资产阶级女性的那种英雄主义和丈夫气概。鲁迅写《〈中国新文学大系〉小说二集序》,曾以一语概括了冯沅君(即淦女士)小说《旅行》中情节内容的矛盾性质,以为小说的描写,"实在是五四运动直后,将毅然和传统战斗,而又怕敢毅然和传统战斗,遂不得不复活其'缠绵悱恻之情'的青年们的真实的写照"①。这一概括对于冯沅君(即淦女士)此一时期有关婚姻爱情的其他小说作品,也是中肯、恰如其分的。率直的关于"爱"的自白甚至关于"性"的表现,与软弱的主人公性格,自郁达夫始,在一班创造社与受创造社影响的小说家那里,成为一种流行的格式。由叶灵凤的《白叶杂记》,到周全平的《梦里的微笑》,单调,重复,已经无力翻出新意。"我知道了人格要伟大而没有修养的努力。我知道了生活要向上而没有奋斗的勇气。"(《梦里的微笑·旧梦》)软弱的叛逆者,大胆的懦夫!

  类似现象还不仅存在于上述作品里。庐隐小说中那一班"海滨故人",几人有抗世违俗的大气魄! 其中最称刚烈的露沙,也叹息着"履世未久,而怀惧已深!"许地山在他的《缀网劳蛛》中表达的"哲学",就其主要方面而言,是消极退守的。这是在严酷的现实面前无可奈何的弱者、失败者的哲学。张闻天的长篇小说《旅途》的主人公,爱上了一个叫作蕴青的女孩子,蕴青却已"受了父母之命媒妁之言,许给人家了"。两难中,蕴青求救于"精神恋爱"。她的想法似乎很奇特:"她情愿为了她的母亲与其他有关系的人而牺牲她的肉体! 她不看重她的肉体而看重她的精神! 她以为只要精神上恋爱了,肉体上接触不接触是完全不在乎的。"而那个一度显得坚强的"他"呢?"在这一次,他竟看到真能牺牲自己的伟大的灵魂了。他觉得他在她的旁边是这样渺小,这样卑下的。他,这样渺小,这样卑下的他,能够不从她的话吗?"于是,他应允了。这里大有"灵肉分离"的味道。所谓"精神恋爱",不过是"灵""肉"不能达到一致时的自我牺牲,妥协之余的自我慰藉;不得已而求其次,其中包含着无可奈何的悲哀。文学研究会另一小说作者王统照的短篇《遗音》的主人公,因与一位乡村少女相爱,受到舆论的压迫与道德家的攻击。与《旅途》所写类似的困难是,他的严亲已暗地里为他订了婚,专制地干预他的婚姻选择。在这关口,"他不能舍弃了他母亲,便不能毁了这个婚约",于是

---

① 鲁迅:《〈中国新文学大系〉小说二集序》,《鲁迅全集》第6卷,第244—245页。

忍痛承担了悲剧的后果。直接的压力似乎并不沉重,但在传统的重负下,主人公的精神力量却较压迫的一方更薄弱。

上述文学现象主要根源于生活。对于作为这些作品的描写对象的青年知识者,致命处在目的的狭小。王以仁因失恋而失踪后,许杰在《王以仁的幻灭》一文中,沉痛地批评失踪者以恋爱、以恋人为"宇宙与人生的中心"的谬误。把性爱当作生命的唯一真实,本身就具有悲剧性。因此上文所引《沉沦》主人公的那段抒情独白,既有明显的积极内容,又有几乎同样明显的认识的局限。在映照当时青年的思想实际方面,两者都是典型的。历史在唤醒一个人关于自我的意识的时候,还应当唤醒他的历史责任感、使命感、社会改革的热忱,给生命以更牢固的支撑点。而相当一些"爱情自由"的追求者,把"爱"与上述那些人生更坚实的方面割裂了,因而不能使生命更完整、充实,达到更充分意义上的现代意识。当时就有一些作家,从庄严的事物中发现了喜剧性,发现了当时青年追逐爱情的普遍风尚中的盲目浅薄的方面,把一些作家笔下诗意的场景谑化、喜剧化了。你在叶绍钧的《两封回信》《归宿》《一个青年》,以及凌叔华的《酒后》《花之寺》等篇中,可以找到这样的描写。

造成上述文学现象的原因还在于,描写者与他们的描写对象,大致处于同一地平线上。他们过分地囿于个人狭小的经验世界,不习惯于从社会历史的角度观察个人的命运。他们也尚未获得作为现代人对于自身存在的充分自觉。反映在创作中,即"所感觉的范围却颇为狭窄,不免咀嚼着身边的小小的悲欢,而且就看这小悲欢为全世界"[①]。王以仁的《幻灭》《漂泊的云》等,使人很难看清环绕人物的社会环境,以致人物的悲剧性格像是来自与生俱来的忧郁性。这种情况不是个别的。在这些作者的主观感觉中,世界被缩小了,社会关系被简化了。尽管如本文第一部分已谈到的,那一时期的启蒙思想家早在"五四运动"之前即已注意到"社会组织"不良的问题,

---

① 鲁迅:《〈中国新文学大系〉小说二集序》,《鲁迅全集》第6卷,第242页。

但一个时期相当大量的作品,并没有反映出已经达到的认识水平。这在很大程度上限制了"五四"小说在这一方面的思想水平与艺术成就。

青年批评家沈雁冰发表于1921年的《社会背景与创作》一文,在慨叹当时缺乏"描写点广阔气魄深厚的作品"之后,说:"在那些描写社会生活一角的小说中,最多见的是恋爱小说;而描写婚姻不自由的小说,又占了一大部分。婚姻问题的确是青年们目前的一大问题,文学上多描写,岂得谓过?但这样的把他看作全部生命中最重要的一部分也不嫌轻重失当么?"①婚姻爱情与社会人生的其他方面、其他人类活动的割裂,"内在的心灵世界"与广阔得不可比拟的"伟大的生活世界"、"历史的直观和社会活动的世界"的割裂,不是提高而是降低了对于婚姻爱情的文学表现的价值。然而尽管如此,上述作品仍然主要通过对青年知识者心理现实(包括性心理)的再现,使人们意识到实现"恋爱自由""婚姻幸福"的历史条件的不成熟,社会问题在实际上的不可能彻底解决,作为旧道德的对抗者的"新青年"自身的缺陷,以及"个性解放"的要求一旦面对中国的社会现实,所必然显示出的脆弱性。这也许是它们的主要认识价值所在。

复杂性同时来自"恋爱自由""婚姻幸福"的理想与道德律、道义和落后的经济条件的冲突,以及"五四"小说在认识与表现上述矛盾时的局限性。

谁都不会否认,无论出于道德上抑或道义上的考虑,被迫继续留在已经不存在爱情的家庭里,是一种真正的痛苦。这种痛苦在人类生活中这样普遍,延续得如此久长,直到今天,距离最后结束这种痛苦仍还遥远,更适合于人类生存、发展要求的"两性关系的秩序"的建立,仍须期诸将来。青年知识者在"五四"时期分外尖锐地感受到并在文学中集中地诉说这种痛苦,是一种时代现象。在当时的知识者,这种悲剧感是与觉醒一起发生的。

---

① 沈雁冰:《社会背景与创作》,《小说月报》1921年7月10日第12卷第7期,署名郎损。

"五四"小说中出现了较多的关于婚外性爱的描写。在那时的特定条件下,许多描写者与其说意在寻求对人物行为的道德评价,不如说意在表达自己对于"恋爱自由"与生活制约之间矛盾的观察和某种困惑。叶灵凤的《女娲氏之遗孽》,以主人公告白的形式,描写作为"中年有夫的妇人"的"我",与一青年学生热恋时,所不能逃避的家庭、舆论与自己的犯罪感的双重折磨。郭沫若早期作品《叶罗提之墓》,则以叔嫂之间毫无希望的爱为情节线索。这种人物体验的内心矛盾,是当时的青年不难体验到的。同时期另有一些小说,表现狎妓、同性恋——人物找不到出路的感情的盲目的宣泄。"新"与"旧"在这类场合,呈现出格外参差错综的面貌。你很难把郁达夫小说中的"性的解放"与纵欲享乐严格地区分开来,它们可能是作为一段描写的正面与背面同时存在的。出现在这里的情况,正不妨看作发生在那一时期关于"恋爱自由""新性道德"的讨论中的认识混乱的文学反映。在理论上未能解决的问题,往往在实际生活中即未解决。生活的复杂、矛盾,有助于一些小说(包括张资平的小说)在捕捉、描写性心理方面,达到前所未有的细腻与精确。但技术上的局部发展并不能提高小说的境界。"五四"文学中有些被公认为丑恶的现象,正是在这种情况下出现的。叶灵凤在他的某些创作中,企图用抹杀一切道德界限使他的人物脱出困境,因而不能不堕入魔道,使小说格调愈趋愈下。张资平在更为大量的作品里,用了"个性解放""恋爱自由"的名义,以一种恶趣味描写性行为,以至近亲通奸,文字间充满了卑下的情欲。他所鼓吹的那一种"自由",不但泯灭了美丑、善恶的界限,而且泯没了人兽的界限。"爱"的基础在他那里,被归结为生物本能;"解放"的目的,被降低为生物本能的绝对满足。这种道德的虚无主义与变态性心理,是"个性解放""恋爱自由"的歧途。正是在一个主张走到了极端的地方,恰恰与另一极相遇了。张资平一流小说家作品中的"极端解放",骨子里所包含的,是极端腐败的旧意识;男性中心的意识、"女祸"的观念,以及封建的贞操观念等等——正是沉渣的泛起。在"解放"的狂潮中,鲁迅的有些话也许确实类乎枭鸣。他说:"中国也仿佛很有许多人觉悟了。我却依然恐怖,生怕是旧式的觉悟,将来仍然免不了落后。"①由"咸与维新"的热闹场面中,他看到了旧时代的幽灵。这里有着真正彻底而具卓识的思想家的深忧。

为知识者感受到的婚姻爱情方面的另一种痛苦,也许更具有时代性。

鲁迅早就以他特有的明彻与清醒,看到了人们处在新旧之交的实际地位,以及加于他们的历史与现实的全部分量。上文所引过的《热风·随感录四十》,代那些承受了"无爱情结婚的恶结果"的青年,呼出了带血的声音。不知道"爱情是什么东西",是可惨的。更为可惨的是,觉醒之后仍然被迫为既往的历史付出代价——"既然自觉着人类的道德,良心上不肯犯他们少的老的的罪,又不能责备异性,也只好陪着做一世牺牲,完结了四千年的旧账。"②这是过渡时代为自己造成的典型的社会现象之一,新旧交接期给予人们的特殊痛苦。这里"恋爱自由"受到的束缚,不只来自道德律,而且来自道义——对于婚姻的结果,对于异性的责任、义务。历史还远未提供充分的条件,使一个人的幸福,在这里不至意味着另一个人的不幸;当满足人作为"人"的合理要求的时候,让他们摆脱上述道义上的重负。"五四"小说发现了这种悲剧现象。有着强烈自传性的郭沫若小说《漂流三部曲》,主人公爱牟就处在类似矛盾的境地。"十一年前他是结过婚的,结婚后便逃了出来,但他总不敢提出离婚的要求。他知道他的父母老了,那位不相识的女子又是旧式的脑筋,他假如一把离婚的要求提出来,她可能会自杀,他的父母也会因而气坏。""几次决定写信回家去离婚,但终可怜老父老母,终可怜一个无罪无辜只为旧制度牺牲了的女子。"③同样有着强烈自传性的庐隐小说《海滨

---

① 鲁迅:《一个青年的梦·译者序》,《鲁迅全集》第 10 卷,第 193 页。
② 《鲁迅全集》第 1 卷,第 332 页。
③ 郭沫若:《漂流三部曲·十字架》,《沫若文集》第 5 卷,第 151—152 页,人民文学出版社 1957 年版。

故人》，青年女子露沙也被类似矛盾折磨着。直到"五四"时期已成为过去之后，这类伤口仍在淌着血，你不妨想一下洪灵菲的《流亡》、巴金《爱情三部曲》之一的《雾》。

精神的自由与行动的不自由、理想的高扬与现实的制约、觉醒着的人与不成熟的历史条件，这里正有着构成悲剧基础的"历史的必然要求和这个要求的实际上不可能实现之间的悲剧性冲突"[①]。历史生活的矛盾性质，以如此具体、普遍的形式呈现在个人命运中，呈现在私生活中的情况，毕竟是不常见的。这种特殊的时代条件，为产生具有巨大的社会历史内容和心理深度的作品，提供了客观的可能性。列夫·托尔斯泰创作《安娜·卡列尼娜》的时候，他的思路由最初的写一部关于"不忠实的妻子"的小说，最后发展到通过安娜的婚姻悲剧反映造成悲剧的整个时代、俄国的全部社会生活，这就奠定了这部著作的不朽性的最初基石。伦理问题在这里并没有消失在宏大的社会主题之中，相反，正有赖时代生活的深广背景，才使伦理问题的实质真正显现出来。而"五四"小说中缺乏的，正是这种宏观的眼光与气魄，把婚姻爱情问题置于它的现实基础之上的广阔的社会历史视野。这是初创期的现代文学思想与艺术准备不足的表现。

人类迄今所感受到的婚姻爱情方面的痛苦，其深因，在人类经济生活的事实中。"五四"小说家看到了悬在婚姻爱情之上的金钱的魔影。郁达夫小说中的人物恨恨地说："啊啊，年纪要轻，颜容要美，更要有钱。"(《青烟》)庐隐则写到财产对于爱情的纯洁性的玷污(《一个著作家》)。这些描写是较为浮面的。而郁达夫的《茑萝行》、郭沫若的《行路难》一类作品，写"贫贱夫妻"的悲哀，有更强烈的艺术力量，但造成人物性格或命运的悲剧性的，很难说是一种婚姻痛苦。当时的一般作者，更感兴趣于用自己心灵的眼睛注视自己的心灵，而不是细致地观察生活的具体形态、充满琐屑事物的日常过程。

---

① 恩格斯：《致斐·拉萨尔》(1859年5月18日)，《马克思恩格斯选集》第4卷，第346页。

  复杂性还来自"幸福的家庭"在实际生活中的幻灭,以及"五四"小说面对这种悲剧现象未能提供有力的解释。

  正当一些作家在激动地倾吐青年的爱情要求时,就有另外的一些作家在发挥"厌倦"的主题。这种现象在"五四"文学中是耐人寻味的。后者表达的,是既得之后的失望与厌倦。追求了,得到了,但是所得到的并不就是所追求的。他们胜利了,他们同时又失败了。庐隐《丽石的日记》里那个已经尝过了婚姻的"真味"的女子,喻结婚为"买彩票";而"中彩"之后,她只不过得到了"烦躁"和"劳碌"。《或人的悲哀》中的人物更因失望而转向虚无:"我们游戏人间吧!"这是幻灭者的沉痛之言。许钦文在他的诸如《口约三章》《毛线袜》《于卓的日记》《重做一回》《"原来就是你!"》等数量可观的讽刺小品中,也传达着这种厌倦、失望的情绪。《"原来就是你!"》中主人公的夫人不无悔意地说:"照着现在看来,从前我实在是在做梦,以为婚姻必须自己作主,好像只要自己作主一定是美满的了。……"《重做一回》里那一对彼此失去了吸引力的青年夫妇,试图唤起一度热烈甜蜜的爱情,由妻子煞费苦心地导演了一个戏剧性的场面:把保存在记忆中最动人的一幕"重做一回"。然而"重做"不过扩大了空虚,证明了他们之间没有了爱这一冷冰冰的事实。叶绍钧的《被忘却的》《春光不是她的了》则从另一侧面,补充着这幅色调晦暗的图画。在一个充满着缺陷的社会中,纯粹的个人幸福不过是幻影而已。

  失望是普遍的。周作人撰文介绍日本与谢野晶子的《爱的创作》,引录了如下文字:

> 我们不愿把昨日的爱就此静止了,再把他涂饰起来,种作永久不变的爱;我们并不依赖这样的爱。我们常在祈望两人的爱长是进化移动而无止息。

> 倘若不然,那恋爱只是心的化石,不能不感到困倦与苦痛了罢。①

造成婚后感情变迁的,绝不仅仅如张资平所说,由于"不可抵抗"的"'时间','衰老'和'熟狎'(familiarity)"②。致命处仍然在目的的狭小。在当时有关婚姻、家庭问题的讨论中,就已有人提出以"社会全体人的地位底改变"为"宗旨"的"社会主义者的家庭改制观",主张"把家庭问题归纳在社会全体的改造方案内","照社会主义者提出的解决法去解决中国的家庭问题"③。然而反映在"五四"时期小说中,由"我是我自己的",到"解放了社会,也就解放了自己"这一认识过程,较之在实际生活中,似乎显得更艰难漫长。而如果没有对原因的进一步追究,"疲乏"不过是疲乏,不可能同时是更为深刻的东西。

"五四"小说面对生活的复杂性所表现出的明显的认识上的不足与艺术表现的局限,也还是反映着生活本身发展的逻辑,与知识分子认识发展的逻辑。而且正是在生活与思想的困境中,酝酿着知识分子与现代小说创作对于自身局限的突破,显示着作为"五四"小说家特质的直面人生的勇气。提供了"五四"时期表现婚姻爱情的最杰出的作品的鲁迅,从自己时代的广大作家群汲取智慧,在与同时代人的相互启示和彼此交流中,完成了自己有关作品的创作构思。

《伤逝》《幸福的家庭》的艺术构思,鲜明地体现着鲁迅的思想特点:注重"现在",强调"生存条件",追索"根本原因"。知识分子在性爱方面的软弱性,被置于社会的巨大压力下来表现,感情的"疲乏"则被归结为它的最现实的原因:生活。思考集中在这样一点上:为"自由的恋爱"与幸福的家庭所要求的人的生存条件。《伤逝》《幸

---

① 周作人:《自己的园地》,第 166 页,北新书局 1930 年版。
② 张资平:《Worse-halves》,《资平小说集》第一集,第 277 页,现代书局 1933 年版。
③ 沈雁冰:《家庭改制的研究》(1921 年 1 月 15 日),《民铎》第 2 卷第 4 号。

福的家庭》,都使它们的人物面对经济生活的压力这一无可逃避的事实。"一要生存,二要温饱,三要发展"①,"食欲的根柢,实在比性欲还要深"②。经济压迫下婚姻的不自由,固然是悲剧性的,而"自由"之后经济的压迫,在当时更是悲剧性的。"自由固不是钱所能买到的,但能够为钱而卖掉"③。对于自以为摆脱了财产观念的青年,这些作品向他们展示了他们所处经济现实的严峻性。

在涓生与子君,最大的压迫并非来自严亲的威逼,甚至也非来自喊喊嚓嚓、交头接耳的世态人情。"坚决的""无畏"的子君,正是在向严亲与流俗挑战时最富诗意。甚至轻薄少年的猥亵、小官太太的势利,也还不足以摧折她的勇气。把这个人压垮的,是为了一日三餐的日常的操劳,是终于不能顺利地筹钱吃饭、饲油鸡饲阿随这些最琐屑的事实。《伤逝》《幸福的家庭》,使文学中的知识者,从纯粹感情、精神的世界,下降到具体"庸俗"的物质世界,让知识分子的幻想在与实际生活的碰撞中见出其全部脆弱性。这种日常生活的现实性,正是当时描写知识分子婚姻爱情的作品所较为缺乏的。鲁迅面对婚姻爱情问题时所显示的深刻性,在一定意义上正由这种现实性而来。

"人必生活着,爱才有所附丽。"(《伤逝》)观念形态的"爱"是附丽于人的物质存在的。最终支配着人的感情活动的,是人的生存的物质条件。来自这一方面的压力,使得"两只阴凄凄的眼睛",代替了记忆中"那可爱的天真的脸""通红的嘴唇"(《幸福的家庭》)。同样的压力,令涓生子君曾经是"满怀希望的小小的家庭",变得寒冷有如冰窟。这是贫困的生活带来的感情的贫困。在人类生活中的一切偶然性、突发性的背后,永远有更为深潜的动机,有时代、历史对于个人命运的悄然的干预。鲁迅的思考永远追逐着生活本身的逻辑。因而即使他的笔墨仅仅集中于一两个人物身上,你也总能感觉到环

---

① 鲁迅:《忽然想到》,《鲁迅全集》第3卷,第45页。
② 鲁迅:《听说梦》,《鲁迅全集》第4卷,第469页。
③ 鲁迅:《娜拉走后怎样》,《鲁迅全集》第1卷,第161页。

绕着包围着人物的生活的完整性。人的命运，在他的作品中被合乎实际地显示为作用于人的诸种力量的合力的结果，生活的内在逻辑力量永远是他的作品情节的动力。

"五四"小说对于婚姻爱情问题的上述表现，其意义当然不在于提供了生活矛盾的"文学解决"，而在于以文学的形式对生活矛盾的思考。这种思考，尤其是包含在鲁迅小说中的独特思考，必然推动现代小说关于婚姻爱情的描写，逐步走出自己的狭小世界，与已经在实践中的社会改造联系起来。

（四）

上文的论述很可能造成这样的印象，似乎"五四"小说在表现婚姻爱情方面，除了极其有限的范围与有限的作品，只不过提供了一大堆各式各样的"局限"。"五四"文学如果被如实地作为一个过程看，缺陷就绝不仅仅是缺陷，它们可能同时是某种发展的出发点。因而，所有那些体验、发现、探索与思考，正属于"五四"小说的特点与成就。"五四"文学不是结束而是开始了一个发展。作为这个预示出辉煌前景的过程的开端，其中必定有着大量属于未来的东西，有着现代文学未来成就的真正萌芽。

如上文所说，"五四"小说在表现知识分子的婚姻爱情方面，提供了最富于时代特征的内容——知识者在中国现代史黎明期现代性爱的觉醒，他们对于新时代的婚姻爱情理想的追求和对于旧道德的批判。这种内容不但本质地区别于旧时代文学有关婚姻爱情的描写，而且以其鲜明的"五四"色彩——包含在作品中的"五四"时期知识者的精神特点，"五四"小说家思考婚姻爱情问题的特殊角度——也区别于以后时期类似主题的小说作品。在有关的"五四"小说的复杂性中，还曲折地反映着时代生活的特点和知识者的思想道路，而且在局限中同时酝酿着文学自身对于局限的突破，并启示后来者以新的探索与追求。

这一部分"五四"小说的积极意义还不限于此。"五四"小说家中的确有一部分人，在一个时期内，仅仅由知识者的现状与理想出发观察与思考婚姻爱情问题，但就这一时期小说作品的总体而论，小说界的视野绝不如此狭小。构成社会的其他阶级阶层的伦理现实，也进入了他们的观察与表现的范围。凌叔华的《绣枕》《吃茶》《茶会以后》等篇中那些旧式家庭深闺中的少女，她们未及变化的生活方式与变换中的时代风气脱了节，生活仿佛在一夜之间莫名其妙地改变了，留下她们在冷僻的一角张着困惑迷惘的眼睛。许地山的《商人妇》、台静农的《烛焰》、杨振声的《贞女》等，都令人看到了"礼义之邦"的中国，妇女在婚姻爱情方面令人颤栗的悲剧命运。包围着知识者的，是这片"被爱情遗忘"的广大地区。叶绍钧的一篇小说题作《被忘却的》。这种"被忘却"的悲剧与爱情不得自由的悲剧，是不同内容的两种悲剧，但它们却是同一原因的结果，不但解释着同一种历史条件，而且也互为解释。

更值得注意的是，体现着历史新时期的民主精神，体现着知识者与下层人民，其中尤其是农民的日益加强的社会联系，鲁迅、叶绍钧、许钦文、许杰等小说家，在他们的作品里，描写了下层人民的婚姻爱情痛苦。他们揭开了浓重的封建黑暗下广大乡村社会的悲惨一角，同时敏感地捕捉住了乡村生活中酝酿、发生着的某些微小变动。

乡村社会集中着古老中国伦理道德方面的封建性黑暗。这里没有任何容纳知识分子式的幻想的余地，统治着两性关系的，是中世纪的野蛮与蒙昧。叶绍钧早期小说《一生》（最初发表时题为《这也是一个人？》)中那个乡下女人，无论被娶被卖，都俨然顺理成章："伊的父亲，公公，婆婆……他们心里原有个成例：不种了田，便卖耕牛。伊是一条牛——一样地不该有自己的主见——如今用不着了，便该卖掉。"这是人世间至惨至苦的事，在广大的乡村却平淡如水。更富于悲剧性的是，被作为牲畜的一方，本身也毫无"人"的自我意识。祥林嫂被"绳子一捆，塞在花轿里"，尽管一路嚎、骂，甚至"一头撞在香案角上"，何尝觉悟到了女性"婚姻自主"的权利！在人物的潜意识中起作用的,毋宁说是作为中国女人无师自通的"从一而终"的封建戒律。其他作家的作品中,值得提到的还有许钦文的《职业病》和台静农的《拜堂》。前者取材于被忽略的小站务员卑微的"性的苦闷",后者描写一对被压在底层的苦人儿阴惨的婚礼,都能曲折动人。

即使在这"黑暗王国"里,"五四"小说家也力图捕捉住伦理关系方面透射出的哪怕一线光明。许杰的《大白纸》,以充沛的激情,赞美一对乡村青年男女之间爱情的"伟大和神圣"。当这一对纯真感情被践踏的青年,于众目睽睽之下,不顾一切地拥抱在一起时,作者写道:"现在他俩已紧紧搂住了,他刚才惊跳的心,正如一只出水后的小鱼,又把它轻放入水里般的安适了。他俩的心,始而惊恐,继而欢喜,继而悲哀……同时他俩面上的表情,也由惊诧的呆板的神气,铁青的脸色,一变而为欣笑的神气,脸色由青色渐渐转成红晕;接着就如一阵阴风,吹聚来一天愁云,吹皱了一池静水,更吹来了一阵凄凄的雨珠……"一个所谓"伤风败俗"的故事,这样地被赋予了诗的性质。

许杰的另一作品《台下的喜剧》,写一对小儿女私自相悦相恋在村民中掀动的轩然大波。人言汹汹中,村上"有名的辣货"松哥嫂的一番话来得最无忌惮:"就是双双捉住又何妨呢?难道不是人吗?若是我,我就直说,请你们坐坐,我又不关你们事,何必你们来呢?——这也是说得出口的。——我说得好:现在是民国了,讲自由,偷得来情人也是本领,——被人们捉住也没有什么。——也无所谓贞节不贞节,只要他两人不会三心两意,不会再偷七个八个就好了……"虽不免有点弦外之音,但松哥嫂所以有这番见识,终究因为"现在是民国了"。在低迷的惨雾中,这类作品隐隐传出乡村社会伦理秩序动摇的信息,与三四十年代的有关作品(如茅盾的"农村三部曲",以及赵树理的小说等),在精神上不无联系。

"五四"小说中这一部分作品,与上文所谈到的以知识分子为描写对象的小说作品,有一些显而易见的差异。

首先,这些作品中,造成婚姻爱情痛苦的原因通常更具体,以至社会阶级的对立以缩图的形式呈现出来。

站在祥林嫂、阿Q对面的,是以鲁四老爷、赵太爷为代表的乡村黑暗势力。鲁迅的另一篇小说《离婚》中的七大人、慰老爷们的势焰何等炙人!小说的主要场景正设在慰老爷的客厅上,爱姑最后的一番倔强而无力的抗争,是与仇人及其支持者当面锣对面鼓地进行的。王统照的长篇小说《黄昏》,把压迫与被压迫的双方安置在一个不无象征意味的石堡中,使专制暴戾的奴隶主与两个被侮辱被损害的家庭奴隶,处于更尖锐的对立状态,在艺术上很费了经营。而同时期写知识分子婚姻爱情的小说,常常主要由人物的心理感受出发,直接的压迫者未必在情节发展中出现。这种差别当然是由不同的描写对象与不同的创作意图决定的。

其次,这些作品恰恰强调了一些写知识分子婚姻爱情的小说不同程度地忽略了的生存问题,把这一问题提到首要地位。因而在人物那里,"人生"更是整个的。人物的婚姻悲剧也因与人物生存的整个悲剧现实联系在一起而益发深刻。

如果把"五四"小说作为整体来研究,那么这两部分作品绝非互不相关。它们内在地联系着,共同反映着中国现代作家对于婚姻爱情问题的愈趋深入的观察与思考,其中也包含着知识分子对自身的婚姻爱情问题不断的重新认识与评价。"五四"时期以后小说创作在表现婚姻爱情方面所取得的进展,正是以"五四"小说的上述成就作为起点的。

"五四"时期与下一时期之交,以"恋爱与革命"的流行作品为过渡,到文学繁荣的30年代,由于题材范围的空前拓展,一度显得那样触目的婚姻爱情问题,似乎被淹没在纷繁复杂的现实生活的图画中。然而由于婚姻爱情问题回到了它在生活中的实际位置,被安放在较"五四"小说远为复杂开阔的生活范围中,在一些成功的作品中被作为插曲的婚姻爱情描写,所达到的深度是超过了"五四"小说的。这是一个充满了辩证法的发展过程。不同的作家由他们各自不同的经验范围、思想特征出发对于伦理问题的观察,由他们各自发现的伦理问题与其他社会、人生问题的关联,无不扩大、加深着人们对婚姻爱情问题的认识;对于造成婚姻、家庭悲剧的政治、经济以及民族性格、民族心理状态诸方面原因的探讨,不断丰富着中国知识分子、中国小说家、中国现代小说与生活的联系。新小说即使在这一有限范围,也清楚地显现着知识分子认识的进步与文学的进步。在这一漫长的发展过程中,"五四"小说的上述成就与缺陷,都已获得了文学史的意义,构成我们文学经验的一部分,给后来者以启示。

婚姻爱情问题作为社会课题,文学对于婚姻爱情的表现作为艺术课题,这两者的探索与追求都还没有结束。在新文学经历了如此长期的发展之后,人们有理由向创作界要求足以与世界文学中描写婚姻爱情的最负盛誉的小说并列的作品,要求把婚姻爱情放在更广泛的联系中,放在世界整体、生活全景中去认识的作品,要求把丰富的、多方面的时代内容概括在人生的这一方面,概括在人物的性格和命运中的作品,要求健康的美学趣味,要求富于启发意义的伦理思考。这难道不是一个诱人的艺术课题?

附录二　现代小说中宗法封建性家庭的形象与知识分子的几个精神侧面[*]

（一）

本文论题的提出仅仅基于下述事实：

1. 中国现代知识分子——背负着宗法制的过去，同时最先迎接和创造新社会的那几代人，他们与宗法社会的联系，不能不在一定程度上，具体化为与宗法封建性家庭的联系。大批现代知识分子正是由改造他们与外部世界的这一种联系出发，开始了批判以至摆脱宗法制度及其精神影响的漫长历程的。

家庭的发展，永远缩印着历史的变迁。在社会生产力发展水平较为低下的民族那里，家族史，往往是一种袖珍版的社会史、民族史。中国式的"家"，尤其具有巨大的历史容量。中国现代作家如实地"把家族作为一种随着时代的发展，它也曾经分任了人类经验中的一切的兴衰变迁"，较之"其他制度"，更便于认识人类生活的进步过程的标本[①]，作为认识宗法封建制度的一个最便于利用的窗口。

2. 他们由不同的个人经验与创作意图出发，提供了关于宗法封建性家庭在现代社会中的命运，这种家庭处于瓦解过程中的生动、丰

---

[*] 本文发表于《文艺论丛》第 22 辑，收入本书时略有删节。
[①] 参看莫尔根：《古代社会》，杨东莼等译，第 568 页，生活·读书·新知三联书店 1957 年版。

富的图画。其中的几部,还直接描绘了知识分子在这一过程中的动向。这些作品和描写,不但给我们以经由文学,认识中国家庭的历史变迁的丰富的可能性,而且通过其中的人物世界,以及通过渗透在作品形象中的作者的心理倾向,给了我们认识中国知识者一个重要的精神侧面,一种重要的心理体验的充分的可能性。

对于知识者,人与历史的联系,在这里变得分外明确与具体。"家"以知识者极其熟悉的形态,使历史条件、人的生活条件、人在历史变迁中所处的位置,使中国知识者的现实处境具体化了。宗法封建制经由"家",成为一种实体性的存在,可视,可感。在面对宗法封建性家庭及其解体过程时,现代小说家的视界还更开阔些。他们不只由批判"家"批判一个制度,一种生活方式,而且还试图以现代人的思维方式,思考更其广泛的家庭问题。他们敏捷地捕捉住了新的生活观念在这一方面的萌芽。

本文把一部分现代小说放在上述论题下来研究,如果说是由于它们间主题的一致性,倒不如说由于作品的客观内容间的联系和论者所取的角度。如果一部作品所提供的生活,是真正坚实丰厚的话,它理应经得住由不同角度的注视。

关于本文所涉及的作品,较之有关"家庭社会学"方面,我的兴趣更在于认识现代知识者,认识他们在生活的重大变动中的心理动向,他们对于宗法制的批判在对于封建家庭的批判中深入的过程,以及他们在这种批判中自我认识提高的过程。对于我的目的,有关作品中的知识分子形象和渗透作品的作者作为知识者的主观倾向,几乎是同样重要的。并不是任何其他对象,都能使现代作家像面对宗法封建性家庭这一对象时那样,注入如此深刻的主观内容。当我在接触本文所提到的一些作品时,的确常常真切地感触到作者心理、情绪的微小颤动。正是这种情况使我相信,我可以通过我所搜集的作品,探入现代知识者一个特别敏感的心理侧面,捕捉到他们血脉的一些轻微的搏动。

还应当说明的是,倘若有可能,现代文学中所有描写过宗法封建性家庭,以至表现家庭问题的作品,都应当作为本文的对象,而不论提供图画的作者目的性有怎样的差异。但事实是,我仍然只能面对其中极其有限的一部分。它们有的是因为本身引人注目,有的不过凑巧被我抓住了。因而这个题目仅仅在材料方面,也还有可供发掘的广阔余地呢。

(二)

在开始进入论题之前,我们不妨清理一下搜集到的作品,找出与本文意图有关的发展线索。这种清理也许不致使你感到乏味。你将有机会窥见中国作家对于宗法封建性家庭的认识,随社会思想、现实政治的推进而深化的过程。两个过程——题材史与现代思想史——之间联系得如此紧密,以至你在现代作家不同时期的有关描写间,可以隐约看出某种分界,其中有人的认识递进的印迹。

"五四"时期(尤其新文化运动之初),思想革命以批判宗法封建的家庭制度为一重要方面,然而"五四"文学却并未提供"封建家庭"的较为完整的形象。虽然一开始就由鲁迅的笔揭露了维系这种家庭的礼教的"吃人"性质,但"五四"小说表现存在于家庭中的专制主义,更多地是联系于爱情主题、作为爱情故事的背景来处理的。这一部分"五四"小说往往由人物(有时就是作者本人)的主观感受出发,忽略对于环境(包括家庭环境)的客观描写。这种情况与"五四"初期启蒙思想的特点也不无关系。

"五四"启蒙思想家批判家庭专制,通常以旧伦理为主要对象。这是知识者自身的解放要求在这一批判中的表现。1916年,陈独秀曾提出"伦理的觉悟,为吾人最后觉悟之最后觉悟"[①]。次年,名噪一时的吴虞,发表了他的《家族制度为专制主义之根据论》[②]。在这篇

[①] 陈独秀:《吾人最后之觉悟》,《青年杂志》1916年2月15日第1卷第6号。
[②] 《新青年》1917年2月1日第2卷第6号。

文章里,吴虞固然指出了家族制度为专制政治之柱石这一重要事实,然而究其文意,仍然是在伦理方面立论的。吴虞由封建统治者"以孝治天下"看"家族制度"与"专制政治"的联系,断言"孝之义不立,则忠之说无所附;家庭之专制既解,君主之压力亦散;如造穹窿然去其主石,则主体堕地"。这不免改动了事物之间的实际秩序。封建伦理与封建政治,作为封建社会的上层建筑,固然有其相互作用,但归根结底是被同一物质生活的生产与再生产,同一经济条件所决定的。吴文所谓"穹窿"与"主石",未免拟于不伦。"五四"新文化运动初期关于家庭专制的批判,其理论弱点显然在于,批判者忽略了对象的物质方面——封建专制主义(包括家庭专制)的社会经济基础。这种批判带有经验主义色彩,不是对于封建制度尤其中国形态的封建制度全面考察的结果。"五四"文学反映着初期启蒙运动的特点,在其内容的这一方面,又不免因普遍的主观性而缩小了感觉的范围。然而我们也应当看到,正是在"家"与知识者个人的这一较为单纯的关系中,知识者抓住了封建宗法制的专制主义的本质特征。他们揭露了封建专制主义对于人的正当权利的蔑视与践踏。一时期的大量作品,都是叛逆者、"家庭叛徒"的歌。尽管"家"的形象往往像是被人物或者作者的个人形象遮蔽了,但透过"个人",正有"家"的形象在,即使不完整也不清晰。

　　对于本题有意义的,还有为有关作品记录着的现代生活的如下变动:"大家庭"解体过程中的"小家庭"——当然像实际生活中那样,还只限于知识分子"小家庭"——的纷纷建立,以及这样的现代型的小家庭,在巨大的社会压力下的命运。就中以《伤逝》最称深刻。

　　同一时期,也有较为集中地以旧式人物、旧式家庭关系为描写对象,并由此形成一种特色的作家,比如凌叔华。这位女作家以《有福气的人》《中秋晚》等一系列短篇,写旧式家庭的老太太、太太、小姐各式人等,旧家庭生活的不同侧面,从而显示出其与同时代另外一些新文学者不同的那一份人生经验。《有福气的人》一篇,还触到了旧家庭最为丑恶的方面:由财产贪欲造成的人与人关系的虚伪性。凌叔华的批判是温和的,并没有鲜明地反映出"五四"觉醒的知识者的思想特点。但她所描写的旧式家庭的内部黑暗,究竟是为除鲁迅外的那一代小说家所普遍忽略的。

到三四十年代,关于"家"以及知识者与"家"的关系,较为单一的角度,被空前多样的观察、意图代替了。引人注目的是,在这一时期,出现了几部规模巨大的"家族史"。这证明了现代作家由于经验与认识的积累,已经有可能提供宗法封建性家庭的较为完整的形象,有可能把对象作为整体来把握"家族史"的小说框架,尽管不是现代文学的发现,但"家族史"在三四十年代的小说史上,出现得如此集中,仍然是一个值得注意的现象。虽然无论《激流三部曲》还是《前夕》《财主底儿女们》,都无从媲美于《红楼梦》这样的古典名著,然而几代作家共同创造的那种宏伟性,使得他们笔下的"家族史",无论在深度还是在广度上,都不容轻视。

与此相联系的是,到这一时期,作为封建家族制度基石的封建经济关系——财产关系,引起了更多小说家的注重。这一点也许仅仅对于说明现代知识者关于"家"的认识推进才有意义。因为由财产关系发掘宗法制家庭的历史本质,古典作家即使不那么自觉,他们也仍是这样做了。不能一般地把由经济方面的描写,归结为"历史唯物主义",但对于现代文学的上述发展,仍然可以联系于历史唯物主义这一时期在中国的传播来考察。事实是,新文学在这一时期,普遍表现出重视经济关系,着重由私有制以及植基其上的阶级对立观察社会问题的趋向——不仅对家族问题,也不仅是左翼文学。这是社会思想的发展直接、间接影响现代文学总体面貌的例子。

李大钊1919年说:"中国现代的社会,万恶之原,都在家族制度。"①这是典型的"五四"式的见解。直到这一时期,文学才力图由经济、政治、文化各个方面,穷究家族制度罪恶之所在、之所由。现代

---

① 李大钊:《万恶之原》,《每周评论》1919年7月13日第30号,署名守常。

文学中写封建家族最负盛名的作品——巴金的《激流三部曲》,正是在这一时期问世的。作者以一般的"五四"小说家所不能想见的气魄,铺展了"一个正在崩溃中的封建大家庭的全部悲欢离合的历史"①,以几个青年知识分子为中心,表现了旧家庭错综复杂的内部关系——俨然一个形态完备、具体而微的封建王国。同一时期,张天翼的《在城市里》、老舍的《牛天赐传》等作品,揭露了旧家庭财产关系的腐败与丑恶。到40年代,路翎的《财主底儿女们》、张爱玲的《金锁记》等,关于封建家族内部的财产争夺,有更惊心动魄的描绘。同样引人注意的是,《激流三部曲》《财主底儿女们》等作品,在"家"的全景描绘中,始终让知识者处在画面的突出位置,把表现家庭制度解体过程中知识者的精神变迁作为最主要的目标。即使不凭借这些知识者形象,而仅由作者注入笔端的情绪,你也分明感到了知识者与"家"的复杂精神联系,他们既愤怒又不无"留恋"②的矛盾心理,中国知识者对生活的批判态度和他们自身精神的脆弱方面。

抗日战争以其强力影响着中国家庭的命运,加速着封建家庭解体的过程,也影响着现代作家对于家庭问题的思考。《前夕》中那个旧式家庭人与人关系的变动,其直接动力正是来自民族解放战争。不约而同地,老舍也描写了战争作为直接政治对于一个中产市民家庭的冲击。历史提供了一个有利的时机,使中国作家集中地感受政治对于家庭制度的改造作用。现代作家捕捉住了这一时机。民族解放战争推动了整个民族的进一步觉醒。在这种历史条件下,反映着知识者层的新的进步,联系于又区别于"五四"时期,现代小说在新的基础上思考着知识者个人与社会的关系。你可以注意到,《四世同堂》《引力》所关心的,已不限于(或曰主要不是)旧家庭的命运,而是更为一般的家庭改造问题。因为那已经逼近了一个新社会出世的

---

① 巴金:《关于〈家〉》(1937年2月),《巴金文集》第4卷,第466页。
② 同上。巴金说:"现在我才知道我不能说没有一点留恋。也就是这留恋伴着那更大的愤怒,才鼓舞起我来写一部旧家庭的历史……"

前夜。上述作品对于生活的描绘中,星光一样闪烁着理想主义。作者们的眼光更明确地向着未来:怎样的一种关系对于知识者个人与国家、社会才是更合理的?怎样的一种生活方式才更有利于知识者的健全发展?……至少这种兴趣已隐秘地透入了构思过程,影响到小说家的思路以至作品的色调。《引力》《四世同堂》《前夕》等作品中,知识者关于家庭义务与社会义务、国民责任的沉思,关于个人对于历史的责任的沉思,都传达了一种新的生活观念突破宗法制文化传统而在形成中的信息。

我们不过草草地爬梳了一下有关作品,较为具体的分析还留待下文。即使草草爬梳,就已经使人看到,现代文学中的这类题材对于映照中国知识者的精神历程,是一个怎样敏感的区域。现代作家把离他们自己最近的那一部分人生经验给了文学。我们正须由这一方面把握他们的有关作品——既把它们看作客观历史过程的文学反映,又把它们作为活的心灵的创造物,由此寻找客观性与主观性在具体作品中的联系与联系方式,辨识其中历史的轨迹和人的认识发展的轨迹。

(三)

我将从四个方面,研究现代小说中"家"的形象,和映现其中的现代知识者的精神特征。关于"家"的形象,我把重心放在有关描写的现代性上,即这些小说家提供了什么异于前人的东西,表现了怎样的以及怎样表现了他们的现代意识。

被宗法封建制腐蚀的一代
——现代知识者对自身道路的思考与肯定

宗法封建性家庭的解体过程,在中国延续得这样久长,其间充满了如此尖锐或钝重的痛苦,现代作家不过幸运地得以看到这个长过程中最富于戏剧性的一幕而已。他们写食人者、食人家族,写王熙凤式的家庭暴君,写封建家庭内部集中在"支配权""继承权"方面的财产争夺,《牛天赐传》《财主底儿女们》《金锁记》一类作品,对此还描写得那样出色。①

但那毕竟已经不是最能打动他们的东西。几部写"家"的规模最大的作品,刻画最力的,不是老的家庭统治者的形象,而是他们的后代(你不妨想一下《激流三部曲》《前夕》《财主底儿女们》)。这不是偶然的。宗法封建性家庭解体过程中,最能激动现代作家的悲剧,也许就是无辜者被一个垂死的制度吞噬的悲剧吧。只有上述悲剧现实,才足以引起尖锐的痛感。

巴金反复述说着的,是这样的生活印象:这样的"家","甚至在崩溃的途中它还会捕获更多的'食物':牺牲品"②。这里有他对于特定生活的悲剧性的发现,他作为现代作家最深刻的痛苦所在。

在《激流三部曲》中,高觉新的形象,比之一切高老太爷、克安、克定们,都饱满得多也丰富得多。作者把他个人对于"家"的没落的悲剧感受,首先集中在这个人物那里了。"善良天性的必然毁灭"——这也许是悲剧的永恒主题。现代作家碰巧遇到了类似的悲剧现实,并赋予那个古老的悲剧主题以鲜明的时代色彩。

巨大的社会压力下善良天性的必然毁灭的悲剧,在巴金的《憩园》中被继续发掘着。《激流三部曲》里关于克安、克定性格的悲剧性的思考,至此才酝酿成更完整、更富于表现力的情节。宗法封建的家庭制度,造成精明狠辣的主子和吃祖业的不肖子弟——两者都是宗法制财产关系的产物。并非到了现代,才有所谓"破落户的飘零

---

① 由对封建性财产关系的批判和人性的掘发,现代小说提供了步入末路的宗法制旧家庭最强有力的主子形象。这批形象,体现着现代作家对于封建主义的直接否定,与古典小说中血缘相近的人物一起,构成庞大的形象谱系。比如曹七巧(《金锁记》)、金素痕(《财主底儿女们》)等。这些小说和人物形象使你看到,当一种生活方式濒临灭亡时,这种生活方式所赖以维持的财产关系,对于这种生活方式,成为怎样的一种破坏力量。现代作家抓住了生活的这种讽刺性,在描写中注入了火一般的憎恨。

② 巴金:《关于〈家〉》(1937年2月),《巴金文集》第4卷,第466页。

子弟",但却是到了现代,这样的一种人及其人生,才同时显示出强烈的讽刺性与悲剧性。因为那一种人生现象,只是在现代社会、现代人的眼里,才显得可笑可悲、不合理,因为它与现代生活、与现代人的生存意识格格不入。

我们先来鉴赏一下张天翼关于破落世家子弟的描写:

> 他仍旧吃得很多,用他全力使动着筷子——仿佛这两根银棒很有些斤两。他把一块葱油烧饼整个塞到了嘴里,又夹起油滴滴的肉包子来。他脸色很认真地嚼着,把一双有点红丝的眼睛盯着那盘盐水猪肝,腮巴肉扯动得很起劲。看来他简直是在尽什么神圣的义务:他生到世界上来就只为的这个。
>
> (《在城市里》)

这儿是"亚细亚生产方式"、经济制度造成的畸形人、寄生者,现代社会机体上的赘瘤。

然而类似生活现象在《憩园》作者的笔下,却产生了不同的审美效果。你能明确无误地判断张天翼的讽刺意图,和他的人物的否定性质,但对"憩园"旧主人,你却很难简单地把他归为"肯定人物"或"否定人物"。现成的范畴不尽适用了。就人物的社会本质而言,这个形象当然包含着否定性;但作为审美现象,问题却要复杂得多。你的审美经验告诉你,在描写这个人物时,作者的讽刺倾向被悲悯压倒、盖过了。这儿有一种耐人寻味的心理现象。现代作家绝不会向任何一个曹七巧那样的封建主子滥施温情,他们却不能不惋惜如杨三爷这样一种人的沉沦——因为这种人的善良本性,因为他们的优异秉赋,因为他们毕竟是供奉宗法社会祭坛的牺牲。

由同样的环境走出,现代作家深知造成这种畸形人生的家庭罪恶;也正因由同样的环境走出,他们能敏锐地识辨两种不同的人生态度。是人生态度!他们由这类人物身上看到的,已经不是宗法封建性家庭的一般罪恶——那些罪恶,传统文学的揭露,已经足够有力的了。他们发现的,正是一种腐败的生活方式,造成的人生态度的病态、畸形。这种发现,属于现代知识者在两个历史时代之交,对于"人生问题"的思考的一部分。他们面对被宗法制腐蚀的那一代人,思考自身的道路。用否定来肯定,以反题引出正题。对高觉新形象的否定中,显然包含着对另一种人、另一种人生的呼唤——那是彻底摆脱了宗法制,彻底斩断了与宗法制的精神联系的人。对"憩园"旧主人的否定,同样肯定着"五四"以后的一代新人和新的价值标准、生活原则。这种原则,首先是自立,人对于自身本质的尽可能的占有。这正是"五四"时期最激动青年的思想之一:摆脱对于宗法制财产关系的依赖,像娜拉那样、像子君那样"走出去"。

"五四"以后的觉醒的人们,在被宗法制旧式家庭吞噬的那一代身上,寻求对于自身、自身道路的肯定,正是这种思考使《激流三部曲》也使《憩园》深沉,同时也丰富了作品的审美特征。精神上的自我优越感,现代人对于自己人生选择的自信,使他们能够"悲悯"。巴金这样谈到过自己写作中篇小说《冬》和《憩园》的意图:"财富并不'长宜子孙',倘使不给他们一个生活技能,不向他们指示一条生活道路;'家'这个小圈子只能摧毁年轻心灵的发育成长,倘使不同时让他们睁起眼睛去看广大世界;财富只能毁灭崇高的理想和善良的气质,要是它只消耗在个人的享乐上面。"(《爱尔克的灯光》)这也正是这类小说的警策所在。

这一文学主题的价值,不但被现代文学,也被当代文学证明着。由40年代曹禺写《北京人》,到50年代、60年代老舍写《茶馆》《正红旗下》(尤其《正红旗下》),直到80年代邓友梅写《那五》《烟壶》,不同时期不同作家,反复而愈益深入地向类似的人生现象发掘,并因时代环境、作家艺术个性的不同,不断创造着新的审美价值。仅仅同一主题被反复发掘这一事实,就不但证明主题的"现代性",而且证明现代作家(还应当包括当代作家)趣味和人生观察的"现代性"了。

深刻变动中的宗法封建性家庭关系
——现代知识者的生活信念和对历史的乐观

《四世同堂》第二卷《偷生》,有一篇英国人富善关于中国式家庭结构的议论。在这个洋人看来,小羊圈祁家"这样的一个四世同堂的家庭里,文化是有许多层次的,像一块千层糕"。处于不同"层次"的人们,"似乎每个人都忠于他的时代,同时又不激烈的拒绝别人的时代,他们把不同的时代揉到了一块,像用许多味药揉成的一个药丸似的……"

这种观察结果,对于宗法封建家庭的昨天,也许是真实的。到现代作家操笔写作的这三十年,那种和谐,早已被历史无情地击破了。现代文学对于"家"的描写,给予人的,首先是骚动不安的印象。即使《四世同堂》也不例外。

最普遍最引人注目的,自然是家庭关系两个最关键的环节——夫妻、父子——的变动以至断裂。

"五四"时期,"婚姻爱情问题"与"父子问题",都为思想界所注重。对于旧道德的批判,首当其冲的,是"孝"与"节"("饿死事小,失节事大"的那个"节")。

夫妻关系、两性关系中的平等观念,已经是对于宗法制的有力否定与背叛。婚姻爱情方面的现代民主要求和知识者实践这类要求的英勇行为,剧烈地撼动了宗法封建家庭的坚壁。关于"五四"时期新的婚姻爱情观念及其文学表现,我已在另一篇文章中论述过了。[①] 本文将把重点放在家庭关系的另一重要环节——父与子——在宗法封建性家庭解体过程中的变动,及其文学投影上。

---

① 参看附录一《"五四"时期小说中的婚姻爱情问题》。"五四"时期以后,文学继续反映着生活在这一方面的进程。20年代末茅盾的《虹》、洪灵菲的《流亡》,30年代胡也频的《到莫斯科去》、叶紫的《星》,40年代郁茹的《遥远的爱》,以及解放区文学中的有关作品,都包含着婚姻关系、两性关系方面伦理秩序变动的内容,因而也都可以置于本文论题下,由这一特殊角度去研究。

"父与子"的文学主题在现代文学的三十年间之所以特别富于吸引力,固然由于客观历史环境,也由于小说家在家庭变动中的个人体验。类似的文学现象在俄国文学中也曾经出现过。19世纪专制俄国的社会矛盾,提高了"父与子"文学主题的价值,产生了屠格涅夫自长诗《对话》到长篇小说《父与子》等一系列作品的情节基础。年轻的俄国在孕育中。作为年轻的俄国向古老俄国漫长痛苦的告别仪式的一部分,人群每一天都发生着裂变,出现从母体分离出去的新的个体,演出着新的向古旧的生活方式告别时那种既是悲剧性又是喜剧性的场面,令人悲喜交集,备受折磨。——这正是刺激了屠格涅夫的那种激情。

中国现代作家被安排在相似境遇中。不同的是,当屠格涅夫构思《父与子》时,还不能完全理解他所发现的性格。他对于自己笔下人物冲突的实际意义并不那么自觉。父子矛盾的意义在中国现代作家那里要明确得多。他们毫不掩饰这种矛盾的政治性质(不待说,"自觉"并不就能保证创作上超越前人)。不同的还有,为屠格涅夫所发现的性格,对于迟钝的文学界、读书界,还是道地的陌生人,因而小说一时引起了那样普遍的误解;而中国现代小说中的"父与子"在文字中和在实际生活中已经如此普遍,进步读书界接受这类描写几乎是自然而然的。

"五四"思想界最初使"父与子"作为社会问题引起了广泛的关注。胡适在《新思潮的意义》一文中,把"父子问题"与"礼教问题""文学革命问题"等并列为当时思想界感兴趣的"问题"。鲁迅则以《现在我们怎样做父亲》《与幼者》等一系列杂文,提出过他对于生活矛盾的独特见解。

"五四"启蒙思想家由进化论的观点出发,着重于肯定这种冲突的积极意义,强烈地表达出对于历史的乐观态度与新的生活信念。李大钊在那篇历史新机、民族新生命的著名颂歌《青春》中,激情洋溢地写着:"由历史考之,新兴之国族与陈腐之国族遇,陈腐者必败;朝气横溢之生命力与死灰沉滞之生命力遇,死灰沉滞者必败;青春之国民与白首之国民遇,白首者必败。此殆天演公例,莫或能逃者也。"①这一时期先觉的知识者,在尚未掌握先进的科学思想时,普遍寄希望于"幼者",主张"幼者本位",表达了他们对于以新陈代谢彻底变更旧伦理秩序、一新历史面貌的热望。被那个时期的理想主义所鼓舞,鲁迅甚至描绘出这样一幅和谐光明的人类发展的图景:"老的让开道,催促着,奖励着",让"少的""欢天喜地的向前走去"而"少的"则"多是超过祖先的新人"。②

"五四"新文化运动之后,中国现代知识者力图把自己的历史观置于更科学的基础之上,但"五四"先觉者对于变革的敏感和对于历史的乐观,却被承继下来。现代小说家固然写宗法封建性家庭的不肖子弟,被毒害、吞噬了的一代,以这一代的没落为没落中的"家"写照,更以热情的笔写"家"的叛逆者,"家"的真正对立物、否定者,属于未来的一代,以这一代蓬勃的生机、以这一代与前代的冲突,作为"家"的必然破落的更强有力的证明。在这样的时候,"父"与"子"分别代表着的是两个时代。人物之间有时表现为对立,有时仅仅表现为差异。但无论对立还是差异,都关乎"政治"。

最早出现的现代小说,就有从政治方面——在当时即新文化运动、"五四"爱国运动——对于旧家庭的批判。如冰心的短篇《斯人独憔悴》。小说尽管粗浅,毕竟初次描写了反对青年知识者的政治行动的"家",因而在当时显得独特。我在前文中已经写到过,中国现代知识分子最初发现的,一般还不是作为经济单位的"家",而是作为思想牢笼、作为政治对立物的"家"。这一方面由于中国知识者在现代史发端期意识到的历史任务(当时一般知识者对这种任务的理解,还是相当狭隘的),另一方面也由于他们的实际生活处境。就知识者通常的情况看,对于"家",思想上的反叛在前,割断经济上的联系在后。当他们最初"反抗家庭"的时候,还不能不作为家庭成

---

① 《新青年》1916 年 9 月 1 日第 2 卷第 1 号。
② 鲁迅:《热风·四十九》,《鲁迅全集》第 1 卷,第 339 页。

员,依赖于"家"所拥有的经济力量,以至这些人与"家"之间,时间距离与空间距离①、心理距离与实际生活距离,显得那样不同。

《激流三部曲》第一部《家》第九章中,高觉慧应召"面对面地站在祖父面前"。这使他有机会从容地估量他与他面前这位老人的关系。在这一瞬间,"忽然一个奇异的思想来到他底脑里。他觉得躺在他面前的并不是他底祖父,这只是一个整代人底代表。他知道他们,这祖孙两代,是永远不能了解的。但他奇怪在这瘦长的身体里面究竟隐藏着什么东西,会使他们在一处谈话不像祖父和孙儿,而像两个敌人"。在"家"里,有一个复杂、矛盾的中国。《激流三部曲》的作者忠实于他所描写的那一时期觉醒青年的思想现实。只有知识者作为觉醒了的人开始行动时,"家"才真正作为一种敌对力量而出现。知识者于接受先进的世界观,对家庭制度进行总体观察之先,主要凭借的是直觉。而他们在当时直接感受到的压迫,的确首先来自思想与政治方面。他们先是作为新思想者,感受到"家"的压迫;然后,才以现代知识者,全面地感受"家"在各个方面的腐败,和它给予现代人的压迫。

《前夕》的创作构思,显然受到《激流三部曲》的直接启示,概括在其中的生活矛盾,则因时代而有新的发展。《激流三部曲》已经揭示了导致高家分裂的时代政治的原因,到靳以的《前夕》,政治的因素更加被着意强调了。小说让人看到,这样的一个"家"和它的生活方式,不利于培养国民责任心,不鼓励自立、奋斗,不关心其成员与社会的联系。还不仅于此——它阻碍着它的成员投身实际的社会斗争。"政治"对于家庭关系的渗透,是历史前进中的必然现象。现代小说一再使你听到,社会革命、政治风雨,怎样有力地叩响"家"的漆皮剥落的大门!

---

① 李大钊在《新的! 旧的!》一文中谈到过:"中国今日生活现象矛盾的原因,全在新旧的性质相差太远,活动又相邻太近。换句话说,就是新旧之间,纵的距离太远,横的距离太近;时间的性质差的太多,空间的接触逼的太紧。"(《新青年》1918 年 5 月 15 日第 4 卷第 5 号)

仅只我们刚刚提到的那些作品,已经使人看到,现代小说中宗法封建性家庭内部的政治对立,怎样具体呈现为父子对立。而"父与子"中"子"的形象,通常正是觉醒的知识者的形象,知识者"新生代"的形象——他们在这种场合这种关系中展现新质,从思想方式到行为方式,都与父辈区别开来。

由这样一种家庭关系中呈现出的"家"的形象,是任何前代作家都不可能提供的。因为他们没有机会面对处于"家"中的这样一种新人。类似的描画"家"的色调,也是任何前代作家不可能使用的,因为他们无缘遭逢这样的机运:亲眼看到家庭关系在大变革中急剧更新。这里有现代作家对于历史的乐观——现代作家才能有的对历史的乐观。

巴金宣称,他之所以在那部《家》里写一个"幼稚然而大胆的叛徒",正是为了"把希望寄托在他的身上"(《关于〈家〉》)。关于《前夕》中的黄静玲等青年人,作者动情地说:"我写这新生的一代,我也就在他们的中间。"(《我怎样写〈前夕〉的?[代跋]》)"在他们的中间",这种位置,是新的历史时期提供的。这决定了一大批现代小说家观察生活变动的角度,他们的感情倾向,他们对于过去、现在与未来的基本判断。

现代小说家在弥漫着或残留着封建性的地方,到处发现上述性质的父子对立,以他们的历史感与现实感传播着新生命日见壮大的信息。① 张天翼的《儿女们》中的儿女们,纷纷离开了父辈以为"规矩人"的生活轨道,有组织地反抗命运,以至使那个安本守分的父亲感到世界"天翻地覆""颠颠倒倒",他自己成了"孤老儿"。王西彦的《弥月礼》的结局尽管令人惨伤,那个年轻"暴性"的儿子,毕竟不顾老头子的经验,"卷起袖子"抗争过了。茅盾的"农村三部曲"里,叛逆的儿子终于征服了父亲:"真想不到你是对的!真奇怪!"

叶绍钧 1920 年写《一个朋友》,其中的父亲还有可能"把儿子揪

---

① 现代诗歌也提供了类似信息,请想一下艾青的诗作《我的父亲》。

在自己的模型里"。在冰心的《斯人独憔悴》中,优势也尚在父亲的一边。生活终于决定性地改观了。甚至工人的子孙也将与他们的前辈不同:"我们底儿子就不像爸爸们了","他们不会'老爷,让我做工罢,给我吃饭罢'那样了。"(路翎:《黑色子孙之一》)"下一代",在这种场合,是"反抗现存秩序者"的代称。也正是在这种场合,站在"儿子"一边,肯定"后一代",意味着的,是肯定变革,肯定历史的进步,肯定未来,甚至肯定社会革命。问题就是这样尖锐。因为历史冲突本来就这样尖锐:不但伦理秩序,整个社会都在翻转过来。

由旧的生活方式中发现了"新生代",找到了可以寄予希望的人物,决定了一些现代小说家的创作构思,使历史变革、宗法封建性家庭的解体,在人物关系中具体化了。王统照的《山雨》、艾芜的《乌鸦之歌》等作品,也都使人看到了生活的这一种变动。

现代作家利用了历史提供的机缘,甚至写出了直接的革命对于人伦关系的影响——新民主主义革命时期家庭关系中最富于革命意义的变动。大革命后问世的蒋光慈的《田野的风》里,青年革命者李杰向自己的家庭、父亲宣战,掀动了乡村社会舆论的轩然大波。这一公然违悖伦理纲常的事件给予乡间人心的冲击,其强烈程度也许不下于组织农会本身。"你看,这才叫着怪事!我生了这末样大的年纪,从来没有看见过!父母娘老子不要了,连田地家当也不要了。……怪事,真真的怪事!"维系父子关系的"孝"的观念被革命彻底撼动了。同时被撼动的还有旧的财产观念。在社会关系的空前大变动中,知识者李杰作着这样深沉的伦理思考:"说起来,这是怪有趣的事情。儿子和父亲两相对立着,这样很彰明地斗争起来,怕是自古以来所未有的现象罢。我曾读过俄国文学家屠格涅夫所著的《父与子》一书,描写父代与子代的冲突,据说这是世界的名著。不过我总觉得那种父子间的冲突太平常了。如果那种事实和我现在和我父亲的冲突比较一下,那该是多么没有兴趣呵!""母亲!请你宽恕你的叛逆的儿子罢!如果'百善孝当先'是旧道德的崇高的理想,那他便做着别种想法:世界上还有比'孝父母'更为重要更为伟大的事业,为着这种事业,我宁蒙受着叛逆的骂名。母亲!你没有儿子了。"

这种道德勇气和道德自信,自然是由直接的革命斗争中汲取的。革命,有如此非凡的威力,它既使父与子的距离急遽扩大,同时又为缩小这距离创造着前提:由革命加速了旧家庭的破裂,也由革命找到了在当时最富于积极意义的两代人的衔接。老农民王荣发终于感染了儿子的革命情绪:"也许他的思想是对的,谁晓得!现在的世道是变了。也许这个世界的脸孔要改一改……唉,也许贵才是对的,让他去!……"(《田野的风》)另一个父亲则发觉自己误解了投身革命的儿子,因而朦胧地想着:"也许儿子不会把我忘掉,我错了!"(万平:《村中的早晨》)没有什么比变化了的人、变化了的人与人的关系,更能预示一种新的家庭关系形成的前景的了![1]

宗法封建性家庭的解体,必然是经由多种多样的途径实现的。有多少阶级、阶层,多少类型的"家",就有多少种"父与子"。[2] 苏州蒋家戏剧般地崩裂了,中产阶级的"武进黄寓",情况却不同得多。《前夕》的后半,黄家两代人在民族危亡的关头,逐渐摆脱了个人局限,从而克服了存在于他们之间的斥力,被国家命运这一巨大的历史主题吸引到一起。"父与子"的关系在积极调整中——做父亲的获得了他的清醒:"将来是他们年轻人的世界。"这位老人终于说出了在他来说最明白的话:"爸爸不是不明白世事的人,到时候总得放开你们,这份'国破山河在'的岁月,我把你们留在家里干什么?从此你们一个个都是国家的孩子了。"当小说结束时,这个"家"幸存的成员,由"家"毁灭的悲剧中站了起来:"家没有了,我们有国,我们都是国家的儿女!"

---

[1] 表现两代人间的积极衔接的,还有茅盾的《儿子开会去了》等篇。
[2] 现代小说家注意到了历史生活的复杂性,他们笔下的"父与子"也像生活那样性质、形态多样。属于"子"的一代的,固然有高觉慧、黄静玲这样的叛逆者,也有乌烟瘴气如《激流三部曲》中的克定、克安们,即"家"的逆子也有种种。张天翼写过《儿女们》,也写过性质完全不同的悲喜剧《包氏父子》,后者所反映的,是另一种社会关系。但多种形态的冲突,恰恰证明了变动的必然性、广泛性。因此作品又彼此相联系。

这是两个反向的过程:一方面,旧"家"崩坍、破裂着,原先维系在家庭成员间的绳索(封建纲常伦理,主要是"孝"的观念)朽坏了,属于同一家庭的人们各自走了不同的路;另一方面,新的家庭关系又在建设,维系人们关系的新的纽带又在编织中,走不同路向的人们重又聚拢了来。这不是"家"的复原,而是"家"的重建、再造。战争——政治,直接干预了上述过程,对于"家",促其瓦解,也促其更新。这是民族复兴工程的一部分——当然是中国式的"复兴",不是一下子抛掉旧形式,而是在改造旧形式中发现新世界,所谓"人惟求旧,器惟求新"!黄家最可爱的女儿静玲兴奋地说:"——不错,一切是在变,世界国家,还有我们这个小小的家!外表的变原来看得很清楚,也很自然,想不到内容也在变。"

时代,在"家"的黯淡画幅上,涂染了明亮的一笔!

知识者与"家":批判旧家庭,同时批判地认识自己

有必要在现代文学提供的"家"的画幅上,在现代作家用以描画"家"的笔触间,继续寻找知识者的形象,他们(作为人物,以及作为作者)在新旧之交,在破坏与建设之交的心理动向、内心经历,这种心理动向、内心经历中包含的历史内容,寻找文学所描写的社会现象中潜存的心理现象、生活图景中包蕴着的心理图景,寻找掺混在客观性中的"主观性"。也许这种精神现实、心理内容,才是这些作品更能经受住磨砺,更耐人玩味、咀嚼的部分。

与苏联文学界显得不同的是,那里在国内战争期间,曾经产生了一批真正来自底层的作家;而中国现代作家,尤其是其中的第一代,很少例外地,由宗法封建家庭走出,之后,又不得不仍然生存在弥漫着浓厚封建性的社会空气中。他们被赋予了双重身份:旧时代为自己培养的最后一代知识分子,同时又是新时期为自己造出的第一代知识者。他们的文化教养是双重的。何止文化教养,他们的整个生命都被历史分割着。他们自身,就最真实地体现着历史的联系、历史的矛盾现象。(本来,"历史"就在"人"之中,在亿万具体的人的现实存在、实践活动之中!)因此,现代小说家在批判宗法封建性家庭时,也许较之其他时候,更自然也更自觉地让作品容纳知识者自我省察、自我批判的内容。他们在"自己"中检点"历史"的遗痕,清算自己与"宗法制的过去"的精神联系。这是"五四"以来知识者最深刻持久的自我省察之一。正是深切的个人体验和把自己也烧在里面的批判热情,成为他们有关创作的经验基础和主要动机。

人类应当"愉快地与自己的过去诀别",但这不意味着诀别过程中不经受痛苦。也许只有经受痛苦,才能达到上述境界。那是高度发展了的理性对于某种人类精神弱点的胜利,是充分的历史感、"历史自觉"对盲目的个人感情的胜利。人类在痛苦中走向成熟。

正如同知识者把对未来的敏感集中在自己这里,他们也把告别过去时的痛苦集中在自己这里,因为他们是知识者,是自己时代的精神生产者以至精神代表。他们因其主观条件,更有利于承受精神遗产,在历史冲突面前更难以超脱,更矛盾,也因此更成其为"时代儿"。

巴金 1936 年作过如下自剖:"的确我的过去像一个可怖的阴影压在我的灵魂上,我的记忆像一根铁链绊住我的脚。我屡次鼓起勇气迈着大步往前面跑时,它总抓住我,使我退后,使我迟疑,使我留恋,使我忧郁。……为我的前途计,我似乎应该撇弃为记忆所毒害了的感情。但是在我这又是势所不能。所以我这样永久地颠簸于理智与感情之间,找不到一个解决的办法。我的一切矛盾都是从这里来的。""这并不是我个人的事,我在许多人的身上都看见和这类似的情形。使我们的青年不能够奋勇前进的,也正是那过去的阴影。"① 这位小说家当 1961 年回忆《憩园》的写作过程时,还以一贯的坦白,说:"我开始写《憩园》的时候,我还不能说没有怀旧的感情。"

使巴金苦于难以"撇弃"的,为那几代知识者、现代作家常常提到的那个"过去",主要指宗法制的过去,指宗法制的过去的精神遗留。而"家"的眷恋,则往往正是具体化了的"过去"的留恋。

---

① 巴金:《忆》(1936 年 5 月),《巴金文集》第 10 卷,第 6—7 页。

瞿秋白在他的《新俄国游记》中，既以直接的观察，批判着宗族制度的黑暗，又坦率地承认自己难以决然摆脱"过去的留恋"："那垂死的家族制之苦痛，在几度的回光返照的时候，映射在我心里，影响于我生活，成一不可灭的影像，洞穿我的心胸，震颤我的肺肝，积一深沉的声浪，在这蜃楼海市的社会里；不久且穿透了万重疑网反射出一心苗的光焰来。"①这"旧时代之死"影响于知识者竟有如此之巨！

知识者对于"过去"的复杂感情，首先由于宗法制作为历史形式，在当时的中国，并没有真正进入它的喜剧阶段。"过去"还在"现在"中延伸。这才是现代文学史上一些以写"家"著称的作品，不同程度地浸染着悲剧色彩的客观历史根据。当然，人的精神更新落后于生活进程的情况，也常常会发生。然而这种精神现象，不也正反映着现实与历史、昨天与今天的联系，诞生中的新社会与没落中的旧社会的联系，反映着新社会诞生的历史条件，反映着那个矛盾纠结的时代的过渡性质？

被安置在历史发展的特定时期，每一代人都有他们不可逃避的现实条件和对于历史的责任。这一代知识者，在批判旧时代中塑造自己，他们自身，也部分地是那个时代的创造物；"宗法制的过去"，也存在于他们自身的历史中——极其现实的存在，不容无视，也不容忽略。现代小说家体验到的精神矛盾，不只构成了他们笔下知识分子性格矛盾的一个方面的内容，而且还多方面地侵入作品，构成作品深刻的内在矛盾，以至由此产生了现代文学史上某些复杂的文学现象。

我们不妨回头去看围绕《激流三部曲》中高觉慧形象的那些议论。当我们把这一作品、这一形象置于现代知识者的精神史、现代文学的发展史中去认识，就会发现，某些武断的批评，怎样忽略了这部作品与那一代知识者普遍经验、实际历程的联系，忽略了这部作品与现代文学史其他作品的联系，忽略了这部作品的人物与作者的矛盾的典型意义。

---

① 瞿秋白：《新俄国游记》，第15页。

历史矛盾必然侵入"性格"。宗法制的精神影响加之于旧家庭的驯良子弟高觉新,表现为他的"二重人格";加之于高觉慧,带来的是人物在斗争中的游移,以至潜隐的妥协性。路翎短篇小说《人权》的主人公"严肃地回忆着他底过去。他底父亲底那个险沉(按疑为'阴沉')、丑恶、缺乏人性的家庭",他"突然狂喜而又痛苦地发现了,在他底身上,是纠缠着过去的幽灵的。一切自私、怯懦、守旧、中庸,都是从这里来的"。而你在《财主底儿女们》中所有的"儿女"那里,都清楚地看到蒋家的家族纹章、精神标记。小说的主人公蒋纯祖,他的思想弱点与性格弱点,更是令人想到那个"苏州蒋家"。在他的生命史中,"苏州蒋家"始终背景一样隐现着,成为这个人物"精神负累"的一部分。

历史矛盾更深也更广泛地潜入人物的感情生活。

王统照的长篇小说《春华》,青年坚石在立意"出家"之后,首先想到的,竟就是他那个世俗的"家"。这令他沮丧、惶惑。他想不明白。他无法解释自己。同篇小说中最激进的青年身木,是坚决反对家族制度的,但"家庭,——这个古老温情的旧影子有时也在怀抱着远志的身木的心中跃动"。"家",对于青年知识者,并不总是一座阴森的城堡。不,它同时也会像黄昏的一抹斜阳(《前夕》中的黄静茵比之为"温暖的樊笼"),给人以"闲适的柔美"。

当这种时候,作者与人物,往往贴合得难解难分。谁说《财主底儿女们》(尤其第一部)中那些忧郁、温情脉脉的文字,不是由作者的感情深处流淌出来的呢?"家"对于小说中的人物(一群知识者!),是他们矛盾、痛苦的源泉。对于作者,也是的。①

"对于蒋淑珍,也是对于蒋少祖,时常有诗意的过去突破阴惨的现在走出来,引起忧伤的渴望和眷恋。"苏州的"家"之于他们,意味着贵族式的优雅,意味着古旧的生活情调与趣味,意味着排开了世虑

---

① 关于"情调",还应当提到《激流三部曲》那一片衰飒中的淡淡哀愁,提到《前夕》中那流贯小说第一部的忧郁。

的宁静、温暖、恬适。它逐渐失去了现实的性质,成为一种幻象,一种象征,是这些贵族男女在想象中独占的世界,他们私有的那一份精神生活,他们相互间感情的维系。真实存在过的一切在意识活动中抽象化了,抽象为一种精神的心理的标记。

作者没有,似乎也不打算跳出他的人物。他以激赏的态度,写财产和教养带给这些人物的优越的秉赋,笔底溢满了悲悯的柔情。也许正是这种眷恋,使得他的笔下"家"的命运显得有些荒谬:"家"的解体竟然是由于一个残酷自私的女人在财产争夺中占了上风。

"过去的阴影"甚至也会从以身许革命的知识者心头掠过。李杰也曾在日记中苦恼地写道:"我想起来了我的过去,唉,这讨厌的过去呵!它是怎样地纠缠着人!我本来没有家庭了,而我的父亲却送信来要我回去;我本来不要父母了,而我却还有点纪念着我那病在床上的母亲……"革命者也不可能"赤条条来去无牵挂",不可能一下子摆脱使他们成为现实的人的社会关系!

蒋光慈在这方面的主观态度是较为单纯的。这也是初期"革命文学"的特点。而在其他作家的有关描写中,你却不难捕捉到某种挽歌的调子,即使不成其为旋律,而只是几个零零落落的音符。

"家"不仅意味着某种人伦关系,而且也意味着反映这种社会关系的思想文化。在知识者和"家"之间,最深刻的,是一种文化联系。知识者的"家的依恋""过去的留恋",往往正是对一种文化、一种生活情调,以至一种生活哲学的怀恋。几千年了!历史把沉重的文化内容沉淀在家庭形式中,沉重的历史负累演化而为沉重的社会心理负累。现代小说家们可以冷静地甚至怀着嫌恶,描写财产纷争,描写老旧人物间的倾轧、"勃豀"、斗法,因为这些与他们的时代意识、道德感情绝不相容。他们却不能用同样明朗决绝的态度,写与那种生活方式相联系的某种生活情调、某种文化氛围——旧式生活中的所谓"诗意"部分。尤其当他们对于政治、对于社会革命厌倦时,宗法制下"闲适""恬静""和谐""温情"的幻象,劝人逃避、超脱以至遁世、隐逸的哲学,就更成其为一种诱惑。

这种精神矛盾有更宽广的社会历史背景。瞿秋白分析"五四"以来中国思想界的动向,以为在新旧交叉,前进与倒退、变革与守旧错综的历史大环境中,"当时的思想界,多多少少都早已埋伏着复古和反动的种子,要想恢复什么'固有文化'"(瞿秋白:《〈鲁迅杂感选集〉序言》)。《财主底儿女们》以蒋少祖的形象,概括了"五四"以后知识界发生的上述"反动";蒋少祖对苏州旧家的怀恋,是与他的"古旧的追怀"同着思想根柢的。在"家"这个具体的世界里,历史在总体的前进中局部的迂曲、倒退,也显得格外清晰、具体。甚至蒋纯祖也曾有过"复古的思想"掠过脑际,"认为古代底伦理、观念和风习是值得称道的"。"家"的眷恋、"过去的留恋",就这样与一时期思想界的动向联系着。

上述分析也许会造成一种误解,似乎现代小说家只是一味地展览矛盾(有时还不无欣赏和自怜)。情况当然不是这样。留恋是在否定、批判中流露的,是一种情绪的旁逸,尽管不可避免地复杂化了作品的意境、情调。除少数作品或某些作品的某些描写外,更成为一种倾向的是,现代小说家及其创造的知识分子形象,在直面人生、战胜自我、摆脱过去中艰难地行进。在这方面,《激流三部曲》也是最适当的例子。关于这些作品的心理内容的复杂性,还是巴金的概括最近于事实:愤怒,留恋,信念(《关于〈家〉》)。即使如路翎那样矛盾,也毕竟把对"家"的批判写进了对人物的批判里。他的小说主人公,也曾在一番自省之后,"热情地和这个幽灵(按,指'过去的幽灵')做着搏斗",或久久地"在这个严重的矛盾前面苦痛地站着,进攻着"。更不消说李杰。

"宗法封建制家庭形象"及其解体过程,就这样包含于知识分子形象之中。

因此,下述事实也这样矛盾:一方面,当时的思想界,反映着中国的历史与现实,"多多少少都早已埋伏着复古和反动的种子";另一方面,反复古、倒退、反动的思想斗争的任务,仍然主要由"现代式的小资产知识阶层"来承担。现代小说家作为知识者的自我批判、自我清算,正是这任务的一部分。即使他们的批判还不免于软弱,即使他们的否定中还多多少少有不忍割舍的留恋,也不能掩他们对历史的自觉和使命感。①

正由于有普遍的留恋,有难以割断的"宗法制的过去",鲁迅的道路才更有典范意义。虽然他"和当时的早期革命家,同样背着士大夫阶级和宗法社会的过去";但"他能够真正斩断'过去'的葛藤","他诅咒自己的过去,他竭力的要肃清这个肮脏的旧茅厕"(瞿秋白:《〈鲁迅杂感选集〉序言》)。他的同代或后代知识者,或决然,或有所游移,或径直,或迂曲,大多走着同一路向。现代小说记录了这一行程,对于了解现代知识者的精神历程,有不可低估的认识价值。

知识者与"家":关于"个人—家庭—社会"的沉思

侯外庐等著《中国思想通史》,分析了中国历史发展异于西欧的自己的道路,以为倘若用"家族、私有、国家"三项来作文明路径的指标,那么,以希腊为代表的西欧古代社会,是"从家族到私产再到国家,国家代替了家族",包括中国在内的古代东方国家,则是"由家族到国家,国家混合在家族里面,叫作'社稷'。""因此,前者是新陈代谢,新的冲破了旧的,这是革命的路线;后者却是新陈纠葛,旧的拖住了新的,这是维新的路线。前者是人惟求新,器亦求新;后者却是'人惟求旧,器惟求新'。"②

中国传统的"家""国"观念,传统思想对"家""国"关系的规定,是一个复杂的问题。"国家混合在家庭里面",因而有专制帝王"家

---

① 抗日战争中,夏衍的"旧家"被焚毁。这一事件触发了他深沉的感慨:"在斗争剧烈的时候,我屡次感到潜伏在我意识深底的一种要将我拖留在前一阶段的力量,我挣扎,我残忍地斫伐我自己的过去,廉价的人道主义,犬儒式的洁癖,对于残酷的斗争的忌避,这都是使我回想到那旧家又要使我恼怒于自己的事情,而现在,一把火把象征我意识底层之潜在力量的东西,完全地火葬了。将隔离了穷人的书香人家的墙,在烈火中烧毁了。""我感到痛快,我感觉到一种摆脱了牵制一般的欢欣。"(《旧家的火葬》)

② 《中国思想通史》第1卷,第11—12页,人民出版社1957年版。

天下",视"国"为其私囊中物,因而有封建时代志士仁人的"匈奴未灭,何以家为"。多数时候,人们看到的,是"家""国"利益在统治阶级及其知识者意识中的一致性。① 这仅仅是问题的一个方面。与此同时存在的,是封建专制主义必然造成作为小民的个人,与国家的实际对立。在分散的小生产的农业社会,被剥夺了一切政治权利,被扼杀着历史主动性的平民,视"国家"为异己力量,但知有"家",不知有"国","不知有汉,遑论魏晋",是合乎逻辑的。

作为现代中国社会细胞的"家",由于本身主要是封建社会历史发展的结果,在变动中的近、现代,反而以某种形式与"社会"对立——现代知识者敏感到了这种对立。他们清醒地看到,封建专制主义之下,不可能有现代意义上的"国民意识"的觉醒;而宗法封建家庭制度,则妨碍人们形成现代的"国家观念"。现代知识者由变动中的历史条件汲取智慧,力图依社会进步的要求调整个人与社会的关系,扩大为宗法封建的家庭制度极大地限制了的人的活动空间、人的发展的可能性,使自己成为充分现代意义上的"社会人"。现代中国幼稚的社会学,没有来得及准备或提供研究现代家庭的足够材料,成熟了的文学却试图对此作出弥补。小说家们抓住了为中国不发达的"家庭社会学"尚未抓住的社会现象,提供了研究中国家庭变迁的新的感性材料。同时,透过个人与"家"、知识者与"家"的关系的思考,和由这一角度出发对宗法封建性家庭的批判,他们的某些作品,也清晰地显示出这一时期知识者发展了的解放要求——他们的历史进步。

老舍的《四世同堂》中,一个贯穿始终的矛盾,是北平胡同居民们的"国家意识"与他们的家庭义务之间的冲突。无论这部大书展示了如何丰富的生活内容,怎样多种性质的矛盾冲突,上述矛盾,都

---

① 在封建社会的历史发展中,每当外敌凭陵、民族矛盾激化的关口,"国"作为民族的象征,一再成为民族的凝聚力。这种情况下的"家""国"利益的一致,就不能简单地作为统治阶级的意志与思想的反映。

是作者结构这部长篇的内在线索之一,是作者在全书写作中寄慨深沉的所在。这个胡同里依传统方式生活着的小民们,如何经由各自的途径,意识到他们的"家"和"国家""民族"的关联,尤其被作为小说第一部的基本线索。矛盾,径直进入了底层人民的生活。小说第三部,写"打鼓儿的"(即收破烂的)程长顺的老婆生了孩子:

> 他极愿意明白珍珠港是什么,和他与战局的关系,可是他更不放心他的老婆。这时候,他觉得他的老婆比世界上任何人都更重要,生小孩比世界上任何事情都更有价值;好像世界战争的价值也抵不过生一个娃娃。

他的祖母马老寡妇则更懵懂。"她才不管什么珍珠港不珍珠港,而只注重她将有个重孙;这个娃娃一笑便教中国与全世界都有了喜气与吉利。"

写这些文字的老舍,并无意于嘲笑。他只觉得沉痛。也许,老舍作为知识者的思考和他的沉痛,比情节本身更有分量。他的沉痛使他选择了一个知识者人物、小学教员祁瑞宣,以祁瑞宣的内心矛盾作为小说中最具贯串性的内容。这个人物的思考与思考中的矛盾差不多仅系于此:"个人—家—国"。关于这个人物,小说中最沉痛的话,是:"家和孝道把他和长顺,拴在了小羊圈。国家在呼唤他们,可是他们只能装聋。"一唱三叹,寄寓了作者何等深沉的感慨!对于中国社会、中国家庭、中国历史文化的沉思,使《四世同堂》在抗战小说中独标一格,拥有了其他小说所不能取代的地位与认识价值。

小说的整个构思使你不难发现,老舍已经敏锐地感觉到古旧中国家庭结构的变动。他注意到了催促变动的直接动力:战争。他还来不及充分估价这种变动的意义,预见必然由此引起的中国人生活与思维方式的可能变化。但这已经是多么可贵的敏感!逻辑像是这样:知识者由解放自身的反封建民主要求出发,开始认识旧家庭的本质;最终又由自身的进一步觉醒,及时捕捉住了"家"的更新的最初信息。但文学来不及发展这一主题。那样严峻的时候,人们也没有余裕去想象中国家庭制度的未来模型或拟订改革方案——况且那本来也不是文学的任务。他们通常仍然是由知识者方面提出和思考问题的。他们的思考重心与其说在家庭结构改造等方面,不如说在知识者个人与家庭、社会的关系这些更切己的方面。他们不但思考一般的个人与社会的关系问题,而且思考现代知识者的生活方式与生活哲学,不只思考知识者的国民义务、社会责任,而且思考这种"义务""责任"怎样实现于实际生活中。

李广田写作《引力》时,思路不期然地和老舍相接了。小说女主人公的家庭生活理想,曾经是宁静与优雅:筑一小窠,"窗前种点芭蕉,以听夜雨,种几株梧桐,以赏秋月"——典型的中国士大夫式的梦。在一番颠沛流离、奋斗追求之后,她的人生理想整个儿改变了。住在客店里,她暗自想道:"大概以后也还是住店,大概要永远住店的吧?古人说'人生如寄',也就是住店的意思,不过她此刻的认识却自不同,她感到人生总是在一种不停的进步中,永远是在一个过程中,偶尔住一次店,那也不过是为了暂时的休息,假如并没有必要非在风里雨里走开不可,人自然可以选择一个最晴朗的日子,再起始那新的旅程,但如果有一种必要,即使是一个暴风雨的早晨,甚至在一个黑暗的深夜,也就要摒挡就道的吧。此刻,她对于'家'的念头,已经完全消逝了,什么是'家'呢?她想,一个家是供人作长期休息的,但那也就是说叫人停止下来,叫人不再前进的意思。她想得很远,从个人想到群体,从国家想到人类,想到人类的历史,她仿佛一下子都看得明明白白了。她终于沉入在一种茫茫地感觉中,仿佛是一个人站在世界的边缘一样。"

由"五四"到抗日战争数十年实践与认识的积累,终于有可能使知识者"想得很远"。不是单纯的家庭改造问题,甚至也不只是知识者与社会的关系问题,而是更其广阔的现代知识者道路问题。他们不只要摆脱"家"对于知识者活动的限制,而且要摆脱旧的思想文化传统加之于知识者的全部限制。较之"五四"知识者,这是远为广大的解放要求,是在知识者作为知识者对历史、对自身更为自觉的基础之上提出来的。

到《四世同堂》第三卷,一度出走的青年祁瑞全又回到了北平。但他不再是原先的那个祁家的老三。民族解放战争的经历,"已使他永远不会把自己再插入那四世同堂的家庭里,恢复战前的生活状态。那几乎已不可能。他已经看见了广大的国土,那么多的人民,和多少多少民间的问题。他的将来的生活关系,与其是家庭的,勿宁说是社会的。战争打开了他的心与眼,他不愿再把自己放在家里去"①。

大约不会有人误以为现代作家企图彻底否定现有家庭形式,煽动破坏家庭。但又有谁感觉不到作品中知识者改造家庭的热切愿望呢?"五四"以来蓄之既久的热情,渴待着一旦喷涌而出。由发生在知识者意识深处的上述变化,由他们愈来愈成熟的改革愿望,你不也可以隐约预见到崭新的家庭关系建立的远景?

我在本文开头就已经谈到了写作本文的意图。以一篇文章容纳如此复杂又如此重大的内容,不能不挂一漏万。事实上,本文既没有较为全面地概括现代小说在批判地描写宗法封建性家庭方面达到的认识与审美价值,也远没有能够完整地把握渗透于这些描写的知识者特殊的情绪体验、生活感受,印现在形象以至整个作品中的他们的精神历程。如果本文只是使人感到,这是个怎样有意义的研究课题,也就应当感到满足了。中国知识者在历史转折中、生活矛盾中,生活方式、价值观念的转换中实际经历的一切,及其在文学中的印象,都值得作为研究的对象——这是毫无疑问的。

---

① 1944年8月31日毛泽东同志致函秦邦宪,谈到"我们是提倡'走出家庭'与'巩固家庭'的二重政策"。"根本否定五四口号,根本反对走出家庭,是不应该也不可能的",但"没有社会活动(战争、工厂、减租、变工队等),家庭是不可能改造的"。同信中谈到"农村家庭从封建到民主的改造",说:"农民的家庭是必然要破坏的,进军队进工厂就是一个大破坏,就是纷纷'走出家庭'。"《毛泽东书信选集》,第238页,人民出版社1983年版。

附录三　中国现代小说中的留学生形象[*]

——由郭沫若早期作品说开去

（一）

　　中国现代文学中没有过一种统一的"留学生文学"。"五四"时期及其后的确有一批相当数量的作品，以留学生（本文统指留学外国的中国人）为描写对象。但这批作品，恰恰由"五四"时期与"五四"时期之后，判然见出了分别。

　　这是由不同的创作意图，出自不同的创作心理，因不同的时代空气、文学空气而形成的不同的形象类型。尽管它们大多出自过来人（即非"过来人"，西学也有相当根柢）的手笔，但前一类（即写于"五四"时期的那些）是较为主观的——无论材料还是表现方式，作者往往现身说法，因而人物几乎就是作者本人；后一类（当然指写在"五四"时期之后的）则似乎是客观的，而且不是一般所谓的客观。作者偏要露出局外人的冷视态度，写排除了"我"的"他""他们"，试图以此与人物划清界限。——这种不同，不是出于哪个人有意的倡导或发动，它们各自与那一时期的文学风气相通。

　　如果说上述特点还不足以将"五四"时期及其后以留学生为描写对象的作品真正区分开来，那么下面的不同才是更本质的，即前者着力于写中国人（而不强调"留学生"身份的特殊性）作为"弱国子

---

[*] 本文发表于《郭沫若研究》第 2 辑，收入本书时略有删改。

民"的屈辱感,愤火是向着"民族歧视""民族压迫"烧过去的,批判的锋芒兼及本国不争气的、对不住列祖列宗的当道;而后者,批判所向,则是留洋归来而数典忘祖、洋奴气十足的国人。自然地,前者悲怆、愤懑,而且往往有江流直下、一泻千里般的抒情;后者则常含讥带讽,甚至不只"含""带"而已——它们构成中国现代讽刺文学中颇具特色的一部分。由作者不同的审美态度、艺术处理,还必然导致形象间不同的审美特征,使前者、后者大致以抒情形象(在不那么严格的意义上的)与讽刺形象,区别而为不同的形象类型。

这是两类形象,寄寓着两种对于生活的批判态度。尽管如此,两部分作品仍然有其沟通处:中国人的爱国主义感情,中国知识者尤为敏感的民族尊严感、民族感情。这儿是一根极其纤细的神经。纤细敏感到略一触动,就会引起情绪的爆炸!

(二)

现代文学能以写留学生生活构成某种题材类型,其背景是众所周知的。中国有留学生(当时尚称"游学生")出洋,据说始于道光二十七年(1847)容闳一行的赴美。容闳学成归国后,有清朝政府中的洋务派选送幼童、海军学生等赴欧美游学之举。而留学生纷纷东渡日本,则是戊戌变法前后的事。有知识者留洋,因而也就有了《留东外史》一类小说出世,使人得以看到中国的莘莘学子如何在东洋狎妓宿娼,乌烟瘴气地鬼混。当然,其中也必有留学生一般生活状态的描写。而且即使写"鬼混",也让人看到了一个腐败的制度下士人的腐败,这种腐败借了外洋的背景显得格外令人痛恨。这种作品的那么一点儿价值也全在这里了。

真正作为《留东外史》之类的对立物的,是"五四"时期留学生写留学生的一大批作品,比如郭沫若的《行路难》、郁达夫的《沉沦》、张闻天的《旅途》、冰心的《去国》、郑伯奇的《最初之课》等等。这批作品的价值固然在于,它们使人看到了历史新时期之初中国知识者的异国生活,留学生作为中国人客居异国的特殊感触与心理(这里不包括《去国》),尤其是其中鲜明地映现着的留学生作为现代中国人、现代知识者的现代意识,以及他们的现代民族意识的觉醒。由文字间,你亲切地感觉到中国现代史上最早接受现代科学知识的那一代知识者的呼吸,处处觉察到在他们那里民族精神的抬头。这也是那一时期知识者的重要心理特征,是他们精神生活的重要一部分。在这一点上,除人物的具体生活方式以及感情的表达方式之外,这些留学生的心理状态,与同一时期广大知识者没有什么显著的不同。这些作品的独特价值,也许更在于,它们由于题材特点,更便于寄寓先觉的知识者的反帝热情。"五四运动"以彻底的反帝反封建为主要特征,而"五四"文学作品,题旨几乎集中于"反封"。因而可以说,"反帝"的倾向,主要由这一部分作品体现了。说"填补空白"未见得恰当,更适切的说法也许是达到完整——就新文学对于时代生活、历史冲突的关系而言。这不能不认为是一种贡献,而且是同时期其他作品所不能替代的。

(三)

民族压迫之苦,也许非亲历亲尝,才能体会得真切的吧。因而中国士大夫家庭或所谓"耕读人家"的子弟,一出国门,即处处感受到刺激,时时有切肤之痛。试一读那个时候的闻一多书简,满纸悲酸、愤激语,不由你不动心:"一个有思想之中国青年留居美国之滋味,非笔墨所能形容。……我乃有国之民,我有五千年之历史与文化,我有何不若彼美人者?""留学苦非过来人孰知之? 作中国人之苦非留学者孰知之?"不待"归家",早已禁不住"痛哭流涕",要以一管笔发泄"积愤"了。① 与闻一多为"文字交",感情的炽烈又有过之的郭沫若,在1920年给宗白华的信中说:"我们在日本留学,读的是西洋书,

---

① 《闻一多书信选辑》,《新文学史料》1983年第4期。

受的是东洋气。"①同一句话,留学日本的郑伯奇,把它写进了自己的短篇小说《最初之课》里。②

日本学者实藤惠秀的《带中国人留学日本史》,写到过日本人对于中国人的蔑称("支那人")带给中国留日学生的刺激。"五四"作家的小说中,描写这种心理反应时最见愤激的,应推郭沫若的吧:

　　——"我是中国留学生。"
　　——"哦,支那人吗?"主妇的口中平地发出了一声惊雷。
　　…………
　　"日本人哟!日本人哟!你忘恩负义的日本人哟!我们中国究竟何负于你们,你们要这样把我们轻视?你们单是在说这'支那人'三个字的时候便已经表现尽了你们极端的恶意。你们说'支'字的时候故意要把鼻头皱起来,你们说'那'字的时候要把鼻音拉作一个长顿。……"

(《行路难》)

郁达夫的《沉沦》、郑伯奇的《最初之课》里,也出现过类似的场面。被抛到相似境遇中的一代年轻人,体验着同样的愤怒与悲哀。但郭沫若仍然是郭沫若,不同于郁达夫也不同于郑伯奇,他那些愤激之辞中有一颗更其高傲的心。那是民族自信在重建中的时代,一方面发现了一个危机四伏的中国,另一方面发现了历史的新机运,发现了正在孕育中的"少年中国"。郭沫若即使在这一点上,也更能显示"五四"青年典型的心理状态。即使在文字间,他也意气昂昂,绝不作乞怜状。这"骄傲"与"屈辱感"中,难道不同样有着"民族良心"!

对于民族压迫的反抗,在"五四"时期,必然地与对中国社会的

---

① 《三叶集》,第165页。
② 在《最初之课》里作:"我在东京常和人谈,说这些日本留学生可怜,读的西洋的书,受的是东洋的气。"

批判结合在一起。后一方面的认识与批判,有效地帮助作者们克服狭隘的民族意识,更充分地表现出现代知识者的认识特征。

郭沫若的《阳春别》与冰心的《去国》,像是在同一方向上的思考。《阳春别》中的留日中国青年反复地说着:"中国那里容得下我们……"《去国》的主人公则慨然叹曰:"咳!我何不幸是一个中国的少年,又何不幸生在今日的中国……"你可千万不要误解了作者们的命意。这不过是有血性有抱负的中国人的愤言而已,令人联想起的,是闻一多《死水》一集中那些悲愤的诗句:

> 我来了,我喊一声,迸着血泪,
> "这不是我的中华,不对,不对!"

这是深根于爱的"恨",爱得痛苦,爱得愤怒,正如车尔尼雪夫斯基的爱俄罗斯[①]。在闻一多的那个时代,不能被他那些诗句激动起来的,该是什么呢?顽石或者枯木!

(四)

"五四"时期的这一部分小说,当然不可能是某一种观念——即使爱国主义这样重要的观念——的演绎。新文学在自身还狭小幼稚的情况下,也选择了合于自己目的的任务。这些作品生动地描绘出的那一时期留学生的生活状态、心理状态、情绪状态,无疑包含着丰富的形象内容。

较之郁达夫,郭沫若的小说有更多的对于留学生一般生活状态的摹写。这诗人,不属于天国,而属于世俗社会。他不厌其详地写最

[①] 车尔尼雪夫斯基在他的名作《怎么办》里,让他的人物说:"我憎恨……祖国,正是因为我爱它。"这也正是车尔尼雪夫斯基式的"祖国爱",为列宁在《论大俄罗斯人的民族自豪感》一文中充分肯定过的。

凡俗的形而下的生活内容,以至于日常琐屑,而且不像郁达夫那样过分粘着于爱情题材。这些经他之手绘出的令人历历如见的生活场景,是无论哪一部有关近现代留学生运动的学术著作都不可能提供的。

仅仅这样的观察还不免流于表面。对于本题更有意义的,是显现在作品中的人物作为留学生的心态、留学生特有的作风气派,透出在作者文字间、人物唇吻间的留学生特具的教养和文化心理背景。作者呼吸于其间的文化空气,自然而然地影响到意象的选择和意境的创造,以至于文字的驱遣——再没有其他作品像创造社诸人的留日之作这样,散发出浓重的"留学生气味"。而郭沫若写留学生的全部作品,不过是郭沫若本人生活面与心理面的种种展示。作为留学生的郭沫若,比之他的任何一篇作品的人物,都更典型、完整。

这形象之后的形象,非与其同一时期的诗、小说以至书信等其他文字材料复合,则难以窥见全豹。你会注意到,20年代初在国内从事新诗试验的作者,很少有人像郭沫若那样,在自己的诗作中描画出现代大工业的图景,把"轮船""烟筒"等等公然引入诗的世界;你也会注意到,不大容易找到另一位新诗作者,犹如郭沫若,力图表现出一种世界眼光,力图使自己的诗作,有容纳"世界形象"的浩大气魄。郭沫若固然没有把上述形象进而引入他的小说,但读者须把所有这些形象尽数搜集拢来,才能看出一个"五四"时期留学生的完整形象。这个留学生正是郭沫若本人。

这是一个由独特方面获得"新时期"的信息,面向未来和世界的留学者,由异域汲取了现代文化、形成着现代意识的知识者。这个人,那样急切地试图整个儿投入新的历史,像纵身跃入博多湾的海水中洗浴一样。他思想开放,热情奔涌,注目未来。他最可称"中国的少年"——由情绪、心理到外在表现。他是道地的"五四"之子。他的创造物,也生动地反映着他所处的环境。笔立山头极目眺望时的郭沫若,才能有那一种诗思、激情。那是"五四"青年的诗,而且是留学海外的"五四"青年的诗。

郭沫若以其情绪的律动,应和了历史的律动。与苦难中国的地域上的阻隔,也许正有助于他浪漫主义诗情的喷涌。他也曾把宏大的形象引入小说,在《行路难》中,用了小说语言写关于江河的诗。这些文字也像他的诗作,其中有他的历史感受。这内心生活难道不也属于他的留学生形象,而且是构成形象的独特部分?

(五)

这儿你可不容易找到合乎《文学概论》中的严格规定的典型性格。有时还不只是典型与否的问题。可能你遇到的只是一堆情绪,像郊外一蓬燃着的野火,或许你遇到了关于人物的粗线条的勾勒:一个轮廓,一张未完成的速写画稿。总之,作者们似乎并不以刻画形象为目的,因而也自然没有有意识地致力于形象的饱满与生动。引发创作冲动的,往往就是一种情绪,一点感触,当然,也连带着有关的生活印象。印象是新鲜的——简直太新鲜了,还没有来得及去沉淀、重新熔冶;却又并不因此而更近于自然形态——那是在情绪中先已浸润过了的。

"五四"小说(当然不是指全部)这样地构造形象,因而他们的人物即使不足称"饱满",也有十足的"五四气",这一种气息是难以复制的。你可以刻画得更细腻、更生动,却同时发现自己无法像当年那批稚嫩的青年作家那样,让自己的每一笔,都透出"五四"青年的那么一种神味儿。你也许会因而承认,那稚嫩里有种可贵的东西:对于自己所生活的时代的真切感觉与情绪上的感应。情绪固然难以重复,感觉尤其不可能重复。

既然构成个性的,首先是情绪,那么也主要是情绪,使你把郁达夫与郭沫若的小说人物毫不费力地区分开来。本来,人物之不同也正如作者。在郁达夫那里,情绪有时更复杂些。在诸如《怀乡病者》那样的作品里,你感到的是他乡游子倦游思归的那一种情怀,至于游子身在何处——外国抑或外乡——是并不重要的。你感到浓重的传统文学的氛围。那意境,是你早已经熟悉了的。而郭沫若(至少本文所及的他的小说)却更强调"去国"的悲哀,因而更能使自己作品的立意与"传统主题"见出区别。至少在这种场合,郭沫若较之郁达夫,感受更是时代的。如果说,容纳在郭沫若作品中的,往往是一种更阔大也更凶猛的激情,那绝不全因了个性、表达方式,也因了"感受"本身的性质。①

这位作者即使在小说中,也是时时要爆发的。闻一多觉得自己是座始终没有能力炸开地壳的火山②,郭沫若却是道地的活火山,火山口闪闪地喷吐着烟焰。创造社的一班作者总是那样,情绪夸张,人物狂态百出。但郭沫若较之郁达夫,作品节奏更急促,弦索绷紧,通篇满涨着兴奋。流畅的文句,滔滔地泻着,似乎能长此泻下去,但同时也难得深沉。令人感到痛快,却又不易在心头久驻——这还不是那种能久久不去的韧长的美感。

(六)

热血沸腾的青年时代过去了。热血青年的激情是动人的,但往往"浮躁凌厉"而缺乏深沉。感情也需要积淀、凝聚——包括民族感情。尽管青年的热情任什么样的热情也无从替代,新文学仍然步入

---

① 也得说明,作为论文,这里也有通常会有的毛病:为就论题,把对象简单化、集中化了。郭沫若写留学生活的小说,表达出如此强烈的民族感情的,也几乎只是《行路难》而已,《未央》《落叶》等篇,多多少少有旅日中国人特殊处境、心境的反映,其他写个人家居、漂流生活的,往往又是一种境界。而郁达夫的《银灰色的死》《南迁》《胃病》《空虚》之属,也大多无关"民族感情"。小说中人物除生活在异国外,其精神状态与同一作者的其他作品主人公,并无什么明显的不同。这些作品的认识价值,除本文谈到的之外,也许更在于可作了解留学生一般生活状态、"五四"青年一般精神状态的材料。张闻天的《旅途》,情况更有其特殊性。小说主人公王钧凯是个有革命思想的青年。这个人物对于"西方的文明"那种明确的批判意识,在当时的小说中是罕有的。"五四"小说写留学生活的作品,多出诸留日青年作家之手。写中国知识者的旅美生活,《旅途》是难得的一篇。还应当说明,这些作品中的留学生与异国人民间的关系,也并非总在紧张中。文学也提供了普通人之间民族壁垒打破的图画。即使本文一再提到的闻一多旅美书简,也并不一味愤愤。——生活本来是多方面的。

② 闻一多:《致臧克家》(1943年11月25日),《闻一多全集》第12卷,第381页。

了中年时期。写留学生的,不但换了一批作者(当年在海外抒发忧愤的青年学子,此时早已劳燕分飞,各自有了新的感触与兴奋),而且换了一种心境与眼光。生活,在丰富了的认识和丰富、发展了的艺术个性面前,似乎变得丰富了。而近现代之交"留东""留西"的热潮既已过去,人们也得以用更冷静的态度,观察东、西洋文化的濡染在知识者中造成的精神后果,回过头来,细细地审视留学生群自身。作为上述情况的一种后果的,是写留学生的作品中讽刺倾向的呈现。

其实,讽刺性早已被发现了。鲁迅的《藤野先生》,记留东的"炎黄子孙"间种种怪现状,何其生动①,可那究竟是散文;闻一多旅美书简,既悲愤沉痛于华人的被歧视,又复悲愤沉痛于麻木不仁、"蓍蓍"然但知"啜醨"的留学生,可惜也只是书简。这一份观察与经验,似乎还要经"五四"以后小说家方能小说化。而由上述作者来处理这题材,也的确与他们所处的时期、小说界的一般风气、兴趣,知识者的新的认识要求相适应。

(七)

这里包括了一批"质""量"两面都很可观的作品,比如许地山的《二博士》、老舍的《牺牲》《文博士》《东西》、叶绍钧的《招魂》以及近些年招来不少评论的钱锺书的《围城》。

本文一开头就谈区别。我们已经谈到了一个重要的区别,即"五四"时期写留学生的作品,很少着意于"留学生"身份的特殊性。

---

① 鲁迅在其他场合也一再谈到过留学生中的讽刺现象。如《杂论管闲事·做学问:灰色等》一文,即说:"现在的留学生是多多,多多了,但我总疑心他们大部分是在外国租了房子,关起门来燉牛肉吃的,而且在东京实在也曾见过。"(《鲁迅全集》第3卷,第187页)刘半农在《奉答陈通伯先生兼答SSS君及其前辈》(《语丝》1926年2月1日第64期)中说:"吴稚晖先生说过,留学生好比是面筋,到西洋那大油锅里去一泡,马上就蓬蓬勃勃涨得其大无外。"鲁迅也使用过"到外国去炸大"这"今典",比如在《不是信》(《鲁迅全集》第3卷,第232页)一文里。

即使我们已经提及的那些篇什,人物的自我意识中最突出的,也还是:"我是中国人。"至于此外的作品,则只让你看到身在海外的"五四"青年而已。在一般的情况下,的确难于以人物的身份(比如是否留学生)作为划分形象类型的标志。但《二博士》诸篇的情况本身有点儿特殊。刚刚提到的那些作品,确实是由人物作为留学生的思想特点和行为方式着笔的。

半殖民地半封建社会,本来就是洋奴意识的理想温床。如果这种意识在东渡、西行,直接沐浴欧风美雨的知识者群中有突出的表现,那一点也不奇怪。

讽刺,即集中于洋奴意识。

许地山的性情,也许最称宽厚平和。但他的《二博士》写留洋归国的吴博士,向人卖弄他那篇《麻雀牌与中国文化》的"博士论文",却备极挖苦。最足令人喷饭的,是人物的如下一篇妙论:"我从中国经书里引出很多的证明,如《诗经》里'谁谓雀无角,何以穿我屋'底'雀'便是麻雀牌底'雀'。为什么呢?真的雀那里会有角呢?一定是麻雀牌才有八只角呀。'穿我屋'表示当时麻雀很流行,几乎家家都穿到底意思。可见那时候底生活很丰裕,像现在的美国一样。"这并非搜罗奇闻,故作惊人。鲁迅书简中就提到过"陈焕章在美国做《孔门理财学》而得博士"①,可见也是一种世相,并不足怪的。《二博士》也仍然可以说谑而不虐,夸张而不失之刻露,与同时擅写讽刺文字的其他诸家不同。

如许地山所写的这类留学生,其病还不全在浅陋。他们自身就是东、西文化的畸形产儿,"结合"的往往只不过是两家的糟粕。叶绍钧的小说《招魂》中那位"风度翩翩,头发胶得发亮,西服笔挺","研究莎士比亚"而兼营"招魂术"的胡君一流人,清末民初、"五四"前后就已经登过场。到了30年代"国难声中"再行"泛起",无论推销"祖师神谕",劝人"发心修炼",还是装神弄鬼,作法"招魂",都不

---

① 鲁迅:《致台静农》(1927年9月25日),《鲁迅全集》第11卷,第580页。

过重演故伎而已。

遇到这类场合,轻蔑往往让老舍忘记了分寸。如果说有哪一个对象使老舍表现出一贯的讽刺态度,那就是洋奴——包括洋奴化了的留学生吧。从蓝小山(《老张的哲学》)一直到吃洋教的小恶霸"眼睛多"(《正红旗下》)、马五爷(《茶馆》),混迹市民社会的这类角色,叫他给紧紧盯住了。《牺牲》一篇,用笔的确有点儿过火,但有些处也实在称得上"一语破的",非老舍不能道——至少难以说得同样精彩。比如:"我只觉得他像个半生不熟的什么东西——他既不是上海的小流氓,也不是美国华侨的子孙:不像中国人,也不像外国人。他好像是没有根儿。"——一篇的"眼"也就在这里。

《围城》展出了现代中国上层知识者百态,留学生的多种类型,论者往往因而比《围城》于《儒林外史》。不过平心而论,作者所真正熟悉的,仍然限于"儒林"中最近上层的那一部分,而其中又对留学生者流的心理、习性有更精细的把握。小说的成功,一定程度上就系于这一份更特殊的人生经验。

小说主人公留学生方鸿渐就不免可悲:游学数国除学得"油嘴"外一无长技,如书中另一个人物不客气地批评的,"你不讨厌,可是全无用处"。但至少在方鸿渐生活的那个圈子里,他也还配嘲笑别人。在他看来,"出洋好比出痘子,出痧子,非出不可。……痘出过了,我们就把出痘这一回事忘了",如若"念念不忘是留学生,到处挂着牛津剑桥的幌子,就像甘心出天花变成麻子,还得意自己的脸像好文章加了密圈"。方鸿渐们恨的当然不是"留学",而是留了学回国来在同胞间招摇,"充大"。小说中方鸿渐自己是"过来人",所以敢于发如此无所顾忌的议论。写小说的钱锺书当然也因是"过来人",深谙个中三昧,故而锋芒毕露,毫不容情,辛辣处确实足以使"情伪毕现"。①

---

① 这一节所论作品,题旨并不集中。即如钱锺书写《围城》,所"刺"主要还不是"洋奴气",而是人物不学无术、招摇撞骗、私德的堕落,与老舍的《牺牲》、许地山的《二博士》,立意不尽一致。

若是有那么一位研究中国的外国学者,我很可能会对他说:你不妨由这里入手了解中国人尤其中国现代知识分子特有的道德感情。他们可以宽容小知识分子的庸懦、软弱(比如老舍的作品),却不能容赦哪怕一丁点儿洋奴文人的思想品性。他们几乎是幸灾乐祸地看这种人在自己笔下出尽洋相,为捉弄这些人物,不惜使用与题材不大相称的夸张笔调。他们似乎有着一种由这类现象中看出喜剧性、讽刺性的共同本能,一种不待训练而后有的职业敏感。读懂了这一类作品,你就读懂了中国现代知识者的一种典型的心理特征。正是这种心理,使得某些上流文人的集团,在知识界中处于孤立的境地;使得太事摹仿的穆时英一流的作品,连同作者本人一起成为同时代作家的讽刺材料。"没有中国人味儿",在特定历史环境中,几乎成了"没有人味儿"的另一种说法。既然"没有中国人味儿",就人人得而鄙视之、轻蔑之,人人以为不合于中国人为人的道德。

这当然反映着现代史的历史条件。"五四"时期和"五四"之后的中国,一再处于反帝热潮中。大革命后殖民地化过程的加剧,尤其日本侵略气焰的日炽,必然最广泛地调动中国人的敌忾心。每个人都不能无视这个大环境,都难以承认超越这环境的道德立场。

(八)

我们的目光过分地被上述"集中性"——讽刺倾向吸引了。"五四"时期以后写留学生的作品,固然提供了讽刺倾向与讽刺性格,但也创造了正剧,以至悲剧人物。这一时期文学创作角度、倾向、意图、色调的空前多样,即使在这一狭小范围也会有所反映。

我们不能忽略如《铁鱼底鳃》《东野先生》(许地山)、《不成问题的问题》(老舍)等等作品。在《不成问题的问题》里,我们看到了受西方文化熏染,讲求"力行""实干"的事业家型的中国人;在《铁鱼底鳃》里,则看到了由国外学得科学,决心以其知识报效祖国的中国人。这里有深沉的祖国爱。而且较之"五四"小说人物,爱得更痛苦也更艰难。"最早被派到外国学制大炮底官学生"雷先生,因"国内没有铸炮底兵工厂,以致他一辈子坎坷不得意",却在穷愁潦倒、颠沛流离中,仍然对他的"兵器学"如痴如迷。这只不过因为他自信他的发明能"增强中国海底军备",他只巴望着"能活到国家感觉需要而信得过"他的那一天到来(《铁鱼底鳃》)。"在美国学园艺"的尤大兴"喜欢在美国,因为他不善应酬,办事认真,准知道回到祖国必被他所痛怨的虚伪与无聊给毁了"。但他仍然回来了。因为中国在抗战,亟待兴革(《不成问题的问题》)。即使对于人物过分的"迂",作者也不忍非笑,因为他们由人物那种典型知识者的性格特质中,感受到了庄严性。

正是这种庄严的理想与追求,使郭沫若及其同时代知识者,宁"受东洋的气",而仍然孜孜于真理、真知的探求。屈辱,也是那一代人为中国历史的进步所付出的代价。

现代史上中国留学生中的先进者,以"改造中国"为己任,向异国寻求真理,进行革命理论的研究和革命活动的准备;同时期的另一些人,则以"实业救国""科学救国"为理想,向域外寻求知识、活力。这是中国现代知识分子奋斗史上的重要史迹。他们的活动,不但影响着中国历史,而且也改造、更新着中国知识者的精神,在知识者的性格中增添着新质。可惜如此关心"国民性改造"的现代文学,还不曾更着力地由这一方面去接近对象,表现近现代的留学生运动及其精神结果。也许我们可以寄希望于当代文学。正在"走向世界"的中国,有可能推出更有价值的"留学生文学",或写留学生的文学。

(九)

文章写到这里,似乎可以收束了。但我仍感到意犹未尽。因为无论刚刚谈过的这些作品,还是那些讽刺之作,以及"五四"时期写留学生的小说,在作者们的共同心理倾向——爱国主义、民族感情——的背后,还有着一些更为复杂的东西。关于"道德感情"和

"心理特征",我们确实捕捉住了一个敏感的方面,但却未免忽略了这个方面掩盖下的、与这个方面互为表里而性质远为复杂的另一个方面。比如,我们会发现,对于民族压迫、洋奴性格的批判,在有些作品里,由于对民族文化缺乏同样严格的批判态度,不仅削弱了力量,而且暴露了作者本人的思想弱点。

问题太微妙了。中国现代知识分子(包括本文涉及的作者们),作为"五四"启蒙运动唤起并滋养的新型知识分子,一致唾弃闭关锁国的末代封建统治造成的蒙昧主义,和保守、反动的文化专制主义;同时,他们作为"五四"爱国运动唤醒的一代人,以民族复兴为己任,又极端鄙视奴化思想。这两者之间似乎很难找到恰当的平衡。但也就在这里,呈现出中国知识分子的特殊文化教养和共同心理结构。他们是中国最早以现代精神面对世界、接受现代科学文化的知识分子,又是扎根于中国的文化传统,与民族文化保持着深刻的精神联系的一代知识分子。他们在自己身上,一下子集中了两个历史时代。

作为对于歧视、压迫的反拨,闻一多留美书简动辄笼统地颂扬我"五千年之历史与文化""五千年之政教、礼俗、文学、美术",以之夸示于人,甚至以为中国传统思想的"重心灵故曰五色乱目,五声乱耳",高明到"非西人(物质文化的西人)所能攀及",岂不有那么一点"国粹家"的气味?

由对文化侵略、洋奴哲学的本能的反感,到顾恋、仰慕古代文明,绝不是个别的现象。也许可以并不夸张地说,这种心理矛盾,一直影子一样地追逐着现代中国的几代知识分子,造成思想发展史上的某些反复、迂曲和种种复杂现象。"五四"启蒙运动中,持论极为激烈的周作人,到1925年,就宣称自己已由"世界主义"返回"民族主义"[①],在当时,很代表了一种值得注意的动向,对于研究中国现代知识者,不失为有价值的可资解剖的例子。这种矛盾即使在一些更为彻底、"急进"的知识者中,往往也潜伏着。郭沫若一面"立在地球边

---

① 周作人:《元旦试笔》(1925年1月),《语丝》第9期。

上放号",歌唱"轮船",歌唱"烟筒",呼唤"近代文明"的"严母"(《笔立山头展望》),一面渴望避居山中、与麋鹿为伍——灵魂里有鬼似的。但如若不是这样,也就不成其为现代知识者。或者换一种说法:正因其如此,才更是中国现代知识者。

我们在小说中也觉察到了类似的矛盾。说是觉察,因为小说究竟不像散文,表现往往更隐蔽,更费思索。许地山《东野先生》一篇,写留学归来的知识女性志能,不但使之终于觉悟到平素热衷于政治、参与秘密政治活动的"孟浪",而且一定要让她在婚姻爱情上"收其放心",情归于正。联系许地山本人的伦理思想,这种安排自然含有崇扬"东方文化"的浓厚意味。上文提到老舍写《牺牲》"用笔太过",其所以"过",也正由于同一种心理背景。透过这些作品,你感触最深切的,与其说是人物,有时倒不如说是作者自己作为知识者的心理倾向、道德感情。因此,我得修正前面说过的话。尽管这一类作品中没有作者现身,虽然描写的笔调像是纯粹客观的,却使人益发深切地感觉到作者的主观,感觉到那个生活的批判者和他血脉的每一轻微搏动——多么矛盾!但你不认为这正是事实?[①]

"经验"可能"掩盖了哲学上的唯物主义路线和唯心主义路线"[②],那么"爱国",是否也有可能掩盖着不同的历史观、文化思想?狭隘的民族主义、文化上的保守主义,以至于复古思想,可以借这名目来装潢自己。因而"爱国情绪"同样是可分析的。性质不同的意识固然会纠缠在一起,难以分拆;而较低层次上的爱国思想与较高层次上的,永远属于两种境界。最后,"爱国主义"也是要进步的,其具体内容也须随生活与认识的发展而更新。"爱国主义"也属于历史

---

① 出于不同的创作意图、心理,尤其是不同作者不同的思想特点,对人物也有不同的观察与表现。如有的强调人物在外国文化影响下的"异质",统一于"改造民族性格"的主题(如老舍);有的则强调人物虽欧风美雨不能易移的中国气质,如许地山的《东野先生》。后者须联系许地山特有的文化思想才能解释。

② 列宁:《唯物主义和经验批判主义》,《列宁选集》第2卷,第156页,人民出版社1965年版。

的范畴,对它的任何抽象化,都会引出有害的后果。

(十)

相信你不会误以上述作品为现代作家对留学生的全面估价。不,这只是对某种精神类型的艺术再现。文学本来也并不承担"全面估价"之类的任务。无论对于认识中国现代知识者的留学生活,还是认识中国现代留学生,这些作品所提供的,都是极不完整的图画,尽管不完整并无碍于真实。

本文由郭沫若早期作品说开去,似乎也说得太远,以至散漫无归。但有时候,的确要在尽可能开阔的历史与文学史的背景上,才能看清楚如郭沫若这样的作家及其作品。本文所涉及的,只是郭沫若作品中极小的一部分,而且是远非重要的一部分。对现代文学的这一题材和形象类型,郭沫若的贡献不但不是唯一的、独有的,而且很难说有什么特异之处。但他以自己特有的热烈,把他的个性烙印在作品中,烙印在现代小说的发展中;他把他的觉醒了的民族尊严感、炽烈的爱国热忱,与同时代知识者、同时代文学中涌动的反帝爱国情绪汇合在一起。而在那些痛苦而热情的歌者中,他的歌声毕竟更激越,更少抑郁低回,更愤怒(而不只是悲哀)、无所顾忌(而不是半吞半吐,或欲吐又止、欲说还休)。因此,那只能是郭沫若的歌。没有那歌,也许那时期的这种合唱中会少了明亮的音色,会减了若干激情。

文学史的这一部分作品和郭沫若的有关创作,都值得作进一步的研究。

附录四　有关《艰难的选择》的再思考*

（一）

1986年6月,我几乎是迫不及待地交出《艰难的选择》这部书稿的。三年间断断续续的跋涉,在我,是太"艰难"了。一年之后,我却又被负疚感所困扰。因为由校样中读出的,是种种浅陋,粗疏,观念的陈旧,论证方法的重复,以至行文的累赘滞重。最让人懊丧的,也许就是这种无可奈何——对于已经意识到的缺陷无从补救的无可奈何吧。

应当承认,写这本书,我的兴趣始终不在纯粹的专业范围。我的意图,在于由文学史,由形象,探寻中国现代知识分子——中国知识分子的文化心理特征,同时由中国知识分子探寻现代中国——中国的历史文化特征。不消说我只是把预定意图极其有限地实现了,却果如黄子平的"小引"中所说,从此与这题目"撕掳不开"。我在所面对的其他题目上都看出了呈现其中和隐入背景的"知识分子形象",并由此形成了属于我个人的兴趣中心。这"选择"同时注定了今后的"艰难"。我已经被包含在题目中的严苛要求无休止地催迫着了。

（二）

寻求统一性,是研究活动中顽固的思维定势——力图把诸种复

---

* 本文发表于《文学评论》1987年第3期。

杂现象,彼此冲突充满矛盾的材料,纳入"一般语词"的简单容器里。这在许多情况下,并非证明了思维的力量,而是显示出思维对"艰难"的回避。

由于封建性的社会、政治、文化统一体的崩解,正是"五四"前后,中国知识分子进入了前所未有的多元发展的时期,向这一时期寻求"知识分子性格"的统一性、同质性,不可能不以牺牲多样性为代价。对于这一点的省悟,正属于我上文提到的"无可奈何"之一。我发现了自己在"艰难的选择"中对于"艰难"的逃避。我往往有意无意地选择了阻力较小的方面。这里有着为了统一性而忽略多样性,为了概念牺牲事实的例子。

"五四"反传统,同时造就着新的传统。有以鲁迅为代表的精神传统,同时有着其他的,比如以周作人为代表的精神传统,其间有空前深刻的知识者的精神差异。正是"五四"以后,作为"五四"文化开放的精神后果的,中国出现了近于彻底的"自由主义立场",近于完备的"自由主义世界观",包括文学观。这与"鲁迅精神""鲁迅道路"同是现代历史的特殊产物,与封建时代的"自由主义思想"(此处系借用)——比如隐逸思想——不同根柢。去年舒芜为《读书》撰文谈周作人的"是非功罪",其中论及30年代左翼文艺与"言志派"或称《论语》《人间世》派,其实就是周作人派的论争,是较之与"新月派""第三种人""自由人""民族主义文学"等的论争远为深刻的文艺思想论争。只消看一看当代文艺思想的嬗变就不难知道,那桩历史公案非但没有了结,而且其中的课题仍然是现实的。上述差异、对立也许是最值得研究的思想文化现象之一,也是最值得清理的文学思想史材料,我却轻易地把它绕过了。于是使得有关统一性的某些概括,成了空洞、缺乏事实基础的东西。而"现代知识者"本来只有在诸多相互矛盾的事实中才有可能得到说明。

无疑的,我们所能为"知识分子特性"找到的每一概括,都有其背面,有背面以外的其他"面"。正是"统一性"本身往往是虚构的。概括是必要的研究手段,概括也难免包含着简化。问题在于我们往往为自己的概括力、判断力提出过分狭小过分轻松的任务,以至降低了概括的意义。

（三）

背面、另一面,即使在某些显而易见的特征那里,也存在着。

中国现代知识分子文化心理结构的特殊强韧的方面,是与土地,与"乡土中国"的那一重联系。诺贝尔文学奖获得者德国作家亨利希·伯尔以为,"陌生感"是西方文化的特点,而中国没有此种文化传统。"你们中国人有一种对土地的健康意识,——人属于脚下的这块土地。"（见《中国》1986年第1期）

这儿有植根于中国知识者的文化传统的中国式的"现实主义"。中国现代知识分子不习惯于提出"我究竟是谁"这样玄妙的问题,他们问的是"我该怎么办"——正如旧俄的民主主义者。他们注重的是切用,切社会之用。他们是在认可了"我"与社会不可分的前提下思考自我的。写"疏离",写"隔膜",正是出于"不可分"的意识。这种现实主义是在乡土中国的精神土壤中滋生的,同时是在强调着"人与社会命运的一致性"的革命时代加固的。与土地的联系,也只有如实地被认为不但是一种生活联系、感情联系,而且是哲学意识、思维方式的联系,才有可能发现这联系的深。

然而即使在这一方面,也有重大的有研究价值的例外。瞿秋白曾以中国知识分子的文化背景及行为特征,把他们分为两类,一类是与乡村、与农民保持着强固的精神联系的知识分子,一类是他所蔑称的"薄海民"。后者实际上是一种都市性格,属于海禁大开后的东南沿海文化。相当一些中国现代知识分子对于东南沿海文化有异己感——以之为异己的文化力量。瞿秋白对于后期创造社、左翼文学,对于"洋场文学",有始终如一的警戒姿态。这却也正说明现实地存在着一种异于传统文化的都市文化与都市性格,不但是"现代知识者"的一部分,而且因其陌生、异样,是更有必要探究的一部分。我却在"乡土中国"这一概念下,将这一种研究中的"艰难"回避了。

现代史上的中国的确是"乡土中国",却同时是经历着文化裂变,滋生着种种新的文化现象、新的"人种"的中国。中国现代史上洋洋乎盈耳的固然是"乡土之歌""土地之歌",其间也夹杂着不免刺耳的"都市之歌"。中国现代知识分子中的大部分,是由乡土中国塑造的,却也有了与土地几乎绝无联系的纯粹的"都市动物",异于乡土心态的近于彻底的都市心态,尽管通常不见容于同时代进步知识界、严肃文坛,被同代知识者视为异类。其实,不止于"洋场文学"和某些公认的"都市小说",二三十年代小说中的"新女性"(尤其茅盾所写),就是极饱满的"都市女性"的形象。我在有关分析中表现出的,却是把握这种"都市性格"的传统方式与心态(这种方式甚至抑制了我个人对这组形象的偏爱),因而评价失之苛刻,无助于对这组形象的特殊价值的认识。

中国在不可避免的"城市化"的途中。认识现代文学中的都市性格,重新评估中国现代史上的都市文化,意义又岂止在文学之内?

(四)

现代文学史的确重复地证明着作为中国知识者文化——心理特征的"对土地的健康意识",却又同时展示了他们的超越精神,即使只是偶然一遇的展示!"五四"青年超越"人伦日用"思考人的本体存在,在中国,的确是难得一遇的现象。尽管这种思考在事实上,显示的是思考者普遍的哲学素养的不足,我们却仍然不妨认为,即使在幼稚中也蕴藏有改造中国人思维方式的契机。而当我在书稿的有关部分,把殷殷地扣问"根本""终极"的青年知识者重返"人伦日用"简单地视为一种进步时,事实上我所使用的,仍然是"传统的中国人"的思维方式,因为这一"返回"的意义并不那么单纯,也有其正面与负面。

当代文学即使在这一方面,也令人疑是"五四"文学现象的某种重复,尽管"哲学"较"五四"为明晰,思考力也已不可同日而语。有人又在批评理性过剩了,我却以为,正像"五四"时期那样,凡是力图改变一种凝固了的思维模式的,无论用了文学还是其他的形式,都不妨鼓励至少是——容忍。

(五)

是否可以认为,现代文学史上那种形态的现实主义,并不全由于"外铄",其更深的根须应埋在中国知识者的文化心理结构的深层,依据于他们的心态。这是一个讲求节制的民族。这个民族为自己造出过诸多神祇,从"土地"到"灶王爷",其中却不曾有过巴库斯(酒神)的对应物。闻一多曾自比为炸不开地壳的火山,岩浆一味涌动却难于喷发。这何尝只是自况!这里有中国知识者的普遍心态。郭沫若也许是特例吧,但也终归平实,即使40年代重返浪漫主义,也不复有"五四"时绚烂的奇想、狂喷的激情。

因而现代文学史上写知识分子的作品,在在给人以"重压感"。那里是低抑的、沉重的,不见得总是"如雷的沉默",更多的是挣扎不出来的呼喊。与此不能不相关的,是整个现代文学史上,少浪漫主义作品,即有,也是一种沉郁的备受压抑(包括自我压抑)的浪漫主义;少幻想之作,如《猫城记》(老舍)、《鬼土日记》(张天翼),不免流于切近的影射、比附,不过更加证明了极贴近的现实感而已;儿童文学素不发达,少的正是无拘无束—无罣碍的童心世界——传统太重,规范太多,不复能如儿童那样感觉世界;最后,影响至于现实主义创作的总体面貌,造成构思的拘谨、结构的封闭性、情节框架的单调与重复⋯⋯

也正是这样一些未能在书稿中展开的论题,使我窥见了隐藏在"知识分子形象"后面的宽广世界,并力图在进一步的研究中及于广远。

（六）

　　这本书，是以文学史为材料研究知识分子精神发展的一种尝试。说实在话，纯粹的美学兴趣当遇到了如中国现代文学这样的对象，难免会感到失望。这不是那种经得住一再的艺术探险的文学。写"中国现代知识分子"，文学史几乎没有真正的大作品，没有纪念碑式的形象。"研究"不得不向众多的作品寻求"复合"——包括了大量缺乏美学价值的作品。却也由于不同于"纯粹文学史"的取舍角度，上述研究有可能使一些被文学史筛弃的作品获得它们的那一份价值。因而不妨认为，作为一个被公认拥挤的学科，现代文学仍然有着发掘的余地，提供着扩展研究的可能性，包括以其为材料进行某种思想史研究的可能性。

　　思想史以文学史作为人类精神演进的遗迹，所关心的不是文艺学意义上的"真实性"问题，即使矫作，即使有意地遮掩，也可能昭示着某种心理真实、思想真实。鲁迅对《二月》《小小十年》的价值判断，不正因所取角度而与同时期的批评者见出了不同？

（七）

　　然而，即使对于文学史材料的真正思想史的运用，也不能无视审美的中介，不能越过"形式"而达到"意义"本身。我们通常不习惯于区分仅仅作为经验的"内容"和"艺术内容"，后者也即由形式、技巧实现了的内容，内在于形式、审美地结构起来的内容。当我们仅仅抽取文学作品中的经验内容而无视形式时，作品的内容在我们的运用中，甚至难以与其他如社会学、心理学的内容等价。因为后者通常比前者更重大、普遍，更具有尖锐性。

　　对文学史材料的这种浪费的使用，不可能有助于思想史的发现。形式与内容的割裂由来已久，它不仅造成几代研究者的思维方式,而且文体化了。一度通行的批评程式、批评文字的章法,正是以这种割裂为依据的。我因而想到,倘若我论及"五四"时期小说中的婚姻爱情问题时能经由形式把握真正小说化了的内容,至少注意到一时期作品对于性爱的描写方式,该会减少多少材料使用中的浪费!意欲打破传统模式的研究,其方法仍然是传统的——以文学材料作社会学(而且是庸俗化了的"社会学")处理的那种传统。这种研究所牺牲的,正是内容最有思想史价值的部分。

(八)

与此相关,在方法上,另一显而易见的局限是,"史"的兴趣笼盖了一切,在这种情况下,"系统的问题"不免为"发生学的问题"掩盖了①。而史的追溯与结构研究(卡西尔称作"系统的研究"或"描述研究")有各自的对象与目的,它们是不可相互替代的。当然,归因于"史的兴趣"还不免有点虚荣,因为对于我,问题更在于缺乏进行"系统的研究"的训练,缺乏结构意识,和进行结构分析的工具、手段。

中国有发达的史学传统,这并不意味着"史学方法"的相应发达和现代化。的确如卡西尔所说,并非所有的科学问题,都可以经由历史追溯而解决的。正是为了历史方法的丰富,也许目下更应当鼓励被称为"哲学—描述"的那种研究趋势,以补单纯注重"发生学的问题"的不足。具体到我的题目,则不但应当有对现代知识者精神历程的"历史—比较"研究,而且极有必要对知识者在社会结构中的位置,尤其知识者自身的意识结构及其动态演变作"哲学—描述"。也许只有后一种研究,才能为"史"的勾勒提供必要的基础。

我清晰地感觉着时间,不断检视着时间留在我身上的痕迹。我

---

① 恩斯特·卡西尔:《人论:人类文化哲学导引》,甘阳译,第202页,上海译文出版社2013年版。

将努力使生命不因时间而凝固,保持活力,保持对于新知的饥渴状态。我比以往任何时候都强烈地意识到自己的贫困,渴望着补充,渴望着校正,渴望着更新。

1986 年 12 月

初版跋语

校完自己的书稿,我可毫无轻松感——那种如释重负之感。我倒觉得沉重。因为这工作不但不应当这会儿结束,反而应当由现在开始。我知道,如果重新来过,所写出的很可能是另一种样子,其中所反映的"秩序"也许会有相当大的不同。

这正是我在三年间经常性的心理状态。在不断的自我怀疑、自我否定中,我无法使任何写下来的东西定型。尚未成熟的思维每一分钟都在怀疑前一分钟达到的结论。我甚至一再试图摆脱这课题,中止进行中的研究,然而预定目的和内心命令,总把我拉回到书桌边来。思考是寂寞而痛苦的,因为它不但要在如此众多的作品间搜索,而且不得不随时翻检思考者的个人精神体验。我终于告诉自己,观念迅速变换的时期,也许要求另一种思维方式和研究方式。也许我压根儿不应当选择这样的题目和这样进行研究,如果本书的读者发现本书各部分间质量不均衡,看出各部分间价值取向的差异乃至思路的自相碰撞,或许可以因这特殊的学术环境而有所谅解。

我已经提到"秩序"。我所怀疑于我的书稿的,正是这"秩序"。但这毕竟也是一种"秩序",依某种价值体系而把握到的"秩序"。文学作品既然是体现种种价值的系统,自然宜于由种种不同的方面来估价。

我何尝不知道,这部书稿清楚地显示了我个人,以及我所属的一代人的认识局限。我寄大的希望于青年,与我们的思维方式鲜明地区别开来的一代人。但我也同样知道,也许只有我自己所属的这一代人,才能以这样的眼光看取文学史,以这样的方式描述文学史的过程。这种眼光和方式不仅出于训练,而且由于特殊的人生道路。我们只能在不可克服的局限中思考。每一代人都有他们各自的局限——我这样说并非意在自我慰藉。实际历史不也是被有着巨大局限的无数个人创造出来的?

写这部书稿,是我对于现代文学进行总体研究的一次尝试。我还会试着从另外的角度描述文学史。本书的基本线索,将贯穿在我今后的文学史研究中;同时我也将以变换了的对象,继续我在本书中开始了的研究,研究作为现代知识者的精神产品的现代文学,研究包含在现代文学中的现代知识者的心灵历史。

无论有怎样的遗憾,一个思考过程总算可以结束了。我得松弛一下长期紧张着的神经,这么站一会儿,喘口气。我重新想起艰难跋涉中经历过的一切。我感激指导过我、关切地注视着我的师长,感激我的同行——他们中的有些人,是在以身躯为后来者铺路的,感激那些我引为骄傲的同辈,我所挚爱着的朋友们。我将有另外的机会写到他们,写我所经历过的人生,感受到的温暖、爱、极其可贵的理解与支持。

我感到充实,因为我思考着。

1985 年 6 月

二版后记

这应当算作写在我的学术研究起点上的书。1986年这本书初版不久,我即写了《有关〈艰难的选择〉的再思考》,发表在《文学评论》上(见本书附录四)。在这之后,本应"再再思考""再再再思考"地做下去的,我却转到了另外的题目上。自我批判可以多种形式展开,放弃也是一种可能的批判。事实是,问世未久,这部确曾令我"呕心沥血"的书已使我感到陌生。我甚至不大好意思说出它那包含哲学暗示的书名;当必须提到时,宁用"我的第一本书"一类模糊的说法。但这并非意味着我距那"起点"已多么遥远。其实我始终在最初选择的方向上,并以不同的方式返回或回顾那些问题,只是写作状态、态度无可避免地变更了。"不可重复"并非随时可以现成地用作价值指标,幼稚荒谬也可能不可重复。因此当我在这里说那一研究在我已"不可重复"时,我只是说引起了写作本书的愿望的某些条件,已不复存在,我已离开了产出此书的那个时期——"后文革"时期,激情的80年代。

关于当时那不但推动了我,而且鼓励了一批人在相近方向上的探索的社会文化氛围,与普遍的知识状况,钱理群为这本书撰写的前言中已有说明。我在任何时候都乐于承认,80年代中国现代文学研究界的活跃气氛,同代人研究、思考中的相互激发,是一种美好的经验。在这一代人,或也是只能一次的经验。这与"文革"后思想界的氛围有关,也多少系于一代研究者经历的某种"共同性"。包括这本书在内的一批学术著作的印数,则足以为其时"学术升值"及"出版过热",提供一份证明。一些年后,我甚至在异国他乡,也遇到过这书的读者(或购买者),听别人提起这本书,在座谈会的参加者手中看到过它。我当然明白,这在我,也将是仅有一次的经历。上述情形与其说因于这本书的质量,毋宁说更与它出版的时机、与它加入的"潮流"有关。也因此无论我如何对其新版怀着惭愧,仍然承认它已属于历史,拥有了另一份价值。新版之际除对注释作了修订,及删除了一些滥用的引号外,大致一仍旧观,也因它已属于"历史"。

这本书之后,我在对于作家的个案研究中,在对"知识者与乡村的关系"的专题研究中,以至在对"明清之际士大夫"的研究中,继续着有关知识分子问题的思考——我的意思当然不是说我认为前近代的"士"就是"知识分子",我只是说当我研究明清之际的"士"的时候,凭借了知识分子研究的已有视野,并将对有关问题的思考借诸另一时段扩展了。

这个临近世纪末的春天,空气干燥而浑浊,充斥着成分不明的悬浮物。回头看去,十几年前的那片旧风景,竟单纯明朗得叫人吃惊。这期间学术论坛上角色更迭,潮流变换。在与六七十年代及90年代的双重对照中读解80年代,难免让人心情复杂。"80年代"或将继续作为学术—文化史上聚讼纷纭的题目。这一时"60年代人"正成为热点论题,有关的讨论中我所属的"代"被认为代征分明。但八九十年代社会环境、文化语境的戏剧性变更,也使我体验到了自我界定的困难。或许正因被学术强化了的自觉,这段历史刻印之深,或已超过了前此的那些事件。这书与同时期的一批出版物,也可以作为见证这一特殊时期的文本的吧。

这些混杂着怀旧的议论,对于说明这本书也许没有多少意义。我承认我还没有为一次彻底的自我批判作好准备。或许我应当更有勇气,承认进行这种批判已非我所能胜任,比如质疑当年所拟问题、提出问题的方式,质疑据以提问的那些被认为不言自明的前提,以至全面审查当时使用的概念工具(由"本质""必然""完整性""统一"到"真实"等等)。反思还有必要在另一方向上进行,即清理发生于

80—90年代之交的精神事件,审查在这期间我们的自我否定及其根据。上文提到了"放弃"。放弃也可能根源于精神的蜕变。我们实在应当回过头来,看在这十几年间,我们都放弃了些什么。

1998 年 5 月